徳間文庫

あらごと、わごと

呪師開眼（のろんじかいげん）

徳間書店

目次

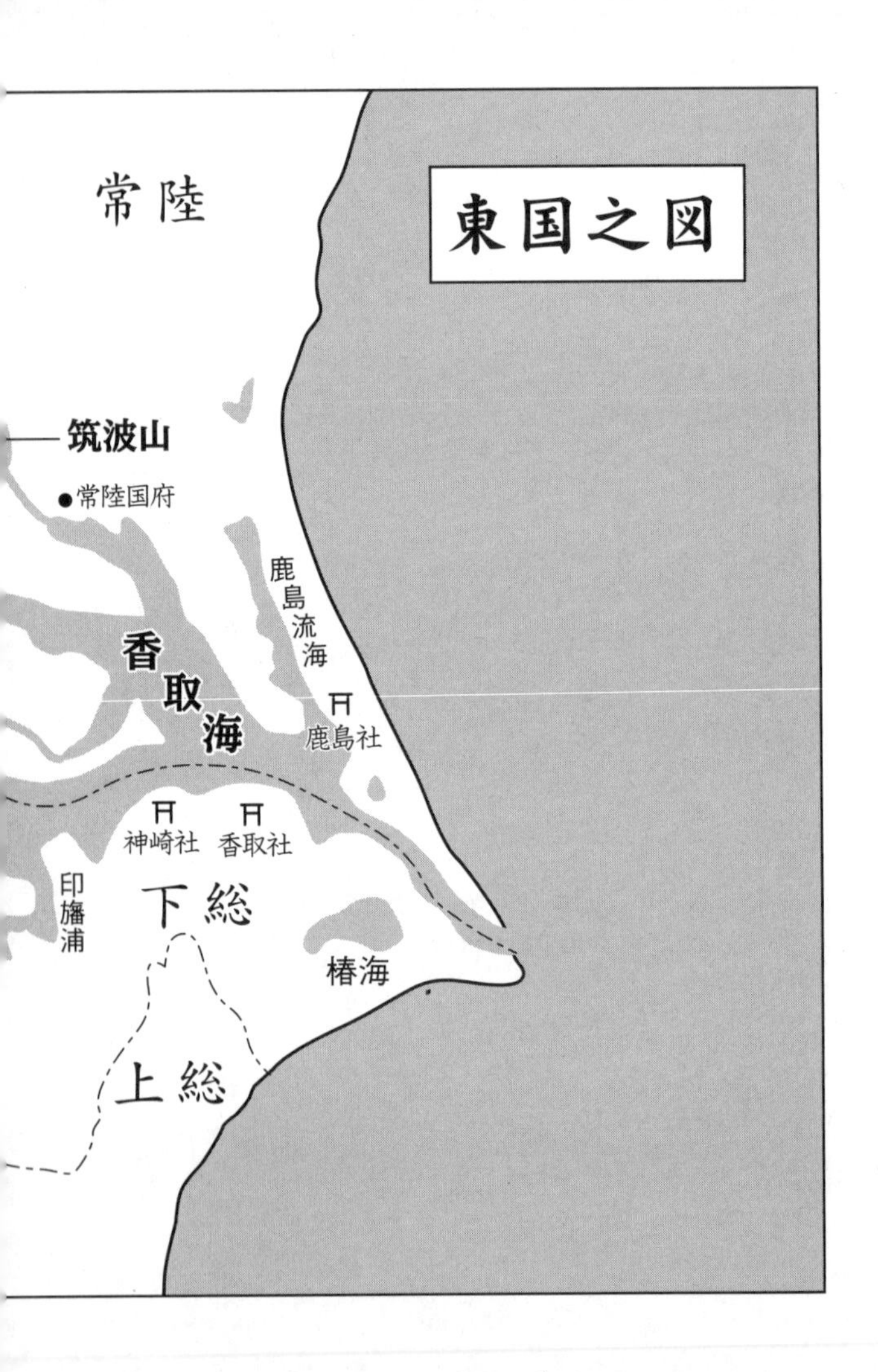
東国之図
常陸
筑波山
常陸国府
鹿島流海
香取海
鹿島社
神崎社
香取社
印旛浦
下総
椿海
上総

赤城山
上野
下野
毛野川（鬼怒川）
新治
真壁
利根川（坂東太郎）
渡良瀬川
鳥羽の淡海
石田
筑波川
飯沼
水守
鎌輪
毛野川
常陸川（広河）
武蔵
下総国府
利根川（坂東太郎）
太日川
石瀬川（多摩川）
相模

平安京と周辺図

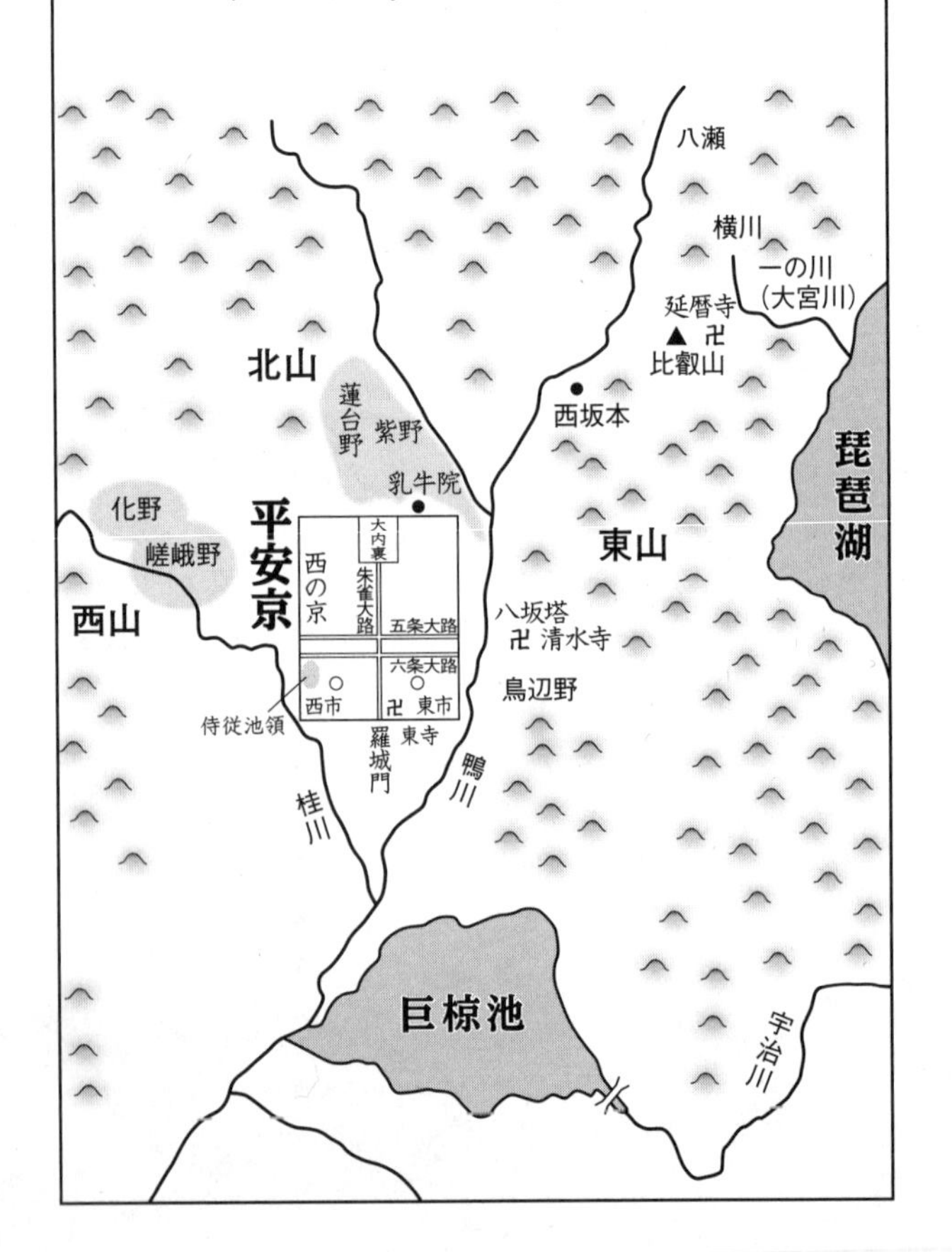
八瀬
横川
一の川
（大宮川）
延暦寺
比叡山
北山
西坂本
蓮台野
紫野
乳牛院
琵琶湖
化野
平安京
大内裏
東山
嵯峨野
西の京
朱雀大路
西山
八坂塔
五条大路
清水寺
六条大路
鳥辺野
西市
東市
侍従池領
東寺
羅城門
鴨川
桂川
巨椋池
宇治川

あらごと　一

ミズナラや四手（しで）がつくる青く心地よい木陰を、風が抜けてゆく。

二人の少女の、小さな手が、青き花をつんでいる。

あらごとと、その少女は、月草（露草）をつんでいた。

田の脇で月草をつむ二人の傍（そば）を細小（いさら）な川が勢いよく流れており、川上をひょいと見れば
——森が息づいている。

深い森だ。

ゆるい斜面につくられた、狭小な棚田の畔（あぜ）で、初夏の草たちに膝を撫（な）でられた、あらごとは、

「ねえ」

先が真っ暗になっている木下（このした）道に顔を向け、

「行ってみない？」

山の入り口たる暗い道を、キラキラした大きな目で見ながら、

「少し登ると、空木の白花が沢山咲いている」

もう一人の少女は頭を振るも、あらごとはつづける。

「もっと、行くと、今度は、右に崖があって、その崖にさ……桃色の谷空木が沢山咲いている。猿がよく出るけど、そこまで……」

「よくないわ」

もう一人の少女はきっぱり言った。

「何で？」

あらごとは、ふくれ面になる。

「猿は……怖い」

猿なんかが、というふうにあらごとは肩をすくめる。

もう一人の少女は、強く唇を噛む。で、ゆるい斜面の下方に首をまわした。

細小な川沿いにつくられた棚田は斜面を下るにつれて末広がりになっていて、棚田が終った先には、もっと広い田が平らかに横たわっている。

その広き田の向うに別の山を背にして竪穴住居が炊煙を上げていた。

「父様や、母様に、叱られる」

あらごとは大きな目をくるくるまわし、

「大人が言っていることを鵜呑みにしていたら、何も出来ないよ」

——ブンッ！

物凄(ものすご)い勢いで大きな虫の影が二人の間を通り——村の方へ飛んでいく。

大雀蜂(おおすずめばち)だ。

もう一人の少女は必死に、

「蜂だっている」

あらごとは、ふふんと、笑い、首を横に振る。もう一人の少女はあらごとに、

「熊や……山犬だっているわよ」

「あのさ、そんなこと、気にしていたら……」

「——まって」

もう一人の少女は、手であらごとを黙らせた。

で、耳を澄まし、目をこらすような面差しで、森を睨(にら)む。

「何だって言うんだよ」

あらごとが言っても答えぬ。

ややあってから、もう一人の少女のふっくらした唇が、動いた。

「……怯(おび)えている？……」

途端に——いくつもの悲鳴が森で弾(はじ)けた。

大、中、小、大きさもばらばらな数知れぬ影が、一斉に森から、飛び立つ。

鳥だ。

幾百幾千羽もの鳥。

もう一人の少女があらごとの手を引く。

「もどろう。村にっ」

今度は、あらごとが、唇を噛んだ。

瞬間——、
ミ、ジャッ……。
地の底で大きな音がして、この前うえられたばかりの早苗が激動している。田が波立っている。何匹ものアメンボが田から飛び立ち昼の間は大人しくしている蛙どもはびちゃびちゃと田から飛び上がってきた。

また、
ミ、ジャッ！
音が近づいている。

二人は手を取り合い、幼き早苗が並ぶ田の横を村へ向かって猛然と駆け出した——。

左手の林から行く手をふさぐように突き出た、雪のように白い空木の花をあらごとの手が漕いだ刹那、

――ドゥ、ゴワァァ――ッ！

物凄い土砂、泥の噴出が、二人の五感を、打ちのめす。

右方、棚田が……ぶち壊されていた。

あらごとが見たこともない巨大な生き物が田の底を突き破り地底から現れたのだ――。

それは見ただけで鳥肌が立つほどの、大きさ、禍々しさ、であった。

山の王たる熊を丸呑み出来るほど大きい。

その巨大生物の背にはびっしり笹が生い茂っている。

それは天に向かって恐ろしい牙を剝き、鼓膜が引き裂かれるほどの大音声で咆哮した。

飛んできた泥で顔が汚れた二人の少女は泣きわめきながら村へ走った。

あらごとは――ガバッと、起き上がっている。

（また、あの夢か……）

このところ、幾度もつづけて、あらごとは、あの村の夢を見る。

過去の記憶の欠片が夢を見せている気がする。

しかし、何処の何という村だったか、二親はどんな顔の、何という人であったか、一緒に月草をつんだもう一人の少女は誰か、全く、思い出せない。

（あたしが覚えていたのは、あらごとという名と、六つという歳だけ）

すぐ隣から――美豆の激しい鼾が聞こえる。

嚙みつくような鼾が……ここは怪物に襲われた山里でなくて、いつもの下女小屋、悪名高い護の殿の館の内、と、気付かせてくれた。ほのかな安堵と、失望が、胸をみたす。

（あの子は……どんな顔をしていたんだろう？）

共に月草をつんだ子の顔も靄がかかったようにわからぬ。十一のあらごとは、

（この中に、似た人はいるかな？）

五十人ほどの女が泥のように眠る夜の下女小屋を、ぐるりと、見まわした。

一日の辛い労働にくたびれて、藁をしいただけの広い土間に、押し合い圧し合いしつつ眠る五十人の女の顔は今、闇に塗り潰されてみとめられない。

（美豆は国司の雑徭に駆り出された夫がそこから逃げて……暮しがきつくなった。家も、田も、人に取られて、ここに。蕨は継母と折り合い悪くて、下総って所から人商人の舟に乗って、常陸に、来た。ここにいるのはそんな女ばかり）

あらごとはいつの間にか古い麻袋を懐から取り出し、強くにぎりしめている。

（あたしが……あの村にいた頃から、もっているものの気がする）

何もうつすことのできぬ鏡の欠片が入ったその袋をにぎっていると何だか気持ちが落ち着いてくる。

——まどろみかけた。

繁の夢を見た。

あらごとをここにつれてきた情け深い人だ。

『繁様！　蛭野にぶたれた』

夢の中、あらごとが言う。

『よしよし。蛭野に、すぐぶたぬよう言うておこう』

繁は、微笑みを浮かべ、あらごとの頭を撫でてくれた。

心地よい夢に沈みかけたその時、広大な館のずっと奥から恐ろしく太い声がとどいた。

遠吠えだ。

一匹の犬の声だが、並みの犬何匹か分を束にしたように太い。

（殿様の……唐犬？）

＊

「お前たちが着ているのは苧だろう？」

蛭野は、言った。

小さい女である。

皺深く、白髪がち。

齢四十前後という話だが……六十前後の誤りかもしれない。

色黒く口がかなり突き出ている。手足は、ひどく細い。カラスに似た女であった。

三十人を超す下女たちが常陸国真壁郡を支配する前常陸大掾・源護の、館の北西、苧畑の前に、立っている。

ひどく、暑い。

鎌を手にしたあらごとの浅黒い喉を汗がつたう。

苧畑の向う、足尾山につながる雑木林で、蟬どもがかなり立てている。

鎌を左手、竹の根の鞭を右手にもった蛭野は、整列する女たちの前を、ひょこひょこと歩いていた。

「我ら下々は苧を、上つ方は、絹を着られる」

燃えるような日差しに項垂れている人より背が高い苧――人の衣をつくる草たちと、鎌を手にした女たちの間をゆっくり歩きながら、蛭野は、

「ただ、上つ方も、苧の衣をまとわれる時がある。――夏じゃ！　夏の暑い盛り、上つ方も……最上の苧糸で織り上げた薄衣に袖を通される。京の帝がおまといになられるのか否かは知らぬが」

蛭野が敬語を重ねた、当今の帝は――後に朱雀天皇の名をおくられる帝である。

時は、承平(じょうへい)四年（九三四）。

七月八日。

四年前に即位された帝はまだ、御年、十二。四海の政(まつりごと)は、左大臣にして摂政・藤原(ふじわらの)忠平(ただひら)の手にゆだねられている。

「そんな都の上つ方が手に取って下さるような苧糸を、この庄で育(はぐく)みたいと、我らが殿は、仰せじゃ！」

焼け焦げそうな蟬時雨と蛭野の叫びを聞きつつ、あらごとは肩をすくめる。

「……無理でしょ」

あらごとは護一家や、時折、その館をおとなう、どこそこの国の、守(かみ)、と呼ばれる都の貴人が、まとう、鳥が飛び花が咲き乱れた、透き通るような薄絹、赤や緑、様々な色に染められた指貫(さしぬき)を思い浮かべる。

今、炎天にうなだれて立つ己らが、目の前に茂る、やはりぐったりした草どもから……あんなに綺麗(きれい)な布を生み出せるように到底、思えない。

両側に立つ美豆と蕨が、口々に、

「滅多なことを言わない」「そうだよ」

つかつかと、蛭野が、歩み寄ってきた。

――！

蛭野が竹の根の鞭を振り、あらごとの膝を、鋭い痛みが、走った。

不意に叩かれたあらごとはよろめきかけたが、足が、強い力で踏みとどまらす。

「何か言ったかい？　あらごと」

蛭野の問いにあらごとは顔を顰めて頭を振っている。

「こ奴は何と言うたのじゃ？」

あらごとの左右から、美豆が太く、あらごとより小さな蕨はか細く、

「知りません」「……聞こえませんでした」

ふふんと、意地悪く笑んだ蛭野は、

「あらごと！　お前は口は悪いが、手は早い。人の倍、刈るように！」

頭が茹だりそうな太陽の下、汗だくのあらごとは、大きな二重の目をさらに大きくし、

「無理……」

「あん？」

「やるよっ！　やる！」

真っ先に前に駆け出した、あらごとのみじかい髪から、汗の滴がいくつも散った。

今年十一になるあらごとは五年前――ここよりずっと西にある国の樹に気をうしなって引っかかっているところを、見つかった。

見つけたのは彼(か)の地の長者の下人である。

あらごとは長者の大炊殿(おおいどの)（飯場）で、一年ほどはたらかされたが、故郷を探そうと思って、逃走。飢えて畑のものを盗もうとしたところ、男たちに見つかり、打擲(ちょうちゃく)された。

その時、常陸屈指の豪族、源護の一子、繁に助けられ、ここまでつれてこられている。

炎天の下——何の模様も染めもない、苧衣をまとった裸足(はだし)の女たちが、汗だくになって鎌を振っている。

三十ほどの鎌が刈っている草は苧。カラムシとも青苧(あおそ)ともいう。

彼女たちの衣のもととなった草だった。

薄汚れ、垢(あか)じみた女たちの中で——もっとも速く鎌を動かしている、短髪の少女が、いる。

あらごとだった。

あらごとの右でかなり手際よく苧を薙(な)ぎ倒してゆく大柄な女が美豆、あらごとの左で細腕を動かし、蛭野に叱られるのではないか、と危ぶまれるほど丁寧な緩慢さではたらいている子が、蕨だった。

かなり背が高い苧に懸命にいどむあらごとに蛭野の叫びがとどく。

「さ、気張れい！　粟散辺土(ぞくさんへんど)の片端で、婢(はしため)しとる女郎(めろう)どもよ！　気張れ！　気張れえ！

都で上つ方に喜ばれるような苧糸を我らが手でつくるんじゃ！　この、薄のろども、性悪女ども、何遍、輪廻転生しようが、どんどん、悪しき方に転がり落ちてゆく塵芥どもめ！　お前らに出来るのかっ、苧の取り入れが。

――さっと、刈って、さっと水にひたす。皮剝ぎする！　また、水につける。苧引き後、さあーっと、干すっ！

お前らに出来るのか？　苧績みが！

よぉく干されたその苧からぱっ、ぱっと、手際よく糸を取り、苧桶につんでゆく。

いくら気の長い夏のお天道様といえども……またせすぎちゃぁいけないよ」

「何が気張れぇ、気張れだよ」

あらごとは素早く鎌を動かしながら悪態をつく。

（――誰のためにはたらいてんだ、これ）

毎日、毎日、漁師がとってきた鯉の丸焼き、鮎の塩焼き、塩引き鮭、狩人がとってきた雉や鶴、山のような白米に、梨、大柑子（大ぶりな蜜柑）などを食している護一家、護より立場が上という国司、そして……あらごとが見たこともない雲の上人たち、牛の引く車に乗って都を行き来し、よい香りのする御殿に住み、国の守にあれこれ指図しているという京の大貴族を、思い浮かべる。

（どうせ、ろくでもない指図ばっかりしてんだろ？　それにくらべて……あたしら毎日毎日……塩入れて炊いた飯。それか、粟粥！　こんなんじゃすぐ病になって死んじまう。あいつらは、あたしらがどんだけ死んだって――何とも思っちゃいないんだ）

浅黒い眉間に皺を寄せ思い切り唾を吐いた。

「貴方は……違ったけど」

あらごとは悲し気な、そして途方に暮れたような目で、苧畑の奥、足尾山を仰ぐ。

あらごとの前にある足尾山は下野の足尾ではない。常陸の足尾山は、病を治す霊験で知られる。

（たしか、前の帝の足の病を治したとか。だから、足尾っ言んだよ）

恐らく――医術に秀でた修験者がいたのであろう。

「早く良くなってもどってきておくれよ。それまで、あたし、頑張るからさ……」

（繁様）

あらごとは寂し気に微笑み、また鎌を動かす。

刹那……ニョロッとぬめるような物体が、足指を、まさぐっている。

「――うっ、ゲエッ！」

悲鳴を上げたあらごとは、

「青大将じゃないか！　蕨、蛇いるよ！　そっち行ったっ」

左腕で額の汗をこすりながら、吠える。

答（いらえ）は——ない。

あらごとは嫌な予感がした。

蕨は、あまり体が丈夫ではない。

去年、香取海（かとりのうみ）の南から来た子で歳はたしか、十（とお）。がさつで、喧嘩（けんか）っ早く、手が早いあらごとと違い、丁寧で、気が長く、おっとりした子だった。

顧みる。

あらごとの左後ろにはまだ、かなり苧がのこっている。縁にぎざぎざのある大きな葉を暑熱でぐったりさせた苧が何本も佇（たたず）んでいる。

蕨の作業は……大きくおくれている。

青ざめたあらごとは——いきなり前から飛んできた足長蜂を、鎌をもった手で乱暴に払い、苧から、手を放す。

「蕨！」

「何をたらたらやっているんだ女郎ども！　さ、鎌を動かせ！」

——「苧績み・粟畑の所」の預（あずかり）・蛭野の怒声を振り切るように、鎌をきらめかせた、あらごとは、疾風（はやて）の速さで駆ける。

足の速さを活かせる仕事があれば、それこそ、あらごとの本領をもっとも発揮できる所だろう。

　あらごとは、すぐ、蕨の横に来て、

「どうした？」

　癖が強い髪を左右に力なく振り蕨は何事か呟いている。真っ赤な顔から大量の汗が噴き出ていて、見るからにか弱い足はふらついていた。

「しっかりしろっ」

　同時に、トロンとした目つきの蕨から、鎌がこぼれ――やわらかくも小さい体が、あらごとに倒れかかってきた。浅黒く、細く、されど、逞しい腕が、蕨をしっかり受け止めた。

「水……水」

　蕨が呟いている。

「水だなっ。よぉし、今、飲ませてやる」

　鎌をすてて受け止めたあらごとは腰縄に固定した竹筒に手をかける。

「――鎌をやすめるでないぞ、のろまどもめ。とりわけ、苧績み・粟畑の所の女たちっ、性悪女どもよ。今日は張物所から十人、打物所から十人、加勢が来ておるっ！　その女たちに負けるなよ！」

　蛭野の叱咤が、炎天下をふるわす。

　この時代、地方の豪族や都の大貴族の家は、一つの国、ないしは企業に近い。

苧績み・粟畑の所は……百人を超す奴（やっこ）がはたらく源護邸の一部署で蛭野を預（長）とし、あらごと、美豆、蕨ら十五人の女が属する。苧の生産、恐ろしい労力を要する糸績み、粟を始め大根、蕪（かぶ）、茄子（なす）など、一切の畑作物をそだてる、これが、仕事だった。


あらごとが差し出した竹筒の水が蕨の口に入る。

瞑目（めいもく）した蕨は、ひどく汗ばみ真っ赤になった喉を動かした。

あらごとは、毎日、朝から晩まではたらかされているこの子を見ていて、無性に胸が苦しくなり、かすれ声で、

「……蕨」

薄汚れた苧衣をまとった蕨は小さくも可憐（かれん）な目を——薄（うっす）ら開けた。

巻くような癖がついた蕨の髪は、汗でぐったりして、面（おもて）に張りついている。蕨に竹筒をわたしたあらごとはその髪をそっと掻（か）き顔からはなしてやった。

蕨の額や頬には、疱瘡（ほうそう）の爪跡がある。

痘痕（あばた）の童女は可憐な瞳を潤ませ、ふんわりした羽毛を思わせる声で、

「誰（たれ）……」

「あらごと」

「……ありがとう」

「蕨。全部飲めよ、あたしの水」

「あらごとが……倒れちゃう」

「あたしの心配なんて、十年、早い」

蕨はぎゅっと唇を噛み、あらごとを見詰めつづける。

「大丈夫」

胸を張ったあらごとは浅黒い顔に無理に笑みを浮かべて、

「あたし、畑に出る前に、たっぷり水を飲んできたんだ！　次は蕨もそうするといい。ほら、全部、飲めよっ」

こくりとうなずき、

「……ありがとう。この恩は返すから」

これは、蕨の口癖だ。

(去年だったか、この子が来たばかりの頃、打物所の娘たちに意地悪された)

打物所は、張物所で洗われた、主一家や、その大切な家人(けにん)の衣を、半乾きではこんできて——砧(きぬた)という道具でひたすら打ちつづける所である。

腕の力、その持久が、要求される。

(腕っぷしが強い女、多いんだよ、打物所……)

打物所の娘たちは朝、大井戸に水汲(く)みに来た蕨から、桶をふんだくり、蕨が取り返しに行くと、別の娘に投げ、その別の娘の方に歯を食いしばった蕨が走ると、また別の娘に投げる……というふうに意地悪し、蕨の顔の痘痕のことを罵った。

これを見たあらごとは——爆発した。

矢の如く自分より背が高い三人娘に突っ込んだ、あらごとは、一人目の脾腹を殴りつけ、二人目の腰を蹴って転倒させ、驚いて逃げようとする三人目に飛びかかり、顔を思い切り引っ掻いて、髪を強く引っ張って大泣きさせ、桶を取り返した。

(おかげであたし、向うの預に拳骨で殴られて瘤をこさえ、うちの蛭野には鞭で尻を打たれ、二日の飯抜きをくらったよ……。その時も、この子、この恩は返すからって)

目を潤ませて、ふんわりした羽毛のような声で言ったのだ。

「そんなのいらない。気にすんな」

あらごとは、さっぱりした声をかける。にっこりとした蕨が竹筒に再び口をつけた時、

「あらごと、蕨が勝手に鎌を止めてやすんでいやがるよっ」

だるさをおびた声が、している。

蛭野の取り巻き——四十過ぎの女が叫んだのだ。

「——なぁにぃ？　あらごとが自儘にやすんでおるとなっ！」

ひびきわたった蛭野の嗄れ声に、嬉しさがにじんでいる。

あらごとは思わず——足尾山を見た。

苧畑を見下ろすその霊山にあらごとを常陸につれてきた人が、いた。

(繁様……早くもどってきて!)

「この蛭野がやすんでよいと言うたかい!」

鎌を左手にもちかえ、右手で、腰にぶら下げた硬い鞭を取った小柄な女が、一歩踏みだす度——ついさっき、苧という家を倒され、混惑していた小さなバッタ、蟷螂(かまきり)の子などが、なめらかな弧を描いて、ひょーんと飛び、逃げようとする。

「ええ?　あらごと、蕨!」

かなりの勢いでやってきた蛭野に、

「この子が大変だったんだっ!　気をうしなうところだった。やすませなきゃ、駄目だ」

あらごとは物怖(ものお)じせず叫んだ。

「相変わらず口のきき方を知らぬっ」

——!

鞭が唸(うな)り、あらごとは肩を打擲されている。

赤い痛みが走り——背がわなないた。踏み込んだ蛭野の足が埃(ほこり)を起しあらごとの口や鼻に砂が浸(し)みる。

「いいかい、塵芥!」

(お前が——塵芥だよ)

あらごとが砂混りの唾を吐くと、蛭野は、

「お前は何処に行っても誰からも相手にされぬ、何の取り柄もない小娘だよ」

「…………」

畑に膝ついたあらごとはギラギラした目で蛭野を睨んだ。

蛭野のさらに上には、燃え滾(たぎ)った太陽が、あった。

「お前など……繁様がつれてこねば、ここに、おられなかった。ここに置いてもらうだけでもありがたいと思え！」

また、竹の根の鞭が振り上げられる。あらごとは蕨をかばうように体を動かし、

「暑さにやられそうになっていた、あたしだって眩暈(めまい)がしたっ」

「これしきの苧を刈ったくらいで眩暈？　お前は花の都のお姫(ひい)様か何かかい！」

花の都の姫様方は、己らが食べるもの、つかうものが、如何(いか)なる者たちの手でつくられたのか……知っているのか？

猛烈な日差しの下、蕨が、懸命に、

「あらごとを叩かないで！　お願いしますっ。わたしが悪い」

「悪い、とみとめるのじゃな？　なら、はたらけ。さ、立てい！　怠けるな！」

——蛭野への怒りがふつふつとこみ上げる。

鉄の拳があれば、この女の面(つら)に叩き込みたい。

あらごとの膝元に薙ぎ倒された苧が寝そべり、青く直ぐなる茎には夥しい油虫がついていた。

（――あたし、あの山里にずっといれば……ここで、こんな所で、ひどい目に遭わずにすんだの？）

故郷と思しき夢の中の里に思いを馳せる。

大木に引っかかっているのを見つかった時、名と、歳しか覚えていなかったあらごとだが、歳月を経るうち、故郷らしき山里の光景を、夢で見ることがふえている。

夢の中には恐ろしい炎の夢、数多の人の叫びが聞こえ、血飛沫が舞う夢も、あった。

（あれが、起きなきゃ――）

――夢の中の里、いや、記憶の中の里を襲った巨大な禍について、あらごとは繁と美豆にしか明かしていない。

美豆は、悪い夢にすぎぬよと頭を振り、繁でさえ、

『土砂崩れか、火山が、あらごとの村を襲った……。その後、群盗に襲われたのだ、きっと』

悲し気に言った。

だが、あらごとはわかっている。

（――土砂崩れや、火山……なんかじゃない。盗賊でもない。あれはもっと……ずっと、

禍々しいもの）

けれど、皆信じてくれない。だから必ずわかってくれる人とあうまで、心の中にしまっておく。

（あたしはいつか必ずここを出て――あの山里を探しに行く。自分に何があったのか知りたい！）

――ざわり。

あらごとの肌がふるえる。

「聞いておるのか、あらごとっ！」

鞭が、威嚇する。

あらごとの身の奥で――熱くもあり、冷たくもある火花が、びりびりと、散っている。

瞬間、膝元に倒れた苧の幾枚かの葉が風もないのに小さく揺らいだ……。

（こんな所で、お前なんかに、負けてたまるか！）

あらごとは歯を食いしばって蛭野を睨む。野犬が嚙みつくような形相で、

「この子をやすませて！」

「……口の利き方に、気をつけよと言うておろう」

影が二つ蛭野の傍らに差す。

「懲らしめてやって下さい」

と、囁いたのは四十過ぎの取り巻き、もう一人、鎌をもってニタニタ歩み寄ってきたのは、苧刈りの応援に来た打物所の娘だ。

蕨の桶を取り、あらごとに顔を掻かれ、髪を引っ張られた、娘だった。

ちなみに残りの二人だが、もう……いない。

一人は、熱病でこと切れ、いま一人は、

（嵐で下女小屋が倒れた時、柱に潰されて大怪我を。男衆にはこばれ……）

その後、見ていない。

（多分、野に――）

さすがに気の毒だったが……その気の毒さが三人組の最後の一人への親しみを、芽吹かせてくれない。

打物所の娘は、蛭野に、

「繁様につれてこられたからですか？　やけにつけ上がってんですよ。こいつ、性根が腐ってるんです」

（違うよ。自分で、臭わない？――お前の頭の中が腐ってんの）

気が付くと多くの下女が鎌を止め、こちらを見ていた。美豆も鎌を止めて見守っている気がする。

ふふと、皮肉っぽく笑ったあらごとは、蛭野にくっつく二人に、

「本当（ほんと）、あんたら――こういう時しか嬉しそうじゃないよね？」

きっとなった取り巻きは、

「懲らしめて下さいっ」

「早く、蕨をやすませてくれ！」

あらごとの叫びに、蛭野は、びくともせず、

「――あらごとや」

妙な猫撫で声を発しニンマリ笑った。

「……あまり自由（じいう）なことばかりやっておるとな、殿様の大犬に喰わせてしまうぞ」

あらごとは見たことはないが、真壁郡司であったと思われる、源護は……唐土（もろこし）の大犬を飼っていると噂（うわさ）されている。時折、不気味なほど太い遠吠えが、館の奥から聞こえる。

蛭野の鞭が、頭を狙って振り上げられ、美豆が駆け寄る気配がした。

その時、

「お止（や）め下され！」

嗄れ声が、した。

一人の嫗（おうな）が鎌を引っさげたまま蛭野の後ろから歩いてくる。ボロボロの衣を着た嫗で、ひどい疱瘡の痕が全身をおおっていた。

（張物所の人だ……。ええっと、何……言（っ）ったっけ……？）

あらごとは……人の名を覚えるのが、苦手である。

痘痕面の姥（うば）に、蛭野は、

「何だい、お前は！」

「張物所の……」

灰色の髪を垂らした老婆はもぞもぞした小声で答えている。

蛭野はよろめいたような仕草をして、

「はあ？　何と言ったんだい？　聞こえないねえ」

打物所の娘が、蛭野の耳に、

「苦菊（にがぎく）」

「ああ……。張物の手際に目ーつけて……二の若殿が国府の市で買（こ）うてきたという婆さんかい。なあ、張物所の苦菊婆さんや」

「……へえ」

老婆に見える蛭野は、本物の老女に、

「ここが何処だか知っておるか？」

喧（かまびす）しい蟬時雨の中、苦菊を名乗る張物所の老女は、

「苧畑」

「ここで指図するのは、誰（たれ）か？」

「苧畑、あ、違う……苧績み・粟畑の所の預です。違いますか？」

「違わぬよ。――その預がこの、蛭野なんじゃっ！」

勢いよく主張する蛭野の横を、すっとすり抜ける形で、あらごと、蕨に近づいた苦菊は、

「その子を日陰にはこび、もそっと冷たい水を飲ませることじゃ。で……」

「――苦菊ぅ！」

蛭野の一喝が、唾と共に、飛ぶ。

「……へえ？」

「向うの預に何と言われているか知らんがね――つけ上がるんじゃないよ！　ここは、苧畑じゃ、預は、蛭野じゃ、この蛭野の下知にしたがってもらう！　引っ込んでおれ。持ち場をはなれるな！」

蛭野に一気に怒鳴られた苦菊はしょんぼりした様子で項垂れ、

「……へえ。心得ました」

意外に素直に背を向けると、裸足の媼はすたすた歩きはじめ、元の所にもどろうとした。

が、数歩行った所で立ち止り、

「――さて。ずいぶん、損なことをなさる預も、おったものよ……」

あらごと、蕨の方にぐわぁーっと顔を向けようとしていた蛭野がどうにも苦菊の言葉に引っ張られてしまうようで、また首をそっちに向け、

「何が言いたいっ」

「そのままの意味ですよ」

　生温かい笑みを浮かべてゆっくり振り返った苦菊は、

「この飛炎を浴びるような暑さでそこなる小さな子が、死んだら、一人分の損。預が、その生意気なあらごとという子を打って、打ち所が悪くて常世に消えたら……二人分の損。ここの殿様は、そうお考えになると思ったのでごぜえます」

「………」

「殿様も、二の若殿様も、損をされるのをひどく嫌われると、小耳にはさんだもので、へえ」

*

　蕨や己の命が、損という話の引き合いに出されたことは、腹立たしい。

が——苦菊の言葉で蕨が助かったのは否めぬ。

　あらごとは今、蕨を背負って——林にいそいでいた。

　苧畑の後ろにある林だ。

　大きなタブの樹やクヌギの林で、滾々と湧き出る冷たい泉がある。蛭野は、蕨を泉までつれてゆき、一休みさせるのを許してくれた。
あらごとが背負う蕨のか弱い体は強い熱をおびている。
(……さっきの水じゃ、足んなかったんだ)
まだ刈られていない苧の傍を夢中でいそぐ、あらごとは、
「もう少しで木陰だからっ」
言葉にならぬ答が肩の辺りであった。
あらごとは、歯を食いしばり、汗にまみれた足を前に出す。
(いそげ、いそげ!)

刹那——唐突に、あらごとの眼裏に、活写された光景が、あった。
『いそげ! いそげ!』
あらごとは叫びながらもう一人の少女の手を引いて夢中で疾走していた。
バチャ、バチャと、足元で音がする。
——生ぬるい田を踏んでいるのだ。
普段なら大人に怒られるだろうが、苗を踏んづけて、駆けている。
『父様、母様ぁっ……!』
あらごとと、もう一人の少女は、声の限り叫んでいた。

竪穴住居の中から幾人もの大人たちが弓矢をもって出てくる――。

火の玉が、いくつか飛び、村の大人を荒々しくつつんだ。

あらごとがよく知る大人たちは叫び声を上げながら手足をもつ動く炎になって地面に転がった――。

あらごとは、面貌を歪め、絶叫した。

『――あらごとっ』

あらごとの名を呼んで逞しい体をした男の人が剣をにぎったまま駆けてきた。

にじむ涙にぼかされて、顔はよく見えぬ。

だが、その人はあらごとが深い親愛をいだく人だった……。

その男の人はあらごとの隣にいるもう一人の少女の名も強い声で呼んでいる。

ぶつかってきた蟬時雨が、あらごとを現実に引きもどす。

白日夢に打ちのめされたあらごとは……林の手前で、蕨を背負ったまま、立ちすくんでいた。太陽がぶつけてくる凶暴な熱の圧で、頭がくらくらしそうだ。

汗にまみれたあらごとの相貌が、ふるえる。

（――ごめん）

あらごとは、足をいそがせ、林に入った。

樹が途切れた所にゼンマイや菅が茂っていて、大きな石のあわいから冷えた水が噴き出ていた。

蕨を背負ったあらごとは木陰の泉の傍まで行くと、友を岩の上に下ろし、手ですくった冷たい水を——まず蕨に飲ませ、次に癖毛が目立つ、生温かい頭に、かけた。

誰か人の気配がして——あらごとは畑の方を睨む。

低木を掻き分け、やってきたのは……誰あろう、苦菊であった。

「大丈夫かい？　あんたら、二人じゃ心許ないと、さっきの預に言ってね。許しを得て、様子を見にきたんだ」

斑の光が揺らめく水辺の木陰にやってきた媼は、薄汚れた布を懐から取り出し、泉水にひたして、蕨の額にのせる。

「水を飲ませたんだね？　水だけじゃ駄目だ」

腰にぶら下げた麻袋から何やら白いものを取り出した苦菊は、それを蕨の口元にもってゆく。静かな声で、

「——塩じゃ。汗をかくとね、体から塩気がうせる。ゆえに、水と一緒に塩気もとった方がよい」

ひんやり心地よい木陰に寝かされ、冷たい水と、塩を口にふくんだ蕨は、少し落ち着いたようだった。

可憐な瞳を細め、微笑みを浮かべて、

「ありがとう、あらごと、苦菊。わたしのせいで怒られて……ごめんね」

「当然のことをしたまで。大したことじゃない。気にするな」

あらごとは、歯を剝いて笑っている。

夏ではあるが、鶯の透き通った美声が聞こえる。

「こんな炎天下にやすみなくはたらかされたら、誰だって、ああなる。少しいこうてゆこうぞ」

苦菊の提案に当然、異存は出ない。

と、あらごとは、

「あれ？」

懐をまさぐっている。

「どうしたの？」

蕨が問うと、あらごとは、

「ああ」

ぼろぼろの麻袋を取り出した。かすれ声で、

「あたしの、宝」

「宝？」

蕨が驚くと、袋の中から、鏡の欠片が取り出される。長い所で——二寸（約六センチ）くらいの欠片だ。

「なぁんてね。何も映さない、古い鏡の欠片」

青銅で出来ていると思われる鏡の表は汚れや傷ですっかりぼやけており、裏は鱗をもつ長い胴の一部が彫られていた。

「何かさ、蛇が……彫ってあるんだ」

「見せてくれんか？」

天然痘の痕だらけの苦菊の手があらごとの方に差し出された。

「いいよ」

あらごとはさらりと言って、鏡の欠片を苦菊の手に乗せた。

苦菊は左手に鏡の破片を乗せ、裏を上にして、のぞき込んでいる。

やがて、

「蛇じゃない。——龍じゃ」

老婆は疱瘡と、日々の洗濯で荒れた右手の指を、欠けた龍の鱗に置き、しばし目を閉じ、黙していた。

子供をつれた狐がひょこひょこ出てきて、あらごとたちに気づいてはっとして、踵を返し、黒い蝶がすーっと飛んできて泉から流れる小さな水の流れに止った時、苦菊は驚いたように目を開いた。

嫗は鏡の欠片を蕨にも見せてから、あらごとに返す。

真剣な表情で告げた。

「大切にすることじゃ。これは——そなたにとって、真の宝となるやもしれぬ……。信の置ける者にしか、見せるな。蕨も、余人に、話すな」


畑で刈った苧は半時（一時間）ほど川にひたす。この間は屯食（握り飯）を食って思い思いの木陰でいこう。

この憩いの間に、あらごと、美豆、すっかり元気になった蕨、苦菊の四人は、仲良くなっている。元々、したしかったあらごとと美豆、蕨のつながりに苦菊が入ってきたのだ。

苧の皮剝ぎをしながら、美豆がもう何度も聞いた話をする。

「……でね、夫はかえってこなかった。おかげで、いろいろきつくなった」

「国司の雑徭からかえってこぬ男は多いよ。それだけ辛いんだろう」

器用に皮剝ぎしていた苦菊は相槌を打つ。

過去に潜るような顔様で美豆は、

「夢見がちな人でね……いつも、何でも願いの叶う小槌の話ばかりしていた」

苦菊は、美豆に、

「鬼がもっとるあれか？　しかし、その小槌が出した宝は鐘の音がすると、全て消えてしまうというぞ」

「鬼からその小槌を奪ってお前のために御殿を建ててやるんだって……そんな話ばっかり。……探しに行ったのかね。あたしは、打出の小槌があったって、あんなお屋敷に住みたいとは思わない」

手を止めた美豆の寂しそうな目は――城というべき巨大な館を、見詰めている。

今、あらごとたち四人は足尾山から流れてきた小さな川の畔にある大きな椋の樹の陰にいた。所々、樹洞が裂け、冬でも青い蔦がびっしり巻きついた大木で、大きな陰をつくっている。蛭野や、その取り巻きは、少しはなれた欅の木陰におり、話を聞かれる恐れはない。

あらごとたちがいる木陰から南に目を向けると――まず、銀ヤンマが飛び交う広大な青田が視界に飛び込んでくる。

その青田に今、あらごとと同じ、粗末な苧の筒袖をまとった、裸足の男たちが数多入り、焼けるような日差しの下、腰をかがめて草取りしていた。

護の下人だ。

下人たちにまじって、作人（小作人）、さらに手伝いに駆り出された名主百姓たちもいた。

この見渡す限りの広大な田は全て一人の男のものなのである……。

広い青田のさらに南には、風が吹けば吹っ飛びそうなほど小さい、作人の竪穴住居、それより大きな名主百姓の竪穴住居が、いくつも肩を並べている。

貧相な竪穴住居群の向うに……垣根でかこんだ、大きな竪穴住居や、ずっと西の国の家に近い、壁と屋根がわかれた家が幾軒か、ある。

護の従類——戦になれば馬に跨る兵——の家だ。

さらに、並みの大きさの竪穴住居を二つつらねた形の、かなり長い竪穴住居があり、盛んに煙を噴き上げている。

護に仕える鍛冶師、鋳物師の、工房もかねる家だ。

それら従類、職人の家々の向うに……巨大な板塀が、あった。

そう。

高さ一丈（約三メートル）、一辺の長さ、実に二町（約二百メートル）におよぶ高板塀にかこまれた、この館こそ、真壁郡内の田の幾割かを私有する前常陸大掾・源護の大邸宅なのである。

あらごとらが暮らす下女小屋は、護の板塀の、内にある。

苧に視線をもどした美豆は、

「下女として頑張って、預になって……自分の家や田をもとう、いい男もここで見つけようと思っていたけどね……」

　肩をすくめ、

「預から下女に下ろされ、いい男も……」

　下人がはたらく青田を眺め、

「見つからぬとなれば……名主にもどるなんて、夢のまた……。作人になればいい方かね」

　作人は家はあるけど、田をもたぬ百姓で、名主は自分の家と田をもつ百姓だった。

（美豆は悪くない。病気の人をかばって……下女に下ろされるなんて。代りに、打物所から来て、ここの預になったのが……）

　あらごとが、なぐさめようとすると、苦菊が、

「いい男がおらぬの間違いでは？」

　くすっと笑って、白髪交じりの髪を掻いた美豆は、寂し気に、

「どうだろう。いや……いい男は一人、いるんだ」

「誰？」

　苧の皮剝ぎに悪戦苦闘していた蕨がすっと顔を上げる。

「あらごとが知っているよ」

　美豆が言い、蕨は興味津々という様子で、

「え？」

首をかしげるあらごとに、川の上流に目をやった美豆は、

「ほれ。足尾山にいるあのお方さ」

あらごとは耳まで真っ赤になった。

ここに来て一年、美豆が言わんとしている人を知らぬ蕨は、

「あらごとは……その人のことが……好きなの？」

蕨が苧から手を放し、あらごとをのぞき込んでくる。

「蕨、お前なあ……さっきから何なんだよ！　手際が悪いんだよ。こう、やるの。苧の皮剝きはっ。真ん中を、しっかりおって、指を芯と皮の間に、入れる」

しゅんとなった蕨は、

「……はい」

「――あらごと。胡麻化すな。誰なんだい？　そのいい男は？」

苦菊が、訊いた。

美豆が代りに、

「三の若殿。繁様」

蕨の指が、また、止る。

「ああ……あらごとは、繁様のことが……好きなの？」

熱い恥ずかしさがこみ上げて、耳がよけい赤くなる。

「――違うよっ」

(繁様と、あたしが……釣り合うわけないだろ)

「繁様は、あたしの恩人。奴にも、とてもよくして下さるんだ」

美豆が、

「繁様の悪口言う者なんて、いねえ。そんな繁様だけど……」

(あれは、二年前だ)

「狩りの時……大怪我をされてね。怪我がもとで病になられて、今、足尾山で療治しているんだ」

「ほう……」

苦菊が呟いた時、蛭野の声が遠くから、

「おう！　手ぇやすめているんじゃなかろうね？」

「ちゃんとやってる！　蕨にやり方をおしえてたんだっ」

あらごとが敵意を込めてぞんざいに答えると苦菊は言った。

「蕨の身の上、美豆の話も聞いた。あんたは――何処の生れなんだね？」

美豆が身の上話をする前に、蕨は、故郷を出たいきさつを話し、

『同じような身の上の子が沢山乗った舟で香取海を……わたってきたの。けど、ここに来

て、良かったよ。あらごとや、美豆や、苦菊に会えたから、良かった』

そう言って、明るく笑ったのだった。

「あたしの話は、いいよ。苦菊の話、して」

あらごとが言うと、痘痕の媼は、

「しがない洗濯婆さんから何の話をしぼり出そうと？　東の方から、いろいろなお屋敷の張物所から張物所と漂い、ここまで流れ着いただけよ」

「浮草のよう」

蕨が笑い、あらごとは、

「苦菊が浮草ならあたしは……生れ故郷の森から嵐に吹っ飛ばされて、泥田に落っこちた枝切れ」

「面白そうじゃないか、話しておくれ」

「あたしは……ここからずっと西で、生れたらしい」

あらごとは、国をいくつもへだてた遥か西――近江国の樹に引っかかっていたのを見つかって、長者の大炊殿ではたらかされた話をする。

「湯気の中さ、毎日、水をはこんだ。一年で嫌になって……」

「浮草になったんだね？」

蕨が言うと、

「そうそう、何処までも流され……違うよっ、自分で考えて動いてんだから、浮草じゃないだろ」

祭りの混乱に乗じて飛び出して、山に入り、故郷を探そうとしたことを話し、

「ただ冬になって食べ物がなくなって……あたしは里に降りた」

「ちょっとまった」

すっと動いて話を止めたのは痘痕が目立つ皺くちゃの手だった。

苦菊は、あらごとを見詰め、

「山に入ったのはいつ？」

「夏」

「よく、冬まで生き延びられたねえ」

「……何でだろう。あたし、知っていたんだ」

「何を？」

「どの草が食べられて、どれが毒か、どの実が美味しくて、どの実を食べちゃいけないか。山芋はどんな所にあるか。川にいる魚の捕り方。……そういうことを全て知っていたの。昔、誰かが、おしえてくれたのかもしれない」

気のせいだろうか。苦菊の目が――鋭く光った気がした。

「さっきから――何の話をしているんだい？」

竹の根の鞭をもった女が勢いよく近づいてきた――。

あらごとは、やってきた蛭野に、

「互いの身の上話だよ、悪い？　手はちゃんと動かしているよ。ほら見てよ、蛭野。蕨の奴、こんなに皮剝きが早くなったよ」

うんざりした顔で答えている。

「――ふん」

蛭野は鼻で笑い、もどっていく。

「で、村に降りて、どうなった？」

苦菊が問う。

あらごとは、うつむき、

「雪がぱらぱら降っている日だった。……その年、初めての雪で、とても寒かった」

後で聞いた話だが、あらごとが下りたのは近江の隣、美濃の村だった。

畑から大根を盗もうとして村の男たちに捕まった。

打擲されていた時、

「止めよ、と言ってくれた人がいたんでしょ？」

美豆が、言った。

あらごとは思い出す。

「都に殿様の御用で上った繁様がさ……こっちにかえる時、たまたまその里を通りかかって、馬を急いで下りて……」

繁は、あらごとをかこむ男どもに叫んだ。

『まだ、幼い子でないか！　許してやれ。……許せぬとな？　よし、わしがその子を買おう。これで、許してやれ』

一摑み（ひとつか）の金をわたし、あらごとを救い出した。

（繁様が来てくれなかったら、どうなっていたか）

「……命の恩人なんだ、あたしの」

うっとりとした羨望が蕨の顔に浮かんでいる。

「ねえ、ねえ、繁様って、どんなお顔をされているの？」

蕨から飛んだ軽やかな問いを、美豆は胸で受け止めるような仕草をする。

「玉のようなお肌！　ほっそりしたお顔！」

蕨は、ますますうっとりした顔になる。

「お前さあ……。美豆も、もう、やめてよ」

あらごとが乱暴な仕草で皮を剝がすも、美豆は、構わず、

「公達（きんだち）の如きお姿……。だけど、お強いの。一の若殿、扶様（たすく）はかなりの大男で……」

周りに余の者がいないのをたしかめてから、

「恐ろしいお方だけど……その扶様と同じくらいお強い」

「だけど、繁様も罪作りなお方だよ……」

あらごとの言葉に目をきらきらさせた蕨は、

「そこまで惚れさすんだもんね」

「──違うよっ。惚れてない」

ぴしゃりと言ったあらごとは、足尾山を眺め、不貞腐れた様子で、

「嘘ついたんだよ、繁様」

あらごとを助け出した繁は身の上話を聞くとこう言った。

『左様か。故郷の山里にもどりたいか……。しかし、今のそなたが、一人でそこを探すのはむつかしいのではないか。常陸はここ美濃から些か遠いが……そこに参れば、そなたはわが父の館ではたらける。そこでいろいろ仕事を覚え、いっぱしの者になってから故郷を探すのでも遅くないのではないか？』

あらごとは同じ木陰にいる三人をぐるりと見まわし、

「些かって……。かなり遠いよ！　美濃と、常陸は」

蕨が、ふんわりした声で、

「下総と常陸より？」

「もちろんっ。十倍、いや、もっとあるか」

（繁様がここからいなくなると知っていたら、こんな遠くまで来ないよ……）

あらごとの表情には繁への軽い恨みと早く良くなってもどってきてほしいという思いが同居している。

「ところで――」

苦菊が口を開く。

「その、三の若殿……繁様が病になる前、大怪我をしたとか」

「狩りに出た時……とても大きな山犬に襲われたんだ。供にいた男が、幾人も、喰い殺された。繁様は大怪我をしたけど……何とか、その犬を、倒した」

美豆は押し殺した声で答えた。

糸になる苧の皮を手際よく剥いていた苦菊の手が初めて止り、

「で――熱病になり……医術に秀でた山伏がおる足尾山にうつされた？　その山犬……何匹だったんだい？」

「一匹狼(おおかみ)だよ。とても大きい、一匹の山犬。鬼のように獰猛(どうもう)な」

美豆が角張った顔を横に振りながら前に出し、牙を剥くような顔をしたから、蕨はふるえ上がる。

その時、足尾山の方から強い風が吹いてきて、頭上の枝葉が身悶(みもだ)えし、ザーッという波に似た音を立てた――。あらごとは繁を襲った大きな猛獣(けだもの)が頭上から飛びかかってくるような気がして背筋を冷たいものが走った。

あらごとの手も止り、暗い声で、

「あたしは……熊と聞いた。繁様を襲ったのは山犬でなく熊だったって」

「狼と言う人と、熊と言う人がいるんだ……。とにかくそれは暮れ時のことで……繁様にやっつけられたその大きな獣は……谷底に落ちたから、正体は知れない。殿様の周りの者も、そのことは話したがらないの」

そう言った美豆に、苫菊が、

「足尾山にはこばれた繁様を、その後、見た者を知っているかね？」

美豆とあらごとは、顔を見合わせている。

「……いない、あたしらの周りには」

美豆は生唾を呑んで答えた。

美豆はどっしりした仏像、蕨は善財童子の小像のように手を止めていた。

と、

「手ぇやすめるんじゃないよ、性悪女ども！　粟散辺土の片端で婢しとる女郎どもよ。気張れ、気張れぃ！」

あらごと　二

筑波嶺の　峰より落つる　男女川　恋ぞつもりて　淵となりぬる

陽成院の和歌で知られる筑波山の北に源護の館はある。

筑波山は古来、遥か都の人々に「恋の山」として知られたようである。

筑波山に男体山と女体山があること、さらにこの山は「嬥歌」の山として天の下に広く知られていたこと、これらの理由から恋の山のイメージが出来たのだろう。

嬥歌は歌垣とも呼び、日本だけでなく、東南アジアや中国南部でも広くおこなわれていた風習である。

まだ、種をまく前の春先、数多の男女が、しげしげと木の葉が茂る筑波嶺に入る。

和歌を贈り合い、求愛、求婚する。

見事、恋の火種をたしかめ合った男女は、そこここの木の下、山の中に開けた野などにゆき、燃えるような言葉でささやき合い、けだるい春の月が見下ろす下で、汗みどろになって――婚う。

まるで天上の音楽に歓喜しているように、静かに身を瞬かせつづける星々の下、恋をたしかめ合う。

だが……護邸の下人小屋、下女小屋に身を置く者は、塀の外の百姓のように、嬥歌に出ることを許されていない。

恋の山、筑波は今、塀の向うで、夕日に焙られている。

筑波山の上にはほの赤い布、あるいは青布に、白い絵の具をなすりつけたような雲が、いくつも浮かんでいた。

その薄雲から目をそらしたあらごとの視界に大きな板屋がいくつか飛び込んでくる。

左に見える板屋からは、木を削る音が絶え間なく聞こえてくる。作物所だ。

あらごとは作物所でつくられた空の椀をもちながら歩いている。

作物所はこの家でつかわれる椀や、机などをつくる工房だ。

茎から剝いだ皮をまた小川にひたし、苧引きと呼ばれる作業をした後、陰干し、一日の仕事を終えたあらごとは今、美豆、蕨、ほか幾人かの下女と共に、下女小屋から、大炊殿に歩いていた。

前からは先に飯をもらった下人たちがとぼとぼと歩いてくる。

と、

「また、蛭野に叱られたって？」

牛屋ではたらく青丸(あおまる)という歯がかけた少年が、あらごとを小突きつつ大炊殿に駆けてゆく。

「ちょ……青丸！」

数歩追った所であらごとは止る。

大炊殿の傍でひそひそと熱い囁きをかわす若い下人と二十歳(はたち)ばかりの下女を見たからだ。

あらごとの中で不安が首をもたげる。

（どうなるってんだよ……。こんな所で、いい人、見つけて）

物寂しい萱原(かやはら)にすてられた赤子の骸(むくろ)が、あらごとの胸底に浮かんだ。

（塀の外と違って――どんなに好きな人がいても、夫婦(めおと)になんてなれない）

預になるか、よほど働きがよい者でなければ、許しが、出ない。

（繁様は……下女小屋で生れた子を助けようと……）

この館はすぐはたらけぬ下働きを……要らない者と見なす。

（繁様だけは――）

――あらごとの中で冷たくも熱い火花が散った。

と、手にもつ椀が、あらごとが力をくわえていないのに――一度だけ、小さく、ふるえた。

(……早く、よくなってよ!)

椀がさっきより大揺れし、落としそうになる。

あらごとは瞠目し椀を強くおさえている。

刹那——屋敷の東、護が住む御殿のそのまた奥から、恐ろしく太い遠吠えが、した……。

(——唐犬?)

遠吠えはいつもより長く、つづく。一瞬、犬の声に気を取られたあらごとは手でつつんだ椀に注意をもどす。

右掌に乗せてみるが椀に異常はない。

*

「あらごと、ずいぶん浮かない顔をしているね。はい、山盛り! でしょ?」

大炊殿の下女、音羽が、玄米をたっぷり椀に盛ってくれた。

大炊殿には——一斛炊きの大釜があり、下人下女が食う飯が全て炊かれる。

あらごとは、少し笑い、

「うん」

「音羽ぁ、今日も汁なしかぁ！」

あらごとの後ろから下人のだみ声が飛ぶ。

沢山の人が飯をもらいに来ていて顔見知りの下人と下女が声をかけ合う。

音羽は、よく通る声で、

「粟粥じゃないことを感謝してっ」

音羽は二月ほど前に護邸（ここ）に来た娘で歳はあらごとより上だろう。

円（つぶ）らな瞳、浅黒い肌、顔が角張った娘で、狸（たぬき）に似た愛嬌（あいきょう）が、ある。護邸に来て日も浅いのに早くも下人小屋、下女小屋の人気者となっている。

大きな白木の櫃（ひつ）にしゃもじを入れながら音羽は、

「おぉ、蕨。少し……いや、だいぶ疲れている？」

あらごとの次に並んだ蕨に、潑剌（はつらつ）たる声をかける。

「今日はどれくらい？　少な目？　大丈夫？」

板敷の端に櫃を据えた音羽は、土間に突っ立った蕨から椀を受け取り飯を盛った。

その時だった。

異様に太い遠吠えが——館の奥から聞こえた。

多くの者が気味悪そうな顔になる。

蕨の後ろにいた赤ら顔の下人が、薄暗い声で、

「……唐犬……か」

「今日はやけに鳴くねえ……」

奥の方から飯がたっぷり入った櫃を汗だくになってはこんできた、大柄な女が言う。

しゃもじを止めた音羽が、森に棲むリスのような目で、ぐるっと辺りを見回し、従類や、預がいないのをたしかめてから、押し殺した声で、

「ねえ、その犬は人を餌にすると聞いたんだけど……本当？」

白髪頭、骨と皮ばかりに痩せた男が、空の古椀をさすりつつ、

「わしも聞いたぞ、それ。何でも、あの遠吠えがするとな……病などで、働きが悪い下人や下女が……必ず一人、消えるんじゃと」

あらごとの横で蕨が青ざめる。

さっき、飯をはこんできた大柄な下女が、深刻な顔で、

「――奥につれていかれるらしいよ。東の奥、隠居所に……」

唐犬は御殿の前庭の東、大きな杉木立の中、隠居所に飼われているという。

「ああ、恐ろしや、恐ろしや」

ある下女が夢中で九字を切った。

いくつもの手が、九字を切る。何人もの口が――呪文を唱えだす。

黄昏時の大炊殿は、異様な興奮につつまれている。

音羽が、蕨に、

「あんた、ちゃんと食べないと、病になるよ！」

「倍にっ！　倍に盛って——」

小盛りの玄米が乗った蕨の椀がふるえながら音羽の方に突き返されている。

「うちの子を脅かすなって」

あらごとが音羽に言う。

（いくらうちの殿様連中だって……人を、犬の餌なんかにはしないだろう）

と、群衆の中にいた——苦菊が、恐れおののく男たち女たちに、とぼけた声で、

「のう、のう？」

近くにいた者が、全身に痘痕のある老婆を見た。老婆はゆっくりと、

「……誰かさ、この中でその唐犬を実際に見た者はおるんかね？」

下人下女たち——男女の奴たち——は、固唾を呑んだり、眉間に皺を寄せたりして、顔を見合わせた。

「久米彦が見たと……。獅子の如く大きい黒犬を見たと！」

誰かが言い、また違う者が、

「あいつは嘘つきじゃ！」「奴の言うこと、あてにならんっ」「わしは——見たぞ。大きい犬の影を」「いつ？」「夜更け……厠に行った時ぞ。松明をもった兵が四人、共におった

わ」「番犬の見間違いでは?」「番犬どころじゃなく大きな犬じゃっ」

細くも逞しい男、真っ黒に日焼けした男、ひどいあかぎれの女、いろいろな者が口を開き……飯をもらうどころではなくなった。

その時、

「――何を騒いどるんじゃ!　下衆どもぉっ」

物凄いガラガラ声が、ひびきわたった。

烏帽子をかぶり、黒い狩衣をまとった大男が、目付きが鋭い二人の従者をつれ、大炊殿に入ってきた。その大男を見たとたん、あらごとの面は険しくなる。

(こういう時に出んだよ……。外道の熊男は)

猛気をまとったその男、右手に黄色い真桑瓜をもっている。ごつい左手一つで、戸口近くにいた下人を跳ね飛ばし、婢たちを掻きわけ、こっちに突進してくる。

「何の騒ぎかと問うておる!」

あらごとが嫌う、この髭濃き、赤面の大男こそ、嵯峨源氏の一族といわれる常陸最大の豪族、源護の嫡男、源扶その人だった。

「一の若殿のお尋ねじゃ!」

「答えいっ」

口々に厳命した二人の従者の腰には毛抜形太刀（けぬきがたたち）が吊るされていた。一人は弓をもっている。で、この二人の主たる身の丈六尺三寸（約百九十センチ）という、とんでもない体躯（たいく）を有する髭濃き男、扶の腰には、郎党の刀が子供の玩具に見えるほど馬鹿でかい毛抜形太刀、牛をも裂けそうな刀が……鎖でぶら下がっていた。

さらに、扶の腰には大きな瓢箪（ひょうたん）も下がっていた。扶を興奮状態にする飲料、酒が入ったものだ。

扶は右手の黄熟した真桑瓜をおもむろに口にもっていって——ガジッ、と、かぶりついている。

細い白目になって、

「……旨（うめ）え——」

汁と共に酔い痴（し）れたような声がこぼれている。

突然——クワッと、目を剝いた、扶は、大音声で、

「——誰が、この騒ぎを起こしたっ！　お？」

赤ら顔をさらに赤くし青筋をうねらせた扶は毛深い左手で幾人もの下人下女を突き飛ばした。

「わぬしか！　わぬしか！　わぬしかっ――」

暴風に吹っ飛ばされた枯れ木のように、土間に叩きつけられた人々から、叫びがもれる。

（何でも……ある姫にふられたせいで、よけい荒っぽくなったとか……。君の前って言ったかな、その女）

あらごとは瘦せた肩をすくめる。

荒ぶる巨漢のギョロリとした目が、あらごとを捉えた――。

筋骨隆々たる扶はあらごと、蕨を守ろうとする美豆を押し飛ばしてあらごとたちに向かってくる。黒い狩衣の白い矢車模様が躍動しながら、迫ってきた。

山の中で、巨大な人喰い熊が突進してきたような――恐ろしい圧迫感が、あった。

（何だよ、何で熊男、あたしの方に――）

あらごとは面を強張らせ小さな肩をふるわせながらも蕨を守るように立つ。真上から、

「蛭野に幾度か叱られとるうぬらかぁ！」

耳がわれんばかりの怒声が強い酒気と共に降ってきた。酒が入っているらしい。扶が、また瓜に、ガジッ、とかぶりついている。汁が――散り、あらごとの顔にかかる。

あらごとが答に詰まったその時、

「その子らじゃない。――わたしの話で皆が騒いでしまったんですよ」

涼やかな声が、板敷の方から放たれている。

音羽だった。音羽は、にっこり笑って、ゆっくりと、一語一語きざむように、

「怖い話ぃ、したもんで」

扶の太首が音羽の方に向く。舌が動き、口回りについた瓜の汁を舐め取る。

「……ほう、何の話、しおった？」

さっきまでどよめきがおおっていた土間は、しんと静まり返っていた……。

音羽は笑みを崩さず先ほどまで唐犬の話でどよめいていた男たち女たちをゆっくり見まわしてから、

「鬼の……話ですよ。わたしの里に出た鬼の話をしていたんです」

とぼけたような顔で、ぬけぬけと嘘をついた。

扶は、真かというふうに、あらごとを、見る。

あらごとは夢中でうなずく。

扶のごつごつした顔がほかの奴の方に振られた。

蕨などほかの下女、そして多くの下人たちが、次々、首を縦に振っていった。

いつの間にかにぎりしめていたあらごとの拳にギュッと力が入っている。

（みんな……音羽を守ろうとしている。この獣のような男から）

扶にひどい目に遭わされた者たちの姿が心に浮かんだ。

扶は音羽を見下ろし、低い声で、

「どんな鬼じゃ？」

音羽は愛嬌を崩さず、

「女ばかり狙って、食べる悪い鬼。百年ほど前に出たとか……」

扶は、帯剣する郎党の一人に言う。

「女だけを食う鬼かっ。わしのようじゃ……。この前も、お主の姉を食ろうたしのう」

声をかけられた直垂(ひたたれ)姿の郎党は気まずげに、

「……は」

ひどく短気で粗暴、酒癖、女癖共に悪い、と何拍子もそろった大豪族の跡取り息子は、ずくずくに熟れた真桑瓜にまたかぶりつく。果肉や黄ばんだ歯のあわいから、汁がこぼれる。

「女。名は何と申す？」

扶の濁った眼(まなこ)が、音羽の引きしまった体を舐めるように凝視する。

あらごとはこの狩衣をまとった獣の狙いが、下人下女を打擲する、こらしめる、という方向性から、別の方向に……もっとどろっと嫌らしい方に動いた気がした。筒袖の下の背を冷たいものが走る。

音羽はにっこりした笑みを崩さず、

「音羽にございます」

「下衆女にめずらしい、愛い奴ではないか」

預たちの目を盗んで年頃の下人下女がおこなう、あのことを、あらごとはたまたま目にしたことがある。だから知識として好いた者同士があのことをおこなうのは知っていた。

だが、今は違う。

扶と音羽は、好いた者同士ではない。

（こいつ……他の下女たちにしたように、無理矢理あれを……）

嫌悪が、あらごとの中で燃えそうになる。――ビリビリと体の中で冷たくも熱い火花が散った。

酒臭い巨体が――どんと板敷に上がる。

「剝いたろか？」

食いかけの瓜を弓をもっていない方の家人に押し付けた扶は濡れた手で音羽を捕らえようとした。

音羽は自分を捕獲しようとする獣の手を、すっとかわし、相変わらず笑みを崩さず、

「酔うておいでですな？」

「酔うてなどおらぬわ！　下衆女め」

あらごとは――強く歯嚙みした。刹那、あらごとがもつ椀が、びくんと一度、ふるえている。

（……あれ？　また、椀が勝手に）

汗に濡れた粗末な筒袖の娘、音羽は、護の長子相手に余裕の笑みを浮かべながら、

「誘うのに、下衆女はないかと」

「和女めっ」

この女め、くらいの意だ。毛深い手が――力強く、動き、音羽を捕らえんとするも……

紙一重の差で、音羽はすり抜けて、一瞬、真顔になり、

「似たようなもんですよ」

あらごとの表情が険しくなる。

巨体の乱暴者を睨み、

（お前の烏帽子なんか、取れちまえっ！　外道）

――念じた。

すると……どうだろう。

「おっ、わぁん！」

扶が――素っ頓狂な悲鳴を上げた。

突如、烏帽子が……付喪神でも憑依したか、ミョン、と、一尺ほど真上へ、上昇したのだ――。

「え……？」

あらごとは瞠目し、蕨が、

「あは！」

蕨の笑いに釣られて多くの下人下女が、

「わははは！　わははは！」

どっと笑い、扶の従者の一人——姉に扶の手がついた男——までが、こらえ切れず、吹き出しながら手で口を押えた。

「誰が笑った！　笑った者、片端から斬る！　就中、一番初めに笑った者は、八つ裂きじゃっ！」

扶の咆哮を聞いた多くの者たちの顔に恐怖が走る。

特に、あらごと、蕨に走った恐怖は、大きい。

床に落ちた烏帽子を扶は、夢中で取った。この時代の男にとって人前で烏帽子が取れるのは大きな恥なのだ。

紐が切れた烏帽子を無理に頭に乗せた扶は、恐ろしい顔をこちらに向け、

「——許さぬぞ。誰じゃ？」

目が——据わっていた。その目が静まり返る奴を一人一人ねめつけてゆく。

蕨は、あらごとの傍で、恐怖のあまりくずおれそうになっている。

（蕨が……八つ裂きに……？）

刹那、多くの下人下女がもつ椀がカタカタ震動しはじめた――。飯が入った櫃からもミシミシと音がしている。

櫃に乗った大しゃもじが、誰もさわっていないのに少しずつ横に動いていた……。

さらに、屋敷の東方から、あの唐犬の恐ろしい遠吠えが聞こえた。唐犬はいつになく狂おしく吠えまくる。

「――地震(ない)じゃぁ！」「土公神(どくじん)様が……お怒りじゃっ」「唐犬も、怒っておる！」「お助けを」

下人下女がどよめき、中には恐慌を起こして空の椀を放り投げ、土間に蹲(うずくま)った下女もいる。

酔っぱらった扶もきょとんとした顔で、

「地震とな？」

と、蹲った下女が、

「土間は……揺れておらんっ」

怯える蕨を抱き寄せたあらごとの傍に苦菊が歩み寄り、真に小さな声で耳打ちした。

「落ち着くんじゃ」

「おう……」

と、酒臭い息を吐き、どすんと板敷に尻餅をつき、また取れかかった烏帽子を無理に押

さえた扶に、

「あの」

音羽が声をかけた。

のどかな声で、

「吾も……笑いました」

「まずは、お前じゃぁ――」

また捕まえようとする手を――すっと逃れて音羽は、

「ただそれは恐ろしいお方と思っていた貴方様が、面白きところもある御仁と思うて、ほっとして笑ったのです。そういう笑いです」

「なら、大人しゅうせいっ」

またも、扶の手は音羽を捕まえそこねた。

(熊男、相当酔ってんな)

音羽は無事だろう、という思いが――あらごとを落ち着かせる。

すると、震動していた多くの椀、櫃、しゃもじなどが次々動きを止めている。だがまだ、不気味に太い、遠吠えはつづいている。

苦菊がとぼけたような顔で、囁いた。

「そなたが落ち着くと犬も落ち着く気がする。ほれ……人がぴりぴりしとると、犬も、騒ぐじゃろう？　ひひ」

……この人は何を言っているのか？

たしかに人の心が近くにいる飼い犬に作用することはあるかもしれない。

だが、ここと唐犬のいる隠居所は一町もはなれており……あらごとは唐犬を見たこともさわったこともない。

それとも、あらごとの心の持ち様と、椀などの震動、唐犬の遠吠え、この三つに、何か因果関係でもあるのか？

と、扶が、

「ええい、ちょこまかと！　この女を捕まえいっ」

直垂姿の二人が、一陣の風となって動こうとした時、

「兄上！　此は一体、何事にござろう？」

ゆったりと間延びし、されど、ひんやり冷たい、男の声がした。

大炊殿の奥から、一人の男が、現れた。

（出た……毒蛇）

歳の頃、三十過ぎか。烏帽子をかぶり、赤い鱗模様が浮き出た、薄灰色の狩衣に、濃い灰色の指貫という出で立ちだった。

背は高い。

身の丈、六尺（約百八十センチ）弱。ひょろりと痩せていて、首は長く、猫背気味に歩く。

目と顎は尖っていて髭は綺麗に剃ってある。

冷たい沢の藪陰に潜む蝮のような雰囲気の男であった。

下人下女に――氷水を浴びたような、緊張が走っている。

この男こそ、真壁郡の主・源護の次男、二の若殿こと、源隆であった。

（あたしらに……誰よりも厳しい男）

帳面を手にした隆はでっぷり太った蜜柑色の水干の男、商司（護の庄園でつくられた米、苧などを商人に売る人）、預の長、と呼ばれる小柄な翁をひきつれていた。

「この前の女……どうなりました、兄上？」

館の政所をあずかり、頭をつかう仕事の一切をまかされている隆が、館の守り、輸送の警固を一手にになう兄に、ゆっくり歩み寄る。尻餅をついていた獰猛な兄は目を細め体を横揺れさせている。

酒に飲まれかかっている兄の頭から、またこぼれそうになった烏帽子を受け止め、無理矢理かぶせながら、

「あとま、と言うたか？　兄上に抱かれて怪我したようですな。その前のは、酢刀自の塩虫？　塩虫めは……義姉上に目をつけられ、義姉上の侍女たちに、手ひどく打擲された。

骨がおれて……しばし、はたらけなくなりました」

「ふう……」

扶から、酒で濁った溜息がもれた。

音羽と、あらごとたちは固唾を呑んで成り行きを見守っている。

痩せた弟は、がっしりした兄の傍にすっと腰を下ろし、

「――酢作りがしばし止りました。これ……損にござる。損を生んでおる。のう？」

横に倒れかかった扶を――商司が受け止めた。

「……はっ。真に言いにくうございますが、二の若殿の仰せになる通り、損と言うてよいかと」

預の長が、言った。この小さな翁が預たちの上に君臨、男の預たちが下人に女の預が下女に指図している。

扶をささえる商司もそっと首肯した。

「二年前にはこんなことも。あれは打物所の汗奈と言ったか……。たしか、国府の市で五貫で仕入れた女です。ようはたらく女でした」

「………」

隆は、扶に、

「お忘れになりましたか？　汗奈には、思い人がおったようで……兄上にされたことを苦

にして首を吊った。これ――五貫の損です」

隆は血色の扇を出し、その扇の向うで、囁いた。

「五貫の損は、いけませんぞ。兄上」

あらごとの中は――煮えたぎっていた。扶が、下女にしたことが許せぬ。また、人の死を、五貫の損と平気で言い換える隆の言い草も許せない。

今、自分に火が吐けるなら、こいつらめがけて真っ直ぐに吐き、まとめて焼き払うだろう。


あらごとの椀がかすかに揺れる。

苦菊が、耳元で、囁く。

「――おさえるんじゃ」

あらごとが向き直ると苦菊は首を縦に振る。

(あんたは……何を知っているの？)

と、隆が、冷然と、

「田所(たどころ)の敦安(あつやす)と牛屋の青丸！　お主ら、二人、たった今、我ら兄弟を不遜な目で睨んでおった」

隆は屋敷ではたらく百数十名の下人下女の名を全て覚えているという。酷薄な笑みを浮かべ、

「取り押さえよ！」

あらごとと同じく隆の話に怒りの炎を燃やした下人がいたのだ。その炎が、眼に飛び火し、隆の目にとまった。

敦安という赤ら顔の下人、あらごととしたしい青丸が、扶と一緒にきた逞しい男たちに押さえられた。

（止めて！）

「こらしめよ」

敦安と青丸の叫びを聞きながら、あらごとは目を閉じる。

くぐもった笑い声がしたのできっと睨むと、いつの間にか下人下女の後ろにいた蛭野と、取り巻きたちがへらへらと笑っていた。


大炊殿から飯をもらって下女小屋にもどる途中、あらごとは青丸に、

「災難……だったね」

青丸はあらごとより少し年上と思われるが、背はあらごとより低い。埃っぽい長い髪を後ろで一つにたばねた小柄な若者だ。しゃくれた顎を落とした青丸は丸っこい目を細めて裸の足を止める。

「この塀の内じゃ……毎日じゃねえか？」

囁いた青丸の頬には、痣(あざ)がある。あらごとも、止った。

「先に行っていて」

美豆、蕨に、言う。

あらごとの横には板葺(いたぶ)きの打物所があり、北の板塀の先から——数知れぬ蛙たちの分厚い唄が聞こえた。

すでに日は完全に落ちている。いよいよ深みをましてゆく濃青(こあお)の空から、鴨(かも)の叫びが降ってきた。

(あんたらのように翼があれば塀を越えられるのにね……)

飛びたいというあらごとの思いを断ち切るように、青丸が、

「今日、苛々(いらいら)してさ……働きが悪(わり)い牛を思い切りぶん殴っちまった。悪いことしたなあと思って、とびっきりの草が生えている所につれて行ったら、旨そうに食(は)んでた」

「………」

「牛にとっての草のようなもん、そいつさえありゃ、幸せになれるっつうもん、ないんかね？　俺らに」

「米？」

「米だけで……お前は幸せなん？」

米の入った椀をもった、あらごとは答の代りに石を蹴った。

黒い風となって、顔に吹き寄せてきたユスリ蚊の群れを追っ払うと、かすれ声で、

「草さえあれば……牛は、幸せ？」

「お前はどう思う？」

「牛飼いがあたしにそれを？　とにかく――元気出して」

あらごとは、青丸の肩を叩いている。

「あらごと、前に……お前が誰かに似てるって言ったろう？」

「うん」

「……わかったよ。俺の姉貴に似てんだ」

「嬉しくない。あたしに手伝えることがあったら、言って」

「お前の方がいつも手伝ってほしいくせによ。じゃあな！」

青丸はあらごとの後頭部を軽く小突くと牛屋の男たちの塊めがけて走っていった。

夕闇の中、あらごとは少しおくれてとぼとぼ歩いてくる苦菊をみとめた。

傍に来るまでまち、

「……あんたに訊きたいことがある」

「………」

苦菊はあらごとを――無視してすたすた先に行こうとした。

見ようともしなかった。

あらごとは、追いつき、小声で、

「さっきのあれは何？」

先ほど気持ちが高ぶった時、椀が揺れ、櫃が軋み、しゃもじが動いた。扶の烏帽子も自分がすっ飛ばした気がする。そのことをあれと言っているのである。

「――気をつけることじゃ」

右手に椀をもった苦菊は嗄れ声を発している。

初めて、あらごとを見、左手の人差し指を唇に当て、すぐ下ろした。

滅多な所で――その話をするなと言っている。

苦菊は足を止めて呟いた。

「……火花が、散るのじゃろ？」

……この人は知っている。

あらごとは、確信した。

「散りはじめたら、おさえよ。外に出ようとするものを、中にもどせ」

「だからそれが何だって――」

急にとぼけた顔を見せた老婆は、

「ありゃ……何の話、していましたか……？」

「だから――」

二人の横を、ほかの下女たちが通ってゆく。

「わしに訊いてもわかりませんよ。……貴女は、どちらの預でしたかな？」

もてあまし気味に、あらごとは、

「何で急に？」

「近頃、もの忘れがひどくて。風に吹かれて動く草のように、思ったことを右に左に申しているだけですから……お気になさらず。ひひ」

と……東の方から、件の遠吠えが、聞こえて、苦菊はそちらを眺めた。

「恐ろしい声じゃ。どんな……犬なんかのう」

＊

その夜。

常陸から遠く――西。

近江にそびえるさる霊峰の小川に向かって二人の僧が並んで立小便していた。

若い僧と、年かさの僧である。

木の間から差す月が僧衣を照らしていた。

二人が小便している川は多くの僧が厠で出したものを、琵琶湖にはこんでゆく。

おかげで下界の人々からは、この川はありがたい法文を唱えるらしいと噂されている。

比叡山延暦寺、一の川(大宮川)——二人が尿している川だ。

大杉が並び立つそこはかなり上流、多くの僧房の厠のものが合流する前の一の川で、二人からはなれた所には、幾頭もの鹿が水を飲みにきていた。

呟くような梟の声がする。

「でえ、お受けになるんですか?」

若い僧が、太い声で言う。

「……うん、そなたなら如何します? 良源」

年かさの端整な顔をした僧はゆったり滴を切っている。

訊き返された、若き僧、良源も、いそがしく露を払い、衣を直し、

「そうですな……まず、朝廷もずいぶんと、横暴なことを突然言ってきますすな」

「ふふ」

と笑い、年かさの僧は歩き出す。

良源もつづく。

二人は、夜行獣の眼でももつのか?

松明をもたず——夜の山林をすたすた登っていった。

良源は先を行く墨染めをまとった背に、

「昔、大王（おおきみ）や豪族は……野における呪師（のろんじ）を妖術の徒などと、謗（そし）って処罰した。わしも貴方もその頃に生れていれば、首がなかったかもしれませんぞ」

「そうなるかなあ」

先を行く僧は足を止めて左を向き、片手を前に出して祈る仕草をする。

良源もそれにならった。

闇に沈んだ藪の中に小さな石仏が隠れているのである。

二人は、また歩き出し、良源が、

「貴方は大丈夫かもしれんが、わしの首などないでしょうな。で——我ら、呪師はへった」

「…………」

「妖（あやかし）、鬼の跋扈（ばっこ）が報告されるようになった。だから今度は……諸国の野をさすらう呪師の生き残り、山に隠れた呪師の後裔（こうえい）、こういうもんを探し出し貴方にまとめ上げようという。これ、かなり乱暴な話じゃありませんか？　陰陽寮（おんみょうりょう）の方におらんのですか？　呪師は？」

「いますよ」

「少ないんでしょう？　本物が。偽物の方が……」

「良源」

たしなめるように年かさの方は、

「……本物、偽物という言い方はよくないですよ」

「……はあ」

納得していないような良源の言い方だった。

「陰陽寮は天文を見たり、暦を書いたり……。そもそもの職掌が呪師と違う」

「はあ。ただ……そもそもの話の振り方が乱暴だと、そこを、どう思っているんだと、俺なら言ってやります。何処の誰から来たご下命か知りませんけどね」

年かさの僧は、愉快げに、

「相変わらず、ずけずけ言いますね。昔からですか？」

「ええ。鳰（にお）の海の北……」

鳰の海――琵琶湖のことだ。

「寂れに寂れた浦人の里で生れた時から、ずっとそうですよ」

良源はごつごつした筋肉質の腕をさすりながら答えた。

良源――この時、二十三歳。琵琶湖の北岸、岡本郷（おかもとごう）に生れている。

父は木津姓、母は物部姓、豪族などではなく、貧しい漁師の家であったろう。

木津という姓から考えるに良源の父は中国大陸からわたってきた渡来人の家系と思われる。


「結局、どうされるので？」

庵が見えてきた所で良源は尋ねた。

行く手の高木から高木へ——ムササビらしき影が飛んでいる。

「引き受けようと思います。誰かが、やらねばならんでしょう。貴僧にも手伝ってもらいますよ」

「ああ……はい」

刹那——年かさの僧が、びくんと体をふるわすようにして、立ち止った。

良源には暗い鋭気が、年かさの僧の体を横に突き抜けたように見えた。

年かさの僧は道端の岐嶷な老杉に手をついて息を深くととのえていた。夜霧が、足元を漂う。良源は話しかけずにいた。

体ではなく、心を異変が襲ったと見て取ったからである。

ややあってから……年かさの僧は大杉から手を放し良源に向き直っている。

打って変った凄気がにじむ口調で、

「禍々しきものが——都に入らんとしておる。其が、見えた」

良源がいる比叡の山から西南に降りると——天下の中心が、あった。

諸国の国司や郡司が絶え間なくおくってくる膨大な富の上に奢侈と文化という花を咲かせた都だ。

平安京である。

年かさの僧は、面差しを引きしめた良源に言った。

「急ぎ、下洛してほしい」

どれだけ山深くとも草深き鄙の国から都に向かうことを、上洛という。

だが都の東北、鬼門に聳えるある霊峰から京に下ることは、下洛と呼んだ。

——比叡山。

伝教大師・最澄によって開かれ桓武の帝に庇護された一大霊場である。

「承知しました」

眉をうねらせ、頭を下げた良源から、硬質な声が出る。

「で、どんな奴です？」

「……はっきりとはわからぬ。だが、恐るべき者。その者が何を企んでおるのか探り出し、わたしに報告して下さい」

良源、厳しい顔で、

「――はっ」

「それはそうと……さっきの話ですが、東の方はある女子にまかせようと思っています」

「ほう、どんな女です？」

「……まあ、昔共にはたらいたことのある女ですよ」

　年かさの僧は、一瞬、答に詰まり、庵の方に歩き出した。

「ちょっと、まって下さいよ。あんた……まさか――」

　急にぞんざいな口調になった良源は慌てて追いかけ、

「その女と昔、何かあったんじゃないでしょうな？　この良源、あんたのそういう処だけは尊敬出来ませんな！」

　庵に急ぎつつ相手は、

「何も、ないですよ……貴僧と同じく、二重の力をもつ女です。犬神に兄を殺された。たしか……赤い犬神。その奴を追っている」

「……厄介ですな。奴らは殺した分だけ、強うなる。いや、誤魔化さんで下さい！　あんた、嘘は、いかんよ、嘘は。仏家が」

「――良源」

　急に厳しい声を発して相手は顧みる。

　背筋を天突く竹のように直した良源は、

「はっ」

「下洛の支度、急ぐように」

「——明日払暁には山を降ります！」

ここは真面目に答える良源だった。

あらごと　三

ごうごうという風の鳴き声がする。様々な考えが吹き荒れ——なかなか寝付けずにいた。

初め、あらごとは、
数多の女の鼾が聞こえ重い蒸し暑さがのしかかってくる下女小屋の闇で、考えている。

(あたしがもっている力って……何なんだ?)

闇が暑い。

その闇に、いろいろな臭いが、溶け合っている。

汚れた臭い、汗の臭い、草汁の臭い、埃にまみれた苧衣(おごろも)の臭いなどが。

あらごとを悩ますのは己の中に潜む——得体の知れぬ能力(ちから)だ。

心が強く揺れ動いた時、身の奥底で火花が散って、ふれてもいないものが揺れたり、扶の烏帽子がすっ飛んだりした。

(あんなの初めてだよ)

同じ小屋に眠る張物所の姥、苦菊は何かを知っていそうだ。が……おしえてくれそうにない。

（知っているにしたってさ、苫菊に、あたしと同じような力があるなら、唐術とかさ……）

手品だ。

（品玉とかやってさ、世の中、わたって行けそうじゃないか？　だから……）

大したことを知らぬ可能性があった。

（だから——おしえ渋ってんかもね苫菊は……。とどのつまり、あたしの力が何なのかを知るには、あの山里に行く他ないんだ。あそこで何があったか、知る他ないんだよ）

夢の中に出てくる山里だ。

そこを探し、たどり着くには——途方もない旅をせねばならぬ。

（繁様がもどってくるまで、何とか頑張ろうって思ってた）

だが——もう、限界に、近い。

扶の乱暴、八つ裂きにするという言葉、隆の冷たさ、蛭野の鞭、蛭野よりもっと怖い男の預ども、炎天下の畑仕事、そして明日からはじまるであろう気が遠くなるような苧績みが、あらごとの胸をぐちゃぐちゃに搔き混ぜる。

（とくに苧績みが嫌だよ）

鼾をかく美豆の隣であらごとは顔をしかめている。

（ここの苧績み小屋、たぶん、天下一、蒸し暑い。あすこより暑い所、ないよ！　一度入ってみたらいい、見張りの武者（むさ）どもも、熊男も、毒蛇も、そして……）

三人の倅（せがれ）はいずれも大柄なのに非常に小柄で、狷介（けんかい）な気をまとった館の主——下女小屋の女とほとんどかかわることのない、源護を思い出す。

蕨の小さな手が——あらごとの筒袖にふれた。

（出たい……）

あらごとは蕨の手をそっとにぎった。

（この牢屋（ろうや）から）

すると、蕨は微風が吹けば飛んでいきそうなほどかすかな声で、

「……母様（はわ）……」

あらごとは——面貌を歪める。あらごとの内で蕨への愛情が渦巻く。一つ下なだけなのに、体が己よりずっと小さいからか、幾歳も下の妹をもったような気がする。

（蕨があたしの妹分と思った時……妙に心地よかったな）

その妹分は、今日、二度、死にかけた。一度目は煮え滾（たぎ）る炎熱の中、二度目は扶が八つ裂きにすると言った時に。

（こんな、可愛らしい子を、あいつら……。蕨の真の母様、あたしが知らない……あたしの母様、父様（とと）、みんな、聞いて。

この子を守りたい……。——死なせたくないんだっ。もう、繁様をまっていられない。
ここを出なきゃ！）

出たいという願いが、出ねばという決意に、変った。
だが、出ようと決めたとたん、この館が非常に固い意思でもって、出すまいとしている
とわかった。

（下女小屋は館の、乾の端。——北の板塀、西の板塀が、近い）

塀の高さは……、

（一丈。どう、越えたら？）

あらごとは途方に暮れる。仮に越えたとしてまず——茨を巻いた木・逆茂木を据えた斜
面があり、斜面を下った先に深い水堀が、ある。

（門は……？）

頭を失望がよぎる。逃げようとする望みの前に、固く閉ざされ、厳しく守られた門が、
立ちふさがっている。

（糞ぉ……だけど、何とかなるよ、きっと！　仲間をつくろう）

火花が、散りはじめる。
胸の奥で散るあの火花が……。
苦菊の教えを思い出し、おさえつける。

その時――世にも恐ろしい吠え声が夜を乱してひびきわたった。

火を吐いて亡者を焼くという地獄の狼を思わせる凄まじい声だ……。

――唐犬だ。

すると、いくつもの遠吠えが連鎖して、起った。

（ほかの番犬まで鳴きはじめた）

おかげで、なかなか、眠れぬ。ようやくまどろんだ瞬間――あらごとは奇妙な気配を感じている。

金属の音と、複数の足音が、こっちに近づいてくる……。

固唾を呑む。

すると、あらごとの懐は――急速に冷たくなってゆく。ぎょっとして、懐から麻袋を出した。さっきまで生温かった麻袋は冬空の下に捨て置いたようにひんやりしていた。

恐る恐る、壊れた鏡を出す。

鏡の欠片は――氷の如く冷たくなっていた。あらごとの顔は固く凝結していた。

外の金属音、そして幾人かの足音は――どんどん、近づいてくる。

恐怖のあまりか、体の奥底で、また、あの火花が、散り出した。

――金属音が一気に激しくなっている。足音も荒くなる。小屋の外で、ハア、ハア、という激しい吐息も聞こえた。

あらごとしか起きている下女はいないようだ。

その時だった――。

鏡の欠片が、青くかすかに輝きだした。

あらごとは茫然として鏡から放たれる青き光を凝視する。

光が、ふわっと弱まり、鏡の欠片は……人の顔らしきものをぼんやりうつしている。

（あたし……？）

違う。青い光に照らされているのは自分より遥かに色白の少女の鼻より下であった。

小屋の外の音――金属が騒ぐ音、足音は、どんどん、迫っている。すぐ傍まで来ている。

鏡の欠片にうつった少女は白い人差し指を赤くふっくらした唇に乗せた。

刹那――あらごとの中で同じ仕草をした、夕刻の苦菊と、

『……火花が、散るのじゃろ？……散りはじめたら、おさえよ』

その言葉が思い出された。

輝きが消え、色白き少女も見えなくなる。

あらごとは己の中で炸裂する火花を鎮め、鏡の欠片を強く両手でつつんで胸に押しつけた。――また輝いた時、光がもれぬようにした。

きつく目をつむったあらごとは耳を澄ます。金属音と足音は、止っていた……。

薄目を開けて鏡の欠片を胸に押し付けたまま息を殺して音がした方、板壁の方を見やる。

下女小屋は東国の百姓が暮らす竪穴住居と違い、板の屋根、板の壁をもつ建物だった。

金属音、足音は、東の壁の方、大きな壁穴が開いた方でしたものだから、あらごとはそっちを見ている――。

「――――？」

赤い二つの小さい光が板壁の裂け目に灯っていた。

誰かが……小屋の外に張り付く形で立っている。

ということは、赤い光は……そ奴の、眼光か？

……ハア、ハアという不気味な喘鳴がそっちでした。

（――化け物っ――――？）

あらごとはかつてない恐怖に揉まれるも、

（――あの時だって、同じくらい、いや、もっと怖かったはず）

田が爆発するように壊れ――地底から禍々しくも巨大な存在が、出てきた光景を心に描いた。

胸に起きかかった波が静まってゆく。心が、完全に空っぽになっている。

あらごとは固く瞑目し、身をすくめた。

外にいる何者かが板壁の断裂から中を注意深く窺っている気配があった。

「…………」

やがて、

「ここと思うたが……違うか」

小屋の外でかすかな声がした。

人ではない存在(もの)の声に思える。人の声より……ずっと低く、ざらざらした、異様な深みのある声だった。

赤い眼光を灯したあれがしゃべったに相違ない。あらごとは唇を強く噛み、ますますきつく目を閉じている。鏡の欠片を、一層、強く、胸に押しつける。

「男の小屋かもしれぬな」

板壁の外で金属音、足音が、しだす。

……遠ざかってゆく。

ほっとしたあらごとだが、身じろぎもできなかった。

と、

「父上、お足元にお気をつけ下され」

小屋の外で囁きがした。

(隆の声?)

外にいた何者かが遠ざかってゆくにつれ冷えていた鏡の欠片が常にもどっていった。しばらくして鏡の欠片は、温もりさえ取りもどしている。

（何なんだ今のは……。誰にも言わないでおこう。見ちゃいけないものを見た気がする）

と、

「痛っ！　あたしの腹に乗っとるん誰じゃ！」

少しはなれた所で怒りの声がする。

嗄れ声が、

「乗っちゃいませんよ。手が乗っただけで……へえ」

「乗ってるだろうが手が！　誰だ、あんた」

「苦菊です」

「あんた、ずい分遠くの方に寝てたじゃないか？」

「夜……うろつくようになりまして」

「もどりなよ、早く！……いい夢見てたんだよ」

「ごめんなさい。それは……。変な夢しか見ないもんで、羨ましいことで」

翌朝、毛抜形太刀、矛で武装した護の従類五名と、蛭野、蛭野の夫が、下女小屋に踏み込んだ——。

あらごとは自分か蕨が引っ立てられるのではと激しく恐れている。蕨は昨日、初めに扶を笑った人だし、自分の中には誰にも言っていない、脱出計画が、ある。しかも自分には護一家が知れば、どう思うかわからない不思議な力があり、扶の烏帽子がすっ飛んだのもたぶん、自分のせいである。

何処かしらの経路で隠し事が露見、追及がおよんだように思った。

(夜……恐ろしいもんも見たし)

——が、蛭野夫の太い腕が捕らえたのは昨日初めに九字を切った眉が太い下女だった。

蛭野夫は、身の丈、六尺、目方、二十七貫(百キロ超)。

あらごとはこの男が笑ったところ、話した瞬間をほぼ、見たことがない。

もっとも腕っぷしが強く、護の覚えめでたき下人だった。

そんな表情というものがない蛭野夫に捕らわれた下女が泣き叫んでいる。

その下女と仲がよい、別の女が、

「何をしたというのっ」

蛭野が、沈黙の夫にかわって、

「盗みじゃ！　御炊き(みかし)に忍び込み、殿の瓜を食ろううた」

かなり太い棒の先に、茨を巻きつけたのを所持した、蛭野夫は、左手で太眉の下女を引きずり小屋を出て行った。

ふつう、盗みなどの罪を犯した下人下女は、大井戸の前か、南にある大広場で、見せしめのため打擲される。だが今日は違った。

太眉の女は、見張りが張り付いた木戸を潜って網代垣の先につれ去られた——。つまり奴の住居や作業場と、護一家が暮す御殿をわかつ塀の先に……つれてゆかれた。

そして、二度と、もどらなかった。

唐犬に喰われたのだという噂が何処からともなく広まり、苧衣の使用人たちに恐怖が、広がっている。

あらごとは噂の根に音羽がいる気がした……。


「無理だよ、逃げられない」

疲れ切った美豆の声だった。

苧績み小屋だ。

下女小屋の少し南にある、粗末な板屋である。

生温かい血のような西日が格子窓から差し込んでいた。元は空の色だったという話が嘘に思えてくるほどくたびれた暖簾が、戸口にかかっている。

妹分というべき蕨は半開きにした板戸のすぐ内に立ち、暖簾に手をかけて外を、見張っている。

『性悪のお前自ら、掃き清めたいと？　塵が、塵を掃くか……。今年初めの苧績みだからかね？　奇特なこともあったものよ。——よかろう。塵一つないように、掃き清めるのじや』

くたくたになって苧績みした後、自ら掃除したいというあらごとに対し、蛭野はすこぶる上機嫌であった。

恐ろしく蒸し暑かったが真剣に話しているから気にならない。むろん、小屋の中には――あらごとたち三人しか、いない。

あれから四日、あらごとと美豆は別の所にある苧畑に駆り出されたり、美豆だけ瓜畑の作業に出たりして――密談する暇をもてずにいた。あらごとと常に一緒にいた蕨は二つ返事で脱走を了承している。

しかし、美豆の思いをたしかめたのは今日が初めてだ。

苧は皮剝きから数日陰干しして糸にする。つまり、今日、あらごとが汗だくになって糸績みした苧は――蕨が畑で倒れた日に刈ったものだった。

「塀を登って逃げるのは無理だし、門は夜になると閉ざされる」

美豆は頭を振った。外を気にしつつ、美豆は、

「門には常に、見張り。弓、矛をもった精兵よ。お屋敷の中の仕切り……何処が一番高いか、知っている？」

館内を区分けするように立つ塀のことだ。

あらごとは浅黒い頰に力を入れ、

「下人下女の小屋、あたしらがはたらく所……乾の隅をかこむ塀が、一番、高い」

「そうよ。仕切りの塀には木戸、そこも夜、閉じられ、結番（交替）で屈強な番人が、立つ」

大きな二重の目を光らせたあらごとは、美豆に、

「外に出た時、逃げるのは？」

「蛭野の目があるし……」

あらごとは、噛みつくような形相で、

「思い切り走れば蛭野なんて大丈夫。――足尾山に逃げるんだ。繁様に、助けてもらう」

しーっという仕草をした美豆は、小声で、

「――追手がかかるし、足尾山は味方ばかりじゃない」

「………」

「いいかい。あらごと、この郡全てが護様のもの……。館を出ても、郡の外まで……たどりつけぬ。たとえ護様の土地を出ても……同じ常陸の石田には、娘婿の平国香様、水守には同じく婿の平良正様がおられるのよ」

源護――同じ常陸の己より若い豪族に娘をとつがせ蜘蛛の巣のように影響力を広げていた。

恐らく真壁郡司であったと思われる護だが、前に常陸大掾（三等官の国司）をつとめ

ている。

常陸の場合、一等官の太守は、親王で、二等官の介が、京の公家であるのを考えれば、現地採用者の頂……護が常陸一の実力者だったことが知れる。

ちなみに今の常陸大掾は平国香、護の婿だった。

常陸という国自体が己らを捕らえる牢と美豆は言いたいようなのだ。

この牢をぶち破り抜け出すには相当な俊敏、機転、体力、運が、要ろう。

美豆の浅黒い顔にきざまれた深い皺を、西日が赤く照らしている。眼を潤ませ、

「あたしは……行けぬ。――行きたいけどねぇっ。ただ、あんたらがどうしても行く、なら、もう、止めぬ。あたしは誰にも、今日のことを、言わぬ」

「……わかったよ」

掃除という名の密談を終えたあらごとらは苧績み小屋から出た。

締りが悪い、片開き板戸を閉じながら、あらごとはちらりと南を窺う。

そちらに木戸があった。

木戸の先も館の内で、男が一人で、守っている。

――でかい。

大きな肉の岩山のような男だ。

蛭野の夫が茨を巻きつけた太い棒を土に立て、ずんと仁王立ちしていた。

痩せっぽちのあらごとは蛭野夫と目が合った気がして、ぎくりとしている。

蛭野夫は、およそ表情というものに乏しい顔をやや左にかしげ、小さな目で――あらごとを、鋭く、睨んできた。

（逃げようとした人を……叩き殺したって話だ）

あらごとは蛭野夫の冷たい目を背に感じながら歩く。

ちなみに、蛭野夫は下人、蛭野は下女の預であったが、特別に夫婦（めおと）になるのを許され、物置の一隅を住居としてあたえられている。

*

二日後。

暮れ時の空に――満月が出ている。

実（げ）に根気のいる苧績みを、朝からおこない、丸い苧桶いっぱいの糸を績んだあらごとは、くたくたになりながら蕨と手を取り合い、大炊殿を目指す。

苧績み小屋にいた女の先頭が、あらごと、蕨で、西日が二人の影を長くしていた。

大炊殿に入った刹那――あらごとにいつもとは違う異様な興奮が、ぶつかってきた。

多くの下人下女が、老いも若きも、目を剝き、声高に話したり、埃っぽい筒袖を強く引き、深刻な様子で囁き合ったりしている。

なのに……あらごと、蕨を目にした途端、みんな、一様にはっと水を打ったように静まった。

戸口に突っ立ったあらごとはさすがに決りが悪く蕨の手を放して、

「……はたらきすぎて、おかしくなった？　どこぞのお姫様じゃないよ。あたしと、蕨。見間違えるのはわかるけどさ」

ぼろぼろの筒袖を両方振り上げて見せた。

と、音羽が板敷から土間に飛び降りて人々を掻きわけ、あらごとのすぐ前に来て、

「——知っている？　美豆のこと？」

あらごとは、首をかしげた。

「美豆は川の近くの瓜畑に行ったよ」

蕨が、ふんわりと告げた。

音羽は強く、

「消えたの！　美豆がっ。敦安と」

「知らんのかっ！」

多くの下人下女が、あらごとたちに殺到してきた——。

美豆は瓜を甘くそだてるのが上手い。故に、護が、国司や、他の郡司につけとどけする瓜の畑をまかされている。

今日――筑波川（桜川）に近い、彼の瓜畑が収穫をむかえている。

あらごとも瓜畑に出たかったが……蛭野に弾かれ、美豆ほか幾名かの下女、運搬を手伝うため、敦安ほか二人の下人、馬三頭が瓜畑にむかった。

休息の隙を衝いて美豆と敦安は川沿いの萱原に飛び込み――姿を消したという。

「敦安とは……恋仲だったと言うぞ」「知らんかったのか、あらごとっ！」「道理で、蛭野が苧績みの途中で外に行ったわけよ」「ご家人衆が幾人も弓をもち、馬に跨り、捕まえに行ったぞ」

前と後ろから様々な声が――あらごと、蕨をはさむ。

あらごとの頭は煮えくり返りそうになっていた。

音羽が、案じるように、

「あらごと……？」

顔を真っ赤にしたあらごとは湯気が立ちそうな声で叫んだ。

「みんな、うるさい！」

いつ吠えはじめたのか、唐犬の遠吠えが聞こえる中、大炊殿を飛び出たあらごとは――

走る。

面貌を歪め、同じく顔をくしゃくしゃにした蕨の手を取り、元来た方、苧績み小屋の方に、

「どうして美豆は黙って……」

蕨の言葉にあらごとは、

「知らないっ」

（何でだよ？　何で、黙って……。どうしてあたしに嘘、ついたんだよっ！）

嘘をつかれた怒り、悲しみが、まずあらごとの胸を鷲掴み（わしづか）にして、揺さぶった。

だがすぐにそれらは消え去って、ある願いが喉の方までこみ上げて嗚咽（おえつ）になった。

（――死なないで。捕まらないで――）

あらごとは苧績み小屋の前にしゃがみ込み、涙で濡れた目をこすっている。

傍らに立ち尽くした蕨が痘痕（あばた）がのこった頬をピクピクふるわし消え入りそうな声で、

「……捕まっちゃうの？」

「わからない」

あらごとは答えながら何で美豆が己らに「逃走」を黙っていたのかわかった。

（足手まといと思ったんだ。あたしらの計画なんて、おままごとと一緒って……）

歯をきつく食いしばり、

（あたしらと、逃げたって、すぐ、捕まるって）

……そして、すぐ、わかった。

（……守るためでもあったんだ）

項垂れ、頭をかかえたあらごとに、

「大丈夫か？」

声をかけた少年がいる。青丸だった。

青丸は乾き切った唇を舐め、幾匹もの蚊に刺されたらしい腕を掻きながら、

「美豆と……敦安のこと、聞いた」

あらごとはもう一度、顔をこすって、立つ。その時にはもう涙は止っている。

蕨に、

「先に夕餉をもらって食べていて。あたし、青苧倉で、青丸と話がある」

一瞬、青丸に話して大丈夫かという迷いが、漂うも、

（こいつは大丈夫だ。乗らなくても、もらす奴じゃない）

あらごとの中で——冷たくも熱い火花が散りはじめる。すると、唐犬の遠吠えが、大きくなった。

館内のほとんどの人の関心が、目に見えぬ川となって美豆、敦安にそそがれていた。

……あらごとは今こそ青丸を仲間に引き込む好機と考えた。

あらごとはこのところ、蛭野から苧績み小屋、その隣の青苧倉の掃除をまかされている。

二人で倉に入れば怪しまれると考えたあらごとは、自分だけ青苧倉に入り、青丸を戸口付近に立たせる。これならば青丸が倉の中の誰かに呼び止められ、ちょっと立ち話しているように見える。さらに、青丸が、歩み寄る危険を感取する見張りにもなる。

青苧倉は、「都の上つ方が手に取って下さるような苧」を目指すにしては……貧相な造りだった。

つまり米がつまれた高床の倉とも、絹糸や金銀財宝をおさめた土倉とも違う、下女小屋と同じような掘っ立て小屋だ。で、苧にまつわるいろいろなものがおさめられている。

さっきよりだいぶ弱くなった西日が、棚につみ重なった青苧（よく干した苧の繊維）と、青苧が入った俵を、照らしていた。

この巨大な牢を出たいという思いをあらごとが勇気をもって吐き出すと、青丸は胸のつかえが取れたような笑みを浮かべ、

「やっとか……。やっと、言ってくれたか、あらごと。俺も……出たいよ」

囁いている。

しゃくれた顎をぽりぽり掻きつつ――同志になると請け合った。

嬉しさが、あらごとの中で広がる。

片開き板戸に片腕をかけて、倉の中に蹲ったあらごとと密談している青丸は、表を気にする素振りを見せつつ、いつになく真剣に、

「ただ、今日、美豆たちが逃げたおかげで、逃げにくくはなったぞ」

あらごとは小さく、うなずく。

「粟の取り入れまでまとう。お前たちだけじゃ手が足りなくて、俺らが駆り出される」

青丸は小声で、

「うん」

「足尾山の裾の粟畑が一番、いい。俺は牛を暴れさす。皆の目が、牛に行く。その時……粟に飛び込む」

粟は――大人より背が高くなる穀物だ。

あらごとは、青丸に、

「足尾山に登るんだね？」

「初めは。みんな、思う、山の中に逃げると。ただ――ここで一ひねり。別の方に逃げる」

「頭いいな、あんた……」

近くにあった空の苧桶を軽く叩く。

三人寄れば文殊（もんじゅ）の知恵とはよくいったもので青丸を味方にしてよかったと思うあらごとだった。同時に、繁の庵に行けないのは少し残念だな、とも思う。

「ま――お前より、少し年上だから」

乾いた泥がこびりついた粗衣の下で、胸を張る青丸だった。

「はい、はい、で、次どうすんの？」

一度表を窺ってから青丸は、

「山裾を——北に逃げる。真樹の殿の、庄園に入る」

護の庄園から北に一大里（約四キロ）少し行くと同じ常陸でも新治郡に根を張る豪族、平真樹の庄園が広がっている。

「真樹の殿とうちの殿は、仲が悪い。真樹の殿は下人や下女にも、情け深いお方だそうだ。向うの牛飼いから聞いた」

青丸は囁いている。

「そういうお方だとしても……こっちから逃げた者を、受け入れてくれる？」

「……わかんねえ。ただ、他所に逃げる算段をととのえてくれる、そういう人が向うで見つかるかもしれねえ」

あらごとは、指を噛んで、考え込む。青丸はたたみかけた。

「真樹の殿の姫君は常陸一の美女と言われた君の前というお方なんだけど……」

扶を、ふった人だ。

「この方は下総の平将門様のご妻女なんだ。将門様は、真樹様よりもっと情け深いお方でさ……他の豪族の所から逃げてきた下人や下女を温かく受け入れているって話だ」

「…………」

「下人や下女が夫婦になってさ子をつくって、家を建てるのを手助けしておられるって」

「……そういうお方がいるんだね……」

あらごとは寂し気な息を吐いた。

（繁様も……そういうお人だった。繁様がいてくれれば、ここだって――）

あらごとの唇や頬に、力が入る。すると、

「将門様は繁様ともとても仲がよかったって」

「え？」

青丸の言葉に――あらごとは、目を丸げる。

「もう、繁様はいねえ……」

青丸は、言った。

「二年ももどってこねんだ。よほど、悪い病なんじゃないのか？」

うつむき黙り込むあらごとに青丸は、

「真樹の殿の所に行けば将門様の所に行く手掛かりが摑めるかもしれねえ。どうする？」

将門の庄園ならば蕨や青丸にとって安住の地になるかもしれない。もちろん、あらごとにとってそこは足がかりにすぎない。あらごとは、もっと西――遥か遠くに旅立たねばならない。

あらごとの腹は決っている。

「わかった。あんたの計画に、賛成」

と、呟いた刹那――あらごとの後ろ、窓の方で、得体の知れぬ気配が起り、その気配が慌ただしい足音となって、小屋側面にまわり、一気に疾風と化して、小屋正面、すなわち、青丸の傍まで吹き寄せた。

――蛭野であった。

「あらごと！　牛屋の小倅ぇっ」

蛭野は大喝した。

「全て、聞いたからねっ！　この性悪の穀潰しめ！」

蛭野は小屋の裏で全て盗み聞きし、正面に馳せ寄せたと思われた。

――ビュン！

竹の根の鞭が勢いよく振られ、青丸を通り越して、あらごとを真っ直ぐ指している。

「――いい度胸じゃないか！　え？　美豆のどさくさにまぎれて逃げようというんだから。近頃、やけに大人しく殊勝なことばかり言うから、どうも様子がおかしいと睨んでいたのさ……」

蛭野の双眸(そうぼう)では敵意と嬉しさが燃え盛っていた。蛭野は……笑っていた。

どうもこの女は悪意を燃料として活性化するらしい。

突然のことに魂消(たまげ)て、固まってしまったあらごとだったが、これはかなりまずい事態で、腹をくくらねばならぬと、強く思う。

するとまた激しく——身の奥底で、冷たくも熱い火花が、散り出した。

同時に一時静まっていた唐犬の遠吠えが……また聞こえた。

蛭野は勝ち誇った顔で、

「覚悟を決めるんだね！　今度ばかりは、わしもかばい切れないねえ」

「かばうつもりなんてないだろ！　無下(むげ)（最低）の性悪！」

あらごとは勢いよく立つや、身をふるわせて叫んだ。あらごとがふれてもいない苧桶が傍らで震動している。

大炊殿で起きたことが……思い出される。

（あたしの中で火花が散って、扶の烏帽子が取れろ、と強く思ったら、本当にすっ飛んだ）

あらごとは傍らの苧桶を見、

《——飛べ、蛭野に！》

すると…どうだろう。

空の桶がいきなり浮き上がり……蛭野に向かって、吹っ飛んだ。

越前越知山（えちぜんおちさん）の臥行者（ふせり）は——越知山沖、越（こし）の海（日本海）をゆく船に鉢を飛ばして布施をこうていたという。

ある時、出羽（でわ）の船頭が布施をこばんだ。

すると鉢は越知山に飛んで行ったが……これにつられて船の米俵ものこらず越知山に飛び去ったとつたわる。

この話から、臥行者はあらごとと同じ念力をもっていたこと、その力は……鉢はおろか、船上の米俵を浮き上がらすほど強大だったことが知れるのである。

（あたし、ふれてもいないものを動かせる——。浮かしたり出来るんだ）

あらごとが己の力を悟ると同時に蛭野は飛んできた苧桶を鞭で薙（な）ぎ払い、叩き落とした。

「この蛭野に苧桶を蹴り飛ばすとは……」

あらごとが、桶を蹴り飛ばしたと思ったようである。

「青丸！　逃げるよっ」

茫然とする青丸に叫んだあらごとは、戸口へ、蛭野の方へ、風となって駆けだした。

邪魔立てしようとする蛭野に向かって、

《叩け！》

突然――蛭野がもっていた竹の根の鞭が蛭野その人のおでこに向かって、動き、――！

打ち据えた。

仰天した蛭野を青丸が突き飛ばす――。

あらごと、青丸は南に見える木戸に向かって逃げ、蛭野の叫びが転がった。

「こ奴らを捕まえろぉっ！」

あらごとは復活しようとする蛭野を睨み、

《――打て》

竹の根の鞭が蛭野の手から放れる。

誰も、もつ人がいないのに、空中を迅速に、そしてしなやかに動いた鞭は……、

ビュシッ！　メサッ！　パン！

と、蛭野の顔、腹部、脛（すね）を、叩いている。

血だらけになった蛭野は喘ぎながら砂煙立てて転がった。

これを見ていた下人下女の目には、蛭野その人が鞭をつかって己の体を叩く、あたらしい踊りを発明したようにしか見えない。

下人下女たちは膝を打って笑い転げ、あらごとの口からも、笑みがこぼれる。

「逃げる気ぞぉ……」

蛭野は苦し気に言う。

あらごとの中では——冷たくも熱い火花がますます激しく散り、青く薄い光が満ちはじめた館の東奥からは、唐犬の狂おしい遠吠えが聞こえた。

(このまま逃げるしかない。でなきゃ——)

——殺される。

もはや単なる逃亡者ではなく、郡衙(ぐんが)、否、国衙への逆類と見なされる恐れがある。

それがわかっているあらごとの面差しは、硬い。心の臓は爆発しそうに鼓動していた。

隣を走る青丸も歯を食いしばっている。

蕨とはなれると思うと……身が引き裂かれる気がしたが、自分の命を守るためにもうこうする他なかった。

(ごめん、蕨、あたし、先に行く!)

あらごとの前方、つまり南に見える木戸は、幸い開いており、番人の姿は、ない。

木戸を潜った先は横に広い空閑地になっていて、左に行けば二ノ西門があり、二ノ西門の先は、館の中枢——護の御殿である。

右に行くと西ノ大門があり数人の兵が守る西ノ大門の先では……外の世界が、二人をまっている。

何のあてもなく、一粒の米ももっていないけど、外に出れば、ともかく自由(じゆう)に振る舞うことはできる。

(西ノ大門の兵は美豆が逃げたおかげで手薄になっているかも)

その手薄になった兵に、蛭野の用で外に行くなどと嘘をつけば——出られるかもしれない。あるいはさっきの力をつかうか。

淡い可能性であるが、これに賭けるほか、ない。

「西の門から逃げるよ」

あらごとが囁くと、青丸は泣きそうな顔で首肯した。

木戸を潜る——。

瞬間、左から、途轍もなく重い、肉の突進を、感じた。

でかい男がはいた平足駄（下駄）の歯が、あらごとの横腹にかぶりつき、焼けるような痛みが走っている。

——蹴られたのだ。

大男は加減したのかもしれぬが、あらごとを襲った衝撃は相当なもので、二歩（約三・六メートル）も蹴飛ばされたあらごとは、砂煙を立てて転がっている。内臓がよじれるほど痛く、目から涙、口から涎がこぼれた。

蛭野の夫であった。

あらごとは叫ぼうとしたが、痛みのあまり声が出ぬ。

あらごとを蹴飛ばした蛭野夫は棒で、か細い青丸の鳩尾を突き、吹っ飛ばした。

青丸が呻きながら崩れるとのそりのそりと近づき茨が絡みついた棒を高く振り上げた。

あらごとは何とか、声をしぼり出す。

「止めて……」

《動け》

蛭野夫の棒を動かし、彼の大漢を叩かせんとするが……動かない。あらごとは己の中で散っていた火花が、猛烈な一蹴に驚いたか、なりを潜めているのに気付いた。

蛭野夫は肉食魚を思わせる無表情を些かも崩さず力を込めて棒を打ち下ろした。

青丸から、絶叫が迸っている。

西ノ大門からいくつも足音が駆け寄ってくる。

毛抜形太刀、矛、弓などを引っさげ、腹巻という鎧を着込んだ、剽悍な武者どもだ——。

さらに、蛭野も来た。顔の血をぬぐい、

「こ奴ら、逃亡を企てておりましたっ。美豆と申し合わせてのことかもしれませぬ。あらごとの方と思いますが……面妖なる術をつかいまして、ふれもせぬのに、我が鞭を動かし、我が体を打ったのです！」

あらごと、青丸は、逞しい兵どもに取り押さえられた。西ノ大門の警固は少しもゆるんでいない。むしろ、非番の従類を呼び寄せたか、強く引きしめられていた――。

「何い……面妖なる術をつかうとな？」

灰色の狩衣に浮き上がる赤い鱗模様があらごとに近づいてきた。

隆だ。

あらごとは懸命に若党どもの物の具を揺すったり、飛ばそうとしたりするが、動かない。

さっきの能力（ちから）はつかえない。

捕らわれた、あらごと、青丸の傍まで来た隆は、赤扇で唇を隠し、二人をのぞき込んでいる。

隆は一瞬、唐犬の遠吠えがする方に目をやり、再び、押さえつけられたあらごとたちを氷の如き目でねめつける。

赤い扇の向うの口が、冷然と、

「何か、申すことは？」

木戸の向うからそそがれる……沢山の下人下女の眼差（まなざ）しを感じた。その中には、蕨や苦菊、音羽が、いるのだろうか？　刃をもった兵にかこまれた、あらごとにはわからなかった。

「お許しを……」

青丸は懇願し、あらごとは、腹の底から、

「糞っ垂れぇっ――――！」

凶暴な野犬のような形相で怒鳴った。

あらごとを押さえつけた郎党が後ろ頭を思い切り摑み、力いっぱい押したものだから、あらごとの顔は地面にぶつかり、口に土が入った。

「もう二十度ほどご報告したと思いますが、口の利き方を何も存ぜぬ大馬鹿にございまする。性根が腐り果てております。お耳を汚すような雑言しか、申しませぬ」

蛭野が言い、隆は、

「面白いではないか。何処まで吠えられるか……見ものぞ。手を、放してやれ。あらごと――面を上げよ」

あらごとの頭を押さえつけていた力がなくなっている。あらごとは、きっと顔を上げ――隆が引っさげた毛抜形太刀を睨んで、

《動け！　こいつらを、襲え》

念じるも……あの火花が身中で散っていないからか、何の異変も起きてはくれなかった。

あらゆる下人下女の名を記憶している男は小首をかしげてあらごとを見下ろしていたが、やがてゆっくりしゃがみ込んだ。

「何故、逃げようと思った？」

「ここにうんざりしたから」

「そなた、たしか、繁としたたしかったな？」

「………」

凶暴さを燻ぶらせて黙すあらごとに、隆は、

「繁とあわせてやろうか？」

あらごとの表情が……変った。頬がふるえ、目が、さ迷う。

あらごとの弱々しい表情が面白かったのか顔を血だらけにした蛭野が天を仰ぎ、

「あははははっ！」

「蛭野、顔の怪我を治して来たらどうか？」

一言で蛭野を去らせた隆は、あらごとに、

「どうだ？」

「……いるの？」

か細い声で、あらごとは問う。

――いつ、もどっていたのか？

隆は、言った。

「ああ。どうだ、あいたいか？」

あらごとはこくりとうなずいた。

「では、父上の許に参ろう。父上のお許しが、いるから」

赤い扇を懐にしまって立った隆は……ニンマリと、笑った。

左右に板塀がつらなる空閑地を手縄をされて引っ立てられている。

両側には、黒や、青の腹巻を着、矛や弓を手にした兵どもや、蛭野夫が同道していた。

隆はあらごとと青丸の前を歩いていた。

繁なら、情けをかけてくれるかもしれぬ、助けてくれるかもしれないという淡い期待が、漂いはじめていた。

が、すぐに、

(そんな……。繁様がもどっているわけないよ。隆の嘘だよっ)

という声がして、せっかく生れた期待を、掻き払い、追い散らす。しかしそれでも期待はあらごとの中にのころうとした。

あらごとと青丸は当初逃げようとしていた西ノ大門の逆、二ノ西門の方に歩かされている。

館の中枢を守る板塀で、目付きが鋭い兵たちに守られた門が、薄暗い口を開けていた。

あらごとにはそれが危うい獣口に思え、呑み込まれたら敵わぬ、引き返したいという思いに、さいなまれた。

が、

「しかと、歩け！」

夕闇色濃くなる中、連行する兵は、強く押してくる。

あらごと、青丸はあれよあれよという間に二ノ西門の内、二町四方の大豪邸の中枢に押し込まれた。

（初めてここにつれて来られた時と、正月の三日にしか、入ったことがない）

正月三日——下人下女は、二ノ西門を通り、西ノ対という御殿の前に並ぶ。

西ノ対に現れた護一家に新年の挨拶をし護は下人下女に餅を投げる。

（餅はみんなの分、無い。奪い合いになる。その日の粥に入っている賽子くらいの、白い餅……。あれがあたしらが一年に一度だけ食う餅。しみったれたお屋敷だよ）

あらごとの右手に侍所という板屋、左前方に兵が常駐する中門廊があり、中門廊の向うに板葺の大きな御殿、西ノ対がみとめられた——。

真正面には檜の小さい板で編み上げた網代垣があり、その向うから、興奮したのか、ますます激しく大きくなったように思われる唐犬の遠吠えが聞こえていた。何だか聞いているだけで頭皮が冷え、冷気をおくり込まれた髪の毛の一つ一つが太くなりそうな、おぞましい声である……。

網代垣には木戸がしつらえられており、今、閉じられた木戸前に下人が一人、棒をもって立っている。

身の丈、六尺。かなり背が高い……痩せた筋肉質の男で、蛭野夫を縦に圧縮したような、物静かな男である。髑髏（どくろ）に似た顔をしていた。

あらごとは蛭野夫の大きな手でその痩せた骸骨男の方に押されたものだから恐怖を覚えた。

侍所の横を通りすぎると右手に二ノ南門が見えた。

この門の向うは馬場などもかねた大広場で、大広場の奥に、

（――南ノ大門……）

例の能力で、こ奴らを蹴散らし、二ノ南門、南ノ大門と突き抜けて遁走（とんそう）するという考えが、浮かぶも……、
ギィイ……。

あらごとの視界の端で二ノ南門が夕闇の中、閉ざされる。

さらに後ろで二ノ西門まで閉じられる絶望的な音がした。

茫然とした顔を見せたあらごと、今にも泣きだしそうな青丸は、がらんとした西ノ対の前庭に引き据えられた――。

ややあってから、建物の中で複数の足音がしている。

広縁に数名の供の者をしたがえて、小柄で、がっしりした様子の、目付きが鋭い初老の男が、現れた。髪はかなり白い。

濃い茶色の狩衣に黒い七宝繋が浮き上がっていた。

黄金でかざった太刀を佩き、烏帽子をかぶったこの男が現れると、中門廊や庭、各門にいた警固の士に——一斉に緊張が走っている。

東常陸、真壁郡の王と言っていい、源護であった。


嵯峨天皇の子息で「源姓」をもらい臣籍降下した者を嵯峨源氏という。

もっとも高名なのは光源氏のモデルとして知られる河原大臣・源融だろう。

融の兄が、応天門の変で知られる源信。

信の子に出羽で蝦夷討伐をおこない、常陸権介をつとめた、源恭なる者がいる。

経歴から考えるに武芸に秀でていたと思われる恭、この源恭の子こそ——源護でなかったか？

この時代——地方の豪族は、中央から派遣されてくる国司に何とか、取り入ろうとした。国司の恐るべき収奪に慄いたからである。

豪族たちは、賄賂をおくったり、娘を国司に嫁がせて、丸め込もうとした。

地方豪族の娘を妻にした国司の中には、任期を終えて、京にかえる者もいれば、かえってこいという朝廷の求めを無視して、妻と子がいる地方に土着してしまう者が、いた。

都にかえっても官界の頂では中級貴族たる国司の、何倍もの権力をもつ、最上級貴族・

藤原摂関家が幅をきかせており、上に這(は)い登れなかったからである。

護の父、恭は、京にかえっていった。何故なら恭は常陸の後、民部大輔(みんぶのたいふ)に任じられている。

だが護は豪族の娘たる母とともに常陸に、のこった。

そして、父からは源の姓、中央とのつてを、母からは屋敷と、家来、広大な田地を相続し……圧倒的な力で、この地を統べていたわけである。

こういう「都の血」を得たあたらしい豪族は、前時代の豪族と比べ物にならぬほど、したたかで、政治力があり、新任の国司から見たら……かなり手強(てごわ)い相手であった。

護のような、草深き地方の豪族と、都の貴族のハイブリッドというべき、あたらしい豪族が日本中に現れ、主たる京の公家より広い館に住み、多くの百姓を支配していた。


冷厳なる双眸が——あらごとを睨みつけていた。

護の目である。

正月に餅を放る時と全く違う、真冬の凍った湖が如き眼だ。

護の後ろにいる黄や、緑、青の水干、直垂(ひたたれ)をまとった家人たちも、一様に厳しい面持ちで、あらごとらを睨みつけている。

あらごとは恐ろしい獣、いや巨大な蜘蛛の巣に入ってしまったと思った。

だが、今体は竦み上がり……あの火花は、散っていない。白髪の豪族が放つ凄まじく冷たい気によって火種が掻き消されてしまったようだ。

次男、隆が広縁に上がり何事か父親に耳打ちしている。

護は、糸のように目を細めてあらごと、青丸を見据え、嗄れ声で、

「我が恩を忘れ、逃げようとしたか？　逃げられると思うたか？」

何処に恩なんてあったっけという言葉が胃の腑から出かかったが、言わなかった。

「何処に逃げようとしたか？」

老いた豪族の問いに、青丸は、項垂れて、

「……わかりません。あの、殿様――」

「それも忘れたか。汝は？」

冷たい威厳を漂わせた前大掾に問われ、あらごとはしばし黙っていた。

あの山里の光景が胸に浮かんでいた。

縁の下の闇を見詰めるあらごとから……その言葉は自ずと出ていた。

かすれ声で、

「あたしがいるべき所」

「其は何処か？」

「んん……」

（ここじゃない、どっかだよ）

「蛭野がいない所？」

あらごとは、言った。

上目遣いに見やると護は微笑みを浮かべていて、やがて白髪頭を振り上げて哄笑した。

家来の幾人かも護に合わせるように笑っている。

不意に笑い止んだ護は黒い扇を出し、網代垣の方を指した。

「つれてゆけ」

冷えた声で、命じた。

（……唐犬の方じゃないかっ）

唐犬は、先刻までの遠吠えを止め……やけに静かになっている。それがかえって不気味だ。非常に嫌な様子だ。あらごと、青丸の面は、強く引き攣っていた。人を喰うという犬の噂が胸底で黒くふくらむ。瓜を盗んで引っ立てられ、もどってこなかった女を思い出す。

「まって！」

引っ立てられながら、あらごとは蜘蛛の糸にすがるような思いで力の限り叫んでいる。

「繁様に……繁様にあわしてくれるんじゃないのっ？」

息子の名を聞いた真壁の王は表情もなく首をかしげ、代りに隆が笑みを浮かべ、

「――おう。あわせてやろうとも」

広縁からまた庭に降りた隆はゆったりと歩み寄ってきた。

人殺しの道具をもち、鎧を着込んだ、逞しい男どもに荒々しく引っ立てられながら、あらごとは、

「だってそっちは――」

みじかい髪を振りまわし、歯をふるわして、吠える。至近まで来た二の若殿は歯茎まで見えるほど大きく笑い、囁いた。

「すぐ、わかるさ」

あらごとは毒蛇と密かに呼んできたこの男の胸底にある思いを見た気がした。

……悪意だ。

「あたし一人で企んだこと！　青丸は、許してあげてっ、お願い！　青丸だけは――」

あらごとの必死の願いも無視される。

塒にかえるのか。不吉な嗄れ声で叫びながら、カラスどもが青黒い空を横切ってゆく。

赤い扇が合図し、身の丈六尺、痩せた髑髏のような下人が動く。

網代垣につくられたかなり丈夫な木戸が軋み音と共に開かれた。

二人はそっちに引っ立てられた。あらごとは足をバタバタさせて抗うも引きずる力の方がずっと強い。と……胸の中で、小さな火花が散りはじめている。

はっとしたあらごとは、

《あの戸ぉ、閉じろっ！》

念を込めるも——戸は微動だにしてくれない。

あらごとは青腹巻の男に、青丸は蛭野夫に引きずられ——直立不動の下人の傍を通り、網代垣の先に連行された。

恐怖に呑まれかかった、あらごと、青丸だが、そこに足を踏み入れた時……口を半開きにして固まった。

あらごとが初めて足を踏み入れる所で……浄土というべき見事な庭が広がっていた。

松あり。葉桜あり。青紅葉(もみじ)あり。欅あり。柳あり。

大きな池には蓮(はす)が咲いていた。一叢(ひとむら)の百合もある。

左手に大きな御殿——主屋があり、正面奥、池の向うにかなり背が高い杉の林が、こんもり茂っていた。荒れた雰囲気の林だ……。

同時に、西ノ対の方で慌ただしい駆け音がして、

「殿！　昼、逃げました、二人を扶様が、ひっ捕らえましたぞ！」

（美豆が……熊男に、捕まった？）

茫然とするあらごとの後ろで木戸が閉ざされている。木戸を閉ざした下人は、鍵を取り出すと、先頭に立って歩きだす。

すると、池向う、荒れた杉林の奥から、あの犬の吠え声がした。毛穴の一つ一つがちぢ

み上がりそうになる物凄い声だった。

　あらごと、青丸は懸命に抗うも、隆、蛭野夫、ほか兵五人にせき立てられ杉林の方につれてゆかれる。

　荒れた林の中に一宇の古堂があるのを、みとめ、遠吠えがひびく件の堂こそが目的地と悟った時……あらごとは恐怖の塊を喉から吐き出すような感覚に襲われた――。

（あれが――唐犬が飼われている隠居所？）

「あそこまで、ゆく」

　隆が告げた。

「繁様にあわせてっ」

　あらごとは叩きつけるように叫ぶも、隆は、薄く、笑って、

「――あわせてやる」

　杉林の中は夕暮れの周囲よりも一段暗い。

　薄闇の向う、古ぼけた堂の妻戸に鍵をもった下人が近づき、手こずりながら開錠した。

……いかにも丈夫な妻戸が暗く重い音を立てて開かれている。

　あらごとは、気付く。

（冷たくなっている）

　懐中の鏡の欠片が、ひどく冷たい。氷のように。

（……あの時と同じ）

あらごとが唾を呑むと同時に遠吠えはピタリとおさまった。と、堂の内の濃闇から、鼻がまがりそうな臭いが、漂ってくる。

腐った肉の臭い、汚物の臭い、獣臭、そういったものを暑い密室という鍋で、じっくり煮込んだ、耐えがたい臭いが……。

あらごとは開かれた妻戸の闇の方に強く押される。青丸も、引きずられるようにつれてゆかれた。

（喰い殺されるの？）

「青丸、許して……」

ふるえながらかすれ声を出すと、青丸はニッと笑顔を見せて、

「いいんだよ」

しかし青丸の歯もカタカタ嚙み合わされている。

手縄をされた二人は——唐犬がいる生臭い堂内に押し飛ばされた。

あらごとは饐えた臭いがする板敷に転がって肘をすり剝いている。埃を思い切り吸う。

ムカデらしき虫が傍を這っていた。

はっと顔を上げた、あらごと——。暗がりに目がなれるにつれ大きな木の檻が堂の奥に据えられているのに気付いた。

てっきり大猛犬がいると思った檻の中には……髪がぼさぼさにのびた大男が横向きに蹲っているらしい。ぼろ衣からむき出しになった、手足は瘤状の筋骨がふくれ上がっており――恐ろしく逞しい。そして、異様なほど、毛深い。毛深く逞しい体から途轍もない量の猛気が、漂っている。

（え？　唐犬は――？）

ふれれば火傷しそうなほど危険な気であった。

「ハア、ハア」

檻の中の人影から、夜更けの下女小屋で聞いた不穏な吐息がもれてきた。

――ぼろぼろの衣をまとった大男は首を鎖でつながれているらしい。

顔が陰になった男は下に転がっていた何かを手に取り、口にもってゆく。

男は黒い剛毛におおわれた手にもつそれを一心不乱に舐りだした。

男が舐めているものが何であるかに気付いたあらごとは――冷たい恐怖に襲われている。

（骨……）

次の瞬間、何の骨か、理解し、酸っぱい液体と、臭いが、口にこみ上げる。

青丸もわかったのだろう、叫び声を上げ泣き出してしまった。

男が舐めている骨の端に人の足の指らしきものが二つ生えていたのである。

男は蠅がまとわりついた人の足骨を舐め、そして――齧っていた。

獣の心に、憑かれている気がした。

(これが……この男が、唐犬の正体——)

男が、顔を上げた。

真っ白い衝撃の矢があらごとの胸を射貫く。のび放題の髭の中に隠れた面影に気付いた、少女は、芯からわななき、

(——そんな……嘘、嘘、嘘っ、悪い夢だよ)

「いあぁ——っ!」

あらごとは身悶えしながら絶叫した。

隆が、言った。

「あらごと、青丸が逃げようとしたのだ。お主の方から、仕置きしてやってくれ——弟よ」

檻の中にいて、僅かばかりの腐肉がこびりついた骨を舐っていたのは……足尾山で療養中と聞いていた、あらごとの恩人であった。

——三の若殿・源繁その人であった。

腸がねじれるほどの苦痛を、あらごとは覚えている。

変り果てた繁に強い衝撃を受けたからか。あらごとの身の奥で、冷たくも熱い火花が一瞬散っている。

すると——繁、さっと身を起こし、歯、いや、鋭い牙を剝いた。ゴロゴロゴロという不気味に低い唸りが鋭い牙が生えた口からもれる。

遠雷に似た唸りは山犬すなわち狼そのものの声であった。

——ッ！

繁が一気に檻の端まで来て丈夫な木の格子を摑み、揺する。恐るべき怪力が格子を襲い牢が壊れるのでないかと思えた。繁の両眼は、赤く光りだした。

幾日か前、下女小屋をのぞいていた眼光だ。

あまりに凄まじい様子に青丸は悲鳴を上げている。

隆が口を開く。

「二年前、狩りに出た折、繁は、山犬とも、熊とも……あるいは人ともつかぬものに襲われた。そ奴に嚙まれ、深手を負うも何とか成敗し、谷に落とした」

だが、傷が元で病になり、足尾山にうつされ、今もそこにいるというのが、あらごとたちが聞いていた話だった。

「足尾山で療治するも病は治らなんだ。体の毛が濃くなり……獣の肉をもとめ、夜になると犬の如く吠え、這いまわるようになった。しまいには人を襲うように。犬神に憑かれたと山伏どもは言うた」

手に負えぬということで一年ほど前に、足尾山から下ろし密かに隠居所に入れたと、隆は語った。遠吠えを怪しむ者が続出したから唐犬を飼っているという話を流したのだろう。

「筑波からも験力があると評判の山伏に来てもらったが——その甲斐なく、こ奴は人の肉をもとめるようになった。我らがこばむと暴れるようになった」

あらごとがあこがれていた恩人、そして、多くの下人下女にその情け深さゆえしたしまれていた人、繁は……山で妖しのものに嚙まれたおかげで、人を喰う化生になり果てていた。

「働きの悪い下人、病になった者、罪を犯した下女、それらの者が繁への贄となった」

立ち込める生温かい悪臭、隆の話、双方に吐きそうだ。面を歪めたあらごとはやっとのことで、涙を流し、

「繁様……どうして……思い出して！　あたし、あらごとだよっ」

（元の貴方にもどってっ）

が、繁は、

「グァゴルルル……」

繁が発する獣そのものの刺々しい唸り声にあらごとの胸はさらに痛んだ。

黒毛がびっしり生えた手が、格子を強く揺する。

——揺すられた格子が今にも壊れるのではないかという悲鳴を上げた。

繁が、動く度、首の鎖が、金属音を立てている。鎖はもう一方を檻の後背、大きな柱に

巻きつけられているようだ。繋が青丸の方に牙を剝いて動く。柱と鎖の擦過音がして、勢いよく動いた繋の足に檻の中にあった髑髏が潰され——粉々に砕けた。

炬火（きょか）を思わせる禍々しい赤光を眼に灯した繋は、

「——どちらじゃ？」

人とは思えぬほどざらついた太声で問う。あの夜、聞いた声だ。

隆が、檻の中に、

「奇怪なる力をつかうのは、どちらの方か尋ねておるのか？」

「俺を人の道から……踏みはずさせる、その乱れを起こさせるのは、どちらか！」

「あらごと」

隆は冷然と告げる。

「足尾山で繋が一番初めに襲うたのは、若山伏じゃ。その者、ふれもせぬのに小石を一尺ばかり、十数える間、浮き上がらすことが出来たそうな」

（——あたしと、同じ力だ）

あらごとと同じ力ではあるが、あらごとより弱い力の持ち主であった若山伏は、繋の一嚙みで深手を負い——数日後に亡くなった。

その事件で繋は足尾山にいられなくなったという。

「そうか。汝（なんじ）であったか——」

赤き両眼が、真っ直ぐ、あらごとを睨んでいた。あらごとがもつ不思議な力がこの男を引き付けるのか？　だから、火花が散る度、遠吠えがしたのか？

強い震えが、あらごとの体を走ろうとする。

が、おさえる。

（隆は、繁様……この獣のような人に、あたしらを喰わせる気だ。……なら、あたしのもっている力で戦う他、生きのこる道は、ない）

腹をくくった瞬間——あらごとの中で冷たくも熱い火花が一気に散っている。

感応するかのように繁が大きく咆哮を上げた。その足元にあった幾本もの骨——おおむね獣骨なのだろうが、人骨もまじっているかもしれぬ——が、小さき震動を起こして、かすかに浮き上がり、また下に落ちる。

あらごとは固唾を呑み、隆が、命じた。

「あらごと、青丸を、牢へ！」

髑髏に似た下人がまたあたらしい鍵を出して牢にもうけられた扉を開ける。

獣に憑かれた繁はすぐさま戸の方へ動かんとするも、隆が、

「下がれ！　いつものように下がらぬと、餌はやらぬ」

いよいよ暗くなる隠居所内で、繁は憎々し気にうなってから、兄の指示にしたがった。

青腹巻の男、そして蛭野夫が、あらごとと青丸を——犬神憑きの牢に入れた。

牢の戸がしめられるのと同時に繁が猛然とこっちに飛びかかっている。

身の内に火花を散らした、あらごとは、己の力に賭けた。

《動けっ！》

足元に散乱していた骨が——一気に浮遊、嵐となって、繁の顔に向かって飛んだ。

仲間の骨を飛ばすのには抵抗があった。だが、繁の強襲をふせぐにはこうするほかない。

猛気の凄風が吹き——あらごとが飛ばした骨を吹っ飛ばす。

繁が、払った。

あらごとは猛獣と化した恩人に、

「繁様、あたし！　美濃で殴る蹴るされていたところを助けてもらった、あたしだよっ」

あらごとの叫びが……獣人の突進を止めていた。

立ち止った繁の顔から赤い眼光が消え、たしかな苦悶がよぎっている。

（元の心が……のこっている？）

あらごとは、里人たちの打擲から救ってくれた繁の凜とした面差し、護の庄園にきてから繁がかけてくれた温かい言葉の数々を、思い出す。

（もどって。……お願い）

悲痛な面差しであった。

が、

「ヴォォォォォ――ッ！」

赤い眼光が一気に強まり爆発するような咆哮が檻の中でひびいた。

ますます闇濃くなる堂内、あらごとの顔にも暗い絶望が、にじむ。

繋の強襲を察したあらごとは、
身の内で炸裂する火花を感じつつ強く念じる。

《――引け！》

……すると、どうだろう。

金属音、そして甲高い猛獣の叫びが、檻の中で、した。あらごとは繋の首に巻かれた鎖に繋を引っ張るよう命じたのだ。

檻の外から、隆が、酷薄な声で、

「やれ繋！　喰い殺せっ！」

が、二年前より遥かに逞しくなった繋が猛進しようとする力より、玉の汗をかいたあらごとの制御下にある鎖の力の方が、強い――。

歯を食いしばって念を込める、あらごと。自分には想像を絶するほど強い「念力」があると気付く。

また、隆の声が、

「血だっ。血の臭いを嗅げば、そ奴、勢いづく」

青腹巻の郎党がさっと剣を抜き——格子の隙間から突き入れて、青丸の背を刺した。

青丸が叫び、あらごとは、

「何てことするんだっ」

汚物の臭い、腐った肉の臭い、むっとするような熱い獣臭に、生き血の臭いがまじる。

瞬間、あらごとは、物凄い力の爆発を、眼前で、感じた。

その力に気圧(けお)されて鎖を動かしていたあらごとの力が一瞬、しぼんでいる——。

前にすすもうとする獣を後ろに引いていた、鎖の反発力が、激減した——。

苧糸が糸績みの途中でプツンと切れたような感覚が、あらごとを、襲う。

牙を剝いた大きな影が突進してきた。

鎌を思わせる物凄い爪がのびた繋の手が——あらごとを狙い、振り上げられた。

あらごとは恐怖に潰されかけた。

刹那、

「——止めよ！」

嗄れた媼の叫び声がして、何者かが隠居所内に乱入している。

あらごとも、繋も、隆たちも声に気を取られる。

「——」

小屋に乱入してきたのは皆の度胆(どぎも)を抜くものであった……。あらごとは、瞠目する。

何処から迷い込んだのか、一頭の大きな熊が、四つ足で走り、牙を剝いて堂内に闖入したのだ……。

（何で……？）

「く、熊とな……」

驚愕した隆が呻き、兵どもは、

「おおう……」

絶句し、逃げ散り出す。

蛭野夫だけはその場に踏みとどまり茨をからみつけた棒を熊に向かって構えるも、さすがに驚嘆しているのであろう、薄く口を開けているように見える。

繁もあらごとを叩こうと振り上げていた腕を止め——突然の来訪者、熊に牙を剝き、恐ろしく太い地獄の業火の如き雄叫びを上げた。

熊も吠え返し一気に檻近くに駆け寄る。

半人半獣と月輪熊、二つの猛きものにはさまれたあらごと、青丸の目の玉は、飛び出んばかりだ。

と、熊の方から、

「あらごと。——わしじゃ」

驚くべき小声が聞こえている。……苔菊の声であった。

一瞬わけがわからなかった、あらごとだが、この熊は味方であること、苦菊がすぐ傍まで来ていることを、悟った。

（苦菊がこの熊に化けた？　まさか……）

また、熊の方から苦菊の囁きがする。

「そなたの力でこの戸を飛ばせ」

（やってみる）

体の中の火花は、再び強く、散っている。

《——飛べ！　牢の戸っ》

あらごとの念が鍵をかけられた牢の戸に激突。牢の戸は暴風にさらわれたようになって吹っ飛んでいる。

《手の縄、取れろ》

あらごと、青丸をしばっていた縄が、ぶつりと切れて——下に落ちた。

「行くよ、青丸っ」

「おう！」

あらごと、青丸が死の檻から出ようとする。

「逃がさぬ！」

人ならざる存在（もの）の声が追いかけた。

禍々しい風が——驀進(ばくしん)して来るのを感じる。

繁。

繁の手が、追いかけてくる。

刹那——誰かがあらごとを守るように立ち、米俵を落としたような鈍い音が、した。

見れば青丸が、あらごとの後ろに立ち、盾となって獣人の手をふせぎ止めてくれたのだ……。

「何でっ……」

「言ったろ？　お前、俺の死んだ姉貴に似ているって」

青丸は苦し気に笑っている。

青丸の背は、繁の手に強く掻かれ、かなりの肉が削(そ)がれたようである……。

犬神憑きの筋骨隆々たる腕がまた振り上げられた。

《引け》

あらごとが鎖に命じる。鎖が凄まじい勢いで動き——繁の体を牢奥に引きもどす。

同時に牢の外にいた熊が掻き消え、代りに熊がいた所に苦菊が現れ、牢の中に向かって手をかざした。

——すると、どうだろう。

何らかの物体が、繁の頭に落ち、繁は苦し気な咆哮を上げた。石らしき丸っこいものが檻の底に落ちた。庭の苔石らしい。

　何が起きたかはさっぱりわからない。

　だが、あらごとは、

（苦菊はあたしと同じで妙な力があるんだ。あたしとは、違う力のようだけど）

と、思っている。

　虎口を脱したあらごとは深手を負った青丸の手を引いて牢から救い出した。

　参ろうぞというふうに、苦菊が深くうなずいた時、

「熊が消えたぞ！　あの婆を討てっ！」

　隆が上ずった声で命じるのが聞こえ、大男が突進してくる気配があった。

　蛭野夫だ。

　あらごとは、茨が絡みついた太めの棒を振り上げて肉迫してくる大男に、思わず竦んでしまうも、苦菊は冷静に、蛭野夫へ手をかざした。

　苦菊が念を込める気配がある。

と——俄かに苦菊の手から、夥しい量の火炎が放たれ、突進してきた大男は一気に火だるまになった。

　熱く狂おしい絶叫が火の粉と共に散る。蛭野夫は一瞬にして……手足をもがかせる動く炎となっている。茨が巻かれた太い棒が赤く燃えて床に転がり、黄金の破片のような火の

粉が数多散った――。

その時――あらごとの中で活写された光景が、あった。

竪穴住居が並ぶ山里が禍々しき者たちに襲われている。幾人もの男女が空飛ぶ火の玉に襲われ、火だるまになって、転がっていた。

その火の玉は赤衣をまとった肉置き豊かな女の手や口から放たれたものだった。

唐風に髪を高く結い上げた女で赤い玉をつらねた首飾りをつけていた。

あらごとは、現実に――護邸の隠居所にもどる。

今見えたばかりの昔日が、胸の中で、灰に隠れた熾火の如く燻ぶっていた。

故に……表に逃げようとした蛭野夫の進路をふさぐように、堂の床から火炎の長城が現れた時には、己の胸の中の火が大きくなったような気さえした。

行く手を火の壁にはばまれた藻掻く人型の炎、蛭野夫は逆方向に駆け出す。

そっちにいた、隆は、

「……来るなっ！　あ奴を寄せるな！」

隆の命を受けた兵の一人が矛でもって蛭野夫の腹を突く。

苦菊、あらごと、深手を負った青丸は、その隙に隠居所から、遁走している。

檻の中では繁が荒れ狂っていた。

「――まやかしじゃ！　火など、燃えておらぬ」

弟の憎々し気な声にはっとした隆がまじまじと見てみれば蛭野夫の体を燃やしていた火、戸口の手前で吹き上げた火の壁など何処にもなく……ただ矛で腹を一突きされた蛭野夫が苦し気に呻きながら転がっているのだった……。

「目くらましの……幻かっ」

隆は歯ぎしりした。

檻からは、獣の心をもつ弟が、鎖を騒々しく鳴らし、

「血を！　肉を！　血肉を啜らせろっ。さすれば、あのような三人、この繁が追いかけて喰い殺してくれるわ！」

ちらりと檻の方を見た隆は、

（あ奴らを逃がせば唐犬の正体が露見してしまう）

「急ぎ、追え！　三人とも即刻、斬りすてよ！」

隆の命を受けた兵どもが早速、追いはじめている。蛭野夫を矛で突いた男も矛を抜き取るや、追跡にくわわった。

「和尊（そなた）と、うぬは、のこれ」

黒い腹巻をまとった、側近というべき厳つい従者と、身の丈六尺、髑髏に似た下人の二人をのこす。

他の兵があらごとたちを追って隠居所から出ると隆はひょろ長い首をゆっくりかしげ、冷たい顔様で蛭野夫を見下ろした。

大男から苦し気な呻きがこぼれる。

「――うぬのせいぞっ！」

いきなり隆の細い足が――蛙に飛びかかる蛇の如く動き、蛭野夫の血だらけの腹を踏んでいる。

絶叫が足元から噴いた。

「うぬが、ありもしない火に怯えたせいで、皆、ここにない火に怯え――あ奴らに逃げられたのじゃ」

血の臭いが強まり、檻の方から異様な噛み音、擦り音がひびいてきた。

繁が、血に酔い、木の格子を噛んでいた。強く爪を突き立てていた。

蛭野夫が、腹の傷を踏んづける隆の足を太い腕で摑もうとしている。

隆は、毛抜形太刀を――蛭野夫の肩に、深く突き込む。

苦し気な声と共に大男の手は床に沈んだ。

脂汗を浮かべて苦しむ蛭野夫を冷ややかに見下ろしながら剣を引き抜いた隆、固唾を吞

む黒鎧の郎党と、ここの鍵をもっていた、髑髏顔の下人の方に、首をくねらせて、

「こ奴を檻の中に」

「やめろ……やめろぉっ――」

「出せ、俺を！　檻から、出せっ！」

蛭野夫、そして、人ならざる異形となってしまった弟の吠え声を聞きながら、隆は足を急がせた。

隆が去った後、蛭野夫は黒い腹巻の兵と、髑髏に似た下人によって、檻に無理矢理引きずられた。

押し込まれる。深手を負った蛭野夫は、あらごとが壊した戸の方に這おうとするも、獣人は……人より遥かに、速い。

殺気の風が、蛭野夫の顔を、打つ。

気味悪い音がしたかと思うと蛭野夫の大きく扁平な顔は右に大きく捩じられていた。

犬神憑きが、毛深く鋭い爪をもつ手で――ただ、一打ちしただけで、蛭野夫の首の骨は粉砕されていた。

ボジュッ！

という汁気をたっぷりふくんだ瓜を崖から落とした時のような音がした。

水干の下に黒鎧をまとった男が見れば、繁が、蛭野夫の頭を鷲摑みにして、力を入れ、

中の血肉、脳(なずき)が、液状に飛び出た音であった。

繁は蛭野夫の頭を根元から捩じ切り、右手に摑んだそれにかぶりつき、かなりの量を呑み込んだ。

さらに繁は首がない体から噴き出る腥(なまぐさ)い飛沫を顔から浴びてうっとりとしている。黒鎧の男と、痩せた下人は、ぞっとして逃げ出す。

すると……繁の顔や体に変化が起きだした。

顔が前に盛り上がるように出てきて、ますます人間離れしてゆく。腕や足は、より太く逞しくなり、全身の黒毛はますます長くなった。

繁は格子を摑み、腹の底から遠吠えした――。

繁の顔は巨大な狼そのものになっていた。

あらごと　四

あらごとが青丸と脱走をはかり隆に捕まった話、美豆が駆け落ちした男と共に、扶に囚(とら)われたという話が——蕨の気を揉(も)ませている。

己に累がおよぶのでないかという怖れはほとんど首をもたげていない。自分たちに嘘をついた美豆に怒る気もない。

そんな思いが芽吹いたとしても、すぐ萎(しお)れさせてしまうほど大きく強い思いが、蕨の中にある。

(貴女(あなた)たちが心の支えだった……。無事、もどって来て。貴女たちがいなくなってしまったら……どうすればいいの?)

地獄で苦しむ人々に地蔵菩薩(ぼさつ)は救いの手を差しのべるという。あらごと、美豆は、蕨にとって地獄で見(まみ)えた仏であった。

二人がいないここは……仏がおとずれぬほどの地獄の底ひに思える。

青き夕闇が色濃くなる中、蕨は音羽に手を引かれ、下人下女の波に押されるようにある所へ向かっていた。

――大広場。

南ノ大門と二ノ南門の間にある大広場で、朝、逃走し、先ごろ捕まったという敦安と美豆への仕置きがおこなわれるという。

「昔は大広場でよく仕置きがおこなわれたけど、唐犬が来てからは……そっちにつれて行かれるのが多くなったようね」

音羽は浅黒く角張った顔をさっき異様な犬の騒ぎ声が聞こえていた東にまわした。

(わたしより、後にここに来たのに……わたしよりここのことを知っている)

「さあ、歩けい！　歩けい！　のろまどもめ。ぼさっとするなっ」

顔に怪我した蛭野の鞭(むち)打つような鋭い声がする。

音羽は歩きつつ、蕨に、

「あらごとや、美豆が、心配？」

すると蕨は、頭を振って、

「あたしの心配なんて十年、早い」

「ん？」

「あの人は、そう言うの」

「あらごと？」

「そう。わたしが打物所の人たちにからかわれて泣いていると、あらごとはその三人を懲らしめてくれて……。おかげで向うの預から、頭を打たれ、たん瘤こさえて、うちの預からも飯抜きをくらったの」

「あらごとらしい……」

　微笑みを浮かべ蕨は、

「わたしのせいでそうなったから、屯食を半分あらごとに差し出したの。そしたら、そう、言った」

『あたしの心配なんて十年、早い。——あんたが全部食べな。そんなに、体が、小さいんだからさ』

　あらごとはさっぱりとした声でそう言うと、ニッと笑った。

　その笑顔が思い出されて蕨の微笑みは崩れている。

　面貌を歪め、

「——無理だよっ。心配するななんて……無理だよ！」

　感情が溢れ、滴となって目尻からこぼれ、痘痕がのこる頬を流れてゆく。

　音羽は、言った。

「泣くな、蕨。あらごとは大丈夫。たぶん……ううん、きっと大丈夫」

「どうして？」

音羽は謎めいた笑みを浮かべ、

「風が吹いているから」

音羽が言うように——青く涼しい風が、暑気を吹き飛ばすように南から吹いていた。

髪を一つにしばった音羽は蕨から手をはなすと青き涼風に身をゆだねて、別人のような口調で、

「いい風よのう」

からかわれているのかと思って蕨は、むっとした顔で音羽を睨(にら)む。

すると音羽は異様な光芒(こうぼう)を目に灯(とも)して静かに言った。

「この風が吹く時は、いいこと、あるんだ」

小声だが断言というべき語調だった。

不思議そうに首をかしげる蕨に、音羽はいつもの愛嬌(あいきょう)たっぷりの笑みを浮かべて、

「風の神様がおしえてくれたの」


常陸に根を張った嵯峨源氏の棟梁(とうりょう)であり、当国最大の豪族でもある前大掾・源護の館の、南ノ大門には、兵どもが乗る櫓(やぐら)があり、門の下、閾(しきい)の端には、二つの窪(くぼ)みがつくられている。

その窪みは国司が牛車(ぎっしゃ)でおとずれた時のためという。

ただ、蕨が知る限り、その窪みが国司の車を通すために役立った例はない。国司はここをおとずれる時、大抵馬に乗って来るからである。

今――鋲金具を打ち付けた南ノ大門の板扉は固く閉ざされていた。

南ノ大門の左右にはもちろん高さ一丈の塀がそびえている。

長く、厚く、そびえている。

南ノ大門と向き合う形で、かなりはなれた所に二ノ南門があり、今は閉ざされている二ノ南門を潜れば、西ノ対に出られる。

「こ奴らが何をしおったか皆、知っておろう！」

扶の荒々しくも太い声が立ち尽くす下人下女の鼓膜を揺すった。

南ノ大門と二ノ南門の間に広がる大広場に――百数十人の人がつくった、輪がある。

中心が空いた厚い輪だ。

いずれも汚れが目立つ、苧の筒袖をまとった、男女。

下人下女がつくる人の輪だ。

その中心――丸い空閑地にも、十人ほどの人が、いた。

牛をも切れそうな大剣を引っさげた大男、源扶と、白い水干をまとった預の長、六人の兵、そして、逃亡を企て捕らえられた一組の男女だった。

「こ奴ら、平真樹殿の領分に逃げんとして……」

後ろ手にしばられ、土の上に座らせられた敦安の後ろ頭を、扶が蹴る。

額や唇の端から血を流した敦安は前のめりになって倒れ――砂煙が立った。

暴力の臭いが、ここまで漂ってくる気がして、蕨の鼻の上に強い皺が寄っている。

南ノ大門を左に見る向きで、奴たちの最前列に立っていた蕨は、苦し気にうつむいた。

本当は最前列になど立ちたくなかったが、そこに立つのが自分の務めのように思え、蕨は思い切って前に出ている。

近くには音羽もいた。

蕨は……何者かの視線が己にそそがれているのを感じる。

誰が見ているのか、わかる。

しかし、そっちを向く勇気が、まだ湧かない。その人の姿を目に焼き付けておかねばと思って前に出たのに……、

(どんな顔をして見ればいいの……?)

あらごとなら……躊躇わずに真っ直ぐ前を見るだろうな、という気がした。何という言葉をかけていいかわからない、だが、蕨は深く息を吸って、真っ直ぐ前を向いている。

美豆と、目が合った。

美豆の頬にはひどい痣があり、やはり唇の端から血を流している。乾いた泥が髪にへばりついていた。

美豆はぐったりした様子であったが……蕨と目が合うと、少し寂し気な、そして申し訳なさそうな顔をした。

嘘をついて御免ねと言っているようにも見えたし……貴女ともっと一緒にいたかったと言っているようにも見える。

美豆の目が、泳いでいる。

――誰かを探している。

あらごとを探しているように思えた。だが、あらごとは、ここに、いない。あらごともまた青丸と脱走の企てを練っていた処を蛭野に見つかり――美豆と同じような危険の崖っぷちにある。

「北の沼沢の傍、林に潜んでおったところを、大苑の刀禰が見つけた！」

扶が叫ぶ。

大苑は護邸の北にある里で、真樹の庄園と目と鼻の距離だ。その刀禰、すなわち長は、護の従類で、最側近といっていい。

「大苑の刀禰が、こ奴らを追い詰めた！」

扶に紹介された大苑の刀禰は三十過ぎの浅黒い男で、身の丈はそれほどでもない。細身だが、がっしりしている。

顎の処にだけ鬚をたくわえ縦に走った刀傷で片目が潰れていた。

この男の父祖は護の父、恭の出羽遠征にしたがったのだろうか？　蝦夷がつかう、蕨手刀（柄の処が蕨の形をしている）を、所持していた。

直垂姿の刀禰は誇らしげな顔を南ノ大門の櫓に向け、

「わしが追い詰めし二人を一の若殿が搦め捕らえた！」

櫓から、分厚い声援が飛ぶ。

櫓にいてこちらを見下ろしていた弓兵どもが雄叫びを上げたのだ。大苑から来ている兵が、いるのかもしれない。

扶は大きくうなずく。

一時、止っていた青き風がまた吹き出して重たい蒸し暑さを押し飛ばしてゆく。

扶は預の長に、

「犯した罪に見合う罰」

「百叩きに候！」

太めの棒が、扶にわたされた。棒を受け取った扶の筋骨隆々たる巨体から恐るべき殺気が迸った。この間も、百人を超す下人下女に何か胡乱な動きはないか、扶の周りにいる兵、櫓の上にいる弓兵ども、二ノ南門前の番兵は、たえず目を光らせている。

扶は、押し黙る下人下女――この館でもっとも辛い仕事をしているのに、もっとも侮られている人々をぐるりと見まわし、

「よう見ておけい！　逃げた者の、行く末を」

　棒を振り上げ――一足で美豆の後ろに来た。

（百なんか叩かれたら美豆は――）

　蕨は、血だらけになってこと切れる美豆が網膜をよぎる気がした。

　と、敦安が、

「お願いがござるっ！」

「――何じゃ！」

　と、扶。

「我があれを……」

　血の塊を胃の腑から吐き出す形相で、敦安は叫んだ。

「そそのかしました！　二人で逃げた方が、上手く逃げられると思い、外に女がおるのに……この女を誑（たぶら）かし、企みに誘い込んだんでごぜえます。どうか、我だけを懲らしめて下されー！」

　歯を大きく剝（む）いて主張した敦安の目はギラギラと光っていた。

　すると、今度は美豆が、

「敦安……今さら、嘘なんかつかなくていいでしょう？」

　蕨は――敦安が、嘘をついて、自分だけ悪者にして、美豆を庇（かば）おうとしているのがわかった。

しばられた美豆は足を止めた扶に必死に、

「敦安ではなく吾が初めに考えて誘いました！　どうか、吾の方を懲らしめて下さい」

大苑の刀禰ほか幾人かの兵は庇い合う二人を殊勝と思ったか、深くうなずいたり、硬い面差しでうつむいたりしていた。

だが、扶以下、幾人かの兵は美豆と敦安を見ながら、せせら笑うような表情をしている。

蛭野ももちろん、そんな顔をしていた。

蕨にとって衝撃だったのは……幾人かの下人下女が、卑しい笑みを浮かべ、笑っていたことである。

ほとんどの下人下女は打ちひしがれた顔、苦し気な顔、怯えた顔を見せていたが、幾人かそういう者がいて蕨の目に留まった。

こ奴らは美豆、敦安に恨みでもあるのか？　あるいはこれから起こる暴力の予感に、酔うているのか？　それとも、自分たちは今でこそ下人下女ですが、本当は貴方様の側なんですと、扶に媚びたいがために、卑屈な笑いを浮かべるのか？

どちらにしろ反吐が煮えるような怒りを覚えた蕨だった。

「牛ぃ」

扶に呼ばれへらへらと笑っていた家人の一人が近づく。

元々、青丸と同じ牛屋の下人であった牛は、腕力の強さと口の上手さを気に入られ扶に引き立てられた。顔は大きく、ごつごつしていて、口髭(くちひげ)をたくわえ、首、腕が、異様に太い。

腹巻鎧の上に青い水干をまとった牛に、扶は、愉快気な面差しで、

「どちらが真(まこと)を言うておると思う?」

「へえ。こいつで占ってみましょう」

牛は、卑屈な笑みを浮かべ、延喜通宝(えんぎつうほう)を一枚出すと、

「表が出たら、男、裏が出たら、女ということで」

牛の分厚い手が延喜通宝をさっと放り、掌でつつみながら、受け止め——ゆっくり開く。

「表……にござる」

「男、ということか。よし！　うぬからじゃっ」

血腥い喜びが扶や牛の相貌をよぎった。扶は、敦安に大股で歩み寄りつつ、太い棒を振り上げ、

「和男(わおとこ)ぉ、己で言い出したことじゃ。うぬを多めに叩いてくれよう。うぬを百五十、女を五十とする」

「此方(こなた)を、もそっと多く——」

その言葉に、扶は、恐ろしい打擲(ちょうちゃく)で、応えている。

扶の筋骨が躍動、猛気が振り下ろされた。

唸りを上げて急降下した太き棒が、敦安の背を、体がおれるくらいの勢いで打ち、血肉と汗、咆哮が、散った。

「一っ！」

牛が嬉々として叫ぶ。

青き夕闇色濃くなる中、また——棒が、振り上げられた。

蕨は目をそらしたかったが、そらせぬ。見たくない光景なのに、蕨の眼を強引に引っ張ってはなさぬ——。

悪鬼の形相を浮かべた扶は敦安の肩に骨が砕け散るのではないかという勢いで打擲をくらわす。

地べたを這い転がる敦安から血と涎がまじった呻きがこぼれている。

「二！」

「どうした、公達ぃ？」

打たれ弱いという意味か、敦安を公達とからかった扶は、いきなり棒を動かし、

——ッ！

今打ったばかりの処を力強く突いた。

敦安が、悲鳴を上げ、美豆が溢れる涙で歪んだ声で、

「お願いですっ！　お情けを。吾が悪いのです……。吾を代りに……」

扶は、ぐいぐい棒をねじ込み、

「こいつは数えぬぞぉ」

「打ったわけではないゆえ」
三、四、五、という牛の声を聞きながら蕨は悲しみと苦しみ、怒りと怖れ、そしてあらごとはどんな目に遭わされているのかという不安でもみくちゃになっている。
兵の半ばくらいは凄惨な打擲に硬い面持ち、憐(あわれ)みの面差しを見せていたが、残り半分は笑顔である。

その笑顔、そして同じ立場の者の苦しみに、へつらうような喜色を見せている……ごく一部の下人下女の反応が、蕨を苛立たせていた。

「六っ！」

兵どもの笑顔を睨み、蕨は、

（こいつら……鬼だ）

地獄で亡者を責めさいなむ鬼どもに思える。へつらうような笑みを浮かべる一部の下人下女を睨み、

（こいつらは……）

笑う兵どもが鬼ならこ奴らは鬼に媚び売って僅かばかりの目こぼしをしてもらおうとは

かる、もっとも無様な亡者だろう。

　しかし、自分たちが亡者なら一体、何の罪で、この地獄に来たのか。

「七！」

「おや……」

　鬼どもの頭は血だらけのぼろ雑巾のようになって大地に転がった敦安を、棒の先でつつき、不思議そうに、

「……動いておらぬ。百五十でも足らなそうな口ぶりであったが、随分と……」

　蕨は苦し気にわななく。

「腑甲斐ない奴じゃあ」

　牛と幾人かの兵が、腹をかかえて哄笑した。

　扶が——思い切り、うつぶせに倒れた敦安の後頭部を棒で殴っている。

　あまりの力で敦安の顔は大広場の土の中に深くめり込んだ……。

　しかし、地獄から抜け出そうとした男の体は、ピクリとも動かなかった。

　魂を掻き毟るような女の絶叫が、した。

「敦安っ……ああ、殺せぇ！　早う吾を殺せえっ！　同じ所に行くんだ！——早うっ」

　涙と埃にまみれた美豆の、鬼気迫る咆哮であった。

　多くの下人下女の目が、涙か怒りをたたえ、敦安の亡骸か、敦安を撲殺した扶にそそが

れている。

　怖れでふるえたり、苦し気に敦安からそらされたりする眼差しも多い。

　蕨は……ここにある多くの思いが、大広場の上で合わさり、目に見えない巨大な龍のようになって夕風が吹く空をのたうっている気がする。それは赤い火龍で何かきっかけがあれば恐ろしい炎を扶と取り巻きどもに吹きかけるであろう。

　が、扶は何処(どこ)吹く風という体で、

「牛ぃ」

　牛を呼んでいる。

「へえ」

　牛にごつい顔を寄せ、敦安の亡骸を棒で指し、

「……犬に。血肉が……所にな」

「へえ！」

「よぉし、女ぁ、望み通り仕置きしてくれよう！」

　牛ほか二名の兵が敦安の屍(かばね)に取り付き、扶が笑いながら美豆に歩み寄ったその時、音羽が呟(つぶや)いた。

「――唐犬」

　すると、

「唐犬の所に？」「唐犬に……食わせる気か？」「それだけはお止め下されっ」「敦安を我らに葬らせて下され！」

青く涼しい夕風が一層強くなる中、下人下女たちの中に音羽の言葉が広がってゆく。

蕨が驚きをもって見やると、音羽は目をギラギラさせながら、笑みを浮かべて、

「唐犬に食わせないで」

「唐犬に食わせんで下されっ」「敦安を食わせんで下され！」「わしらを……唐犬に食わせんで下されっ！」「殿様にお願いしよう」

音羽の声が油に燃えうつり、風で燃え広がる火の如く、数多（あまた）の下人下女にどんどん拡散してゆく。

音羽は叫んだ。

「殿様にお願いしよう。――もう食わせないでって！」

「そうじゃ、そうじゃあ！」

涼風が吹き荒れる黄昏（たそがれ）の大広場で、大騒ぎが起きた――。百人を超す下人下女が憑かれたが如く、嘆願の嵐を起こす。

「もう誰も食わせんで下され！　唐犬に……」「殿様にお願いするんじゃ！」「わしら、倍、はたらきまする。されば、どうか唐犬にだけは食わせんで下されっ」

人の波が四方（よも）から起り、扶にどっと寄せる――。

「静まれ！　静まれぇっ！」

棒を放った扶は毛抜形太刀を抜いて大喝した。

だがそんな大喝も一度、火が付いた下人下女たちを止められぬ。

「そなたが、扇動を――」

さっきから注意深く群衆を見まわしていた、大苑の刀禰が蕨手刀を抜き、真っ直ぐ、音羽目指して、駆けた。

すると、蕨の近く、人波の先鋒にいた音羽から――細く小さな鋭気が放たれている。

音羽が投げたそれは小さな棒状の金属であったようだ。

それは大苑の刀禰ののこっていた方の目、つまり右目に深く刺さり、血が流れた。

「あっ……」

という刀禰の呻きに兵たちも下人下女も一瞬静まり手足を止める。

刹那――一本の矢がビュンと飛んで、両目を潰された刀禰の、右耳に入り、左腋の下をぶち破りながら体を通り抜け、ふるえながら地面に突き立った。

「あれをっ」

南風が強まる中、兵の一人が叫ぶ。

見れば――館の南の板塀の上に数人の人影が並び、こちらを見下ろしていた。

男もいれば、女もいる。

大きい者もいれば、小さい者もいる。

下人と思しき者もいれば、護の兵と同じような姿の者もいる。遊行の僧と思しき男もいれば、長い髪を垂らし蕨手刀を引っさげ、首飾りを垂らした蝦夷と思しき者もいた。

傀儡子（芸能民）らしき女子もいる。

皆、覆面をし、小ぶりな弓をもち、幾人かは粗末な鎧をまとっている。

「何じゃ、お主らはっ――」

扶の大喝が叩きつけられた。

「――飯母呂衆」

錆びた声が、塀の上から、返される。

南風に背を叩かれながら板塀に立つ謎の一団の中心にいた鼻から下は灰色の覆面で隠し頭には茶色い布を巻いた男が答えたのである。

「飯母呂衆じゃぁ？」

扶がその小男に問い返すと、預の長が、

「飯母呂と申す賊が……坂東各国の官衙、豪族の家、都にはこばれる官物を襲っておるようにござる。先月は相模に出たとか。何でも梟の如く夜現れ、飛ぶように去り……正体が摑めぬと」

「――群盗か！　面白ぇ……」

不穏な笑いをこぼす扶であった。

平安時代――もっとも、群盗が跋扈し、治安が危機的であった地域がある。

坂東、今の関東である。


「皆殺しにせい！　射殺せぇっ――――！」

扶は南風――向かい風に向かって、吠えた。

同時に飯母呂衆の小男、錆びた声の小男が、さっと右手を振っている。と……今まで強くもあったが涼しいやわらかさをふくんでいた風が表情を一変させている。

颪は、鋭く、固く、叩きつけるようになった。

それも板塀の上から斜め下、大広場に一気に駆け降りる突風となった――。

館の兵が射た矢は悉く突風ではね返され、兵たちの方にもどってくる。さらに飯母呂衆が板塀の上から射た矢は稲妻の速さで――扶を守る兵の首や眉間を、襲い、腹巻に守られた心の臓を鎧を突き壊しながら貫通。次々、射殺した。

「いい風よのう！」

魔風が吹き荒れる中、錆びた声の小男が……いと心地よさげに叫ぶ。

（音羽は……飯母呂衆の仲間なんだ）

蕨は、電流に打たれたように悟った。

門の上――櫓の兵には当然、飯母呂衆を横から射ることが期待される。が……盾でかこまれた櫓内でも混乱が生じている。

「裏切り者っ……」

櫓の中に、飯母呂衆の手の者が潜り込んでいたらしく、その者が次々、矢をつがえようとした兵を、刀で斬殺したのだ。

小男が小ぶりな弓にさっと矢をつがえ――射る。

突風に乗った矢は扶の側近、牛の、浅黒い頰に当り、口腔から、後ろ頭へ、血の糸を引きながら、突き抜けている――。

牛が血の泡を口からこぼしながら、厚い肩を激動させ、

「あごっ、くうっ……ぐんっ」

苦し気に呻く。

と――激しく波打つ牛の喉仏に、下人下女の只中から殺意が突進、血の爆発が、首で起き、牛はぶっ倒れ、こと切れた――。

蕨は見逃していない。

音羽が、苧衣の、懐から、棒状の細く鋭利な刃を取り出し、裂帛の気合で牛に放ったのを。

「……大炊殿のっ、口達者の、下衆女！」

突風の中、大男の咆哮がひびく。

――扶の、怒で滾った双眼が、音羽を直視していた。

音羽は目にも留まらぬ速さで両手を動かし、自分の衣の尻の辺りから、二本の細く小さい棒状の凶器を取り出し、両手に構えて、にっこりと笑った。

「いつでもお相手しますよ。こっちの方なら！」

この娘の衣の内にはいくつもの隠し（ポケット）があって飛び道具はそこに隠されているのだ。

盗賊は狙った館に前もって手下を潜らせて内情を探ることがあるという。音羽はそういう者だったのかもしれぬと、蕨は思った。

と、茫然とする下人下女たちに、風上、すなわち板塀の上から――、

「源家の館で下働きしておる衆よ！」

牛を射た、錆びた声の小男が、呼びかけたのだ。

「――よう聞いてくれい」

男が左手を振ると……青き暴風は、ぴたっ、と止っている。

誰もが茫然とし聞き入ってしまう。板塀上、神妙の小男は、

「わしも、かつて、下人であった！　血反吐を吐くまではたらかされた」

「………」

「下人という言葉には人という言葉が入っておる。されば……下人、下郎、下女に下女と、上つ方から言われておる我らも、牛や馬、犬や鼠の仲間に入るのではなくて……雲の上人と同じ、人の内に入ること――これ明らかではないか！　なのに我ら、そう遇されておらぬ……」

蕨は固唾を呑んで小男の話に聞き入っている。多くの下人下女が、真剣に小男を見上げている。

扶以下、兵どもも異様な雰囲気に呑まれて手出しできなかった……。

小男は、言った。

「牛や馬と同じか――それより酷い扱いを受けておる！」

「……そうじゃ」「そうじゃっ、そうじゃ！」「左様っ」

多くの下人下女の口から、たまりにたまった思いがこぼれた。

「もう――変えよう。終らそう。風を吹かせるのじゃっ！　そなたらを捕らえる牢を壊す風を」

小男の手が、すっと振られる。

青く静寧で涼しい風が板塀から蕨たちの方に吹く。やわらかく……心地よい、風だった。

蕨の癖のある髪が風にくすぐられて痘痕ののこる顔からはなれたり、またふれたりする。

さっきの憂鬱、険悪な面差しを青くつつみ込むような風に吹き散らされた下人下女たちは、

「おおう！」

「風……風じゃっ」

「真に吹いた！　風じゃっ」

「あの人が……吹かせているの？　風を？」

蕨は、茫然としながら呟いている。

「そうだよ。我らがお頭は風を、自在に、吹かせるんだよ」

音羽が、含み笑いを浮かべて言った。

「道にはずれし者を吹き飛ばす風じゃ！」

小男が、すっと扶を、指す。

すると、どうだろう。

扶とその従者、さらに二ノ南門から変事を感じ、突出してきた新手の兵どもの辺りにだけ——突風が叩きつけ、砂煙が舞い、数多の烏帽子（えぼし）が、すっ飛ばされた——。

「おお……」

「我が烏帽子がっ……」

扶と兵どもは目に砂が入ったりしてひどい混乱を起した。

烏帽子をうしない狼狽える姿に下人下女からいくつもの笑いがこぼれる。

飯母呂衆の男が起す颪は、蕨からも扶への恐怖を吹っ飛ばす。

小男がさっと、手を上げると——砂嵐を起していた突風がふつと、止っている。

「おおお——っ」

また、人々がどよめく。颪を起す群盗の首領は、砂まみれになった扶に、

「この声が聞こえておるなら、悪いことは言わぬ！　物の具すてて蔵の中の金銀財宝、米、悉く我らに差し出せい」

言い終わるか終わらぬうちに館のあちこちで火の手が上がった。

砂をはたいて烏帽子をかぶった扶は、ギッと、小男を見上げ、青筋をうねらせて、

「何が物の具すてよじゃ、盗賊風情がっ」

下人下女に——、

「当屋敷の下部ども、よう聞けい！　あの極重悪人の小男めをひっ捕らえるか、殺すかすれば、我が従者に引き立ててやろう！　あるいは田畑をあたえてやろう。さ、行けい！　世を乱す群盗を八つ裂きにせい！」

「…………」

さっき、扶にへつらうように笑っていた下人下女は、きょろきょろと辺りを見まわすも、圧倒的多数の下人下女は厳しい目で——扶を睨んでいた。

誰も動く人はなかった……。

それを満足気に見とどけ、風をあやつる小男は、高板塀の上から、

「やむを得まい……。のう、皆の衆！　唐犬とやらの餌食には誰がふさわしいじゃろう？　あそこで、砂まみれになり、つかえぬ弓矢をもちながら、何やら意味のわからぬことばかり吠えておる男。あの男を……唐犬の餌にするのは如何かのう？」

「あいつらを唐犬に食わせよう！」

音羽が、叫び、強い風が塀から吹き下ろされる。

「そうじゃ！　そうじゃ！」「我らを散々叩いてきたあ奴らを唐犬に食わせよう！」

下人下女が咆哮を上げて扶たちに殺到する。

暴動が——引き起された。

さっきまで、扶にへつらうように、敦安、美豆をせせら笑っていた下人下女も、

「扶を唐犬に食わせろ！」

などと恥も外聞もなく叫び……暴動にくわわった。

後ろ手にしばられて転がされていた美豆は芋虫のように身をくねらせて起き上がっていたが、荒れ狂う人々は美豆などお構いなしに扶たちに押し寄せたため、美豆は走ってくる下人にぶつかって、倒れてしまう。美豆を気にする人もいるが、多くの人が今日まで己らを痛めつけていた男に殺到する。

目を瞠（みは）った蕨は、

「音羽、美豆が、踏み潰される！」

「斬れ！　賊の味方をする者は叩き斬れ！」

扶が、わめき、兵どもは太刀や矛を、押し寄せる男女に、振りまわし、突き入れ、血の嵐が吹き荒れるも、飯母呂衆は塀の上や櫓から、矢を射かけ——追い風に乗った矢は次々に護の家人を射殺している。

死んだ兵から刀や矛をもぎ取った下人たちは喊声（かんせい）を上げて扶たちに押し寄せた——。

そんな争いの嵐の中、蕨は美豆を助けようと夢中で人々を掻き分けて、走った。

「唐犬に食わせろ！」「連中を、唐犬に食わせろ！」「ひるんでおるぞ、行けっ」「ここで踏ん張れっ、退くな！」

暴動側と、扶側の怒号で——蕨の小さな耳はもげそうだった。

刹那——かつてないほど野太い遠吠えが、屋敷の奥からひびいた。


実（げ）に凄（すさ）まじき遠吠えが後方、隠居所から、聞こえる。また大広場でも何か騒ぎが起きているようで、沢山の人々の怒号、悲鳴がした。だがそちらに注意を向けている余裕はあらごとにはない。

「青丸、大丈夫？」

「お……う」

青丸は深手を負い、苦し気だ。後ろからは隆の兵どもが追跡してくる――。

青丸を引っ張って、歯を食いしばり庭園を逃げるあらごとは、後ろの追っ手も気にかかったが、

「さっきの熊は何？　何処にいったの？」

苦菊に問うた。

「――幻さ。わたしは呪師（のろんじ）の、乱菊（らんぎく）。苦菊とは仮の名。お前がものを動かせるように、我が幻術は幻を見せ、幻を聞かせることが出来るの」

話すうちにどんどん苦菊いや、乱菊の嗄（しゃが）れ声が……張りのある若い声に変っている。

(何だかしゃべり方まで変っている)

あらごとは梅の木の枝を払って池を横目に前にすすみつつ、

「呪師？」

「伏せよ――」

あらごとに言いかぶせるように乱菊が言う。

あらごと、乱菊、青丸の三人は急いで伏せた。

三本の鋭気が――後ろから飛んできて、三人の頭上を吹きすぎた。

隆の兵どもが射た矢だ。

「あそこにおったぞぉっ！」

「あらごと、青丸が、逃げたぞぉ」

という怒鳴り声が、後方、杉林で聞こえる。

「——まずいね」

苦菊、いや乱菊が嫗の顔とはちぐはぐな若い声を発し背が低い山吹の植え込みに身を隠す。

あらごと、青丸もつづく。

「あっちからも、こっちからも、来る」

乱菊の指が、網代垣の向う——西ノ対、さらに大きな池の向う、主屋を差している。

たしかに西ノ対の方から沢山の人の気配、主屋内部から夥しい足音の殺到が迫っていた。

——三方からかこまれた形だ。

前方、西ノ対から来る敵、後ろ、隠居所ならぬ魔所というべき堂から追いくる敵の視界からは山吹の木が隠してくれるが、側面、池向うの主屋から迫る敵には、

（あたしら、丸見えになっちまう）

焦りが、あらごとの中で悶える。あらごとは口早に、

「苦、じゃなくて乱菊」

乱菊はゆっくりと、

「今、考えている、よし、あすこに……栗の木があるわね？」

「もっと早くしゃべれないの？」

瘂痕だらけの拳が――あらごとの頭をぽかりと殴った。

「落ち着いて聞いて。栗の木よ」

あらごとは、乱菊に、小声で、

「木戸の傍の栗？」

「左様」

ちょうど、あらごとが言う木戸が開き――西ノ対の方から、

「何処じゃ！」「何処に隠れたあ？」

などと言いながら七、八人の武者が白刃を引っさげ、弓を構え、乱入してきた。

「お前なら、あの栗の実をあいつらに降りそそがせることが出来よう？」

出来るのか、そんなことが。

「とにかくお前はそれをやれ。この乱菊――残り二方の敵をひるませる。そうやって隙をつくり……」

乱菊は、池の反対側、庭園の南を――大広場、その西にある弓場、さらにその西にある邸内の菜園と区切る高さ七尺（二メートル強）の板塀を指し、肩をすくめて、

「ここから逃げるほかなかろう」

ちなみに邸内の菜園は護一家や客人が食べるための、瓜、茄子などの畑で、ここの手入れは、苧績み・栗畑の所の管轄だった。

七尺の壁を越えられるのか疑問も漂うが今は「呪師」を名乗る乱菊にしたがう他あるまい。

あらごとは黄緑色の毬栗を沢山実らせた網代垣の傍の栗樹に、意識を集中している。

その栗の木陰を今、太刀を引っさげ、弓矢を構え、数人の目付きが鋭い男が、歩いている。

男どもとの距離は、およそ二十歩（約三十六メートル）か。

濃き夕闇の中、あらごとは栗を動かそうとするが、

（駄目だっ。糞！）

後方からもさっき隠居所にいた兵たちが駆け寄ってくる。

（殺される、あいつらに……）

あらごとの唇がふるえると、乱菊が、囁いた。

「胸の中に火花が散り――力が生れる。違う？」

あらごとがこくりとうなずく。

同時に、

「あそこに蹲(うずくま)っておるぞ！　山吹の陰に」

池向う――主屋の濡れ縁に現れた郎党の一人が、叫んだ。

藍(あい)色の大気が庭園をひたす中、栗の木の下を通過していた兵ども、後ろの杉林から来る者どもが、一斉に足を速める。

瞬間、

「ぐあ、火じゃぁっ！」

主屋の濡れ縁の端に高さ五尺はあろうかという火炎の壁が横長に現れ、庭に飛び降りようとした若党どもを止めている。

さらに、火の手は後ろ――魔所をかこむ杉林と庭の間辺りにも上がったらしい。

そちらでも男どもの叫び声が、した。

「俺を解き放て！　俺を」

繋の吠え声が、する。

（乱菊の、幻の火？）

しかし――あらごとが動かそうとしている栗の木はただ、先ほどから吹いている南風に揺られて、のどかに梢(こずえ)をふるわすばかり。一つの毬栗も落ちてはくれない。

カタカタカタという音がした。

あらごとの傍ら、青丸の歯が、素早く嚙(か)み合わされている。

青丸の恐れがあらごとにうつり勇気が萎みかける。

(……いけないっ。青丸は、あたしが、巻き込んだ。あたしがしっかりするんだ!)

過去の欠片を思い出す。田んぼを下から壊しながら現れた、巨大な災厄を思い出した。

背に笹がびっしり生えた、途方もなく強大な、魔の物を……。

(あんな恐ろしいものに襲われた村を抜け出たんだ。……こんな男どもの何が怖い!)

勇気を奮い起す。その勇気が胸底の火打石をこすったか、冷たくも熱い火花が、体の奥で散った気がした。

その炸裂する火花を胸の中で火の玉にして栗に飛ばしている――。

あらごとの念が、梢を強く、揺すり、青き毬栗が二つほど落ち、駆け寄ってくる男の後頭部を直撃。

「――痛っ」

声が、もれる。

「もっと飛ばせる」

乱菊の声と同時に隆の声が、

「そんな火を恐れるなっ! 恐らく、幻の炎にすぎぬっ。――踏み込めぇ!」

乱菊が舌打ちした。

隆の近くにいた兵ども、つまりさっき隠居所にいた兵どもがざっと踏み込む気配があり、

すぐ、

「おおっ！」「火が、消えたぞぉ」「この火は、幻じゃっ！」

十歩（約十八メートル）ほど後ろでどよめきが起きた。

「……ぬう、これは、どう？　ほれ、ほれ」

乱菊の二の手を打つらしい声を聞きつつ、あらごとは全意識を網代垣の傍、栗樹に、あつめた。

そっちから来る七、八人はだいぶ近づいている。そ奴らの手には白刃、弓矢が、ある。

《──全っ部、落ちろぉ》

あらごとは──強力な思念の塊を栗の木に向かって飛ばしている。

瞬間、ざわっと、激動した梢から──夥しい青毬栗が、土砂降りとなって、落ち、こっちに来る男どもを追いかけるように刺々しい嵐となって飛行──恐ろしい勢いで男どもの後頭部、背、尻などを、猛襲した。

「痛えっ」

「ずわっ……くぅ」

「い、目、目をやられたっ……ああ！」

毬栗の嵐に揉みに揉まれた男どもは──庭の一角に崩れ落ち、七転八倒している。

「──上首尾ね。ただ、殺してはいけない。呪師は、力で、人の命を奪ってはいけない。

わかった?」

苦菊、いや、乱菊の若い声が、耳元でした。

と、

「逆茂木(さかもぎ)じゃ……。つい、先ほどまで、なかったたっ——」

隠居所の方で兵が吠える声がして、池向う、主屋でも、隆たちにうながされて、簀子(すのこ)の端の激しい火を恐る恐る踏んだ兵が、

「おお——火などなかったのじゃ! 一踏みしたら、すっと消えおったわ」

言ったはいいが……、

「火は消えたが……庭先に忽然(こつぜん)と茨を巻いた木……。何じゃ、これ!」

濡れ縁から飛び降りたすぐ下、庭先に——忽然と現れ、横一線の前栽(せんざい)状に展開する茨を巻いた刺々しい枯れ木・逆茂木に立ち竦(すく)んでいた。

(あれって、この屋敷の、堀の傍にあるもんだよね)

貴女がしたのという目であらごとは乱菊を見る。

——茫然とした。

青丸も、乱菊の顔を見て、息を呑んでいた。

飲めば若返るという変若水(おちみず)をがぶ飲みしたか?

そこには——まるで別人が、いた。

まず……老婆ではない。

若い。

歳の頃、三十ばかり。妙齢の、透き通るような色白の女人である。

張物所の媼、苦菊にはひどい痘痕があったが、今目の前にいる乱菊の餅肌には、真にかすかな痘痕があるばかり。白髪ではなく、長く艶やかな黒髪を垂らし、細身で細面。

二つの、丸く、小さな目は、やや上に吊り上がっていて、左右の距離が若干開いている。

だから白い蛇の精が乗りうつった女という印象があった。

乱菊は、ぽってりした唇を開き、

「これがわたしの真の顔」

茫然とする二人に、

「幻の姿を、脱ぎすてたのみ。あんまり見惚れないでよ。……照れるわよ」

張物所の媼、苦菊の姿、声は、乱菊が見せ、聞かせた、幻というのだ……。

その時、

「ええい！　この鹿砦も急度、幻じゃ！　常陸の男子どもよ、ひるむな！　突っ込めぇっ——」

突然現れた逆茂木に立ち尽くしていた隆が命じる声がした。

直後、

「あ、ぐぅっ……」「——痛ぇっ——」「隆様！……これ、幻の逆茂木ではありませぬ、真の茨にござるぞぉっ」

痛々しい声が……星が瞬きはじめた空に次々、刺さる。

くすりと笑った乱菊は、

「幻だけではないのよ。——我が力は。さ、行くわよ」

乱菊が念を込め、白い手を振る。

すると——三人のすぐ南、高さ七尺の板塀に、立てかけられるような形で忽然と梯子が現れた。

青丸、あらごとは、口々に、

「これは……」

「幻？」

「なわけないでしょ。——物寄せという。犬に落ちた石、この梯子、これは、寄せた本物。苦菊と炎は、見せた幻。鹿砦は高度な技。半分、幻、半分は、寄せた本物。得心した？はい、登る」

「あらごと、先に登れ」

青丸が言い、あらごとは、

「怪我しているあんたが先。はい、行った」

「急げ」

乱菊にうながされて青丸がまず梯子に手をかけた。つづけて、手をかけたあらごとは、

(物置にあった梯子だ)

中国の女仙・太玄女(たいげんじょ)は——役所、宮殿、城、家屋などを、指差しただけで、瞬間的に搔き消し、別の所に移動させることが出来たという。

呪師・乱菊の「物寄せ」の非常に大掛かりな例と思われる。


あらごとが乱菊の力で出現した梯子に手をかけた瞬間、

「逃がすなっ」

という隆の叫びが聞こえ——あらごとは気付く。

(飛んでくる矢に気をつけるのは、あたしの仕事だ)

同時に——一陣の殺気が、梯子に向かって飛んでいる。

強い衝撃が上にいる青丸の体に走った。

あらごとは、茫然とする。

青丸の後ろ首に深々と矢が刺さっていた。

(あたし、何でもっと早く——。何で、もっと、早く、気付かなかったんだっ)

青丸の体があらごとの方に落っこちてくる。

あらごとは、青丸を受け止めようとしたが青丸の重みをささえ切れず、青丸もろとも地面に転がった。

「一人、仕留めたぞ！」

隆の嬉し気な声が、した。

隆が、青丸を射たのだ。

すぐさま起き上がったあらごとは……青丸の様子をたしかめる。

青丸を襲った隆の矢は落下の衝撃でおれていた。仰向けに倒れた青丸は口を苦し気に動かし、土にふれた首の後ろ側から血が這い出しはじめていた。

青丸の悲し気な眼があらごとを捉えている。

あらごとの目から、涙が次々こぼれる。

ふるえる小声が、青丸の口から、もれた。

「ああ……とうとう言の葉に出来なかった。お前に、一番、言いたいこと」

「何だよ?」

あらごとが言うと、青丸は苦し気に、だけど力強く、

「約束しろよ」

「…………」

「おらの分まで生きるって——約束しろよ」

青丸の目は——光をうしなった。

（あたしが誘わなきゃ、死ななかったんだ）

心臓が、溶岩になって飛び出してしまうほど激しい咆(ほ)え声が、あらごとの喉から湧き上がっていた。

自分と乱菊に迫る幾本もの矢が見える。

射よぉという隆の叫びを、聞いた気がする。焼けるように熱い涙を流した、あらごとは己らに向かって猛速で飛ぶ矢を涙で歪んだ目で睨み、

《——射た奴に飛べよ！》

こちらに飛来した幾本もの矢が——一斉に、向きを変えている。

ある矢は、暗い杉林の方に、ある矢は、池向う、逆茂木を迂回(うかい)してあらごとを射た兵に、また別の矢は毬栗の襲来から立ち直り、こちらを歩射してきた男に、勢いよく飛んでいる。

——敵方に幾人もの手負いが出た。

あらごとは隆たちを攻撃できる物体が他にないか探す。

叩き潰してやりたい。

刹那——熱い痛みが、あらごとの頬で炸裂した。

平手打ちされたのだ。

乱菊だった。

「とにかく、逃げろ」

乱菊は厳しい顔で告げた。

「青丸……」

「その子はもう助からない。行けっ」

乱菊は、鋭く命じた。

青丸が奇跡的に助からないか願うも、もう、動いてくれない。あらごとは怒りと悲しみの滴を顔からこぼしながら、梯子に手をかけている。

半分は隆への、残り半分は己への怒りだった。

青丸が登り切れなかった梯子を登る——。兵どもが殺到する足音がして、乱菊も下から登ってくる。

板塀の上近くまで来たあらごとは、きっと後ろを睨む。

隆以下幾人もの兵が三方から——梯子に殺到していたが、梯子を登る乱菊が、さっと手をまわすと……異常の事態が起きた。

梯子をかこむように三方の大地から夥しい白煙が放出され、瞬く間に白い壁をつくってしまった。

追っ手が、一瞬、ひるむ。

板塀の上に立つ形になった、あらごとは視界の片端、大広場の一角で何やらとんでもない騒動が起きているのを捉えつつ、思い切って真下――がらんとした弓場に飛び降りた。

飛んでくる矢をさっとかわして塀の上に立った乱菊は、

「もどれ」

言いながら、こちらに颯爽と飛び降りた――。

板塀の向うから、

「この煙も幻じゃ！　ほら、消えたぞ」

「あ……梯子が――」「梯子まで、消えておるっ！」

隆以下、兵どもが騒ぎ立てる声がした。

物寄せと呼ばれる乱菊の力は……かなりはなれた物置（下女小屋の近く、屋敷の乾にある）から、梯子を庭園に呼び寄せ、つかい終ると、元の物置に瞬間移動させてしまったのである。

物寄せ――自らから一定の距離内にある、あらかじめ念を込めていた物体を、自分の傍に瞬間的に呼び寄せる、もしくは自分の傍にある物体を、自分があらかじめ念を込めていた所に瞬間移動させてしまう術である。

乱菊は物体、もしくは場所にあらかじめ念をかけておけば、自らから四、五町以内にある物体を自在に呼び寄せたり、逆に最長で、四、五町の遠くに……失せさせることが出来た。

弓場に転がるように落ちた、あらごとは垣根をはさんだ西、大広場の真ん中辺りで、諍い——いや、合戦と呼ぶべき騒ぎが起きているのに気付いている。

（下働きと、兵が争っている？）

と、乱菊がつかつか歩み寄って来て——険しい声が、降ってきた。

「あらごと。お前の力で兵が死ぬところだったぞ」

あらごとはかっとなり、泣き顔を歪めて、さっと立ち上がると、

「だから、何？　青丸が死んだっていいのかよっ」

「そうは言っていない。……よいか、呪師になるなら……」

「呪師って何だよ？」

乱菊は溜息をつき、

「話している暇はない。——落ち着いて聞きなさい。犬神は、そなたを狙っている」

「犬神……」

「繁のことだ。あの犬は——そなたを喰おうとしている」

「繁様が……どうして？　何でああなっちゃったんだよっ」

恩人である繁が自分の肉を食おうとしているなどみとめたくない。……信じたくない。

（犬じゃないよ、繁様は）

あらごとは、わなわなとふるえながら、乱菊を睨む。何処にぶつけたらいいかわからぬ怒りの震えであった。

「犬神に嚙まれ、助かった者は、犬神になる。何故そなたを狙うか？　そなたが——呪師の雛だから。犬神は人を喰えば喰ろうただけ強くなる化け物……。夜明けがくれば元の強さにもどるが。その日のうち十人の血を啜れば十人、百人啜れば百人分だけ強くなる。

呪師の雛は——数人分の力を犬神にあたえる。だから、お前は狙われている」

——これ以上、聞きたい話ではない。

あらごとは、立ちふさがる乱菊をかわして、合戦と呼ぶべき騒ぎの方へ急ごうとするも、乱菊はあらごとの襟首をがっと捕まえて、

「まて、呪師になるならな——己の力で、人を殺すなっ」

嚙みつくように、

「だから、あたし——呪師になるなんて一言も言ってないだろ？　それが何なのかも知らないんっだよっ！」

乱菊は行こうとする少女を引きもどし、

「あっちに行くな。呪師が殺めていいのは、人に仇なす魔性と……」

「放せよ！　あんたの指図は、受けないっ！」

あらごとは、叩きつけるように言うと、乱菊を荒々しく振り払い——戦いというべき騒ぎの方へ走って行った。

板塀の向うから青丸を射殺した男の冷えた声が、

「そなたらは、あらごとたちを追え。わしは父上に報告して参る」

同時に……庭の奥の方から、血を啜り、亡者の腸を食らって大きくなった、地獄の妖犬の声のような、世にもおぞましき遠吠えが、大音声でひびいた。

さすがに鳥肌を立てた乱菊、細き面に、逡巡が漂う。——呪師としてどう動くかという迷いだ。

溜息をついた乱菊は、

「仕方ない」

さ、と前に出した乱菊の手に——忽然と現れた毛抜形太刀がにぎられ、板塀の向うで、

「き、消えた、我が刀が……」

刀を手にした乱菊はあらごとを追った。

飯母呂衆を名乗る盗賊の扇動により深刻な暴動が起き、扶が懸命にふせいでいるが、押

されかかっていること、賊の別働隊は館のいろいろな所に入り込み、なかなか剽悍なこと、とりわけ深刻なのが、護が今、いる西ノ対から見て東北にある最重要の倉庫群――二棟の宝蔵、二棟の上ノ米蔵までも、襲われ、警固の士が殺され、火の手が上がっていること、青丸は射殺したが、あらごとが妖術使いの女と逃げた旨が、前常陸大掾・源護に、報告されている。

　報告したのは扶がよこした預の長、館の北面の警固兵、隆である。

「飯母呂衆なる輩……許せぬ」

　この地の主、いや王から、草も枯れるのではないかと思われるほど冷たい凄気が、放たれた。

　ちなみに護は……国司を丸め込むか、脅すかして、京へおくる官物は、下ノ米ですませている。

　で、上ノ米は自家で食うか、この世の最高の実力者、摂関家への付け届けにつかうか、市場に放出し――儲けるためにつかっていた。

　上ノ米蔵は、唐土の青磁、蜀錦、陸奥の黄金、都の公卿からゆずられた琵琶などが秘蔵された、宝蔵に並ぶ大切な蔵であり、護にとってもっとも賊にまさぐられたくない急所だった。

　童の従者の手をかりて鎧をまといながら、護は、

「その方たち、北ノ対より蔵の方に射かけ、賊を没倒せよ！」

武芸に自信のある側近たちに、命じる。

「西門の方に賊はいないのだったな？」

「はっ」

家人が鋭く答えると、もっとも老練な家人に、

「筑波川に早舟を下せ。石田の婿殿の加勢をたのむのじゃ」

護邸から筑波川を南に二大里下れば——護の長女の婿、平国香の拠点、石田がある。

——国香は桓武天皇の曽孫、高望王の子だった。

「御意」

黒き鎧を装着した護はどっかり腰を下ろし、

「隆」

「はっ」

隆をまねき寄せ、冷厳なる面差しで、

「——あの犬を向かわせよ」

「…………」

すでにかなり暗くなっており護親子の傍らでは低めの切灯台に火が灯っている。

その灯火は、血を煮詰めたような色で、老いた父の顔の下部を照らしており、皺深き額

は薄暗くなっていた。

明かりから遠くにいる家人どもは黒い影になっており黄泉から来た魔衆の如く見えた。

さすがの隆も絶句していると、父は、隠居所の方から聞こえてくる遠吠えに鋭い目を動かし、

「ほれ……血に飢えておるぞ。謀反人どもを、幾人か喰らわせれば、唐犬も大人しゅうなるし、逆類どもの乱悪も静まろうが。のう？」

「よろしいので？」

ひょろりとした息子をぐいと引き寄せた護は耳元で、

「……もう、犬になっておるのであろう？」

繁こそ唐犬であるのは——秘中の秘であり、族にも知らぬ者がいる。

隆は、小声で、

「まだ、不十分かと……」

護の顎が、一人の男を指した。

「そ奴の血を」

隆がめくばせして衣の下に腹巻を着込んだ逞しい男が二人、さっと動き、白い水干姿の小柄な翁を取りおさえた。

「あ、吾が君、此は一体——」

いきなり行動の自由を奪われて預の長と呼ばれる老人は狼狽えている。

護は、冷厳なる面差しで、怒鳴った。

「そなたが下人どもをしかとたばねておれば斯様な騒ぎは起きなんだ！　うぬの罪は重い。わしがあたえし家、田畑は召し上げ――下人に身分を落とす！」

取り押さえられた小さな老人は面貌を歪め、

「そんな……」

「己の不始末をつぐないたいか！」

「もちろんにござるっ！」

慌てた長が唾を飛ばして勢い込んで言うと、護は、にっこりと、

「なら、唐犬の餌になってくれ」

「どうか、命だけは――。どうしたことでしょう……。ここまで、長くつくして参りましたのに」

護は首をかしげ、

「何故――下人が、ここに？」

一気に、兵どもが動き――抵抗する預の長を庭に蹴落とした。蹴りの衝撃で預の長の歯がおれて血に塗れながら庭にこぼれた。

「隆、たのむぞ」

「はっ」

隆は腕太き兵どもにさっきまで預の長であった男を、獣人が吠える魔所へ引っ立てさせた。

蕨は——混沌の中に、いた。

沢山の下人、下女がこの館でため込んできた思い、ぐっとこらえてきた気持ちが、飯母呂衆によって、動き出し、暴れている気がする。

その人の濁流の中、蕨は美豆を救助した。音羽が、二人を守ってくれた。

音羽は美豆の縄を仲間からわたされた蕨手刀で切ると、二人を人波の最後尾につれて行く。

そこにはあの風を起した小男がおり、深く集中する小男を守るように、三人の覆面の男女が立っている。

蕨は男が起す風が味方を助け、館の兵を押しているとわかっていた。

今、飯母呂衆がまじった下人下女は、二ノ南門に押し寄せている。

さっきまで扶たちは門の手前で戦っていたが今や門内に逃げ、門扉を固く閉ざしてふせいでいた。

ただ、館の兵が塀の内、桟敷に乗って射る矢のほとんどが、風に押され射手の方に飛ばされてしまう。逆に、飯母呂衆側の矢は、小男が起す風に乗り、勢いよく塀の内——西ノ対を守る兵どもに飛んでいく。

敦安をうしなった美豆の相貌には深い悲しみが根を下ろしていて、蕨は何と声をかけたらよいのか、わからない。敦安と仲のよかった男たちが美豆の近くに動かなくなった敦安をはこんできた。美豆は敦安の顔にふれながらじっと蹲っている。

飯母呂衆は、下人下女と共に戦う者の他に、幾人もいるようで、各方面から伝令が来る。

「お頭、北門の警固の者、悉く——討ち果たしました」

という者が来たかと思えば、すでに番兵が討ち果たされ、開け放たれた南ノ大門を潜(くぐ)って走ってきた者が、

「北や西の里から護の従類が館の異変を察し、こちらに向かいつつあります」

風を起す小男に次々報告した。

(まだ、沢山の手下が、いるんだ)

と、思った蕨は、

「ここを探るためにはたらいていたの?」

音羽に問う。

「そうだよ」

音羽は辺りに目を光らせながら——鋭い声で答えた。話し上手の大炊殿(おおいどの)の娘が……全く

未知の別の娘になってしまった気がした。

音羽が口を開く。

「あらごと……」

蕨は、音羽の視線を目で追っている。

蕨の顔が明るい風に吹かれたようになった。

あらごと、そして、もう一人、蕨の見知らぬ女性（にょしょう）が、こちらに駆けてくる処であった――。

「蕨!……美豆っ」

あらごとが、吠える。

で、途端に顔をくしゃくしゃにして駆け寄ってくる。肩までとどくか、とどかないかくらいのあらごとの髪が揺らぎ、汗か、別の滴が、風に吹かれて散るのが見えた。

蕨も言葉にならぬ何かを口にしながら、あらごと目がけて駆けている――。

あらごとの痩せっぽちの体と、蕨の小さな体が、ぶつかる。

（生きていた……よかったっ!）

蕨は――あらごとの汗だくの衣に顔を深く埋めて泣きじゃくった。次から次へ、溢れ返ってくる感情をおさえられずにいた。

あらごとが憔悴（しょうすい）しきった声を発している。

「青丸が……死んだ。あたしのせいだ」

蕨はあらごとから顔をはなすと口をきつくへの字にむすび、ゆっくり頭を振った。

「あらごとのせいじゃない」

蕨は、強く、言った。

「じゃあ、誰のせいだよ？」

あらごとの浅黒い顎が星空を向き掻き毟るような呻きをもらす。

蕨は、潤みをおびた目であらごとを見上げ、きっぱりと、

「この館のせいだよ」

何があったか知らないが、あらごとは青丸を守り切れなかったのであろう。そして、手をかけたのは、刀や弓をもつ男どもだろう。

それが——どうして、あらごとのせいであるものか。

蕨は囁いた。

「敦安も……」

その言葉と動かなくなった敦安、敦安に取り付いてはなれぬ美豆の横顔で、あらごとは全て察したようだった。あらごとは腕で涙をこすると、美豆に歩み寄り、こみ上げてくる強いものをおさえるような声で、

「美豆、気の毒に……。何て言ったらいいのか……」

美豆は膝を大地につけたままゆっくりあらごとに振り返っている。

「罰が当ったのかもね……。あんたらに、嘘ついて、二人で逃げようとした罰が。子供のあんたらと一緒に逃げたら逃げられぬと思った。どうしても逃げたかったから、嘘をついたっ」

美豆は両手で顔をおさえて、今にも千切れそうな弱い声で、

「……許しておくれ」

美豆の頑丈な肩が今日はやけに小さく見える。あらごとの手が、共に逃げた恋人をうしない、苦し気にわななく女の肩にそっと置かれた。

「……そんなこと、あたしら、ちっとも気にしていない」

音羽が、飯母呂衆の頭に、

「お頭。この子が尖兵になり得ると、吾が言うた子」

今まで瞑目していて、風に集中していた飯母呂を率いる小男が、ゆっくり眼を開け、あらごとを直視し、

「強く、清々しき目をした子よのう」

と、

「この子は盗賊なんかにならないよ。飯母呂石念」

――あらごとの後ろから声が飛んでいる。

蕨が、初めて見る、あらごとの後ろについてきた、細身、細面で、長身、色白、かすかに痘痕のある妙齢の女人が、口にしたのだ。

音羽、蕨は口々に、

「誰だ、あんた？」「この人は？」

あらごとは大きな目をくるりとまわし、

「ああ……苦菊だよ」

「…………？」

言葉に窮する二人に、あらごとは、

「苦菊に化けてたの、この人。ええと、本当の名前は……」

「乱菊よ。物覚えの悪い、子。呪師になる道遠し」

苦菊に化けていた……乱菊なる女の方を、きっとなって向いたあらごとは、荒々しく、

「あたし、呪師っつうものになるって一言も……」

「言っていなくても、なるものなのよ。ねえ、飯母呂石念？」

飯母呂の頭は鷹揚に、

「おうよ。乱菊……久しいな」

この二人――風をつかう飯母呂衆の頭・飯母呂石念と、苦菊に化けていたとあらごとが言う、乱菊は、顔見知りらしい。だが蕨はまだ苦菊に化けるということが如何なることな

のか、呑み込めず、きょとんとしていた。

「相変らずのようね？」

毛抜形太刀を引っさげた乱菊は石念にゆっくり歩み寄ろうとしている。

「それ以上——近づくな！」

蕨手刀をさっと構え、乱菊の進路を遮断するように立った娘が、いる。

音羽であった。

「近付いたら？」

「刺す」

「——出来るの？」

からかうように乱菊は言う。

「あんた、本当に、苦菊と同じ人？」

音羽の声に殺気がにじんだ。

「これなら信じるかね？」

急に嗄れ声が発せられ——今しがたまで乱菊と称するうら若き女がいた所に蕨がよく知る顔……洗濯場の老婆、苦菊が立っていて、大きくまがった背をぐいっと伸ばして元にもどそうとしているのだった。

茫然とした音羽の手をさらなる奇異が襲う。

音羽がもつ蕨手刀が刹那で消え失せ――音羽の真下、地面に、現れたのだ。

乱菊が見えざる手をつかって音羽の剣をはたき落としたとしか思えない。

音羽に生れた一瞬の隙を乱菊は衝く。

すっとすり抜けて――石念近くに迫っていた。

音羽は、剣をひろおうとはしない。目にも止らぬ速さで懐に手を入れ、例の棒状の飛刀を取り――乱菊に投げようとするも、体をひねりかけた音羽の喉に、突きつけられた剣先が、ある。

……地面に落ちていた蕨手刀だった。

つまり、一瞬で下に落とした音羽の刀を、また、瞬間移動させた乱菊は――左手でそれをにぎり、音羽の首に突きつけ、右手の毛抜形太刀は飯母呂石念の喉に突きつけていた。

飯母呂をたばねる小男は穏やかに、

「音羽。そなたに勝てる相手ではない」

乱菊は、石念に、

「我ら呪師が、術をつかって命散らしてよいのは――人の世に仇なす魔か、闇に堕ちた、呪師のみ。それが、掟。掟を破ったら、闇に堕ちたと見做す、そう警告した」

「うん。聞いたよ。おい、そろそろ長倉を襲ったらどうだ！」

乱菊に刀を突きつけられながら石念は子分に命じ、扶が守る門を襲っていた子分は、

「皆の衆！　長倉を開けて米を奪おうぞっ」

門に押し寄せていた下人下女の一部が、雪崩となって長倉に向かう。

長倉はその名の通り横長の倉だ。大広場の西に厩、牛屋と並んで建っていて、下ノ米がうずたかくつまれている。

「で――掟の話だったか？」

穏やかな眼差しを乱菊にもどし石念は、

「のう、乱菊、お前は虫けらのように下人を殺し、牛馬の如くこきつかう、護を、どう思う？」

蕨は、石念の語調が尖った気がする。覆面からのぞく石念の眼がただならぬ妖光をおびたように見えた。

「周りの百姓に、無理矢理、出挙をかしつける。ことわっても……無理矢理だ」

血を吐くような声で、石念は、言った。

「朝家の掟よりずっと重い利息を払えず潰れていった百姓から家も田畑も、誇りも奪い、下人下女にしてゆく」

そんな身の上を語る下人下女でこの館は溢れていた。

「左様な男を――人に仇なす魔物と、そなたは思わぬのか？」

強き意志が石になったような、固い語気で、石念は問うている。

乱菊は言った。

「そんな理屈をみとめれば我らは何でも出来る。——何をしても、許される」

その時、死者が行くという隠り世からとどいたような、不気味な叫喚が板塀の先……庭園の方で、した。

それが唐犬の声と理解するのに蕨は少し時がかかった。前に聞いた時より、おぞましくなっていたから。

石念が、乱菊に、

「のう、乱菊……呪師同士で言い争っている場合ではなさそうだぞ」

「…………」

石念の意識も乱菊の警戒も明らかに唐犬の方にそそがれている。

「我らは宝と米を、そなたは犬をもとめて、ここに来た。違うか?」

「図星ね」

乱菊の答に飯母呂石念は、

「矢を全てすて、空の胡簶片手に狼狩りに行くなら、止めはせぬが」

「人相手に術ばかりつかっている呪師がわたしの矢になってくれるの?」

「……ああ。矢の嵐とて起こせよう。望みとあらば」

乱菊は、さっと剣を下ろし、

「今日は休戦。ただ、わたしの警告をわすれるな、飯母呂石念」

すかさず乱菊に襲いかかろうとした手下どもに、

「その女に——手を出すな。門の近くに行くぞ。音羽は退路の確保を」

乱菊は硬い面差しでつかつかとあらごとの方に歩いてきて、

「石念と、わたしで、犬を狩りに行く」

刹那、二ノ南門の内で、身の毛もよだつような咆哮が聞こえた。唐犬だ。どんどん近づいている……。

乱菊はさっとそっちを見ると、あらごとに口早に言った。

「あんたは、蕨、美豆と、ここにいて。動かないで」

「何でだよ、犬って……繁様だろっ。行く！」

あらごとが必死に答える。

乱菊は、頭を振り、

「足手まといなの。貴女は術で人を殺しかねない。もしそれをしたら、わたしは呪師として、貴女を討つ。……わたしにそれをさせないで」

あらごとが、ギュッと唇を噛んだ。

門の向う、さらに近くで、また、咆哮が、聞こえる。

——石念はもうそっちに向かっている。

犬が繁様というのはどういうことかわからなかったが、蕨は懸命に話を聞く。

あらごとは門の方を、切実な表情でちらりと見て、

「……殺すの？」

「――ええ」

あらごとの面貌が激しく歪んだ。乱菊は、言い聞かせるように、

「あれは、犬神は、貴女が思っているような者とは、違う。さっきも言ったように貴女を喰おうとしている」

「繁様が、そんな――」

「繁じゃない。――犬神が、よ。奴らは呪師の雛を狙う。呪師の雛を狙う魔物は、多い。魔にとって呪師は敵だから、雛のうちに潰しておく、という心胆もあるのかもしれぬ」

あらごとは、歯を食いしばる。乱菊は、あらごとに、

「貴女の気は我らと違って奴らにだだ洩れなの。だから、貴女は決してここを動かないで。わかった？」

言い置くや乱菊は二ノ南門に向かって走りはじめた。

あらごとは、それを追おうとする。

「行っちゃ駄目って」

蕨の手は空を摑んだ。

あらごとは――扶が守り、唐犬の声がする門の方へ一気に駆け出していた。

「行かなきゃ駄目なんだ！　蕨は、ここにいろっ」

あらごとの声が、飛んできた――。


（繁様……貴方があそこで助けてくれなきゃ、あたし、あそこで――）

飢えに飢えてさ迷い出た美濃の里、初雪がぱらつく里を、思い出していた。

百姓たちにかけ合って傷だらけのあらごとを助けてくれた繁の姿が眼裏をよぎる。

（何があっても、あたしにとっての繁様は、あの時の貴方だ。……もどってよ。もどってほしいんだっ！　乱菊に殺させるわけにはいかない）

「吾も逃げ道の確保なんてまっぴらご免」

音羽の声が、あらごとの耳をくすぐっている。

いつの間にか音羽は、あらごとのすぐ横を音もなく走っていた。

「あんた、盗賊なの？」

「うん。飯母呂衆。豪族と国司だけを襲う盗賊。百姓には手を出さない。あと、女を犯すことは禁じられている」

乱菊を追うあらごと、石念を追う音羽は、門の前に渋滞を起している下人下女を掻きわける。音羽は前にすすみながら、あらごとに、

「仲間にならない？　妹分にしてあげる。あんたなら、きっといい女盗賊になるよ」

「考えてみ……」

あらごとの答（いらえ）の途中で強い逆風をものともせず、二ノ南門が内側から、ゆっくり、開きだした。

その時、あらごと、音羽は門前近くまで来ていた。

――青き黄昏はもう終っていて黒き夜が辺りをひたしている。赤く濁った満月が、盗賊と暴動で揺らぐ館を、空の下の方から眺めている。

飯母呂衆二名、そして、この家の元・下働き数名が、

「入るな！」

という石念の指図にかかわらず中へ入ろうとして――何かに弾かれたように止った。

恐ろしく強大な存在（もの）が中の闇に蹲っていると本能が警告したようだった。

黒漆が凝ったような門内の闇から不気味なほど低い唸りが聞こえてくる……。

それは、遠雷の音に、似ていた。

と――二ノ南門内の闇に、二つの赤い光が、灯る。

繋の眼とあらごとがわかった瞬間――黒く重い塊が、金属音を引きずって、門内から躍り出、近くにいた下人二人を襲った。

途端に血反吐と臓物の嵐が吹き、襲われた男たちが斃（たお）れている。

熊、あるいは大きな黒犬と思しき凶獣が凄まじい勢いで突出、今斃れた二人にかぶりつかんとした――。

「おおう――」

門内外で、どよめきが、起きる。門内では鎖を引く兵どもが獣のあまりの突進力に音を上げ、門外では、現れた猛獣の大きさ、猛々しさに、人々が慄いていた。門の内にいる護の兵ですらびくついている。

それはやはり犬のようであったが体長六尺くらい。もっとも大きな月輪熊と同じくらいの大きさ、物凄い爪牙を有していたのだ。

（本当に繁様なの――？）

現れた繁の顔は人のように平たくない。鼻と口が前に長く突き出ており、顔全体が黒き剛毛でおおわれている。黒い大狼そのものだ。

息を吞んでいた乱菊が、

「血を啜らすな！　ますます、強くなるっ」

「矢を！」

石念が右手を大振りするや突風が――流血に舌をのばし舐めようとした、黒き大犬めがけて砂埃を巻き上げながら吹き荒れ、飯母呂衆七、八人が、魔犬に斉射する。

所々にぼろ衣をまとっている魔犬、否、繁は……後ろ足で立つや、太き腕を蜘蛛手に動かし――飛来する矢をはたき落とした。

姿こそ狼だが人、猿を思わせる器用な手捌きだ。繁が大音声で咆える。

追い風を得た矢が二本ほど犬神に憑かれた男に刺さるも、急所をはずし、軽くひるんだにすぎぬ。

門近くにいた暴動の下人下女の多くが、魔犬に背を見せ悲鳴を上げて逃げようとする。

あらごとと音羽は、ぶつかってくる人波を手で掻きわけ、前に出んとした。

と、乱菊が手を振り、門前の屍二つがめらめらと燃えだした。

あらごとは後ろ足で立つ黒く大きな獣が笑んだ気がした……。

(幻と、知っている)

相手は、犬の姿をしているが、凡俗の犬ではない。……繁の頭脳をもっている。

隠居所で見せた炎の幻は、もう、通じない。

(乱菊がそんな失敗を?)

繁が、獣人が、火の幻影をものともせず、骸に嚙みつこうとした。

――あらごとは乱菊から冷たい殺意が、放たれた気がした。

刹那、牙を剝き、屍に突進する繁の口の進路上に、長柄の武器が出現した――。

矛だ。

同時に門内にいた兵の手から、矛が消えていた。

矛が突進してきた犬神憑きの口腔から喉奥まで突き破ろうとする――。

男たちの打擲から、助けてくれた繁の温かい表情が、あらごとの胸中で活写されている。

恩人に死んでほしくない、やさしかった頃の繁にもどってほしい、そんな熱い一念があらごとの中で、迸る。歯を食いしばり、

《横へ飛べっ！》

思わず念を飛ばしていた。

乱菊が、門内から、物寄せした矛が、今度はあらごとの念力で、横へ吹っ飛ばされる――。

矛がなくなったため魔犬の牙は嬉々として骸にかぶりついた。

炎の幻で誘い、瞬間移動させた矛で討つという乱菊の策は――あらごとの念で打ち砕かれた。

「誰じゃ、念を飛ばしたのは！」

石念の怒声が飛び、渾身（こんしん）の術を粉砕された乱菊はぐらっと大きくよろめいた後、恐ろしい形相であらごとを睨み、

「来るなと言うたろう！」

飯母呂衆の矢が、繁に飛ぶ。

繁は今度はよけもしない。複数の矢が、黒い剛毛におおわれた体に刺さったが、痛みを

覚えた気配は、毫も、ない。

（強く……なっている？　あたしのせいで――）

あらごとの中では冷たくも熱い火花が強く散っている。

また、何か仕かけようとした乱菊に向かって、黒い魔性の手が――バッと突き出される。

突然、現れた張物所の大きな板が、黒く大きな手を阻止した。乱菊が物寄せした板だ。

飯母呂衆の一人が、

「止めろぉ！」

という石念の叫びにもかかわらず毛抜形太刀をもって繋に突進する。首を狙っていた。

「けっやぁっ――！」

勇ましく襲いかかった飯母呂の男だが、黒い魔風の一吹きで――首が骨ごともげ、頭が
勢いよく吹っ飛んで、板塀に当って潰れた――。首が無くなった胴から血煙が噴射される。

繋はその生温かい雨をいと心地よさげにあびて赤眼をギロリとあらごとに向け、

「――そこか！」

固唾を呑んでいた門内の静けさを扶の大音声が突き破った。

「今ぞ、好機じゃぁ！　突っ込めぇ！」

館の兵どもも射かけながら猛進してきて、門前に恐慌が起きる。

「ええい！　ここは退けぃっ！」

石念が疾風で矢を叩き返しながら叫ぶや——果敢に戦っていた飯母呂衆も一斉に退きだした。

音羽は退き様に棒状の短剣を繋の眼めがけて放つも、繋はさっと顔を動かしてそれを噛み取ると、ビキン、ビキン、という音を立てて、粉々に噛み砕いている。

混乱の中、乱菊が駆け寄り、

「何をしたかわかっている？　この不覚仁っ！」

あらごとは肩を強く揺すられた。

間髪いれず——巨大な猛気が、突進してくる。

繋だ。……喰う気だ。

あらごとは、殺気の突進に、念をぶつける。

すると、どうだろう。繋の首の鎖が強い力で後ろへもどろうとして、巨体が全体的に震動した。

あらごとの念力が繋を門内に引きもどそうとした——。

「そのままで」

乱菊が言い、繋に向かって手を構える。

瞬間、あらごとは……それに気付いている。

繋の笑みに——。

笑みを浮かべた黒い獣人は全身に物凄い力を入れる。

繁は、猛進しはじめた。あらごとの念でもおさえ切れぬ突進力で。繁の突進する力は、あらごとの念はおろか、後ろから鎖で引いている男どもの手も、振り切るほど、強い。

誰も繁を止められなくなる。

黒く、巨大な獣が——牙を剝き、咆哮を上げ、凄い勢いで、迫ってきた。

夜の怒濤が襲ってくるような脅威にあらごとは身を竦ませる。

乱菊が何か叫びながら、あらごとを突き飛ばした——。

が、繁の毛深く巨大な手は、あらごとを引っぱたこうとして、すぐ、向きを変える。

——黒い風圧が、来る。

よけようもない勢いで肉迫する死の黒風をみとめながら、あらごとは身の奥でいよいよますます散る火花を感じている。

繁の手とぶつかる寸前、あらごとは想像を絶する現象に見舞われた……。

体が軽くなり、茫然とする獣人と、沢山の下人下女の頭が、下方に見える。

(浮いて……いる?)

星空に向かって一気に二丈(約六メートル)ほども浮き上がり、虎口を脱したあらごとを驚嘆の面差しであおぐ、乱菊は、

（二重の術者……というわけ？　天翔の術など、初めて、見た――）

「あの子、宙を浮いておるぞっ！」

「お不動様が……魔性を懲らしめるためにつかわした童子であろうか」

逃げていた下人下女が足を止めてどよめく。彼ら彼女らは、宙を浮いている子があらごととは、気付いていないようだ。

「――制吒迦童子じゃ」

繁の恐怖も忘れた下人下女が合掌し、その合唱の輪が……兵どもにも広がる中、隆の声が、鋭く、

「どうせ下らぬ幻じゃ！　惑わされるなっ。下司ども、許しを請うなら今のうちぞ！」

誰も引く人がいなくなった鎖が大きく浮く――。

熊のように大きいが、狼の如く素早い繁が、大跳躍、あらごとの足にかぶりつこう、いや丸ごと喰い千切ろうとしていた。

刹那――あらごとの体はすーっと二丈の高さを後方に動き出し間一髪、獣人の猛攻をかわす。まるで天の川の支流が地上二丈の低空にも流れており、その支流にはこぼれたような感覚だ。

あらごとは蕨、美豆の真上まで、来ている。

《下がってよ……》

あらごとが念じるや——体は降下しだした。

このままでは蕨の頭に落ちると思い、はっとした拍子に体の中の火花が消える。

——一気に急降下する。

蕨は慌ててよけて、あらごとは無様に地面に転がり、

「痛——」

「大丈夫？」「普通の子じゃないと思っていたけど……」

蕨、美豆は口々に言う。

とくに蕨は驚いた様子で、

「今、宙に浮いていたでしょう？　どうして……」

二人に助け起された瞬間、前方で——凄まじい阿鼻叫喚が起きた。

（繁様——違う。犬神だっ）

あの獣人の中に情け深かった繁が隠れているかもしれぬというのは、甘い幻想だという
ことを、あらごともようやく承知している。

血と臓物の嵐を巻き起こしながら獣人はこちらに突進していた。逃げ惑う下人下女の、
背を爪で裂き、頭を後ろから鷲掴みにして引き抜き、後ろ首を喰い千切り——足をもつれ
させて倒れた者の尻肉を噛み破り、数多の人々の血を啜り、悲鳴を浴び、強く、速くなっ

て、繁は肉迫している。

　――恐るべき勢いだ。

　人々を殺め、血を浴びれば浴びるほど、魔人が放つ猛気は、加速度的に大きくなり、濃さをましていた。

　あらごとたちの左右では逃げゆく男女が土埃と悲鳴を上げている。繁の咆え声の向うで、扶の怒号、隆の、

「降参せよ！」

　という声、そして、うんざりするほど聞きなれたあの女の、勝ち誇ったような、

「粟散辺土（ぞくさんへんど）のどん底で――謀反をえらんだ、逆類ども！　もう、降参か？　ひひ。今までの倍はたらく覚悟はあるんだろうねっ！　腑抜けの中の腑抜けども」

　という声も、した。

　今朝、この地獄の館から逃げようとして捕らわれた女、美豆はしっかり踏ん張って、

「さっき蕨と話した。もう……何処までも一緒だ。逃げるでも、ここで死ぬでも、降参のふりして蛭野くらいやっつけるでも。どうする？　あらごと」

　あらごとは怒りの火を、めらめらと眼に燃やし、繁が来る方を睨み、

（あたしのせいで強く……。だけど、もう、あたしの大切な人を殺させない！）

　かすれ声で、

「あたしの手を摑んで」

(さっきの力がつかえるなら、二人をつれて宙に浮けるかも)

宙という安全地帯から獣人を見下ろした上で、物を動かす力をつかい……犬神を倒せぬだろうか?

美豆の乾いた手、蕨の湿った手が、あらごとの手をにぎる。

すぐ傍で絶叫が聞こえた。

——獣人が、血の嵐が、来ている。指呼の間まで。

《——浮いて!》

あらごとの体と蕨の体が——半尺ほど浮いた。だが、美豆の体が、浮かない。

美豆の憔悴し切った顔にさっぱりした微笑みが浮かぶ。

「……重すぎるんだろ? あたし」

美豆の手があらごとからはなれる。美豆は、胸を張って、

「足で行くよ」

また、少し浮き上がったあらごとが、空中で犬掻きするような体勢になって、美豆の手を摑もうとするが、美豆は強く振り払い、あらごとの肩を、一気に、押した——。

「行くんだ! 広い、外に……」

黒風が殴るように吹き美豆の首を根こそぎ吹っ飛ばし、あらごとの鼻を少しかする。

　ざばーっと生温かい美豆の血が、あらごと、蕨の顔にかかった。血の霧の向うに赤い眼光、猛悪な牙がある。

「美豆ぅ——っ！」

　絶叫を上げながら、あらごと、蕨の体はさらに宙に浮いてゆく——。

　眼下に首を無くし倒れてゆく美豆、あらごとを睨んで咆哮を上げる黒き魔獣が見えた。

「奴らを逃がすなっ！」

　扶が叫び——宙に浮いたあらごと、蕨に向かって、数多の矢が放たれている。

　石念の力は弱まっているらしく南風はもうほとんど吹いていない。

　迫りきた矢は——あらごとの脇腹を強くかすり、蕨の太腿(ふともも)に深く刺さった。蕨から苦鳴がもれる。

「大丈夫かっ」

　あらごとの気は——蕨の矢傷に取られる。刹那、二人の体は、下降をはじめ、ぎょっとしたあらごとは、

「飛べ！　飛べ——」

「そのまま逃げろ！　あらごとぉ——」

　乱菊の咆哮と共に今まで生きてきた世界が急速に小さくなっていった——。

　外に逃げようとする奴たち、その先の南ノ大門、逆に兵に降参し許しを請う一塊の下人

がどんどん小さくなってゆく。

あらごと、蕨は急上昇しているのだ――。

開け放たれた長倉、その隣、青丸がはたらいていた牛屋、厩、二ノ南門の北にある三つの御殿――西ノ対、主屋、北ノ対、その向うの炎上する宝蔵、網代垣でへだてられた乾の一角……つまり、この二町四方の館の中で、もっとも多く人がいるのに、もっとも粗末な小屋どもがぎゅっと押し込められている辺り、大庭園、庭園の東、思い出したくもない杉林、一切が、眼下に、あった……。

望月(もちづき)の明りに照らされた豪族の館は板塀でかこまれているからか、一つの箱のように見える。

苧畑の辺りで夜霧が這っている。

数多の竪穴住居、内側で灯火が灯り、松明(たいまつ)をもった豆粒大に小さな男どもが、ばたばたと出入りしているらしい、護の従類の家、昼はにぎやかな筑波川の渡し、向う岸の家々、向う岸にある郡衙――護が牛耳る役所――、護がいとなむ広々とした水田、萱原(かやはら)、足尾山、それらが……天高く浮いたあらごとの目の下に、広がっている。

東には山々、南には大きな筑波嶺が黒くそびえていた。

北と西は広い平野で遠く見渡せる。

遥(はる)か西では沢山の雷が落ちているようだ。稲光が閃(ひらめ)く度に、果てしのない原野や田、何処とも知れぬ里が闇から浮かぶのだった。

物凄い光景であった。

「ねえ蕨、あたしら、あんな狭い箱の中に……朝も夕も、閉じ込められていたんだね」

（高い塀と堀があって……村々には手下がいて……簡単には逃げ出せないと思っていた。だけど今夜のあたしは、逃げ出せるんだ）

護が統べる小世界の上では壮大な天の川が銀の飛沫を上げていて、まるで輝きをきそうように数多の星がきらめいている。

天空のあらごとは、星につつまれて眺めたこの世に強く心打たれ、身をふるわした。

「蕨……泣いているの？」

「痛いよ。……怖いよっ」

「もう少しだけ、辛抱。あたしの手ぇ放さないで。ほら、館で見るよりもずっと沢山の星が、あたしらを見ているよ」

泣き顔の蕨は力なく首を横に振る。

あらごとは南――闇の中、屹立する筑波山の方に体をまわした。

「驚いたな、あの子は……。如意念波だけでなく、天翔の力まであるのか」

石念が南ノ大門めがけて走る乱菊の傍に、音もなく駆けてきた。

如意念波――あらごとがもつ物をふれずに動かしたり、浮かしたりする異能である。

血刀をにぎった石念に、乱菊は、

「ええ、二重の術者……二つの力をもつ者」

「そなたと同じか」

(天翔をつかう呪師は小角、泰澄以降、絶えてしまったと、思っていたけど……)

「筑波の方に行ったようね」

「わしらも筑波嶺に退く」

石念と、乱菊は、南ノ大門の傍まで来て――くるりと体をまわす。

乱菊は眦を決し、大広場の中心に広がる血の池地獄を睨む。

下人下女や飯母呂衆の無残な骸が転がる中、巨大な妖気の塊が蹲り……肉を齧り、骨を歯で砕き、人体から溢れた汁を啜る気味悪い音が、ひびいていた。

乱菊が手をかざす横で、石念は手を振りまわし、

「さ、急げ、急げ！　ここは我らにまかせよ」

逃げてくる下人下女、飯母呂衆に言う。

従類どもは、降参した人々を叩いたり、こちらに矢を射かけたり、矢傷を負って倒れた暴徒を突き殺したり、長倉と牛屋の向うに逃げ込んだ者を追いかけたりしていた。

乱菊が石念に、

「あと、幾度で渇える？」

――呪師は無制限に力を行使できるわけではない。一度につかえる力の量、一日につかえる力の容量に、限りがあり、その限界が来れば、十分な休息、睡眠などを取らぬ限り、力をつかえない、つまり常人と同じ状態になる。

これを渇える、もしくは、渇えという。

「二、三度、風を吹かせれば終り」

「わたしは、あと、一度。それで勝負を決める」

手を犬神の方にかざした乱菊は、かすかな痘痕がのこる細く白い顔に脂汗をにじませ、眉根を寄せた。

飛んできた矢をかわしたため、集中が途切れている。

（あれをもってくる力はもうのこっていない？）

乱菊が舌打ちすると石念が言った。

「矢が来ぬようにしてやろう。全ての念を――最後の、掌決にそそげい」

「貴方に礼を言う日が来るとはね」

呪師は「呪禁師」とも呼ばれ呪禁師には、存思、禹歩、掌決、手印、営目などの法があったという。これらは術の発動にかかわる言葉で営目ならば目から力を、掌決ならば掌から力を放つことを意味すると思われる。

たる。

乱菊は今、掌決により、物寄せをおこなおうとしている。

石念が風を吹かせはじめ——敵が射てくる矢を吹き落とす。

乱菊は目を閉じ、大広場に寄せようとしている物体を、強く思い浮かべた。脂汗がした

四、五町四方にある物体を——寄せることが出来る乱菊、ただ、あまり大きいもの、重いものはむずかしく、今から寄せようとしているものは……乱菊の力で引っ張れる最大重量物だった。

《来よっ！　駄目か……》

頭の血管が切れるくらい力を込める。護の兵どもの雄叫びが、大きくなる。

《——来よっ——》

血の汗がにじみそうな念が……望みの物体を、大広場の上、空中に引き寄せた。

乱菊が護の庭園から瞬間移動させたそれは苔むした庭石だった。

——ッ！

一抱えもある大きな石が、犬神の頭に落ちる。

鈍い音がして、

「ギャン！」

犬何匹もが鳴いたような悲鳴が飛び散っている。犬神は、頭をかかえ、己がつくった血

の池地獄で転がり、苦しんでいるようだ。

　力の渇えを起した乱菊に石念が、

「退散するぞ」

　石念が吹かす風が弱まるや――二人めがけて次々矢が飛んでくる。

「逃がすなぁっ！」

　兵どもが、叫んでいる。

　乱菊、石念は、矢を掻い潜り、南ノ大門を潜った。館の外に出た乱菊は夜空を見上げ、

（あらごと、呪師の雛……。……空の上で渇えなんか起さないでね）

　家々の間を音もなく駆けながら盗賊の頭にして風をあやつる通力・風神通の持ち主、飯母呂石念が、

「あの子が心配か？」

　音を立てて駆けながら、乱菊は、

「まあね……」

「気がだだ洩れじゃ。空飛ぶ魔に、目を付けられんとよいが。我ら飛べない衆にはどうしようもないな」

　それも心配ねというふうに首肯した乱菊に、石念は、

「弟子は取らんのでは？」

「弟子じゃないわよ」

言った瞬間——足をもつれさせて前を逃げていた婢、そして、飯母呂衆一人が、横から矢に射られて転がった。

家々の隙間からバラバラと護の従類らしき者どもが出てきた——。館の異変を聞き、近くの里から、馳せ参じたのかもしれない。

「邪魔だのぉぉおおっ！」

ぎゅっと前に出された石念の掌から、恐ろしい気迫が放たれ、気が、風になる。

石念がくり出した地面を削る低めの突風は大量の埃を立て砂利を散らしながら前に立ちはだかる人影どもに突進——。

「きっ……」「くっ」

砂嵐で目をやられた男どもが、呻く。石念はその隙を衝き、懐から棒状の飛刀を取り出し次々投擲した。

三人の敵が、ばたばた斃れる。

（これも……掟破りなんだけどね）

掟にうるさい女呪師の目の前で掟破りの小柄な呪師は己の術で苦しんでいる男どもを斬るべく突進する。

が、石念が斬るまでもなくのこる二人は、奥の夜闇から放たれた鋭気に喉をぶち破られ

　音羽が死んだ五人の兵を飛び越え、こちらに駆けてきた。

「お頭、ご無事でしたか？」

――即死した。

＊

　あらごと、蕨は――空飛ぶ妖に追われている。

　初め、あらごとは、筑波山まで行けば安全だろう、筑波山中とはいかぬまでも、人家のない所まで飛んだら、着地し、蕨を手当てしようと思慮していた。

　ところが……護邸から五町ほど南、林の上で得体の知れぬ怪鳥どもに遭遇、追われていた。

　三羽、いる。

　大きい。

　カラスのように黒い鳥で、鷲の倍ほどは大きい。

　首が長く蛇のような鱗があって長い顔にもびっしり鱗があり、鳥よりはトカゲを思わせる。嘴はなく口には鋸状の鋭い牙が並んでいた。目は、昆虫に近い複眼で、顔の両側に、瘤のようにふくらみ、ギラギラと青緑に光っていた。

この青緑光が——醜悪な顔を照らしている。

乱菊がこの光景を見たら……「それぞ、天狗よ。あらごとが……気をだだ洩れにしているから、呪師の雛を喰らおうと思って、追いかけてきているの」と、言ったろう。

三羽の怪鳥どもは「キエー」「キエー」と叫びながら空飛ぶあらごとを追跡してきた。背中の半尺ほど後ろで、怪鳥が牙を嚙み合せる音がする。

（喰おうとしている、あたしらを）

上曽峠の上空だろうか。

眼下には——広大な楢、タブの林が、黒々と展開していた。

あらごとは樹冠から五丈（約十五メートル）ほど上を蕨の手をにぎって飛んでいる——。

蕨はもう息も絶え絶えという有様になっていた。

（早く、蕨の手当てをしなきゃ。だけど、今、下に降りたら、こいつらの餌食になる）

「少しずつ……下がってきている」

泣きそうな声で蕨が言う。

たしかに——楢やタブの樹の頭、雑木の海から上に突き出た、大杉などがだいぶ迫っているように感じた。

（速さも落ちている？）

ただ、それは怪鳥も同じで、初め、あらごとを見つけた時の飛行の速度から、かなり鈍くなっていた。双方——疲弊が見られるのだ。

怪鳥の生温い息遣いを、すぐ、後ろで感じる。

悪臭で——鼻がまがりそうだ。隠居所に淀んでいたおぞましい臭いと、下人小屋の裏・大厠——恐ろしく深く横に長い、堀状の穴が二列並んだだけで、小屋などはなく、常陸国無下の厠と悪名高い——の臭いを、混ぜたような、臭い。

（こいつらに喰われるなら、犬神に喰われたり、蛭野が怒鳴る夏の畑であっち死にした方が、まだ……）

ガチガチガチという牙の嚙み合せ音を聞きつつ犬神が起した血の旋風、蛭野が怒鳴る夏の畑を思い出す。

「ましでもないかっ。お前らさ……」

（あたしと蕨じゃなくてさ）

「——犬神とか、扶とか、隆、蛭野でも喰いに行ってくんないっ！　何で、あたしらなんだよっ」

悪態をついた瞬間、爆発的な推進力、飛翔力が生れ、あらごとは——怪鳥どもを引きはなす。

かなり上空まで来る。

筑波山の近く、夜空の低みに立ち込めた雲に入り込んだ。蕨が、悲鳴を上げる。

「蕨、痛いだろうけど、もう少しだけ辛抱。奴らに聞かれるから叫ばないで。この雲で振り切るから」

蕨が、静かになり、あらごとの手をぎゅっと強くにぎってきた。その手の温もりが、かけがえのない宝に思えた。

(あんな鳥に、殺させない、あんたはあたしが、守る。青丸を巻き込んで……あんなことになって……美豆が目の前で殺されるのに、何も、出来なかった。あたしは、弱い。だけどあんただけは守るよ)

夜の雲の中を行くあらごとの速度はますます早まった。

闇雲に飛行したあらごとが、もう大丈夫だろうと思い、少し下降して、雲から出ると
——怪鳥の姿はない。

眼下には、ただ、筑波嶺の裾をおおう深い森が黒く広がっていた。

(沢はないかな)

蕨の手当てをしたい、あらごとが眼下の森から沢を探していると、

「ここは……」

蕨が呟いている。

「筑波の山だよ」

「筑波の向う……香取海は見えるかな？」

蕨は筑波山の向うにあるという香取海を人商人の船でわたって来たのだった。

蕨は小さな顔を、故郷がある方に向けていた。

「どうだろう。朝になれば、見えるかもしれないよ」

「あらごとは……誰かにおそわったから、空を飛べるの？　わたしにもおしえて」

あらごとは少し困ったように星空で笑って、

「誰にもおそわってないから、おしえろって言われても……。あ、沢だよ。降りるよ」

——下降は上に飛ぶより、念の費えが少ない。

心地よい速度ですーっと二人は降りてゆく。

矢傷の痛みをわすれたか蕨がはしゃぎかけたが、あらごとはたしなめた。

広く深い夜の森は静かに息づいており、そこかしこで白霧を噴き出している。

あらごと、蕨の上方はちょうど雲の外縁となっており、筑波嶺の森から出た霧の柱と低く垂れ込めた雲はつながっていた。森の霧は雲をささえる根のようにも柱のようにも見えた。

逆に雲が立ち込めていない方の森は立ち上る霧が少なく静かなる月明りに照らされていた。

あらごとは月光にひたされた森の一角、沢らしき所を目指して、黒き夜気の中を――蕨の手をにぎって降りていた。

森がだいぶ、近づいてくる。

瞬間――懐が冷たくなって、眼下で葉群が騒ぎ、冷たく鋭い異物感を三方向から、感じている。氷で冷やした刃を三方から突き付けられた感覚だ。

(鏡の欠片が……。――来る？)

あらごとは自分がもつ鏡の欠片に妖魔の接近を知らせる力があると気付いた。

案の定、バサバサバサ、という音がして、怪鳥が――眼下の三ヶ所から猛速で飛翔。あらごと、蕨をかこむ形で飛び上がった。

鏡の欠片はひどく冷化し、ガチガチガチッ！　三方から牙を嬉し気に嚙み合せる音がする。

蕨がふるえ声で、

「かこまれたわ……」

「――糞。蕨、ちょっと痛いかも」

あらごとは言うが早いか念を下方に込め、森に急降下しはじめた――。蕨の悲鳴が夜空から落ちる。怪鳥が三方から襲いかかってくる。

その時、下方から太い鋭気が飛んできて、かなりあらごとに近づいていた一羽の怪鳥がそれに貫かれ——絶叫した。と、思いきや、その怪鳥、黒い煙となって、跡形もなく消えうせた。

だが、二羽は、健在だ。

樹冠から一丈という所まで降下したあらごとは山栗らしき木をみとめる。月光に照らされた栗の木を見るに、毬栗が沢山実っているようだ。

（よし！）

あらごとは毬栗の嵐を怪鳥に吹かせようと思って、栗の木に念を放つ。

刹那——恐ろしい、垂直の突風が、あらごと、蕨を襲い、二人は奈落に向かって、叩き落とされている。

——重力だ。空に浮かぶという力が一気になくなり二人の体は重力に摑まれ、引っ張られている。

あらごとは二つの術を同時につかおうとしたことがきっかけと気付いた。

乱菊は二つの術——媼に化ける術と、火の幻——を同時につかっていたが、あらごとに出来る芸当ではなかった。

（空を浮くなら浮く、ものを動かすなら動かす、どっちかしか出来ないんだ）

森がぶつかってきて——木の葉が散る。衝撃で蕨と手がはなれ、小さき友は、高木の梢に引っかかる。あらごとだけが大地に向かって急速度で落ちてゆく——。

《浮けえっ！》

強く念じたあらごとの体で、落とそうとする重力と、浮こうとする通力がせめぎ合い、頭がくらくらする。

吐きそうになった瞬間——浮き上がる力がまさり、何もはいていない足が、森の底にある岩をかすった。

あらごとの念が一拍でもおそければ岩がやわらかい命を叩き潰したろう……。

歯を食いしばった、あらごとは必死に浮き上がり、蕨を、救わんとした。

その時——強靭なる爪が、あらごとを上から捕まえている。背に鋭い力が、食い込んでくる。

怪鳥であった。

鷲摑みにされたあらごとは無理矢理森の高みにもち上げられた。

あらごとは、念力で木の枝を動かし、怪鳥を邪魔立てせんとするが、木は、動いてくれない。自分の中に不思議な術をくり出す時に散っていた、あの火花が、もう、

（散っていない。何も、ない……）

渇えが、あらごとを襲っていた。今日つかえる分の力を全て放出したのだ——。

怪鳥は斜め上に素早く飛び上がり、あらごとを何処かにつれ去ろうとしている。

大きな枝があらごとの脳天を襲い、軽い脳震盪が起きた。怪物は構わず梢を突っ切った

ため、夥しい枝葉があらごとの顔面を引っ掻く——。

（あたし、死ぬの……？　こんな鳥に喰われて——）

刹那、真っ白く閃きながら……あらごとの中で蘇ってくる光景が、あった。

『空の王たちよ！……我が子らをたのみますぞっ。闇の手がとどかぬ遠く、安らかな地へ！』

女性の声がひびく。

……あの村であった。

いくつもの家が焼かれ、幾人もの人が、血だらけになって転がっていた。

あらごとはそれを見下ろしている。

……宙に浮いているのだ。

何かに、背を摑まれている。

あらごとの近くを鷲が一羽、飛んでいて、その鷲は頑強な足に、童女を一人、摑まえていた。

あらごとは自分も鷲に摑まれていると悟った。

眼下の女性が、悲痛な形相で叫ぶ。

『——い、生きてぇっ！　二人とも——』

もう一度、何か叫んだ女性が……悲鳴を上げる火柱となった。

いる。

あらごとに呼びかけた女性の後ろ、数歩の所に、赤い衣を着た女が立っていた。

赤衣の女の手から、火炎が放射され——あらごとに呼びかけた女性は火だるまになっている。

赤衣の女の傍には……幾人かの人が妖気をまとって、佇んでいた。

鷲はあらごとともう一人の少女を摑んだまま山里から遠ざかろうとする。

あらごとは燃える女性に向かって天空から叫んだ。

『母様ぁっ——！』

意識が、もどる。

森の天蓋を突き破って——あらごとを摑んだ怪鳥は、銀砂子をまいたような天の川の下に、出る。

赤く濁った満月が、あらごとを眺めていた。

血と埃で汚れたあらごとの頰を止めどもない涙が濡らしていた。

と——あらごとは己の懐がかすかな光を放っていることに気付く。それは次第に青く強い光となり——夜空をさらわれてゆく、あらごと、あらごとを捕獲している怪鳥を、青くくっきり照らし出した。

怪鳥が不快気な声で鳴く。

と、

「見よ！　鳥が人を攫（さら）っておるっ！」

少年の声が、あらごとのすぐ下、樹上でして、細く鋭い風が下から吹き寄せ、怪鳥が、甲高い声で呻いている。

あらごとを捕まえる怪鳥の力が俄（にわ）かにゆるんだ――。

あらごとは、すぐ下、森に突き落とされる。

タブの巨木に落とされたあらごとは、海老（えび）のように体をまげた状態で、かなり上の方にある太枝に、引っかかった。

そう遠くない所で、

「仕留めたぞ！　だが、煙のように消えおった。早く人を助けよ！」

という叫び声が、した。

あらごとは懐の中で青光りする物体――鏡の欠片を取り出してみる。

あらごとを助けた青く強い光は次第に弱まりつつあった。

かなり、穏やかな青光になっている。

鏡は表面だけ発光しており龍の体の一端が彫られた裏面は光っていない。

表面をのぞいていると――人の影のようなものがぼんやりとうつった。

自分だろうか？

あらごとは、樹に引っかかったまま、首をかしげる。

鏡にうつった影は——首を動かさない。まじまじとのぞくと鏡の中の人の顔がよりはっきりしてくる。

あらごとは、瞠目（どうもく）した。

それは自分と歳の近い少女であった。

正面から青く淡い光に照らされ、横からは赤く温かい光に照らされている。建物の中にいるようだ。

目はぱっちりとした二重で大きい。顔は小さく、色白。髪は艶やかで、あらごとと同じくらいみじかい。つまり、肩までとどかぬ長さだ。染み一つない白小袖をまとっていた。

あらごとは——茫然としていた。

というのも、鏡の中の少女をもう少し痩せさせ、髪を荒れさせ、日焼けさせたうえで、薄汚れた苧衣をまとわせれば、あらごとと瓜二つになる。

……それくらい二人は似ていたのだ。

「あんたは……誰？」

あらごとは硬いかすれ声で問うている。鏡の中の少女も、驚いたように目を丸（まろ）げ、あらごとを凝視していた。

「——わたしは、わごと」

鏡の中から、やわらかい答が、返ってきた。あまりにも似ている気がするので、

（この子は……幾月か後の、あたしとか……？）

「あんたは、あたし？」

我ながら訳の分からぬ質問をすると、今度はわごとと名乗る鏡の中の少女が、首をかしげる。

「あんた、鏡の中に住んでんの？」

あらごとのぶっきらぼうな問いに、わごとの唇がくすりとほころんだ。

「いいえ。わたしは……乳牛院（にゅうぎゅういん）にいるわ」

聞いたことのない地名であった。寺の名か、何かか。

ふれれば消えてしまいそうな笑みを浮かべた、わごとの目が赤くなっていて、その表情の底にとても悲しい思いが沈んでいる気がした、あらごとは、

「あたしは、あらごと。……何か悲しいことがあった？」

わごとは一気に苦し気になって、

「……ええ。大切な人が、いなくなってしまったの」

あらごとは——胸を突き刺されたようなかんばせになる。

「貴女も、じゃない？」

血だらけ、埃だらけの、あらごとはこくりとうなずいた。

「おおい、そっちに落ちたようだぞ！」

森の底で若い男の声がする。

その声が、聞こえたのか、わごとは急に眉間に皺を寄せ、はっとしたような顔を見せた後、真剣な様子で、

「あらごと、わたし――先を見る力があるようなの。だから、聞いて。貴女は今から……恐ろし気な男たちにかこまれるわ」

自分に物を動かしたり、空を飛んだりする力がなく、乱菊、石念にもあっていなければ、あらごとはわごとの言葉を鵜呑みにはしなかったろう。じっと聞き入るあらごとに、わごとは、

「その男たちは恐ろしそうだけど……いい人たち。だから、貴女は、この男たちに今日何があったか、全てつつみ隠さず話して、助けをもとめた方がいい。この男たちを信じず……逃げたりしてしまうと、貴女は山犬の群れに襲われるか……」

筑波山の何処かで幾頭もの狼の遠吠えが聞こえた。犬神に憑かれし男を思い出したあらごとは、ぞっとしている。

「貴女を心から憎む、真に恐ろしい男たちにつかまって――」

「殺される？」

「…………」

「ねえ、あたし今、筑波山に、いるんだ。あんたのいる乳牛院って、こっから遠い？」

鏡の中で茫然とした色白の少女は、

「筑波山って……当今の院の和歌に詠まれている筑波山？——東国の筑波山？」

「当……うん？　だと思うよ。常陸国の筑波」

わごとは黒い阿古屋珠のような瞳を最大に広げて、

「乳牛院は——」

つふと、青光が消えて——鏡の欠片は真っ暗になっている。同時に、

「そこに誰かおるのか？」

巨木の底で、少年が問う凛々しい声がした。護の手先では、と疑うも、わごとの言葉を信じ、

「いるよ！」

「今、助けてやる！　まっていろ。経明、火を」

しばらくして松明をもった男が歩いてきて、あらごとがいるタブの巨木の真下、こちらを見上げる少年の姿を照らし出した。

少年と松明をもつ男の装束の異様さがあらごとをぎょっとさせた。

二人とも、黒い覆面で顔をおおい、黒い直垂をまとい、黒塗りの弓をたずさえていたのだ。

これから——こいつらが何処かの里を襲撃しに行くと聞いても、全く不思議ではない装

いだった。

（こいつらが……いい人なわけ？　盗賊じゃないの？　飯母呂衆とも違うようだし）

あらごとの恐れがつたわったのだろう。二人は、弓を置いて、黒覆面を取る。

汗に濡れた人懐っこそうな素顔をさらした少年が、こちらを見上げ、

「この装いでは、怪しむのもわかる。怪しい者じゃない！　ここで、狩りをしていたんだ」

経明が横から、

「照射（ともしゆみ）と言うてな。松明を焚（た）いて、妻恋う鹿がともし火に惹（ひ）かれて出てきたところを狙う。山の獣に気取（けど）られぬよう、黒装束を着ておる」

「鹿の目に、火が当ると、光ろう？　光（それ）が目印だ。俺は今日、三頭も……木の上から。ところでお前……さっき大きな鳥にさらわれていなかったか？」

自慢話を打ち切って問うた少年に、

「うん。あっちの樹に、もう一人、引っかかっている。まだ、あの鳥に襲われているかもしれない！」

「あちらの方か？　父上が、おる方だ。父上ならきっと気付かれているだろう」

少年が言うや、さらに三人の黒装束、黒覆面の男が、闇の中から溶け出し、赤い松明の傍に来た。少年は男たちに、

「お前、網をもっていよう。網をここに張るぞ。そなた、父上の許(もと)に走れ。もう一人、樹に引っかかっているらしい」

てきぱきと指図し自らは経明という男と共に犬ワラビや矢車草など辺りに茂っていた草を手早く毟り、草の山をこさえている。

草の山の上に鴨(かも)、山鳥などを捕るための丈夫な網が、張られている。

網の四方を少年をふくむ四人の男がにぎっていた。

少年は、あらごとに、

「ここに飛び降りてこい！」

「大丈夫なの！」

あらごとは、樹上から叫ぶ。

「大丈夫だ！　俺を、信じろ。そなた、名は？」

「あらごと」

「あらごと！　樹の上から降りられなくなるのは、初めてか？」

「二度目！」

「なら——大丈夫だっ。来い！」

（いざとなれば……力を……。いや、今、浮ける気がしない）

体の中の火花が消えてしまったあらごとは意を決して——タブの大枝から飛び降りた。

黒衣の四人が張った、丈夫な網と、草の山が、勢いよく落下したあらごとを、受け取めてくれた。

夏に蒸された草の香が鼻を突いている。

「大丈夫かっ、あらごと」

寄ってきた少年に、勢いよく起き上がったあらごとは、

「蕨が――。もう一人の子が」

深山（みやま）にそびえる巨樹のような、野太く豊かな声が――闇の中からした。

「蕨とはこの子か？」

黒い直垂をまとった巨大な男が焚火の明りの中に音もなく歩み出て、あらごとはぎょっとした。

扶や、獣化した繁を思い出したのだ。

誰か小さな人をかかえた、その男、身の丈、六尺二寸弱（約百八十五センチ）、目方は二十四貫（約九十キロ）あろうか。

顔は角張り、眉太く、彫り深く、黒目がちな二重の目をしていて、力強い顎に、無精髭が生えていた。

黒覆面、黒装束に黒弓という男十名ほどをつれた、大男は穏やかな目を肩にかついだ人に向け、

「向うの樹に引っかかっておってな」

「あらごと……」

大男の肩から、弱々しい声がした。

「蕨っ――」

あらごとは――友に駆け寄る。

大男は腰を落とすと、並みの男の足くらい太く逞しい腕を動かして、蕨を降ろした。蕨の足には晒が巻かれている。

あらごと、蕨は泣きじゃくりながら、きつく抱き合った。

大男は、言う。

「いま一度、沢で手当てした方がいい」

あらごとを見、

「そなたも怪我しておるな。のう――あの怪鳥は何なのだ？　知っておるか？　一羽射落としたが、煙の如く消えうせた」

三羽に取りかこまれた時、一羽が何かに貫かれ、消失した。――この男の矢がなせる業だった。

あらごとは、頭を振り、

「わからない。あたしらを喰おうとしていた」

「父上、某(それがし)も一羽、射貫いたのですが……消えました」

あらごとを救助した少年が大男につたえる。

大男の岩盤のような胸が、深く動く。長い息を吐き、

「この将門も初めて見るが……筑波山の天狗が出たのやもしれぬな」

筑波山には——筑波法印(ほういん)なる天狗が棲(す)むという言い伝えがある。

将門という名に聞き覚えがあり、誰だか思い出そうとしていたあらごとに、大男は、

「とにかく化生(けしょう)の鳥であるのは間違いあるまい。良門(よしかど)、一羽のこっておるぞ。気をつけよ」

息子に下知し、

「あらごと、蕨。そなたら一体……何処(いずこ)から参ったのじゃ？」

逡巡が——二人の少女の顔を漂う。この男が、護の手先でないのか、はたまた護の娘婿、石田の国香、水守の良正の子分でないのか、と、疑っているのだ。

ちなみに筑波山のすぐ西に平国香、平良正の営所はあった……。

「真壁郡」

あらごとは、言った。蕨が大丈夫？　というふうにこちらを窺(うかが)う。

あらごとは、わごとの言葉を思い出していた。

大男の顔を真っ直ぐ見詰めながら、あらごとは言った。

「護の殿の館。あすこを逃げようとして……。あたし、犬に……犬の化け物に喰わされそうになったの」

「犬の化け物？　かははははは！」

黒装束の手下の一人が高笑いするも、将門を名乗る大男はきっと、その男を睨み、

「笑うな。この子らの目の何処に――嘘がある？」

大男はあらごとの方に真摯な面差しを向け、

「わしは下総豊田郡の――平将門と申す。これなるは我が一子、良門。詳しく聞きたい。沢で、話そう」

邪な霊に憑かれる前の繁が、昵懇にしていた男、青丸が、この人の庄園に逃げ込みたいと話していた男……そして近隣の武人から無双の武勇を噂されている丈夫、平将門が、あらごと、蕨の目の前で、微笑んでいた。人懐っこく温かい笑みだった。

わごと　一

わごとの主の一日は――己の属星の名号を七遍唱えるところから、はじまる。

今通っている男の影響である。

（これ……本当に効き目、あるのかしらね）

という本音は、間違っても口にしない。

また、朝は自分から主に話しかけない。問われたら、話す、これが鉄則だ。

もぞもぞと呟くものだから、よく聞き取れない呪文が終った瞬間――わごとの白い手は
女主の前に鏡を差し出している。

恐らくここ平安京で、同じように貴族に仕える女童（めのわらわ）の多くが似たような朝を過ごして
いることだろう。

女主人に差し出した鏡の裏面をつぶらな黒瞳でちらりと見る。わごとのふっくらした
可憐（かれん）な唇が、かすかにふるえた。

（あの子は……誰？）

わごとは懐に隠しもつ鏡の欠片が昨夜、青く光ったこと、その光が少しおさまった時に見えた、浅黒く、痩せっぽちの、目が大きな少女を思い出した。

桃色で、村濃の、薄い絹衣をまとった、わごとは――あの少女は助かったただろうかと、考えた。

「わごと、麿の毛穴は大きゅうて、黒胡麻でもまいたように黒ばんでおるのに……そちの顔には、毛穴なるものが見当らず……ようみがいた白珠のようにつやつやしておる。そなたの顔の皮を麿が顔に張り替えたいものよ」

わごとは、主に、

「恐ろしいことをおっしゃらないで下さい、お姫様……」

(肌を張り替えるなんて鬼でしょう?)

「そんなにお気になりますか？　いつもと同じく、いと麗しいお肌と思います。天女のようです」

「天女とな……縫ってあるわよ。麿の衣」

天衣無縫、天女の衣は針を通さぬのである。

ふくよかな体をつつむ白い寝衣をふわりと動かした女主に、

「……え？　そうですか？」

(……まあ、縫ってあるでしょう。わたしが針を通したから)

という本音は、笑顔でつつみ隠して、

「何処を針が通ったのか……毛穴と同じく、まるで目に入りません」

「汝(なれ)の目は節穴？　ほほ」

言いながらも、上機嫌そうな主であった。ふくよかな顔を鏡にもどし鏡面すれすれまで顔を近づけ——また、毛穴を凝視し、眉を全て剃(そ)った額に皺を寄せる。

「宮仕えをして雲居(くもい)におった頃、公達に一、二度、天女と言われたこともあった。しかし……女の盛りをすぎてから、天人五衰でしょうか、肌が荒れ、毛穴が開くなど……いろいろ障りが出るようになった」

「お姫様はまだ十分お若く……」

この時代、女の盛りは十代後半と言われていた。

わごとが仕える右近(うこん)は——先の帝(みかど)・醍醐(だいご)天皇の妃、藤原穏子(おんし)に女房として仕えた過去があり、歌人として名を馳せている。右近はまだ二十代半ばであった。

二十代半ばであったが謂(い)わば退職をし、恋と文学活動——和歌に、生きていた。

「お美しゅうございます」

これも、嘘ではない。

この時代の美人の条件はまず、ふっくらしていることが挙げられる。

平安京の端、鴨川(かもがわ)の河原や、羅城門(らじょうもん)などの打ちすてられた門、西の京の貧民窟などに行けば、貧しい人々、飢民はいくらでもいる。

彼ら彼女らはボロボロの衣をまとい、骨と皮ばかりに痩せている。

痩せた体は、貧困、早死にを、連想させた。

だからふくよかな体が美人の条件とされた。

これは男もそうで、細身の男は、風采が上がらないと見做される。恰幅(かっぷく)の良さが、美男の第一条件であった。

美人の第二条件は――長く艶やかな髪である。

第三が、白くきめ細かい肌。

四つ目が、目だ。切れ長、一重の、涼し気な目か、ふんわりとやさしい、垂れ目が、美人の目とされる。

わごとが仕える右近は第一、第二の条件は満たしている。

問題は、第三の条件からで……色白なものの、肌の荒れ、毛穴の黒ずみが、右近の気を、ひどく揉ませていた。また、右近の目はこの時代の美人の目とは、趣を異にした。

ぱっちりと大きく力強い目なのだ。

涼しさよりは熱を、ふんわりしたやさしさよりは、はっきりした強い意志をやどした目だった。

わごとは自分たちの主が醜女(しこめ)とは思わぬが右近は己をひどく卑下するきらいがある。

主が、鏡を見終ったため、わごとはそれを受け取り、金色の鹿と紅葉が蒔絵でほどこされた鏡箱に入れた。

「松ヶ谷」

右近が呼びかけると侍女をたばねる松ヶ谷が、

「暦にございますね」

青白い、細面の女、松ヶ谷は具注暦を差し出した。

陰陽寮が毎年、十一月に奏進し、公家たちに分配される暦で、毎日の吉凶がつまびらかにしるしてある。

平安貴族の一日は——具注暦を見ることから、はじまる。

「今日は……」

右近が呟くと、松ヶ谷は表情もなく、

「承平四年七月九日にございます」

「左様か……。一昨日が、七夕だったか……。あのお方が来ると言うて、来なかった夜であったか。何だかもう遠い昔のような気がします」

「…………」

かんばせに憂いをたたえた右近から、

「とふことを　待つに月日は　こゆるぎの　磯にや出でて　今はうらみむ（貴方の訪れを

まっていると、月日はわたしの限界を超えてしまい……わたしの心は揺らぎます。なので、名高い相模のこゆるぎの磯にでも出て、今はもう浦でも見ましょうか――今はお恨み申し上げます）

和歌(うた)が、迸った。

右近は、真顔で、
わごとと松ヶ谷はめくばせをしている。

「この和歌――おくりつけてやろうかしらね。何色の紙がよい？　わごと」

右近の心を千々に乱れさせる、あのお方とは右近が今、己の全てを賭けて恋している男である。

わごとや松ヶ谷――右近に仕える女たちは、あのお方との恋に、反対であった。

（家柄は申し分ないお方なのよ……。雲の上人というけれど、まさにそれ。わたしたちから見たら雲の上のお人）

あのお方は、立派な体格の、美男でもあった。話も上手である。しかし……この都には、あのお方の悪い噂が、漂っていた。

（とにかく……色好み。まず、妻が幾人かいて、その他に……）

わごとの白い頬がふるえそうになる。

（……都のそこかしこに何人もの女がいる。お姫様は、その内の、一人）

『もっと、低い家柄の方でよいではないか？　お姫様と釣り合いの取れる家の方で、誠実にお姫様を慕って下さるお方。そういう御仁の方がお姫様を幸せに出来ると思うのじゃ』

滅多に心の内を明かさぬ松ヶ谷ですら、先月、わごとに思い詰めた顔で語っていた。

わごとは若干のあきれがにじんだ目を細めて右近を眺め、

（けれど、何を言っても——無駄）

右近邸の人々は恋に悶える主を強い心配をいだいて眺めていた。

右近は、父で、鷹狩（たかがり）好きの貧乏貴族・藤原季縄（すえなわ）を幼くして亡くしている。

男兄弟もいるのだが、いずれも官界で出世出来ず、生活苦にもがいていた。

そもそも右近の先祖は……奈良時代に兄、藤原仲麻呂（なかまろ）と共に謀反を起して朝廷に処刑された、藤原巨勢麻呂（こせまろ）である。

この家の男が出世できる可能性は……限りなくゼロに近いのだ。

（だから、あのお方との恋に賭け、あわよくば妻の一人に……とお考えなのだろうけど）

この恋が失敗した時に何が起るかを、右近邸の家人たちは恐れていた。

（お姫様が出家などしたら、ほとんどの者は野に放たれる）

野垂れ死にする者も出るかもしれない。

と、障子（襖（ふすま））の向うで、こほんと、咳払（せきばら）いする音がして、

「お姫様」

右近邸事業(じぎょう)（秘書）・柿本藤麻呂(かきのもとのふじまろ)の嗄れ声がした。

「……朝早きうちから、申し訳ございませぬ。火急のご用件にてお目通り願いたく思います る」

右近はうんざりした顔で、

「まだ、寝乱れ髪を掻いてもいないのよ」

「お姫様はまだ、お仕度がととのわぬ。この松ヶ谷が代りにうけたまわろう」

が、老いた事業は、

「恐れながら火急のご用件にございますれば障子越しにて言上させていただく」

雁(かり)の群れと葦原(あしはら)が描かれた障子の向うで、勝手に話しはじめた。

「但馬(たじま)からの、麦の地子(じし)（年貢）の件にございます」

「商人(あきびと)とのやり取りなどは全て、そなたに一任しますから。――下がってよい」

「いや……商人とやり取りするどころではありませぬぞ。全て、奪われました」

「奪われた――？……誰(たれ)に……？」

茫然とした右近のちょっとむくんだ顔が、初めて障子の方に向いている。

「はあ、群盗にござる。丹波(たんば)路で――襲われました」

「――何で、盗賊に襲われて、全て奪われるのよっ。但馬の荘官がつけた兵(つわもの)がいたのでしょう？　その者たちは？　何をしていたの？」

眦を決した右近の問いに、古ぼけた障子の向うにいる老事業は、

「戦いましたが……敗れました。兵七人、運搬にたずさわっていた下人十二人が、討たれました」

（……気の毒に……）

但馬の庄園から年に数度、都に米などをはこんでくる人々を思い出し、わごとはうつむいた。気さくな、よい男たちだった。

しかし、右近の怒りはますます強まり、

「ちゃんと、戦ったの？　ちゃんと戦える男をつけなさいよ！」

「はっ……そのようにつたえておきます。ただ、奮戦はしたようですが……向うは精兵揃い、数も百を超し、とても勝ち目がなかったとのこと」

「百人——」

絶句する右近に老事業は、

「恐らく、丹波の豪族が黒幕なんでしょう。一応……丹波国司には、報告したとのこと……。何処まで動いてくれるかは、この藤麻呂、はかりかねます」

右近家の庄園を経営しているのが、但馬の豪族なら、その荷を盗んだのは、丹波の豪族だった。

源護や、平将門のような男で、群盗の首魁、という輩が——日の本じゅうに、いた。

この男たちは百人から数百人の精兵で、国司や他の豪族が都にはこぶ年貢を襲撃し、己のものにしていた。

だから、

「我が荷を盗んだのはお主であろう?」

「いいや、違う!」

という争いをきっかけにした、豪族同士の私戦が、天下のそこかしこで起きていた。

古障子の向うから、

「真に言いにくい一段でございますが……今年の費えを考えますに、故殿ご愛用のお鞍(くら)、刀剣、青磁の壺(つぼ)、書画などを商人に引き取ってもらう算段を……」

「藤麻呂。悪(あ)しき心地がする。下がってよい」

「……はっ」

藤麻呂が遠ざかってゆく度に悲鳴に似た軋(きし)み音がした。

傷心の女主は、苛々(いらいら)と扇を取り出し、あおごうとする。わごとが扇を受け取って右近に風をおくっている。

右近は、干支(えと)やら、運勢やらが細かく書き込んである具注暦を指でつついて、

「ここに何が書いてあっても今日は無下の悪日。あのお方の訪れが、あるはずもない。わごと、七夕の日はいろいろと支度に駆けずりまわって、父母の家にかえれていないでしょ

う？　今宵はかえってよいぞ。明日は非番とする」

休暇をもらったわごとの顔が輝いた。

わごとは、五節句——正月、桃の節句、端午の節句、七夕、菊の節句——の他は右近邸に泊まり込んで、はたらいているのだ。

五条大路の右近邸から四町南にある父母の家には特別な許しがない限り、ほとんどかえれない。

「顔を見せてやるがよい」

「ありがとうございます。と言っても、母とは……毎日、ここであっていますけど」

*

右近邸の染殿が、わごとは、好きだ。

染殿は右近家でつかわれる着物や糸に——色彩という命を、吹き込む。

右近がまとう艶やかな衣、わごとの生絹の小袖も、ここで色をあたえられた。

藍の生葉を切る時の感触、茜の夕日を思わせる色をした根を、たっぷり水を入れた槽に入れ、足であらう時のこそばゆさ、刈安というススキに似た草と、椿の灰を共に煮て、そこに布を入れた時に生れる——目が覚めるような黄、藍と刈安からつくる緑……染殿は

「右近付き女童」の仕事より、強い魅力でもって、わごとを誘ってくる。

（ここではたらいていて……お姫様の目にとまって）

　右近付きとされた。

（ここにもどりたいなんて母様に言おうものなら……）

『何を言うの？　お姫様のお傍ではたらけるなんて、名誉なことなのよ。他の女の子に聞かれたら、どうする？』

と、言うに、決っていた。

突き上げ窓から茜色の光が差す朝の染殿にはまだ誰も来ていなかった。

わごとは、土がついた茜根を見つけて、土間に降りて、水が入った槽に入れている。

大きく四角い木の槽は二つあって、一つが満々と水をたたえ、もう一つは空だった。

生絹の衣の裾をたくし上げた、わごとは水が入った槽に足を入れる。

水の冷ややかさ、足の裏をくすぐる茜の根の感触が、心地よい。

わごとは足で踏んで――茜根をあらいはじめた。

と、

「何をやっているの？」

朝摘みの藍を笊にのせ、手でもった母の千鳥が、井戸の方から、染殿に入ってきた。

ここではたらく女たちをたばねている千鳥、「染殿ではたらく女がしっかりしなければ……その家の主は侮られる」、これが口癖だ。

千鳥とわごとに、血のつながりは、ない。

千鳥と夫の広親(ひろちか)には長い間、子が出来なかった。子がほしいと願い、清水(きよみず)の観音様に参籠(さんろう)することもしばしばだったという。

五年前のある日、洛北(らくほく)は八瀬(やせ)の辺りに住む博奕(ばくち)仲間をたずねた広親は、大きな赤樫(あかがし)に引っかかっている、わごとを見つけた。

広親は早速、わごとを助け出し、

『観音様がさずけてくれた子じゃ』

と、千鳥と話し合い、深い愛情をもってそだてている。

樫の樹に引っかかる前に何があったかは、無理矢理、黒く染め上げたように――わごとの中から全く消えていた。

ただ、「わごと」という名は――自分の中にしっかり、のこっていた。

また広親によると樹上で気をうしなっていたわごとは麻袋に入った古い鏡の欠片を大切にもっていたという。

千鳥は、わごとに、

『これは……貴女が忘れてしまった昔につながる、大切なものかもしれない』

と、言った。その鏡の欠片は古びた麻袋に入って、今、懐にある。

この母が右近邸の染殿で、はたらいていたため、わごとは一昨年からここではたらきはじめたのだった。

千鳥がもってきた笊が白木の台に置かれる。

肩に水色の洲浜（すはま）と、藍色の千鳥、裾に藍色の洲浜と、水色の千鳥が染められた、白絹の小袖をまとった千鳥は、小袖の上に羽織った、若緑裾濃（すそご）（肩は白いが、裾に近づくにつれて若緑になる）の袿（うちき）を、大きくたくし上げ、腰の前でむすんでいる。

「お姫様のお傍にいなくて、大丈夫？」

棚から包丁を取りながら、母は問うた。

母が染めてくれた絹衣をたくし上げて茜根を踏み洗いしていたわごとは、

「うん。母様、七夕に織姫（おりひめ）にあえなかったら、彦星（ひこぼし）はどうするの？」

千鳥はつみ立ての藍から蜘蛛（くも）の巣などをつまみ取りながら、

「……別の日にあうのかしら？」

「七夕にかえれなかったから、今日、かえっていいって、お許しが出たの」

「……そう」

千鳥は左右で大きさが違う丸っこい目を細めて嬉し気に呟いた。

「父様（とと）もきっと喜ぶわ」

千鳥がもつ包丁が——小気味よく藍をきざんでゆく。

「ねえ、ここに刈安をおさめはじめた、近江の佐太という商人がいるでしょう？」

わごとは、千鳥に、

「猪大夫はどうしたの？」

母は、藍を切りつつ、

「猪大夫は……駄目よ。ほかのお屋敷では刈安をもっと安く売っていたのよ。あの男は、信用出来ない」

「ふうん。で、佐太が？」

千鳥は少し嬉し気に、

「佐太に、貴女と親子だと話したら……とても似ているって」

「そんなことを言ったの？」

わごとが吹き出すと背を向けて作業していた千鳥はゆっくりこちらを向いた。

千鳥の目が潤んでいるような気がした、わごとは、胸を刺されたような気がした――。

（今の父様、母様が……わたしの父様、母様）

わごとはそう思っている。と、同時に――塗り潰された過去の記憶を取りもどしたいという思いも、わごとにはあった。そんな思いが引き寄せたのか、近頃、夢の中で過去の断片と思えるものを見たり、何かの拍子に、昔の記憶らしきものが閃くことが多くなっていた。

（たとえば、月草を見たら、昔……誰かとても仲のよい子と、月草を一緒につんだことを思い出した。顔も、名も、わからぬ子だけど――）

少しずつだが蘇ってきた過去の記憶をつなぎ合わせてわかったことは、

（わたしは深い山の中の里で生れた。その里は……恐ろしい者たちに、壊された。群盗などより、ずっと恐ろしい、存在に）

ということだった。

過去を思い出しつつあるからなのか――わごとの中では先月くらいから、より深刻な異変が、生じていた。

（その夜は寝苦しくて……わたしは、簀子で寝ていた。夢を、見た）

――狐が右近邸の芹田に現れる夢だった。

（夢の中で、お姫様、藤麻呂様、松ヶ谷様は、大騒ぎして……陰陽師を呼んだ）

翌日――夢をなぞるかのように同じことが起きている。

芹田に入った狐が何らかの凶兆かもしれぬと大騒ぎした右近たちは果たして陰陽師を呼んだ。その陰陽師――初めて見る人だった――の顔すら、夢で見た翁と同じであったから、わごとは身震いした。

陰陽師は、右近に、

『……吉でもあり……凶とも申せましょう。つまり、左程気に留めるようなことでもないかと。それよりも……狐が自在に出入りする築地(ついじ)の破れこそ、何とかされた方がよろしいのでは？　近頃、物騒ですからな。ほほほ』

と、言って、去っていった。

　はからずも築地の破れを指摘された右近は歯噛みして悔しがっていた。

　正夢の後味の悪さが消えぬ中、わごとは右近からさる用をたのまれている。主は、こういうことがございましたと、狐の一件を文にしたため、五条后(ごじょうのきさき)におくろうとしたのだ。

　五条后――藤原穏子、右近がかつて仕えた人である。

　上品な薄匂いが漂う手紙をとどけるように言われたわごとが、雑色(ぞうしき)と門を出た時――胸の中で火花が散った気がして、眩(まばゆ)い閃光(せんこう)をともなうある光景が眼裏をよぎった。

　その光景とは、ある道を五条后の御殿の方に行くと――汚穢(おわい)の溢れに遭遇する、別の道を行くと汚穢は溢れておらず、快適な道行きとなるというものだった。

　汚穢が溢れる道と、快適な道、二つの道が……初めはだぶって見え、次第に左右にわかれて、克明に見えたのだ。

　汚穢の溢れは……平安京の日常風景で、公家宅から、外の側溝に垂れ流しにされた、糞(ふん)尿(にょう)をふくむ汚れ水が、溝の詰まりか何かで、道に溢れ、黒、もしくは茶の猛烈な悪臭を放つ沼となり、通行をさまたげ、人々を苦悩させるのだ。

　頭の中でくっきりこれから歩む道に何があるかが見えたわごとは、一瞬、考えた末――

汚穢が溢れている方を選択してみた。

すると……どうだろう。

右近が散々悩んだ末、手ずから焚き染めた清らな香りが、うせてしまわぬか、案じられるほどの汚穢の溢れ、道の大部分でのさばる汚水溜りに遭遇した。

わごとと雑色は息をこらえながら、道の反対側の側溝――溢れてはいないものの当然、汚水が流れている――の近くを歩き、何とか横溢する汚穢の傍らを切り抜けている。

わごとは脂汗をかきながら、右近が先帝の妃で、今の帝の母君であられるお人に書いた手紙に鼻を近づけ、主が焚いた香りに異変はないかたしかめたほどだった。

で……帰りに、快適な方の道を行ってみた。

そこは汚穢の溢れなどなく、すこぶる清々しい道だった。

(昨日の夜の……あの子の夢だって……。わたしの中には、奇妙な力がある)

その力は……わごとが知らない、己の過去とかかわるのかもしれぬ。

過去を知り、自分がもつ力が何なのか解き明かしたいという思い、だが、それをしたら自分たち家族――広親、千鳥、わごと――に何か深刻な亀裂が走ってしまうかもしれないという予感が、わごとを苦しめていた。

「どうしたの?」

母が擂粉木で藍を潰しながら温かい目でこちらを見ていた。

た。

わごとは、白い顔を横に振っている。槽から足を上げると千鳥は手拭いを投げてよこした。

大土間から板敷の方へ歩く。

上がり框に腰を下ろした、わごとは、足を拭きつつ、

「ねえ、母様」

「ちょっとまってて」

千鳥は擂鉢をもって——わごとの傍らを通り、板敷の中央にある、染め専用の槽に青き染草を入れた。この槽は二つつくられており、正方形で、上部が井桁状になっていた。奥にある灰が入った甕から一摑み取って、槽に散らすと、

「何?」

「父様の友達で陰陽寮につとめている人がいるでしょう?」

「……友達というか、悪友ね。博奕仲間だもの」

わごとの父、広親は真面目な男であったが……唯一の趣味が、博奕だった。

「巨勢豊岡」

「そう。その人。その人に……相談したいことがあるの」

千鳥は、わごとに、

「ちょうど今日来るわよ。……博奕に」

と、

「——あ！　わごとだ！」「お姫様の所から、ここにもどされたの？」

減らず口をききながら苧の筒袖をまとった、裸足の童女二人が、染殿の大土間に入ってくる。この子らは染草の踏み洗いを担当する女の子たちで、右近邸に住み込んでいる。

ほかに、

「おや」「めずらしい顔」

千鳥と同じく絹の小袖、袿をまとった御達と呼ばれる染めを担当する、通いの従女たち、そして住み込みの雑仕女たち——一様に苧の粗衣をまとい、大釜での煮炊きや、必要なものの買い出し、染草の管理を担当する——が、ぞろぞろと、染殿に入ってきた。

染殿をあずかる千鳥は——ここではたらく御達二人、雑仕女五人、女の子二人、さらに水汲みの雑色に指図する役目で、染殿の皆に好かれている。

千鳥が言った。

「今日は、まず、お姫様が、甥御様におくられる小袖を、藍で染めます」

わごとは皆に話す母を少し誇らしい気持ちで眺めながら、主がまつ御殿の方へもどっていった。今日明日のことを千鳥に話してこいと、右近が言ったのだった。

＊

（あの子が……あの、わたしに似た子が――）

声を上げて叫ぶと、恐ろしい化け物に喰われる。

その化け物は右近邸で言えば北の一角――染殿などの雑舎が並ぶ辺りによく似た所を、幾人かの男に鎖で引かれ……徘徊していた。

天の川の下だった。

彦星が織姫との逢瀬を終えた次の夜、見た夢だ。

つまり昨夜見たその夢には……続きがある。

（もし声をおさえても、狼狽えると鏡の欠片が青く光る）

夢の中のあの子も、わごとと同じく鏡の欠片をもっている。たとえ声をおさえても、例の欠片が、手の中で青く光れば、化け物に見つかる。

人か、犬か、熊か、よくわからない、大きな体をした――化け物に。

そして、贄になる。決して逃げられない。

（あの子が助かるには……まず声を出さず、鏡の欠片を隠さねばならない。そうすれば――）

魔は、去る。

その三通りの可能性が初めは重なって、次に三つに綺麗に並ぶ形で、はっきりと、見えた。妙に生々しい夢で……一つ目と二つ目の場合に漂う、血の臭いまでも嗅げた。顔がぬるぬるしそうなほど嫌な臭いだった。

はっとした昨夜のわごとは濡れ縁に寝転んでいた己の背中が汗だくになっているのに気付いている。この汗が、おぞましい夢を見せたのか？

体の内で冷たくも熱い火花が散っている気がする。

次の瞬間、わごとは――ぎょっとした。

青い光が懐からもれていた。

悪夢の中では青い光を犬に似た魔物に見つかって、喰らわれてしまった……。

あれは右近邸の自分にこれから起きることではないのか？

右近がこの前、読んでくれた「伊勢物語」の女は鬼に喰われてしまったではないか？

鬼がこちらを見ていまいか、築地の破れ目から入った獰猛な野良犬の群れが、庭をうろついていないか――わごとは夢中になって辺りを見まわした。

――鬼も、犬も、いない。

ただ、前栽や、その奥の闇に潜む虫が鳴いているばかり。

わごとは恐る恐る青光をもらす袋を取り出し、中から、鏡の欠片を出している。

──眩(まばゆ)いほどの青い光が小さな破片から溢れていた。

滾々(こんこん)と水が湧き出す深い泉を思わせる光であった。

初めての現象だ。

わごとは、この世のものとは思えぬ青い光に見入ってしまい、溺れそうな心地になる。

と──青い光がすーっと弱まり、鏡の欠片は茫然とこちらを眺める、一人の少女をうつし出した。

目はぱっちりとした二重で、大きい。髪は垢(あか)じみていてみじかい。唇は薄く、顔は卵形で小さい。

痩せっぽちの粗末な筒袖を着た少女で肌は浅黒い。

わごとは、ついさっき見た夢、血の臭いも生々しい悪夢に出てきた少女と、気付く。

そしてこの少女を色白にしてもう少しふっくらさせ、全身をよくあらい、薄汚れた苧衣の代りに絹の小袖を着せれば、

（ほとんど、わたし──）

と、気付いた。

……鎖の音がする。

鏡の欠片からだ──。

鎖でつながれ、悪夢の館を徘徊していた、魔物が、接近しているのではないか？

だとすれば一歩間違えれば鏡の中の少女は喰い殺されてしまう。気が気ではなくなったわごとは——急いで手にもつ鏡の欠片を少し下向きにすると、指を唇に当て、静かに、とつたえた。

次に懐の中へしまってとつたえようとしたが……青き光はすーっと搔き消え、鏡面は真っ暗になり、少女の姿も消えた。

懐にしまって、と鏡の欠片に囁くも、つたわったかどうかわからぬ。

しばらく見ていても何の変哲もない破片にもどってしまったため再び麻袋にしまって、それをにぎりながら横になる。あの少女は助かっただろうか、と考えている内にわごとはまた眠りの中に落ちている。

今朝、鶏の声で起こされて、鏡の欠片をもう一度見てみるも、青い光など何処にもなく、浅黒い少女もうつっていない。いつものように曇った鏡の欠片はぼんやりと自分の顔をうつしていた。

（あの子は……誰？　助かったの？　それとも、鏡が光った後のことも、夢……なの？）

濡れ縁で確かに一度目が覚めて、鏡が光り、少女を見た気がする。

だが、あれすらも、夢だった、長い悪夢の末尾近くだった、と言われれば、そんな気もしなくはない。

（あの子は将来のわたし？　お姫様が、落託し、わたしはあそこまで落ちぶれる？　そし

て……犬に食われる？　そのことを暗示しているの？　誰か——夢判じが出来る人に相談したい）

こういう思いで父の友人、陰陽寮の、四十がらみの万年学生、巨勢豊岡の方を窺っているのだが……豊岡と父は今、真剣勝負の真っ最中だ。

父で民部省、使部、つまり、下役人、茨田広親のどんどん生え際が後退している広い額と、垂れ目、そして、巨勢豊岡の大きな顎と、細い目を、荏胡麻油の明りが照らしている。

——狭い家で、夜である。

盤双六をする二人の傍らには濁り酒、この日のために市で買ったという若狭の刺し鯖（強烈な塩味の鯖）、千鳥が料理した腐水葱（水葵のお浸し）が置かれていた。

巨勢豊岡が黒い石を、わごとの父、茨田広親が白い石を駒としている。

黒石が——強い方だ。

豊岡がさいころを二つ振る。

二と六が、出た。

黒い石がさいころがしめした数だけ桝の上を動く。

「うっうーん……」

苦し気な声が、父から、もれた。

広親は酒に弱いが酒好きで、博奕も弱いが無類の博奕好きだった。

わごとは盤双六についてよく知らないが、父曰く、

『――運だけで決まる遊びではない。運半分、戦略半分。だから面白い』

ちなみに己の陣地に先に駒を全ておくり込んだ方が勝ちである。

「さ、汝の番ぞ」

豊岡が得意げに言う。

よれよれの水色の水干をまとった広親が撫で肩を大きく動かし二つのさいころを高々とかかげた。

（この水干……母様はあたらしいのをととのえたいのだけど、父様はずっと着つづけているのよね）

「おい、何をしておるんだ？　早く振れよ」

豊岡が、茶化す。

が、広親は無視し、瞑目してむにゃむにゃ何か唱え出した。

千鳥が溜息をつきながら濁り酒を豊岡にそそいでいる。

目を開けた広親は、盤上を鋭く睨み、

「ちとまってくれ。一と三、いや、五と五ならどうすべきか、僕は、考えておきたい」

「それはな……広親……まず、賽を振り、目が出てから、考えることぞっ。さあ、振れ。疾く、振れ」

「えい」

広親が振る。

一と、一が、出た。

広親が見る見る落胆し、豊岡は膝を打って大笑いした。広親が、つみ取った後、夏の日差しの中に捨て置いた草のように打ちしおれているので、千鳥もわごともおかしく、吹き出してしまう。

「何でお前たちまで笑うのじゃ――」

広親は顔を真っ赤にして怒った。

「でえ、何の話であったか」

と、呟きつつ、豊岡が賽を振る。

「畑の話」

広親が言うと素早く駒を動かしてから豊岡は、

「そうそう。わしのつくった瓜を……右大臣家の方々もいたく気に入って下さってな。参議の方々も実に美味と言うて下さった」

「素晴らしいことじゃ」

広親が相槌を打つと、豊岡は、

「蕪につづいて瓜も好評だったゆえ、ほれ、ここを南に行った畑があるじゃろ？　あれとは別に、西の京の方にも畑をかおうと思うておる。……もっと手広くやっていきたい。下人も二人ふやしたしな」

「染草はやらないの？」

千鳥の問いに、

「うん。いずれはな。あと、芹にも手を広げたいな……。とにかく……畑が忙しゅうてな、近頃、陰陽寮には全く出仕しておらんのじゃ。わははは！」

陰陽師ではなく、公家相手に美味(うま)い蔬菜(そさい)をつくる農場経営者として生きていきたいという抱負を、強く語る巨勢豊岡だった……。

（この人で大丈夫なの？　わたしが、相談するの……）

と、広親が——俄かに腹をおさえて立ち上がり、

「腹が痛(いと)うなった。ちと……行ってくる」

「お前はいつもそうじゃ。負けが濃くなってくると」

豊岡は弾指(たんじ)をして、パチーンという強い音を出しながら、広親を指す。

抗議の仕草で、親指で人差し指の爪を弾きつつ、人差し指を前に出す。すると、親指が——中指に当り、小気味よい音が出る……というのだが、わごとはこれが出来ない。

右近家、事業・柿本藤麻呂の弾指は、素晴らしく大きな音がする。これが羨(うらや)ましいわごとは幾度も練習したが、わごとの指は小気味よく鳴ってくれない。

「いや、本当じゃ。わごと、一緒に来るか？」

「どうして一緒に行くのよ」

わごとは父の誘いに頭を振っている。

わごとの家に、厠は、ない。

小さい方は家の前の桶にして猫の額ほどの畑にまいたりする。

大きい方は、半町ほどはなれた……さる道路に行く。

その道は、片側が、誰も住まない、荒れた屋敷で、反対側には、夜盗が付けた火で焼け落ちた家々の残骸があり――近隣の人々の厠代わりになっている。

平安京の庶民のほとんどが家に厠がなく、特定の道か、廃墟、草深き空き地などで用を足すのである。

「……そうか」

板間から土間に降りた広親の背中が少し寂し気だったので……、

「足がふらふらしているし、家の外まで行くわ」

わごとは腰を浮かせ、父と並んで小さな家の外に出る。

わごとと父は家の前、僅か三歩（約五・四メートル）四方の畑を並んで歩く。

わごとは素足で父は厠に行くための高足駄をはいていた。

畑の途中で――高足駄が、止った。わごとも足を止める。

二人の周りでは茄子にシソ、千鳥が茨田家用にうえている藍が、温い闇に沈んでいた。わごとと同じくらい小さな橘の木が丸っこい影となって鎮座していた。

広親は、言った。

「己の曹司はもらったか？」

自分の部屋はいただいたか、と問うたのだ。

「……まだ」

広親は、わごとに首をまわして、

「立派なお方にお仕えしておるのだ。己の曹司をもらえるくらいに、なりなさい」

「うん」

にっこりと温かい笑みを浮かべた広親は妻と暮らす小さな板屋の方を振り返っている。

家からかすかにもれる明りと、月明りに照らされた父は……しばらく見ぬ間に、急速に老け込んでしまった気がする。そう思うと、不意に悲しみで、喉が詰まりそうになった。

自分たちの周りを音も立てずに流れてゆく時というものが、悲しいと思ったのだ。

「……どうした？」

広親が、そっと、尋ねた。

「何でもない」

わごとは微笑んだ。

二人はまた歩き出す。

軽く跨げる垣根の隙間から、小径に出た父は、同じような板屋、もっと小さな家が両側にひしめく細い道を――暗くなっている方にとぼとぼ歩いて行った。

わごとは家にもどると、土間から板敷に上がり、

「相談をしたいことがあります」

豊岡の前に座った。

わごとは――狐の夢が現実になったことから話し、道の夢、昨日の悪夢と、鏡の発光、鏡の中に少女が見えたことを話している。

巨勢豊岡は初めは微笑みを浮かべ、やがて真剣にわごとの話を聞いていた。千鳥も初めて聞く話に面差しを強張らせて耳を澄ませていた。

「鏡が光った後のことは……夢か現実かわからないんです。夢判じをお願い出来ませんか?」

豊岡は深くうなずいて、

「――結論から言おう。わしは、力になれん」

やっぱり、と思いつつ、残念だ。

「ここだけの話にしてほしいんだが……陰陽寮で、先のことが見えたり、他人の夢の吉凶が真にわかる者、これ、一人か二人しかおらぬ」

「え？　では、この前、わたしの主が呼んで、吉とも凶ともつかぬなどとおっしゃったお方は……」

「――察してくれ」

双六盤の向うの、陰陽道の万年学生は、真剣な面差しで、

「真にそれがわかる者に相談せぬ限り、意味がないと思うのじゃ。で……わしは、論外」

「その、真に先のことが見えるお方が、陰陽寮に一人か二人、おられると言いましたね？　そうしたお人に……」

千鳥の話の途中で、豊岡の手が、横に振られた。

「左様な陰陽師は主上や摂政様ご一家、大臣などの御用を聞くので忙しい。何で、わごとの相談に乗ってくれようか」

わごとは、ゆっくりうなずき、

「――陰陽寮の外にはいませんか？」

盤に置かれた黒石と白石の配置が豊岡の眼を吸い寄せている。わごとに、視線をもどし、

「山に……比叡の山な。そちらの方に二人か三人、左様な力をもつ僧がおる」

比叡山は女人禁制の聖地であった。それに気付いたらしい豊岡は、

「あとは……呪師」

「呪師？」

わごとは、前に乗り出す。

「陰陽寮や大寺などに属さず、諸国を遍歴し――鬼や妖を調伏しておる術者たちじゃ。古の術をつかうとか。ただ……呪師にも偽物が多くてなあ。本物は真に少ない」

「何処に行ったら、あえますか？　呪師に」

「そうよな。まず、市……。市で、茣蓙をしき、夢判じをしますとか、明日の吉凶を占いますとか、狐を祓いますなどと言うておる巫や、法師がおろう？　あれが呪師じゃ」

（よし、明日、市に行こう――）

「しかし言うたように……多くの砂利がまじっておる。玉を見つけるのはむずかしいぞ。十人に、一人、おればよい方じゃ」

「呪師を探すのもよいけれど……そなたは夜風が当りすぎる所で寝るから、悪い夢を見るのではないか？　廂で寝たらどうか？」

と、千鳥は言う。

「この子は吹きっさらしの簀子で寝る癖がついていて……」

ちゃんと建物の中で寝ろという母に、わごとは、

「わたしが暑がりなのは知っているでしょう？　都の暑い夏が、苦手なの。廂だと暑苦しくて」

「だからって濡れ縁だと万が一、犬や夜盗が入ってきた時、真っ先に……」

「──曹司がないことが問題じゃ！」

酔うた声が、土間から降ってきた。いつの間にか厠を終えた父が、千鳥足でかえってきていた。

わごと　二

翌朝――東市に呪師を探しに行こうという、わごとの目論見に思わぬ主命が、重なった。

わごとが市に行く支度をととのえたところ、右近邸ではたらく童がやってきて、

「休みのところ、悪いけど……お姫様があんたに市で買い物をたのみたいんだと。詳しく話したいから、お屋敷に来いって。どなたからかは知らないけど、嬉しい文が来たようだよ」

（全く人使いが荒い……。市に行くからよかったものを）

という、苛立ちと、右近に文をよこしたのは誰であろう、という好奇心をせめぎ合わせながら、わごとは右近邸に出仕し、対面を願っている。

右近はしっかり化粧し、すでに着飾っていた。

主の蕩けそうな顔が……わごとに誰からの文だったか、わからせる。

「休みのところ、悪いの。あのお方から文が参ったのじゃ」

右近の傍らに控えた松ヶ谷とめくばせし合う。

「一昨々日、天の川をわたれなかった償いをしたいと、仰せなの」

「………」

ここぞという日に天の川をこえられない人など信用できないのでは、という言葉を――ぐっと呑み込んだ。天の川ならぬ不吉な霧が立ち込めた恋河に沈んでいる主は、昨日まで恨んでいた相手に、焦がれている顔で、

「明日、お見えになる」

わごとは、はんなりした声で、

「それは……ようございました」

松ヶ谷の片眉がピクリと動いた。違う言葉は出ないの、と言いたいようだ。

(貴女が言上して下さい)

右近は、わごとに、

「ついてはな……わごと、あのお方をお迎えするに当り、七夕に焚こうと思うておった薫物、全て、取りやめる。みずみずしい気持ちでお迎えしたい……。東市で、麝香と甘松を買うてきてたもれ」

わごとは、にっこりと、

「承りました。ちょうど、東市に行こうと思っていました」

「左様か。あと、あのお方をお迎えするためにととのえていた、鯉の丸焼き、甘い瓜など、全て昨日、麿と松ヶ谷、藤麻呂で食してしまいました」

「……はい」

「されば、そなたが美味と思う、旬の物、珍味などを東市で見つくろって参れ」

「恐れながら……それは他に適任の者が……」

右近は扇で口元を隠し、作り眉を顰め、

「当家の御炊きのととのえしものを、あのお方はあまり喜ばれぬ。みずみずしさが足りぬのじゃ」

「お膳にですか？」

「心じゃ。そなたは、みずみずしき心をもつ。あのお方のお口に合いそうなもの、見繕って参れ」

松ヶ谷が表情もなく、

「雑色を一人、つけます。支払いは、金で速やかにすませよ」

――つけるなということだ。藤麻呂が支払いに難渋……東市で一部、右近邸のつけに、応じぬ商人が出ているのだ。

五条大路、右近邸を雑色一人をともなって出た、わごとは、一旦、家にもどった。

千鳥はすでに染殿に出ていたが広親は家で昼寝していた。

民部省の、年間の上日（勤務日数）――たった百四十日。

茨田広親、休みの方が多い……。

今日は他の役人が結番で民部省に出ている。

わごとは、博奕に負け、深酒して眠り込んでいた父を揺り起こし、

「父様。五条通のお屋敷に、甘い瓜をとどけるように、豊岡さんにつたえてくれる？」

瓜については東市よりも、巨勢豊岡の手並みを信じようと、わごとは考えている。

寝ぼけ眼をこすりながらうなずいた父を信じ――わごとは東市に向かった。


平安京には東と西、二つの市があり、月の上半分は東市、下半分は西市が開かれる。

わごとと雑色が東市についたのは――昼前であったが、すでに人でごった返していた。

開放的な板屋の陰に、蓆がしかれ、ずらりと魚が並べられている。

梁からは巻鰤らしき藁苞がいくつも下がっている。わごとが巻鰤を見るや、その魚売りは、鍛えに鍛えた鉄のように硬い声で、

「さあ、さあ、寄った！　寄った！　お目が高い。巻鰤！　能登の巻鰤が仰山入っておりますぞ。越後の、塩引き鮭、先ほど伊勢からとどいた、鯛の塩引きもござるぞぉっ！　何？　鮎がよいとな？　鴨川の若鮎も取り揃えております」

こんな商人がいたかと思えば、

「今朝、夜明けと共に漁に出て、琵琶湖で獲った鯉ぞ！　生きた鯉は如何か！」

大きな曲物桶を二つ、天秤棒でかついだ、逞しい若者が、店と店の間を歩いてくる。

わごとは魚売りの店をはなれ琵琶湖から駆けてきたという漁師の若者に近づく。

若者が下ろした桶の一つには水がたたえられていて中で一匹の鯉が泳いでいた。

「どうじゃ、見事な鯉じゃろう？」

「とても美味しそうだけど……鯉は昨日、お食べになったというのよね」

袖無しの粗衣をまとった若者は日焼けした手で、もう一つの桶を指す。

「なら、こっちは？」

もう一つの桶には雪のように塩が詰められていて、鮒や、わごとが名を知らぬ魚が何匹も入れられていた。

「――モロコ。高貴なお方も好まれる魚じゃ。琵琶湖一美味い魚とわしは思う」

わごとは、また次の機会にすると言って、琵琶湖の漁師からはなれた。

その途端、わごとに、

「さあ、さあ、さあ、千鳥！　千鳥！　よう肥えた雉は如何？　鴨もあるよ！」

千鳥屋の肥えた女が、すかさず声をかける。

薄暗いその店には沢山の鳥が吊るされていた。

さらに明日葉（あしたば）、胡瓜（きゅうり）、茄子、水葱（水葵）、枝豆、みょうがなど取れ立ての蔬菜を商う媼（おうな）の店があるかと思えば、大量の胡瓜、冬瓜（とうがん）を入れた桶を頭に乗せて売り歩く女もいる。ほかにも米屋、油屋、心天（こころてん）（心太（ところてん））の専門店も、ある。

老若男女、貴賤（きせん）、様々な人が行き交い、多くの声が飛び交う。

だみ声で、

「苧布は如何かのう？　越後上布もよいが、常陸の布も、お勧めじゃ！　何しろ、破れにくい。丈夫さでは一番じゃ」

と、わごとは――前方の木の陰に一人の翁（おきな）が蹲（うずくま）っているのをみとめている。

(呪師？)

蟬（せみ）ががなり立てるその木に近づこうとしたその時、

「危ないのう！　どけい！」

後ろから怒鳴り声を叩きつけられた。

わごとが慌ててよけると、半裸の逞しい男が、米俵をいくつもつんだ荷車を汗だくになって猛然と引いてくる。怒れる荷車が通りすぎると四十がらみの雑色は唾を吐き、

「どちらが、危ないのかっ」

突っかかりかねぬ勢いだったため、わごとは穏やかに、

「わたしが危なかったわ」

たしなめて——木陰に蹲る長い白髪の老人に近寄った。

異臭が、鼻を突く。

ぼろぼろの衣を着たその翁は全身が垢や乾いた泥で汚れていた。足の辺りで、衣は大きく破けていて、惨たらしい傷がのぞいている。膿んだ傷口に蠅がたかっていた。

——犬の噛み痕と思われた。

わごとを見上げた老人は少し動こうとして、苦悶の形相になる。

(傷がもとで、足がよく動かせないのだわ。気の毒に……)

翁はふるえる手で、かけた碗を差し上げた。わごとは、延喜通宝を二枚取り出すと、碗の中に入れた。

老人は深く感謝するような面差しになり、むにゃむにゃと呟く。

その時——わごとの耳に男たちのひそひそ話が入ってきた。

「そこの、筆屋の倅がおろう?」

「昨日、消えてまだ、かえってこぬとな……。人攫いに遭ったのかもしれぬな」

物騒な話にわごとは思わず振り返っている。

酒屋の店先に薦がしかれていて、馬借か商人と思しき男たちが酒を飲んでいた。

その男たちが話していた。

「あの子には……不思議な力があったろう?」

「何でも、固く閉じられた壺や箱の中に、何が入っておるか……ふれもせずに、当てたとか」

刹那――わごとの中で冷たくも熱い火花が散った。

（まただ――）

瞠目したわごとは、ある光景を、見た。

赤い錦の衣の上に、蟬の羽のように薄い緑の羅をまとった、貴婦人が、蜀錦の店を物色している。

娘らしき若い女人と、幾人かの供をつれている。その美しい貴婦人に――雀蜂が襲いかかっている。

貴婦人の瞼、耳のすぐ上――髪に守られた皮膚、必死に振り払おうとした白い腕を、猛毒の針が、刺す。

刺された処は赤い大瘤にふくれ上がり、娘や侍女が泣きわめく中、貴婦人は白目を剝いて激しく苦しみながら息絶えた。

その様がまざまざと見えた後、現実の喧騒にもどされた。

（錦の店は、たしか、香の店の傍……）

ざわり。

わごとの背に――冷たい震えが走る。自分のもつ能力を呪師に相談したい、という一念で、東市に来たが、呪師を見つける前に、また、力が発動した。

（これから、起きることなの？）

「走るわよ！」

わごとは言い置くや両側に様々な店が並び、沢山の人でごった返す東市を、猛然と駆け出した。

わごとは気付かなかったが……この時、わごとの様子を鋭い目で窺っていた僧が、あった。

この僧もわごとと一定の距離を置いて市の中を駆け出している。

昨日とは違う、千鳥が染めた生絹の衣――正面から見ると薄桃色の、麻の葉模様が白い地をいろどり、後ろから見ると、若緑の麻の葉模様が並ぶ小袖――をまとったわごとが、数多（あまた）の人を縫うように走る――。

雑色は、

「どうしましたっ」

と、わめきながら、ついてくる。

数頭の馬が項垂（うなだ）れながらつながれている薄暗い店、大甕（おおがめ）に入れた漆を商う店、漆を塗った器の店、剣の店、様々な店の間を、わごとは走っている――。

香の店の前を素通りする。雑色が、後ろから、

「こちらに御用があるのでは？」

人が多すぎて走れぬ。早歩きにならざるを得ない。

香の店の隣は、さわれば消え失せてしまいそうなほど、薄い、緑や紅、水色や薄黄、色とりどりの羅を商う店だった。

羅の店の奥に蜀錦の店があり——わごとがついさっき幻視した通りの貴婦人が、いた……。

生唾を呑む。

この頃の貴婦人の髪型、化粧には——国風文化が花開く、平安の後期と違い、まだ唐の香りが、のこっている。

貴婦人の娘と思しき人は右近と同じ髪型をしている。すなわち、丸い髻を頭の上に一つつくり、長い髪を下に垂らしていた。だが、その母親と思しき貴婦人はもっと大陸風の装いをしていた。全ての髪を上に高く上げ、翡翠の櫛でかざっていた。

貴婦人と娘の白い額と頰には、赤い花鈿がほどこされている。

蟬の羽のように薄い羅を、塵除けにまとった貴婦人をそっと窺っていた商人が、

「何をお探しでございましょう？」

揉み手をしながら侍女に近づく。小太りの商人は——貴婦人に直接話しかけるのをはば

かっているのである。

「紕帯にふさわしきもの。お出しせよ」

侍女は、冷ややかに命じた。

商人は、赤地に白蓮、緑の唐草、黄色い瑞鳥が浮いた布を手にして眺めている、貴婦人の傍に、黄色い連珠の中で二羽の鳳凰が向き合う、そんな模様がいくつもくり返された、見事な錦をもってきて、

「昨日、唐土の商人がもって参った、実に見事な蜀錦にござる。これなどは如何でしょう？」

控えめな声で恐る恐る侍女に話しかけた。

すると、うら若き姫君が、ちらりと目をおくり、

「同じものが蔵にあるわ」

気だるげな声を発した姫は透き通るような薄紫のひらみ（スカートのようなもの）を翻しつつ、つまらなそうに別の錦を手に取る。

（どう……話しかけよう）

貴婦人の方を注視するわごとに気付いた警固の一人が険しい顔でこちらの視線を断ち切るように立った。貴婦人に警告を発そうにも、周りには侍女たち、厳つい侍ども、重いものを背負った雑色――合わせて七名がおり、冷たい壁をつくっている。この壁を突き破

って話しかけるのはかなり度胸が要った。

仮に、お揃いの、白い花菱が入った灰色直垂の侍の一人に、

「……これから雀蜂が襲いかかりますのでご婦人を安全な所にお逃がし下さい」

と、言っても、おかしな少女に思われるだけだろう。

わごとは、蜂はいないかと辺りを見まわす。

(……いない。気のせいだったのかしら?)

思った瞬間――ブン、と、怒ったような闘気が、耳のすぐ横を、通った。

雀蜂だ。

蜂は勢いよく――貴婦人たちの傍を通りすぎたが、かぐわしい匂いに惹かれたか……また、貴婦人と姫の方へ、もどる。

わごとは、「蜂!」と警告しようとしたが、その前に姫が叫び、驚いた貴婦人も赤い袖を大きく振って蜂を追い払おうとした。

毒蜂はこれに興奮したか――物凄い速度で貴婦人の顔目がけて飛んだ。

(上へ飛んで!)

わごとは、強く思った。体の中で冷たくも熱い火花が散っている。

と、白い厚化粧の顔すれすれまで飛んだ雀蜂が――急激に向きを変えて上昇。

青空の高みまで行き、見えなくなった……。

放心したわごとは街路に膝をつく。

が、また雀蜂が襲ってこぬか心配で、貴婦人の顔の方を見据えた。

同時に、

「無礼者！」

高らかな声が飛んできた。

貴婦人が怒りの双眸で、わごとを睨んでいた。

「何故、麿の方を無遠慮に睨んでおるのか！」

ひざまずいたわごとを見下ろしながら、侍の一人が、

「こ奴、先ほども北の方様の方を、じっと見ておりました」

右近家の雑色も慌てて膝をつく。

何事かというふうに周囲の人々が立ち止り——わごとの方に視線をおくっている。

（助けたかっただけなのに）

貴婦人の舄が、わごとの方に近づいてきた。衣から漂うのだろう。甘い匂いがする。

もう一人の舄も猫のようにそっとわごとに寄って来て、

「母上は、そなたに何故見ていたのかとお尋ねなのよ」

娘もやってきたので——香の匂いが強まる。よい匂いだが、些か強すぎる。

意地悪く、

「聞こえないの？」

わごとは感情を押し殺して平伏し、

「あまりにお美しく見惚れてしまいました。……お許し下さいっ」

「誰殿の館の者か？」

貴婦人は、冷ややかに問うた。

「直答を許します」

辺りは静まり返っている。

熱い恥ずかしさがこみ上げてきて、わごとの耳はかっと赤くなった。

「五条后様にお仕えしていて右近と呼ばれしお方こそ我が主にございます」

「はて……」

貴婦人が首をかしげる気配がある。わごとの足元で、娘の影が扇で口元を隠しながら母親に顔を近づける。

「南家の……。片野羽林殿の……」

「ああ……」

片野羽林こと藤原季縄の名が出て、ようやくわかったらしい貴婦人は、

「南家は謀反人の家ゆえ、そなたのような心得違いの女童がおるものと見える」

侍女たちが袂を唇に当ててくすくす笑い、侍たちは肩を揺らして笑った。

わごとは煮え滾る思いを隠して平伏しつづけた。

かつて藤原氏の頂点にいた南家は今や斜陽であり……藤原北家が力を振るう世、北家の中でもある一つの家、摂関家が、最強の権力をにぎる世であった。

舄が歩き出し、華やかな匂いが遠ざかってゆく。

ほっと一息つきかけた時、冷たい声がかかった。

「そなたの主の許を摂政殿下の御子息が訪うておらぬか?」

「………」

姫君が、立ち止ったのである。

「春でも、夏でも、秋風が吹きつづける御仁……心にかけておくがよい」

いつでも、女にあきる男と嫌味を言ったのだ。

「時ならぬ秋風が吹けば、何処に吹き飛ばされるか知れたものではないからの」

高貴な女と取り巻きたちは小さく笑って、去って行った。

わごとの手はふるえていた——。

心は燃え上がりそうだったが、土のすぐ近くにある顔は、凍てついている。——表情というものがない。官界の底を生きる父を幾年も見てきて貴族の館ではたらいていれば嫌でもそういう習性は身に付いた。

上客を逃した錦屋の主が地面に唾を吐いて、わごとを睨んでいる。

唾を吐きたいのは——こっちの方だ。だが、今、道に唾したら、右近の名をさらに汚してしまう。野次馬の塊が遠くに散らぬ限り錦屋の近くの香屋で買い物する気はなかった。雑色も、同じらしい。

何事もなかったように市の奥に歩き出したわごとに黙ってついてきた。

平静をよそおうわごとだが、心は深く傷ついていた。

ふと、わごとは足を止める。

市の一隅で、半裸の傀儡子が——とぼけたような顔をしながら、色とりどりの玉を宙に放って、巧みな手捌きでその玉を取り、人の輪ができていた。

傀儡子は諸国を旅する芸能民だ。

品玉という芸を披露する半裸の傀儡子の近くで、別の傀儡子——目付きが鋭い小男が、

「この男には骨がない！　骨がない！」

すると……傍に座っていたもう一人の傀儡子、ひょろりとした体つきの男の足が、軟体動物の足のように、首の後ろにまわされていくではないか。

「おおう！」

どよめきが起きている。

右近邸からついてきた雑色はすっかり、傀儡子の芸に目を奪われていた。

だが、わごとはすぐに——より市の奥、木陰に座っている二人の者に気付く。

狩衣(かりぎぬ)を着た鬚(ひげ)が長い翁と、皺(しわ)くちゃの梅干しのような媼が、蓆の上に座っていて、翁は筮竹(ぜいちく)を手にもって集中し、媼の方は若い娘の手相を見ていた。

（……呪師）

二人の前には傀儡子の周りほどではないけれど人だかりが出来ていた。相談をしたい人々であるらしい。

雑色をのこし、呪師の方に、わごとが歩み寄ろうとしたその時――、

「あの二人は偽物よ」

声をかけられた。

振り返ると……赤い衣をまとった女が、立っていた。

傀儡女(くぐつめ)であるらしい。

高く結い上げた髪は頭の上で二つの大きな唐輪(からわ)をつくっていた。目は細い。小刀で、内から外に切り上げたような目である。色白く、肉置(ししお)き豊かな女で……女(め)の子である、わごとが見ても、妖しい色香をまとっている。

血を思わせる赤い勾玉(まがたま)を赤紐(あかひも)でつらね、なまめかしい白首に下げていた。

その首飾りを見た時、わごとは……何とも言えぬ嫌な気持ちがしている。

――ひどく冷たいものに背中を這(は)われた気がしたのだ。

紅をたっぷり塗った唇をほころばせた女は、白い歯を見せ、

てしまい、
　白狐を思わせる赤い衣の女は、手招きする。わごとは吸い寄せられるように女に近づい
「呪師のこと、知りたい？」

「あたしは、化野。傀儡女。名前は？」

「貴女は……？」

「わごと」

　化野は温和な笑みを浮かべ、わごとの頭を撫でる。

「わごと……さっきは災難だったわね？」

　先ほどの顚末を見ていたようだ。

「貴女は、あの人を助けた。なのにひどいことを言われた」

　わごとは……貴婦人を助けようとしただけで、助けてはいない。自分が幻視した顚末とは違い、雀蜂は貴婦人を刺さず、勝手に飛び去って行った。

　なのに化野は、わごとが「助けた」と言った。

「あたしだったらあの女ども——蹴飛ばしてやったわ。後先考えずにね」

　化野は悪戯っぽく笑った。人懐っこい笑みで、わごとは、化野をいい人だと思う。初めに感じた……何とも嫌な心地は気のせいだったのか。

　化野はわごとの頭をそっとさすりながら、耳打ちした。

「自分の中で冷たく、熱い火花が散る気がしたんでしょ？」

「…………」

わごとは――固唾（かたず）を呑む。この人を何処まで信じていいのだろう？

化野は、わごとに囁（ささや）いている。

「貴女は……雀蜂に上に飛んでほしい、と思った。そうしたら蜂は急に向きを変え、上に飛んで行った。貴女はそうやって、あの女を助けた。違う？」

驚きが――わごとの中で伸張していた。わごとは、自分には先のことを見る力があると思っていた。その力とどう向き合えばいいのか、そして鏡の中に少女が見えた現象は何なのか、誰かに聞きたかった。

だが、化野は、わごとに――蜂をあやつる力があるというのである。

「蜂ではないものを動かしたことも、ある？」

わごとは、頭を振る。

化野はわごとを人があまりいない方に引き寄せて、

「……今日が初めてなの？」

半分、嘘で、半分、真実だったが、わごとは首を縦に振った。

少し思案した化野は重たげな膨らみの上にある赤い石を指でさすりながら、

「真（まこと）の、呪師に相談した方がいい。――貴女には呪師の力がある」

「貴女は……呪師なの？」

「違う」

わごとは、妖艶な雰囲気を漂わせる赤衣の女に、

「じゃあ何でそんなに……？」

「本物の呪師の傍にいるから」

にっこり笑った化野は、

「ねえ、今から、その人の所に行ってみない？」

いきなり真の呪師の許に誘われたわごとは少したじろいだ。

この盗賊と人攫いが横行する街でついて行くには……化野を知らなすぎた。

と、雑色が来て、

「どうされました？」

「ごめんなさい。今日は……言いつかった、御用があるの」

わごとがことわると——一瞬、何か冷たいものが化野の切れ長の双眸の奥を走った気がする。だが、すぐに化野は穏やかな顔にもどったから、わごとは気のせいだったかもしれないと思う。

大輪の赤い花が咲いたような、笑みを浮かべて化野は、

「右近様の御用ね？　わかったわ。気が向いたら、あたしをたずねてきて。月の初めは東

市に、終りは西市にいる。姿が見えなかったら、他の傀儡子にあたしにつなぐように言って」

礼を言って香屋に向かう、わごとの後ろ姿を化野は笑みを浮かべて見おくっている。

わごとが遠ざかると、急に笑みが消え、

「――来なくても、迎えに行くけどね」

瞬間、何かに気付いた化野が視線を下ろすと――一匹の鼠が見上げていた。化野はさっと鼠を踏み潰す。すると、どうだろう。鼠は掻き消え……鼠を描いた、皺くちゃの紙が転がっていた。

市の板屋の上を、化野は睨む。

板葺屋根の上をとことこと一羽の燕が歩きながら、化野を眺めていた。

「……小賢しい」

化野は殺気が籠った顔で人でごった返す市を見まわし踵を返した。


香屋でたのまれたものをかい、旨そうな梨、さらに初めに見た魚屋で塩気たっぷりの巻鰤、鯛醤（鯛の塩辛）を、購入。

食べ物を雑色にもたせた、わごとは東市を後にした。

少し行った所で雑色が、

「今気付いたのですが……東市から、怪し気な僧がずっと、つけてきております」

「え？」

高価な香料、黄金の残りをもっているわごとは、顔を強張らせている。

振り返る。

確かに目付きが鋭く、肩幅の広い僧が——わごとを直視しながら数歩後ろを歩いていた。

僧はわごとと目が合うと鼻歌を歌って横を向き、道の端のどぶの方に動いている。

——不自然な動きだ。

わごとと雑色が睨みつづけると鬚濃きその僧は、

「暑くて大変だのう」

と、どぶの向うに声をかけた。

汚水が流れるどぶの向うには犬走りという真に細長い通路があって、犬走りのすぐ向うに築地がある。

この築地と、どぶの間、犬走りに——築地に背をもたれさせたり、横になったりして、老若男女、様々な乞食が、何十人もいた。埃だらけの髪をした、孤児と思しき子供の乞食もいた。

僧はその者たちに声をかけたのである。

なおも、わごとたちが見ているのに気づくと、僧は横になっている老人に、

「爺さん、どっか悪いのか？　水を飲んだ方がよいぞ。……井戸まで行けない？　わしの水をやろう。それ」

僧は、水が入った瓢簞を、老人に投げわたしている。

右近邸の前に乞食は少ないが……優勢な貴族や、皇族の館の傍には、沢山の物乞いが住みつき、館の主や出入りの者たちの施しを期待する。彼ら彼女らは追い払われても追い払われても、そこにもどってくるのであった。

六条大路、孚子内親王の御殿の南塀前に佇む、わごとに、雑色は、

「……よい人のふりをする盗賊もおります。僧に化ける者も」

「そこを左にまがってまだついてくるようなら、楊梅小路を走りながら右にまがるわ。いざとなれば、わたしの家に逃げ込めるから」

「はい」

と、言った直後――、

「こらっ！」

雑色は、怒鳴る。

四人の、垢じみたぼろを着た童が――巻鰤や梨をひったくろうとしたのだ。

怒鳴られた裸足の子供らはぼさぼさ髪を振り乱して一気に逃げてゆく。ひったくりに失敗した孤児たちは、例の僧、いや法体の追剝かもしれぬ男にぶつかりかけた。

「童ども。人のものを盗んではならぬぞ」

僧は厳かに言うも……子供たちは走ってゆく――。

（何が人のものを盗っちゃいけないよ。自分が盗人なのに）

わごとと雑色は足早に歩き出す。

次の辻を、左にまがり、北に上った。

振り返る。

さっきの僧が杖をつき、大股で歩いて――わごとたちを追ってきた。

「走るわよ」

わごとたちは駆け出す。一気に駆け、楊梅小路を右に、まがった――。

わごとの目に人の死骸が飛び込んできた。

道の右手に、飢え死にしたのか、病死したのか、男とも女ともわからぬ骸が二つ、転がっている。

沢山の蠅が飛び交い、犬やカラスが齧った跡があった。

わごとは吐き気を覚えながら……走る。

ここ「平安京」で……毎日見る光景だが、どうにも慣れない。

左前方、どぶの向うの犬走りに数匹の犬が固まり――何かを食っていた。

道の右側に寄りながら前に駆けたわごとは、犬の群れから土色にふくれた人の足らしきものが飛び出しているのをみとめた。貴族の家の築地の向うから、立ち枯れした樹が、禍々(まがまが)しいほどに節くれだった枝を犬どもの上に差し出していて、悪霊の群れのように黒い鳥たちが止り、じっと犬を見下ろしていた。

カラスどもだ。

不意に——カラスが一羽、舞い降りて、肉の欠片(かけら)をついばもうとするも、白い犬が猛然と吠えて追っ払う。

と、左前方にいる犬群から一匹がはなれ、汚水の溝を飛び越え——わごと目がけてけたたましく吠えながら突進してきたではないか。

赤く大きい犬だ。

眼の上に、深い噛み傷があり、体の側面には人に斬られた痕があった。横に長いその刀傷のところだけ赤毛が生えておらず皮膚の肌色が露出している。

人に襲われたことがある犬は鋭い牙を剝き、激しく威嚇(いかく)しながら、前から——突進してくる。後ろからは追剝らしき男が追って来ており、退(ひ)くに退けない。

わごとと、雑色は、立ち竦(すく)んだ——。

巻鰤が——振られる。雑色が、藁につつまれた鰤を鈍器代りにして、猛犬を追っ払おうとした。

が、赤い犬は、巻鰤如きにひるまない。前足を低くし、鼻の傍に皺を寄せ、低く唸(うな)ってから、隙を衝き——わごとの足を狙って急進した。

《止れっ！》

全身で火花が散っている気がする。

「…………？」

噛まれたと思ったが……噛まれていない。

犬はわごとから三寸（約九センチ）ほどはなれた所で止っていた。

きょとんとした顔でこちらを見上げている。黒い斑のある桃色の長い舌が、暑そうに、だらりと垂れていて、涎がこぼれていた。

《去れ。元来た方へ》

念じると、犬は……くるりと踵を返し、元来た方へとことこ歩いて行った。

『蜂ではないものを動かしたことも、ある？』

化野の言葉が胸の中でこだまする。

（わたしは蜂だけではなくて……犬も動かすことが出来るの？）

冷たくも熱い火花は、まだ己の内で散っていた。犬は群れにもどって死肉を食らおうとしているようだ。わごとは赤犬に、

《それを食うな》

すると赤犬は——どぶの手前でピタリと静止し骸をかじる仲間たちを侘し気に眺めはじ

めた。

試しに、

《伏せ》

赤犬はくぅーんという声を出して、そこに伏せている。そして、痩せた腕を舐(な)めたりしながら寂しそうに仲間たちを見詰めている。

「やあ、楽しいかい？」

いきなり大きな手を肩に置かれた。

声の主を見る。

あの僧だった。

わごとはにかにかと笑う僧を見て、悲鳴を上げ、

「盗賊ぅっ！」

「何？　盗賊とな！」「ど奴じゃ！」

たまたま、前方から、烏帽子(えぼし)直垂姿の侍が三人、歩いてきて、わごとの叫びを聞き、馳(は)せ寄ってきた——。

わごとは力いっぱい逞しい僧を指し、

「この男です！」

鬚濃かったから、気付かなかったが、存外、若い僧は、

「おいおい、俺が賊だなんて……お前、ひどいだろう」

白刃を抜いて走ってくる侍たちに敵わじと見たか、くるりと背を向けて、逃げ出す――。

「賊めぇっ」「逃げるなぁ！」

侍たちは闘気の塊となってわごとの横を素通り、追いかけてゆく――。

くすりと笑ったわごとは、

《お前も追え。賊を》

けたたましい吠え声を上げ――赤犬も動き出す。瞬く間に侍を追い越した赤犬は、逃げる僧を追跡して行った……。


――青く冷たい月が辺りを照らしている。

土針の群れが、風にそよいでいた。

目弾きともいう大きな草で五尺ほどの高さにまでなる。童が、土針の茂みに入れば――草がつくる低い闇に容易に呑み込まれてしまう。

ほかにも占い師がかつてつかったメドハギや、茨が生えた、不気味な気配が漂う荒れた野であった。

山間である。

夜の山からは、山犬の遠吠えが聞こえてきた。

土針の叢が開けている所があって、そこに、萱葺の荒れ堂と白く枯れた木が、並んでいた。

堂の前に人が固まっている。

火が、人々を照らしていた。

松明でも篝火でもない。

赤い火の玉がいくつか漂い……そこにいる人々を照らしているのである。

異常の現象であったが、土針を背にして荒れ堂の方を向いた五人の小さな子供は、火の玉を目で追ったりしていない。童も童女もぼんやりした顔で——ある男を見詰めていた。

とろんとした目、何かに憑かれたような目だった……。

子供たちの視線の先にいる男は、若い。

髪が長く、腰ほどまで垂れている。背は高い。

黒くゆったりした衣をまとい古い唐太刀を腰におびていた。

顔は陰になり——窺い知れぬ。

肩の辺りに漂ってきた火の玉が黒衣にほどこされた文様を照らし出す。

立涌紋。

地面から立ち上る気をあらわす文様が、禁色の紫でほどこされていた。

それも紫の中でもっとも高貴な深紫——摂政関白や大臣などにしか許されぬ色が、黒衣の中、堂々と浮かび上がっていた……。

　公家でもなさそうなこの男の紫が検非違使の目に留まれば即刻、括し上げられる案件だ。

　男の左右には如来の両側の菩薩のように、二人の女が佇んでいた。

　一人は赤い衣の女……化野であった。

　頭を唐輪に結った化野は赤い衣をややしどけなくまとい、なまめかしい首に下げた、赤い首飾りを指で弄び、薄ら笑いを浮かべて、立っている。

　実り豊かという言葉がふさわしい、やわらかそうな肢体から、大人の男ならむせ返りそうな濃密な色香が漂っている。まるで、妖しい蜜で虫を誘い、花びらの中で喰らってしまう……赤く大きな花が咲いたようであった。

　だが、子供たちの目は化野ではなく——男に釘付けになっていた。

　子供たちから見て男の右、化野と共に、男をはさむように立っている女、よく見れば、化野と寸分変わらぬ顔と髪型をしていた。

　二人は双子なのだ。

　この化野の、双子の姉か妹は青い衣をしっかりとまとい、表情もなく立っていた。

　青衣の女は青き勾玉をつらねた首飾りをしていた。

　男が夜空に向かって両手を上げ、口を開く。低く尖った声で、

「我が話を聞き、我が志に賛同し、わしと共に戦う決意が固まった者、前に出よ。この千

方（かた）の方に来よ」

すると五人の子供全員が——目に見えぬ糸に引っ張られるように、とろんとした目付きのまま、一斉に一歩前に出ている。

千方を名乗る男は満悦気にうなずいた。

千方は先ほど催眠状態にした子供らの心に念を飛ばし、おのおのの過去を洗いざらい話させている。ある村の出でないことをたしかめていた。

他心通（たしんつう）——この男、千方がもつ力の一つで、他の人の心を読み、自在にあやつってしまう……恐ろしい力だった。

千方は、言った。

「よし。呪師の雛（ひな）たちよ。皆が、この千方のためにはたらいてくれるのだな？」

水干を着た、裕福そうな子もいたし、いかにも貧し気な子もいた。

手下が今日、都のそこかしこから攫ってきた子供らに、千方は、

「では、そなたらは今日より、親元をはなれ、わしの許で修行せねばならぬ。風鬼（ふうき）」

「——は」

子供らから見て右手の闇から、嗄れ声がした。

そこに長い白髪、胸まである白鬚を垂らした、ゆったりした白衣の翁、仙人のような風貌の老人が座っていたのである。

「仲間たちの許に、案内してやれ」

風鬼と呼ばれた老人はふわりと軽い身のこなしで立つ。刹那——一陣の夜風が吹いて、宙を漂ういくつもの火の玉が火の粉を上げている。

だが、子供たちの視線は風鬼にも火の玉にも向かわず千方に釘付けになっていた。

行け、というふうに千方が手ぶりする。

すると子供たちは右手の闇に向かって歩き出した風鬼の後をぞろぞろと追いだした。

夢遊病者の行列のように見える。と、水干をまとった富商の子が、はたと立ち止り、

「あの……」

千方に向き直って、

「わたしたちは何で……ここにつれて来られたんでしょう?」

その声で、千方が子供たちをしばっていた目に見えない紐が、ゆるみかけていた。

——他の子たちの足も止っていた。

千方は眉を顰め、化野の笑いは止んでいる。

さらに、

「母様の所にかえりたいっ!」

乞食の少女が泣き出した。この子は堀川沿いの物乞い女の子だった。

背が高い、立派な水干を着た富商の子は、泣きじゃくる童女の手を取り、一緒に歩いて、

千方の前に来て、凜々しい面差しで、

「わたしたちを、親元にかえして下さい」

千方は笑みを浮かべて見下ろしながら子供たちの心をしばる縄をきつくしようとした。

すると他三人の子供は、風鬼の後について、ザ、ザ、ザと、一列に歩き出した。

ところが……一度、精神にかけられた縄をほどいて千方の前に来た二人の子、豊かな商人の子とぼろぼろの衣をまとった乞食の童女は、そこをびくとも動こうとしなかった。

千方は、自分より幼い童女の手をにぎって、強い目で見上げてくる少年と、片方の手の甲で涙をぬぐう童女、二人を微笑みを浮かべて見下ろし、

「わかった。……かえしてやろう。水鬼、帰り道を案内してやれ」

水鬼と呼ばれてゆらりと動いたのは……化野の姉か妹、青い衣をまとった女である。

化野と同じく色白、妖美な女、水鬼は静かな声で、

「行きましょう」

水鬼は家にかえりたいと言った二人の子をつれて、風鬼が消えたのとは逆の方に歩きはじめている……。

水鬼の左右の腰には一本ずつ竹筒がぶら下がっている。

姉か妹を妖笑を浮かべて見送っていた化野はやわらかく動いて、千方に振り返り、

「行かせてよかったの？」

「あの子らから、吸うものは何もない。全て、わしがもつ力」

謎めいたことを呟く千方に、

「火にしなかったのはせめてもの情け？」

「はて」

千方はどっかり腰を下ろした。

化野は寄って来て、しなだれかかるように傍らに座る。

すると——宙を漂っていた火の玉が一つ、寄って来て、千方の顔をやや上の正面から赤く照らしている。

若く端整な顔であった。

鼻高く眉が吊り上がった美男子である。

無精髭を生やしていた。

双眼は、暗い。

暗い物思いに耽る青年、といった程度ではない。夜の大海原を思わせるほど……圧倒的な暗闇が、この男の双眸にはやどっていた。

「この前も妹だったわ」

化野の長い爪が、袴の上で輪を描き、千方の腿を、こそばゆく刺激する。

千方は言った。

「妬いておるのか？　火鬼」

細い目に眼火を燃やした化野は、鋭い声で、

「二人の時は化野と呼んで」

刺すように言った。刹那――夜の宙を漂う全ての火の玉が大きく強く燃え上がっている。

二人の前にあるようやく冷えてきた地面が歪んだ熱気を放ち出す。

化野、火鬼の異名を取るこの女、自在に火をあやつる。

化野の術は「火雷」と呼ばれる。火の雨を降らせて――一つの里を焼き払うことも出来るからだ。

「火鬼」

あえて化野が嫌がる名で呼んだ千方は化野の白く尖った顎を乱暴に摑んでいる。

火鬼こと化野は細い目をさらに細めて、千方を睨んだ。

化野の中では……この男を愛おしいという思いと、焼き殺してやろうかという思いが、燃え盛りながら、絡み合っていた。

化野は顔を下げて自分の顎を摑む千方の指を嚙んだ。人差し指を、血が出るほど強く嚙む。やがて嚙んだ処を一舐めして、

「何でしょう?」

吐く息が、どうしても熱くなってしまう。

「そなたが捕まえそこねたという子だが……」

「名は、わごと。五条通の、右近という女房に仕えています」

「ご、ごとびきの術をつかうとか。めずらしき術よ……」

「吸いますか?」

悪戯っぽく問う化野だった。

「我が体が受け入れるなら」

この男、藤原千方はいくつもの力をもつが……その中でもっとも恐ろしいのは、人の心をあやつる他心通と、神嗿(かむぬすみ)の力だと、化野は思う。

神嗿――他の呪師の力を吸い込み、我がものにしてしまう力だった……。

「その娘の召し捕りだが、あの男をつかおうと思う」

ある男の名を囁き、

「隠形鬼(おんぎょうき)を添えてな」

千方は、言い足した。

化野は不服げな顔を見せている。

「如何した?」

「……隠形鬼につとまりますかね？」

千方は、冷えた笑みを浮かべ、

「まさか、隠形鬼にも妬いておるのか？」

「妬くわけないでしょ。男子ですもの」

千方から顔をはなした化野は、

「あいつは……雛の育ても、金鬼に放り投げて、どっかに遊びに行ったんですよ」

「わしの役に立つ盗賊をあつめてくれておるらしい」

「知るもんか。貴方の下知を無視して動いているのは、確かでしょう？　そんな奴……放っておけば、増長します」

「あれは面白い。――手を出すな」

ご下命とあらば焼き殺しますという顔を、化野は見せた。千方は赤衣の女に、

「……隠形鬼に甘すぎる」

「わしが吸えぬ二つの力をもつ。得難き二重の術者よ」

「どうせあたしは隠形鬼と違って、一重の術者、焼くことしか出来ぬ、馬鹿な女ですから」

――また全ての火の玉が大きく強くなり夥しい火の粉を噴き立てた。

「そなたは、その火があれば十分。誰もそなたに手を出せぬ」

化野は真剣な目で千方を見て、

「あたしのたった一本の剣である火も……貴方は吸ってしまった」

化野の顎を、またそっと、摑み、千方は、囁いた。

「そなたの火の方が強い。大元の火の方が。わしはその大きな火を、わけてもらったにすぎぬ」

千方の語気が熱くなる。化野の吐息もそれに呼応して、ますます熱をおびた。

千方が、小さく火を吐いた。

化野は男の唇にむしゃぶりつき、開いた口の中に、溶岩のように熱くなった舌を潜り込ませている――。まさぐると、自分から火雷を吸った、千方の口腔も、炉のように熱をおびている。

二人は今にも火傷しそうな激しい口づけをかわした。

さっと、二人の唇がはなれる。

千方は、化野の手首を摑んだ。体じゅうに熱をおびた化野に対し……存外、冷えた千方の手であった。

千方は囁く。

「寝よう」

二人は、夜の荒れ堂にゆっくりと消えている。

商家から攫われてきた男の子と、物乞いの童女は、固く手をつないでいた……。二人は今日初めて会う者同士であったが、そうやって手をつなぐことが、何か強さにつながるように思っているのかもしれない。

化野と瓜二つの青衣の女、水鬼は静かなる足取りで怯える二人の前を歩いていた。

少年が、後ろから、

「大きな道につながる所があれば、自分たちでかえれます……」

三人は獣道を歩いていた。周りは、悪霊がさ迷い出しそうな暗い森だった。

「なら、すぐ、そこよ」

ひんやりした水が流れるような、水鬼の声であった。

獣道はやや下り坂になっている。

不意に——黒々とした水の広がりが眼前に開けた。

深い山の中の沼であった。

水辺に来た水鬼から、囁きがこぼれる。

「ここ」

「……どう、かえればいいのでしょう?」

少年が水鬼の後ろ姿に問いかけると静かなる月光に照らされた青き女はおもむろに、白指で沼を差した。

すると——水音が大きくして、二匹の、巨大な生き物が、沼から現れている。

一抱えもある太さがあり、何丈もの長さがある、大蛇だ。

いや、よく見れば、それは蛇ではない。

水だ——。沼の水が、巨大な水柱となって立ち、重力に敢然と抗って……二匹の大蛇の如く、宙でゆらゆら蠢いているのだ。

沼の主というべき姿で揺らめく二つの巨大水柱は、突如——絶句し、立ち竦む二人の子に襲いかかっている。

水がつくる蛇二匹は飛沫を上げながら硬く手をつないだ二人の顔面に食らいついた。

攫われてきた二人の子供は、蛇で言えば頭の部分に、丸っこい水の塊に、首より上をつつまれてしまった。

二人は悲鳴を上げるが……それは泡になってしまう。

二人の小さな手は、夢中で、顔にまとわりついた水塊を払い落とそうとするが、二人が散らした飛沫は、空中で合わさって——いくつもの大きな水玉をつくり、また元の水塊に合流するのである。——決して逃がしてくれない。

走って逃げようとしても水蛇は逃げた方に体を動かす。

首から上を、払っても、払っても、再生する水の塊に襲われた二人は陸の上で溺れ死んでしまった。

水鬼はこの恐ろしい光景を表情もなく眺めていた……。

水鬼が、手を振る。

すると、水の大蛇は今度は自分の意志で動く縄のようになって、二人の遺骸の胴に絡みつき、沼の方に引きずって行く――。

富商の子と、物乞いの童女、二人の哀れな子は、暗い沼に沈んでしまった……。後はもう何事もなかったかのような静かな水面が黒々と広がっている。


化野の双子の妹、嬉野――水鬼の異名を取るこの女は、水を自在にあやつる。

水鬼・嬉野の操水術は「水雷」と言われる。


荒れ堂にもどろうと、森の中を一人、歩いた水鬼は、先ほどの野に出た。

左に円墳に近い小山がある。

高さ二丈五尺（約七・五メートル）ほど、幅もかなりある、微高地で、枯れ木が二つ生えている。上の方に、笹が茂っていた。

と、低く太い、人とは思えぬ凄みがにじんだ声が、轟いた。

「相変らず罪作りな……」

小山がしゃべったように思える。水鬼は、声がした方に体をむけている。

「土鬼(どき)、いつからそこに？」

「その名で——我を呼ぶな。我も、そなたが姉と同じく、千方がつけし名で呼ばれるのを好まぬ」

「伊佐々王(いざさおう)、姉はねえ、別に火鬼の二つ名を嫌いじゃないのよ。ただ、千方様には、化野と呼んでほしいだけ……。面白い人なのよ」

何の感情が底に沈んでいるのか、全くわからぬ無表情で、水鬼は告げた。

小山から、

「なるほど……我は違う。人であるいかい千方が、つけし名で呼ばれたくないだけじゃ」

「言葉をつつしめ」

「何？」

水鬼は小高い山に向かって、冷然と、

「かつて、神と呼ばれしものが、乳離れしたばかりの人の子のようなことを申すな」

——恐ろしい現象が、起きた。

爆発しそうな妖気の重圧が小山全体から放たれ水鬼のやわらかい体にぶつかってきた。

で、火山を思わせる赤色光が二つ、枯れ木の下の方で、光っている。

赤光は大きくなりながら斜め上に二本の枯れ木ごと動く。

……生き物であった。

小山自体が、背中に笹が生えた、規格外の、大怪物だったのだ――。

赤い光は眼光、その上の枯れ木は、禍々しい角であった。

寝そべっていた大怪物は首を大きくもたげ、ずっと上の方から、水鬼を見下ろしている。

風が起き――ドスンと地がふるえ、砂煙が立つ。

熊をたった一噛みで喰い千切り、都の下級官人が暮らす、ちっぽけな板屋なら、鼻を突っ込ませただけで粉々に壊せる、それくらい巨大な顔が、一尺ほど前にあった……。

大怪物、伊佐々王は長く巨大な顔を水鬼のすぐ前に急降下させ鼻を土にふれさせている。

赤く強烈な眼光が水鬼の全身を明るく照らしている。

眩しくて、細い目をさらに細めて見上げれば、土鬼こと伊佐々王の眼は、貴族が雨の日に差す傘ほどに大きい。

山が、伊佐々王が、吠えた。

「無礼な！　喰らうぞ。汝の祖父母が産声を上げる遥か前から、この地の上におるのだぞっ！」

耳がわれんばかりの声、草が揺れるほどの鼻息だが、水鬼は波一つ立てない顔で、微笑みすら浮かべ、

「喰えるものなら……」

右手は腰の竹筒に、左手は荒ぶる相手の顔にそっと添えて、

「昔、神と呼ばれしものよ。人に怒り、魔となり、人の世そのものを壊さんと願い、我が主の僕となったのでしょう。己で決めたことでしょう?」

怒りをおさえようとする伊佐々王の気配がつたわってくる。

「ならば、言葉遣いに気をつけなさい。そして、あのお方の眼はこうしている間にも我らを見ていると知りなさい」

「――いつじゃ?」

水鬼が首をかしげると、伊佐々王は、狂おし気に、

「人と魔の間に立つ魔道、妖術、左道の者どもが人を統べ、魔が人を好きなだけ喰らえる世、左様な世に変えるための大戦はいつはじめるのじゃ?」

「まだ、機は熟していない」

もどかしげに、巨大な魔性は、

「いつ熟す? 千方はもう……十五重(じゅうごえ)であろう? 月とて十五夜の後はかけてゆく。これ以上、入れようとしても人の体という器が砕けるだけじゃ……。あるいは、元々あったものが出てゆくだけじゃ。大抵の呪師は、一重か、二重」

火鬼と水鬼はおのおの火と水をあやつる力だけをもつ一重の呪師、風鬼は二つの通力を有する二重の呪師である。

これに対し藤原千方は——十五重。十五通りの通力をもつ。

平安時代最凶の魔王と呼ぶべき男であった。

「十五重など滅多におらぬ。昔……一度はわしを眠らせた呪師、何と言うたか、昔の話すぎて思い出せぬが、あの男が十五重であったが」

「役小角でしょう？」

役小角——修験道の開祖で、二百数十年前、壬申の乱の頃を生きた、日本史上最大級の呪師である。

小角は鬼神を駆使して水を汲ませ、薪をひろったと人々は噂したが、これなどは念力で水を動かし、薪を浮かせたのだろう。また、伊豆大島に流された小角は毎晩、海上を悠然と歩いてわたり、富士山に登ったとつたわる。

「左様。あれに匹敵する者は、もう出まい？　ならば誰も千方を討てぬ。機は熟したと見てよかろう」

水をあやつる女は、いきり立つ魔獣に、

「いいや、宿命の子に大計の途中で討たれることを危ぶんでおられる。千丈の堤も、蟻の一穴より崩れると言うでしょう？　その蟻こそ、宿命の子よ」

　水鬼は静かに、

「数多の隠れ里を滅ぼした。だが、あの里では、取り逃がした。ここより北――」

　丹波国の、山また山にかこまれた、深遠なる大樹海に隠された、守りの固い呪師の里を強襲した時、

「二人の子が……逃げた。鷲にはこばれて。まだ、呪師でもないのに千方様の千里眼で追えなかった」

　――何処に逃げたか皆目知れず、男か女かも知れない。名も不明だ。

「あの子らこそ、宿命の子……。そろそろ寝覚めを迎えているはず。狼狽える雛の姿が目に浮かぶわ」

（――我らの手に落ちるのも近いでしょう）

　水鬼は冷笑を浮かべている。凍える川のような寒々とした殺気が、たおやかな体から溢れ出た。

「彼の二人を滅ぼした時……」

「機は熟すわ」

わごと　三

この時、摂政、左大臣であった一の人（一の権臣）、藤原忠平には、二人のすぐれた男子があった。

嫡男、実頼と、次男、師輔である。

「栄華物語」は師輔を「一苦しき二」と表現する。一の人である兄、実頼が苦しくなってしまうほど優秀な二の人という意味だ。

師輔の流れは藤原氏でもっとも大きく、強い流れとなってゆく。藤原氏は師輔の孫の代で平安朝屈指の権臣――藤原道長を誕生させる。

この時、師輔、二十七歳。

むろん、道長はまだ生れていない。

この年、右近衛権中将の位にあった藤原北家の御曹司、師輔が――右近の恋人であった。

右近の父の友人、在原業平並みの色好み、師輔の振る舞いが右近を……苦しくて深い、恋の沼に沈めている。

「やはりそなたの家の酒が一番美味い」

師輔は右近がそそいだ濁り酒をぐびりとあおる。

仲直りがすんだ後で、夜だった。

二人は板敷に並べて置かれた青畳に座っていて、灯火が上機嫌の師輔、うっとりした右近を照らしている。

「そなたの酒殿と当家の酒殿を取り替えたいくらいだ」

世辞を言った師輔はゆっくりと盃を置き、箸を手に取っている。

箸が、巻鰤にのびる。

頬張り――呑み込む。

師輔は深くうなずいた。わごとがととのえた巻鰤の塩濃き旨みは――師輔を満悦させたようだ。

巻鰤の他にも、膳には、蒸あわび、茄子の香物、心天、右近邸で取れた蔓菜の吸い物が乗っており、表が朱で、台が黒い角高坏に、山盛りの白米、酒、酢、塩、醤と鯛醤が乗っている。

さらに丸い高坏があって水菓子の類――甘い真桑瓜、みずみずしい梨、そして熟成した乳製品、蘇が、乗っていた。

蘇は非常に値の張るもので……松ヶ谷が奮発し、ととのえていた。

主君の恋路の関守になりたい、ふさぎ止めたいという本音をもつ松ヶ谷だが、ここぞという時には、右近のために懸命に動くのだった。

鯛醬、梨はわごとが得てきたもので、真桑瓜は巨勢豊岡が、今日の昼頃、自信をもってとどけている。

「嫌ですわ。酒殿を取り替えるなんて。そうしたら、当家の酒の味が落ち……貴方様の御足が遠のくではありませんか」

右近が言い、師輔は広い肩を揺すり、黒い歯を見せて、笑った。

夕餉(ゆうげ)の席にはべる、わごと、東市の辱めは——報告していない。

ともかく昨日は悲しんでよいのか、喜んでよいのか、わからない一日だった。東市で辱められた後、追剝らしき僧に追いかけられ、野犬にも襲われかけた。

だがおかげで、自分には未来を予見する力にくわえて、もう一つ奇妙な力、動物をあやつる力があるらしいことがわかった。右近邸でわごとは燕、揚羽蝶(あげはちょう)、蟬、右近の飼い猫を、自在に動かせることを発見している。

燕については三羽を同時に——動かした。どうやら、わごとは自分から、十丈(約三十メートル)以内の近くにいる動物を、

(……動かせるようだわ。これは、凄い力だわ。だけどあまり、人に知られない方がよさそうね)

わごとの将来を予見する力については、父、母、豊岡が存じており、動物をあやつる力については、

（化野）

が、知っていた……。

化野は本物の呪師に紹介したいと話していた。たのもしい味方を得た気がしたわごとだったが、よくよく考えてみると、本物の呪師の所にいきなりつれて行こうとした化野には、妖しさも漂う。わごとは——化野に相談に行く決断がつけられずにいた。

若いがどっしりした貫禄のある師輔、わごとに顔を向け、

「わごと、催馬楽でも歌わぬか？」

藤原師輔——美男である。

まず、背高く肩幅が広い師輔は、この時代の美男の条件の一つである、大きな体をしている。

目は一重だが、大きく、力強い。色白で顔は四角かった。野心家の風貌だった。

右近が、師輔に、

「わごとは唄うのはあまり得意でありませぬが、琴をよくします」

「わごとの琴の調べを聞いてみたい」

屛風の中の花野に咲く秋萩の前から師輔が、言う。

同じ屛風の夏草に置かれた露の前にいる右近が、

「すぐ、支度させます」

（……わたしの気持ちは聞かれもしないわけね）

早速、箏（そう）の琴がはこびこまれた。

去年から右近に琴をならっているわごとの上達ぶりは女主を喜ばせていた。

わごとは親指、人差し指、中指に爪をはめて十三絃（げん）の箏に向かって、身を沈めている。

麗しい音があふれ出た。

音は時に深い淵（ふち）に時に浅瀬になって、屛風の前に座す二人の方に流れてゆく。師輔も、右近も、わごとが奏でる音色にひたっていた。右近は、泣いているようであった。

わごとは――「想夫恋（そうふれん）」を奏でている。

恋人を慕う曲である。

正確には……そのように日本の貴族に思われている。

この曲がつくられた中国では、「相府蓮」と言い、蓮（はす）の美しさを愛（め）でる曲だった。

ところが日本では「想夫恋」に誤解され、女が男を恋する曲と認識された。

弾くわごとも、聞く右近、師輔も、この曲が池の花を愛（いと）おしむ曲ではなくて、人の心の中に咲く花……喜びも悲しみも、その中に詰まった大輪の花を詠（うた）った曲だと、思っている。

聞き終った師輔は、

「よき調べであった。……時を忘れそうになった」

「わごとは洛北の大きな樹に引っかかっていた処を今の父親に見つかったのです。二親は、子をさずけてほしいと、観音様にお願いしていたそうです」

右近が言うと、摂関家の御曹司は、

「観音の申し子か。行く末楽しみな子だ。よき女童をもったな」

わごとをほめられ右近も嬉しそうだった。

「そう言えば麿の家人にも観音の申し子という子がいてな。……遠くのものを見ることが出来るというのだ」

師輔の話は、わごとをぎくりとさせる。自分は将来を見られる、その子は遠くを見られる、違う力だが、自分と近い存在である気がする。

「その子が今朝、消えたのだ。……まだ見つかっておらぬ」

「まあ、心配ですわ」

「さて……そろそろ、参ろうか」

師輔が右近の手を取った。

――どうせ、うっとりしているんでしょう、と、師輔の一言で参ってしまう右近を幾度も見てきた、わごとはうつむいてしまう。同席していた松ヶ谷が手燭をもって立ち、すっと寄って来て小さく首肯した。下がってよいと、めくばせしてきた。

松ヶ谷に誘（いざな）われて寝所に消えてゆく師輔と右近を見おくってから片付けの雑仕女を手伝う。片付けつつさっきの師輔の話が引っかかる。

(東市でも、不思議な力をもつ子が消えたと男たちが話していた……)

――何者かが、不思議な力をもつ子を攫っているのだろうか？

そ奴らの魔手が自分にのびてくるかもしれない。わごとの背筋に、寒気が走った。

(力のことを……みだりに話してはいけない。父様や、母様、豊岡さんたちに、口止めしなきゃ)

もう一人、自分の力を知っている女、化野が思い浮かぶ……。

「あんた……偉いよ。お姫様付きになると……つんと澄まして、途端にあたしらと口をきいてくれない子もいるんだよ。なのに、こうやって何も言わずに手伝ってくれる」

と、日焼けした雑仕女に言われる。

片付けが終り、曹司をもたぬ、わごとが、

(今日は何処で寝ようかしら。化野に相談すべきかどうか、寝ながら考えよう)

右近、松ヶ谷の声がとどく所なら、何処でもよいと言われている。

(犬か、虫がいる所がいいわ。……いろいろためしてみたいのよ)

と、思った瞬間、

「ひぃわあぁぁぁ――っ！　嫌ぁぁぁっ――！」

女の絶叫が、寝所の方で、した。

青くなったわごとは奥に急行した――。

（お姫様？）

つづいて、

「嫌！　きゃあぁっ」「何じゃ、こ奴は！」

右近、師輔の声が、する。

（盗賊？）

「如何なさいました、お姫様！」

松ヶ谷の叫び声も、した。

寝所の唐紙障子は半開きになっていた。すでに、松ヶ谷が入っているらしい。

「そっちを照らしてっ。誰か、誰かっ……」

右近の声には相当な狼狽えがまじっていた。

「わごと、参りました」

わごとは右近の寝所に足を踏み入れている。

松ヶ谷は、手燭で隅の方を照らしている。髪を乱した右近、険しい顔をした師輔は、几帳の近くに立っていた。師輔の手は剣の柄にかかっていた。

「何事がございました？」

松ヶ谷の問いに、右近は、

「蛇……蛇よっ！　蛇が麿の首をしめようと……」

さっきまでの楽しさは蛇が起した恐ろしさで塗り潰されていた。二人はいざ横になろうという時、襲われたらしい。

「麿には、蛇に見えなかった」

師輔が、言った。

「もう一つ明りを」

松ヶ谷の指示が飛んだ刹那、右近が、

「あっ――」

御簾の下方を指す。御簾の外側に逃げて暗がりに潜んでいたらしい、それは、もう一度、御簾の下を潜り、寝所に侵入しようとしていた。

蛇と寸分違わぬ動きをするが……蛇ではなかった。

――紕帯であった。

錦の紕帯が、意志をもった、狡獪な生き物の如く、自力で這っている。

蛇同然の動きをする紕帯は板敷の上をするする這って、畳に近付こうとしている。つまり右近と師輔が横たわろうとしていた所に、行こうとしていた。

「物の怪めっ！」

鋭い大喝が、師輔から放たれた。

師輔は裂帛（れっぱく）の気合で素早く抜いた剣を――蛇的に動く細布に振り下ろす。

華麗なる紕帯は、さっと殺意をかわし、一端を切られたものの、素早く退いた――。

師輔、わごとは御簾を潜った妖帯を追跡、御簾を乱暴に押して廂に出た。

「……おらぬ。何処に消えた？」

師輔が呟く。わごとも、辺りを見まわすも見える所にはいない。

「明りを」

松ヶ谷が差し出した手燭を受け取って注意深く暗がりを観察するが、紕帯は、いない。

剣をおさめた師輔、わごとが寝所にもどる。

その時にはもう右近は泣き崩れており、他の侍女が二人、来て、なぐさめている。

（唐草に、ぶどう……あれは確か……）

「あの帯は？」

問うた師輔の額には冷汗がにじんでいた。

わごとが、言う。

「半月ほど前……お姫様が西の京の商人から、お買いになったものです」

「西の京……」

冷たく苦いものを吞み込んだような、師輔の面持ちだった。

「申し訳ございません……。物の怪の憑いた帯などと知りませんでした」

髪を乱して泣き崩れる右近の傍らに座した師輔は、ふるえる背中に手を当ててなぐさめ、

「そなたは悪くない。あれは……麿を狙ったもののような気がする」

師輔は非常に険しい面差しになる。

この時代の貴族は、物の怪、怨霊、生霊を非常に恐れている。

日々の吉凶を気にして、毎朝暦を見たりするし、何か身の回りに異変があれば、すぐに陰陽師や密教僧を呼び、固く物忌みしてしまう。

右近が狐に大騒ぎしたのもそのためだ。

蛇の精がついたとしか思えぬ紕帯は、右近のみならず師輔にも大きな衝撃をあたえたようだった。

「麿がここにいては……また、そなたに害がおよぶやもしれぬ」

「いえ、あれは当家にあったもので……」

「今宵はかえろうと思う」

「な――」

右近は――矢で胸を貫かれたような顔を見せ弾かれたように起き、

「な、何を仰せになりますかっ！　今宵はずっと傍にいて下さると……」

立とうとする師輔の腰に、すがりつく。

師輔は眉間に深く皺を寄せ、鉄漿を差した黒い歯の内側をゆっくりと、舐めてから、

「……実はそなたに言っていなかったのだが、一月ほど前か、父上の寝所の下に蠱物が置かれておっての。――当家を狙う者がおるらしい。父上と兄上の御身が心配だ」

父と兄をもち出された右近は打ちひしがれた顔で、

「……わかりました」

師輔は右近のふっくらした頬に手を添え、いたわるように、

「麿の警固の者でもっとも武勇に秀でた兵二人をここにのこしておく。何かあったら、つかってくれ。また――麿のよく知る験力にすぐれた僧を、明日、必ずここにつかわそう」

「浄蔵という」

「何というお方ですか？」

右近の目が、大きく開いた。その高名はわごとも知っていた。

浄蔵は……この時代の比叡山延暦寺で、もっとも験力を知られた僧である。

たとえば、菅原道真の怨霊が、道真左遷の中心だった、師輔の伯父、藤原時平に取り憑いた時――浄蔵が呼ばれている。

強大な力をもつ道真の怨霊も浄蔵には苦戦、何と道真の霊は浄蔵の父、三善清行の許に現れ、浄蔵を時平邸から退去させるよう懇願した。

懇願というよりも、道真の怨霊は清行に、「時平への怨念を全て浄蔵にそそげば、浄蔵の命を取ることも出来よう。だが、浄蔵に恨みはない。――それをさせてくれるな」こう迫ったのではないか。

父は強く時平邸からの退去を浄蔵に請い、浄蔵はそれにしたがって暮れ時に時平邸を出た。

直後――時平は息を引き取ったとつたわる。

また、浄蔵は「ものをふれずに動かす強大な力」があったという。後年のことであるが、都の八坂(やさか)の塔が崩れかかったことがあった。浄蔵が、呼ばれ、念力で塔の崩壊をふせぎ……元の形に復元したという。

また浄蔵は石に念をおくっただけで石を内側から、爆発させるように壊した、という。さらに浄蔵に命じ「外に動け」と、念じたのだと思われる。

石の各部に浄蔵には災害を予見するなど「未来を予知する力」があったようだし、医師に見放された病人を、念力で治したという話までつたわるのである……。

この頃、平安京では、助からないと思われた重い病にかかった人々が、死の穢(けが)れを厭(いと)われ、家から出され、河原や路上、野に……打ち棄(す)てられていた。

よほどの貴族の家に生れた者か、よほど強い愛情をもつ家族がいなければ、病人はこういう目に遭ったのだ。

浄蔵という男は……この見捨てられた重病人たちに、救いの手を差しのべている。

しばしば比叡山から降り、鴨の河原に打ち棄てられた重病人たちの手当てに奔走し、周りの全ての者に見放され、孤立した人々の命を、救おうとしたのだった。

（たしか、鴨川の傍、東山の辺りに庵（いおり）をむすばれているとか）

妖怪、怨霊への対処を考えるに、もっともたのもしい、巨大な名前が、師輔の口から出たのだった。

右近は一瞬、かえろうとする師輔につれなさを見て苦しんだが、二人の精鋭の兵と、浄蔵の名で、このお方は、自分のことを大切に思ってくれているのだわ、と……思ってしまったようである。

そんな右近の耳に、形のよい唇を近づけて、師輔は止（とど）めを刺した。

「――また、来る。必ずだ」

「……はい」

だが、師輔が兵二人をのこして足早に立ち去ると、一瞬、立ち直りかけた右近は、また悲しみに打ち萎（しお）れてしまい、わごとと松ヶ谷は交替で、なぐさめねばならなかった。

交替の折、松ヶ谷は、わごとに、

「摂政様のお宅に蠱物を置く者など、おるのでしょうか?」

右近に聞こえぬよう囁いている。

——蛇の如く蠢く紕帯はその夜、二度と現れなかった。

翌日、昼前。

昨夜、一睡もしていない、わごとは、充血した眼をこすり、あくびをしながら、昼寝できる物陰をさがしていた。松ヶ谷の指揮の下、妖しい紕帯の捜索はつづいていたが、右近がようやく寝付いてくれた今、

『そなたは少しやすめ』

という寛大なる許しが、従女をたばねる常に無表情な人、松ヶ谷から出ていた。

（松ヶ谷様、初めは怖いと思ったけど……近頃いい人のように思う）

一日、四時（約八時間）眠らぬと、翌日の調子が出ないわごとは、あくびを押さえつつ松ヶ谷に感謝した。

と、

「おう、わごと、ここにおったか」

右近邸、事業・柿本藤麻呂が、寄ってきた。柿渋染の狩衣をまとい、長い白髭（しらひげ）を垂らした藤麻呂は、

「山の方から——僧が一人、参ったぞ」

そうであった、今日は名高い浄蔵がここにくる日であった。寝ぼけた頭の中で浄蔵のことが脇に押しやられていたことを悔いる。

わごとは、面差しをきっとさせ、

「浄蔵様ですね？」

「いや……良源という若い僧じゃ」

「良源？」

……聞いたことのない名であった。

「何でも浄蔵様は、貧しい病人の看病にお忙しいようじゃ……」

右近なら、貧しい病人の方が、麿より大切なのですか、と怒りそうだが、わごとは浄蔵に好感をもつ。

「だから、良源を代りにつかわしたようじゃ。すぐれた験力をもつ男ゆえ、ご安心召されよという浄蔵様のお言伝もってもっておった。そなたが、案内してくれ」

板屋根が剝がれかけ、築地も一部壊れた、かなりくたびれた門の方に、わごとは歩く。

若く逞しく体の大きな僧が門の軒につくられた燕の巣をぼんやりと見上げている。

身の丈は六尺に一寸少し足りぬくらい。

この頃にしては、かなり大きな男である。

「良源様、お待たせしました」

わごとが声をかけると、

「――よお」

良源はゆっくり、振り返っている。

わごとは——魂をぶちぬかれた気がした。

一昨日、東市から、わごとをつけてきた法体の男が、杖をもって、ニカニカと笑いながら、わごとの目の前に立っていた。

「追剝ぃっ！」

喉を焼きそうな叫びが——わごとから迸っている。物騒な言葉に門番がざわめく。

すると、良源はさすがに怒気を放ち、

「お前……いきなり追剝って……無礼だろうっ！　一昨日も、お前がけしかけた侍と、犬で、大変だったわ」

わごとは何とか己を落ち着け、

「貴方が……良源さんなんですね？」

「そうだよ。他に誰がおる？　さ、案内せい。貴族の御用聞きなど俺の柄じゃないんだが、あの男が行けというから来たのだ」

じゃあ、かえって下さいという言葉を、辛うじて呑み込む。

良源、この時、二十三歳。

琵琶湖の北、近江の貧しい漁村で生れた良源は幼名を観音丸と言った。

観音丸九歳の折、雲貞行なる近江の豪族が、田の中で遊んでいる観音丸を見て、その生家をおとずれ、この子が只者ではないこと、比叡山に入れて僧にすべきであることを、両親につたえた。

同じ頃——さる貴人が良源の里の橋を馬で通りかかった。貴人というのは近江の国司か、国司の側近であったと思われる。川の中で漁をしている人々がおり、その中に観音丸が、いた。

良源の如何なる振る舞いがこの貴人の心を強く揺り動かしたか古書はつたえていない。だが、橋の上から漁する人々を眺めていた貴人は、観音丸の様子に強く心を打たれ、下馬して拝礼した。

そして家来を隣で漁していた粗衣の父親につかわして、こう告げさせた。

『その子は只者ではない。……ゆめゆめ粗略にあつかってはならぬ』

良源はやがて並外れた賢さを噂されるようになり、雲貞行の強い勧めもあったのだろう——十二で、比叡山に、上った。

西塔の理仙につき、良源の法名を得て出家し、声明（仏教音楽）を浄蔵にならったという。

受戒から僅か一年、五年前の延長七年（九二九）、弱冠十八歳の良源は、叡山論義で名を上げている。

貧しい漁村に生れた若僧が、仏教哲学の深遠な議論において、公家の出の僧たちを差し置き、他の追随を許さぬ学識と理解力、弁舌の力をしめしたのだ……。

だから、良源の名は、叡山内と、仏教哲学や、その議論に深い関心をもつ、都や南都の大寺にいる、学識豊かな僧たち、気鋭の僧たちの中では、轟いていた。

だが、ずっと後年……比叡山延暦寺の頂、天台座主にまで上り詰めるこの男の名は、都の一般の人々、わごとや右近には、聞こえていなかった。

気まずさが、わごとの白い顔に張り付いていた。

右近はそれをやや面白そうに見ていた。

(わたしの顔で……元気になって下さったのなら、よかったのだけど)

憔悴した女主は、白い小袖の上に緋の衣を一枚引っかけて、浄蔵の代理と対面している。

「良源殿は、わごととお知り合いなのか?」

「ええ、一度あったことがあるんです」

右近に向かってぶっきらぼうに答える良源だった。

右近は、病身、と言ってよく、師輔がすすめた話でもあったから、この山の気をごつごつした体全体から滾々と発する、すり切れた墨衣をまとった僧は、右近の寝所にまねかれている。

「大方の話は聞いとります。恨みをかった覚えは？」

部屋の中を無遠慮に見まわしながら、ごつい僧は問うた。

「……うん……」

脇息に身をもたれさせ考え込む右近に、良源は、

「ないか！　でしょうな。お人柄の良さげな顔をしておられる」

と、言って、豪快に笑った。

「良源様」

わごとは鋭く良源を睨む。

（我が主はとても恐ろしく、悲しい目に遭われたのですよ。お気をつけ下さい）

と、目でつたえると、良源は若干、決り悪気に鬚濃い顎をこねて、

「だが、お気をつけ下さい。貴女が気付かなくても、恨みとは考えだにせぬ方から、貴女に降りかかる」

鷹の強さと、清流の爽やかさをあわせもつ不思議な目で、右近を見据えながら言った。

「良源殿は面白いお方ですね」

昨日、師輔のために調合した自慢の香りが、まだかすかに漂う中で右近が言うと、

「ありがとうございます。――蛇帯です」

ぽかんとする右近、わごとに、良源は、

「唐土などではよく報告されておる妖異で女性の妬みが帯などにうつり、恨めしい相手を絞め殺そうとする。本朝でも奈良に都があったころ、何度か、あったようですな」

幾枚か紙を取り出す。鼠が描かれた数枚の短冊だった。

「其は……」

右近が身を乗り出すと良源は指を口に当てている。そして、瞑目し、右掌を左手でもつ短冊にかざし——何かをそそぎ込む仕草をした。

すると、突然、弾かれたように動いた紙数枚が、床に落ちるや、五匹の鼠に早変りして、別々の方に走りだしている。

右近が悲鳴を上げると、良源は手を振って、

「鼠じゃありません。我が意を、鼠にして……いや、鼠のように動かしておるだけです。今からこいつらが蛇帯を探しますから」

二匹の鼠は御簾を潜って昨日、蛇帯が消えた廂の方に行き、一匹は右近の周りをぐるぐるまわった後、わごとの方に直進してきた。わごとが身をのけぞらすと、唐紙の方に行って、その障子の下をうろうろしていた。

障子をちょっと開けてやると——隙間から外に出て行った。

「じゃあ、しばらく探すのはまかせて——拙僧は寝ます！」

茫然とする右近、わごとをのこし、良源は我が家にいるかのように自然に厢に出て行った。どっかり腰を下ろして横になると精悍な顔をこっちに向けて、

「この前、変な奴に、馬鹿な侍と、凶暴な犬をけしかけられましてな……。散々汗をかかされました。かなりくたびれたので、寝ます」

腕枕して、

「そいつは気付いてないでしょうな。拙僧に恨まれておるなどと」

完全に横になった良源は三つ数えぬ内に、ごーごーと龍の吐息のような鼾を立てて寝はじめている。

わごとと右近は顔を見合わせた。

四半時（半時間）ほどすると——二匹の鼠が協力して紙帯をくわえて、良源の近くに走って来た。

すると良源はむっくり起きて、

「ご苦労」

言うが早いか鼠二匹は、鼠が描かれた二枚の短冊形の紙片にもどり、かなり噛み傷のある、砂埃や蜘蛛の巣でくたくたになった、紙帯だけがのこされた。

「床下にいました。今宵、もう一度、這い上がり……寝所に来ようとしたんでしょう」

右近は大きくわななく。

良源は無造作に妖しの帯を引っ摑み、こっちに、入って来ようとした。

「――入らないで下さい！」

わごとは廂と寝所の間に立ち主を守ろうとした。

が、良源は愉快気に笑い、

「入らないで？　賊扱いはよくないなあ、わごと」

「どうぞ、お入り下さい」

右近が言い、良源はくすりと笑って、寝所に踏み込む。

「もう動きませんよ。こいつは」

「どうして昨日は……」

右近が言うと、逞しき僧は、

「さっき、鼠を描いた紙が、鼠のように動いたでしょう？　同じですよ。強い思いが、紕帯に込められていた」

右近の傍にどっかり腰を下ろした良源は怖がる右近に動きを止めた蛇帯を見せ、

「たしかに、貴女のものですな？」

その、ぶどう唐草模様がほどこされた布は、唐土で織られ、海を越えて日本に来て、誰かの手で紕帯にされ、右近の手にわたったものと思われた。

わごとは、良源に、

「お姫様が半月ほど前、西の京の……」

刹那——大人しくしていた蛇帯が突如、動き、右近に飛びかかろうとしたため、良源は引っ張りもどして足で踏み、小刀で一刀両断している。

まだ、ピクピクする二つにわかれた蛇帯に、良源は小刀で梵字らしきものを書き、

「大人しゅうせいよ」

ようやく——蛇帯は動きを止めた。目を丸げていた右近とわごとは大きく息を吐く。

「西の京の乙麻呂なる商人からおもとめになったものにございます」

松ヶ谷が、さっきまで良源が寝ていた廂に腰を下ろしながら言い添えている。松ヶ谷は、良源が右近に挨拶する時にはいたが、その後、師輔がつけてくれた警固の者がかえるというので、そちらに行っていたのである。

「西の京のどの辺りの奴ですか？」

良源のぶっきらぼうな問いに、松ヶ谷は乙麻呂の正確な所在をつたえる。

小刀をしまい、切れた蛇帯を懐にしまった良源は、

「よし。今から西の京に行って、乙麻呂の話を聞いて来ます。いろいろ見えてくるでしょう」

西の京は——平安京最大のスラム街であった。

都の貧民や、諸国から流れてきた飢民、盗賊を始めとする無頼、いかがわしい自称呪術

師、遊び女、没落貴族などが暮していた。

没落貴族の中には藤原北家が専権を振るう朝廷に、望みを見出せず、闇の世界に落ち……群盗の頭になっている男もいるようだった。

混沌(こんとん)、荒廃、暴力が渦巻く西の京だが、良源なら大丈夫だろうと思わせる何かが……この男にはあった。

(良源さんは、西の京で少し痛い目を見た方が……ふてぶてしさが直るかも)

毒のある含み笑いをもらす、わごとだった。

右近は案じるように、

「お一人で……西の京に行って大丈夫?」

「ええ、まあ。ああ……一人かりてっていいですか?」

雑色か侍を一人所望しているのだろう、そういう話の流れに思える。

「もちろん」

右近が答えると立ち上がった良源はわごとを真っ直ぐ指している。

「じゃあ——こいつをかりたいです!」

「いいですよ」

『西の京に……一人で行くな。下手をしたら、身ぐるみ剝がされるぞ、他国に売られるぞ、場合によっては……。とにかくなるべく行くな。行くなら……二人以上で、十分、気をつけて行くべし』
　父で民部省使部、茨田広親の言葉が胸の中でぐるぐるまわっていた……。

「どうして、わたしなんですかっ」

　半分泣きそうな顔で、問うた。

　右近邸のくたびれた門を潜り、五条大路に出た瞬間だった。

「え？　いや、犬を差し向けてきたから……」

　日焼けした太首の後ろを掻きながら良源は返す。

　わごとは、ふっくらした唇を嚙みしめてうな垂れ、

「……先日のことはあやまります」

「いや、そんなに怒っていないよ」

「群盗に襲われたらどうするんですか？」

　わごとは切迫した表情で良源を見上げた。

　良源は瞠目し、青空を仰ぎ、

「群盗？」

　ガハガハ笑って人でごった返す五条大路を西へ歩き出し、

「何で群盗が、こんな……くたびれ衣をまとった、何ももっていなそうな坊主と、子供一

人を襲わねばならんのだっ？」

「お姫様の但馬の庄園から来る荷が群盗に取られました」

良源は横に並んだわごとに、いと愉快気に、

「そうだろ？　だから、群盗というのは、もっと大きい相手を狙うんだよ」

「………」

前から貴族が乗った牛車がやってきて牛飼い童が鋭い声を放ったため、二人はどぶの傍によける。良源は、汚水が流れるどぶに唾を吐き、

「お前は群盗が何か知っているのか？　悪の豪族や、やさぐれ皇族、荒くれ貴族などが、その頭だ。手下は百人とか、何百人とか、おる。でぇ、そいつらは刀や弓にたけた本物の兵どもだ。——でかい網でさ、魚の群れを捕るのが、群盗よ。何で、ちょろちょろの小川を泳いでいる鮒一、二匹を狙うんだよ？　わかるか？」

まだ、心配そうなわごとに、良源は歩きながら、

「まあ、追剝は出るよ……」

ほら、という顔に、わごとはなる。

「追剝っつうのは……村を飛び出た貧しい百姓や、この都の、どっかのお屋敷で嫌なことがあって逃げ出した雑色などよ……。そんな連中が、刀一振り、棒一本、鍬一つなど、手に入れて、その日食うものや、寒い冬に着るものを狙って、人を襲う。俺の村にも一つ上

でな、追剝になった奴がいたよ。漁師の倅だった……」

この人と一緒に西の京に行って大丈夫かという不安が、わごとの顔を硬くする。

「──死んだよ。そいつ」

良源は、寂し気に言った。

「俺たちにとって一番怖いのは……そういう追剝が、何人か、つるんだ連中だ」

わごとのかんばせの強張りが──強化されている。

「十人とか、二十人とか……」

「──群盗じゃないですか？」

「いや……群盗までいかぬのだ。群盗ほど、武芸に長じておらぬし……固い掟もない。もっとゆるいつながりの、悪い輩。二十人になると、女の所から朝帰りする公家など襲って身ぐるみ剝がし、殺生などしたりするかもな……」

わごとの白い足が、力強く止っていた。足の甲から小さな骨がはっきり隆起していた。

「……侍をつけてもらいましょう！　お姫様にたのんで」

「おいおい、何を言い出すんだよっ、わごと。お前と二人で話したかったから、ついてきてもらったのだ」

近くに人がいない所にわごとを引っ張って、一段、声を落として、良源は、

「お前──呪師だろ？」

真剣な相貌だった。

良源は土埃漂う大路で聞き耳を立てている者がいないか見まわしてから、

「東市で見ていた。お前が力をつかうのを——。お前さん、まず、あの女を蜂が襲うのが見えたんじゃないのか……？」

一昨日のことであるが、とても昔のことのように思える。

「で、あの店の前に行き、今度は虫を、遠ざけた。お前には二つの力がある。どうすればいいのかと、もてあましているんじゃないのか？」

——この人は何処まで信じられるのか、わごとは良源の瞳の底に漂うものを見ようとした。

「……心配すんな。お前の力に、なりたいだけだ」

一昨日の印象は、無下というべきものだったが、今、良源からは温かく、おおらかで、頼もしい気配が漂っている。

少しはなれた所で子供を二人つれた女と若狭から来た干魚売りらしき男が話しているくらいで、こちらを注視している人は、いない。

「貴方も呪師なんですか？」

わごとは小声で問う。

「ああ。さっき見せたのは、紙兵（しへい）という力だ。俺にはもう一つの力があるから……二つの力をもつ呪師、二重の術者ということになる。お前もそうだ。三つめがないなら」

「呪師って……何なんですか？　わたしたちの力は何のために――」

「余人にはない奇怪な力、通力をもつ者。古来、人ならざる化生の調伏をおこなってきた。俺やお前のような力をもつ者が、千人に一人くらいはいるんだよ。ただ……強弱があるから、自覚する奴はもっと少なくなろう。――冷たくも熱い火花が、体の中で散るんだろう？」

「はい。バチバチと強く」

「ってことは……かなり強い力がお前にはあるということだ」

「何で、わたしが先を読む力があるとわかったんですか？」

「お前が、放つ火花を、感取した。呪師は、他の呪師が力を放つ時、発散するあの火花を心で、見られる。――鍛錬がいるがな。逆も出来る」

　わごとは、良源に、

「他の呪師に見られなくする？」

「そういうこと。さすが、呑み込みが早い。で……わごと、お前はうんと、危ない状態にあるんだ。他の呪師からしてみたら、お前が放つ火花が外に激しくもれているように見える。お前が力を放つ時、傍に呪師がいれば、確実に気取られる。俺ならいいが……悪い呪師も、いる。そいつはお前を利用しようとするかもしれぬ」

赤衣の女がわごとの思念を漂う。化野について話すと、

「呪師でないと言ったのか……。とんだ食わせ者だよ。あいつは、呪師だ。恐ろしい力をもつ。……化野というのか。あいつには、気を付けろ。あの女に決してついて行ってはならん」

わごとは固唾を呑んで首肯する。

「お前を追わねばならなかったが、あの女も気になった。だから、紙兵を二つ、放った。鼠と燕にして。両方、あの女に消されたよ……」

わごとが不思議な力をもつ子が東市でも師輔の周りでも消えているらしいと話すと、

「そのことを——俺はしらべておる。浄蔵殿が、俺に都に降りろと言うたのは……それを感知してのことだろう。……とんでもなく邪(よこしま)な者どもが、この事件の後ろに蠢いている気がする」

良源は今までの明るさから一転、夜の岩山のように暗く固い声で、言った。

「鬼とか、ですか?」

「鬼や妖と言われている魔物どももな、呪師の雛を狙っておる。お前の火花を奴らに見られたら、たちまち襲われるぞ」

わごとの肩に硬い手を置き、揺すり、

「雛の内に喰っておこうとするんだよ。成鳥になると、厄介だからな」

物騒な話の濁流を頭に流れ込まされている、わごとの大きな目は潤みかけていた。

「ただ……洛中はまだ安全だよ。かつての呪師がだいぶ退治したし、浄蔵殿や俺がしばしば、見まわっているからな」

「そうなんですね。……少し安堵しました」

と、

「坊さん！　その子を、何処につれ去るつもりだよっ」

駄馬数頭に米俵を乗せて都大路を歩いていた馬借らしき男どもから、声がかかる。

「馬鹿野郎！」

すかさず、良源は、怒鳴り返す。

見れば……都大路を行く人の中にはじっと立ち話する、わごと、良源に怪訝な視線を投げかける人もいた。僧が女童をかどわかそうとしていると見る者もいるのかもしれない。

「妙ちくりんな誤解を受けてもつまらん。歩こう」

また、歩きつつ良源は、

「例の神隠しの一件だが、俺は鬼、妖の仕業ではないと思っているよ」

「……じゃあ何ですか？」

「もっと邪な者だ」

硬質で、質量のある声だった。良源は辻風が吹き砂嵐が起きた行く手を睨みながら、

「闇に堕ち、心に魔を棲まわせた呪師ども。魔道、左道、いろいろ言い方はあるが……妖術師どもが、この罪と業が渦巻く都の闇で、蠢いておる気がするのだ。む――」

後ろを振り返った良源は頭を振っている。

「気のせいか。……誰かに鋭く見られている気がしたのだ」

朱雀大路は平安京の中心を南北に貫き大内裏の入り口・朱雀門と、都の南の入り口・羅城門をむすぶ、幅二十八丈（約八十四メートル）の大路である。

この都を唐の長安にならってつくった、桓武天皇の計画では……都のメインストリートになるはずだった。

ところがその計画は、みじかい間に泡となって消えた。

わごとと、良源が今横切っている朱雀大路は、南北に異様に長い、長方形の――牧草地となっている。

ぼうぼうに草が生え、トンボや飛蝗が飛び、そこかしこに牛が寝そべり草を食んでいた。

水干をまとった牛飼童たちが車座になって話し込んだり、牛を追ったりしていた。

そう。都の公家たちの車を引く牛の、憩いの場となっているのだ。

馬に草を食ませている侍たち、馬借たちも、いた。

「お前、群盗の話が好きそうだから……」

「好きじゃないです」

　わごとが即答するも良源は、

「こういう所でさ、いろいろ出会いがあるだろ？　侍と、牛飼童、牛飼童と、馬借……悪い出会いもあるのよ。ここで群盗の仲間に引きずり込まれちまう奴も、いるらしいよ」

「つまり……お姫様に仕える侍が、ここで群盗の仲間となり、夜討ちの手引きをするとか？」

　良源は、わごとを指で差し、

「そういうことよ。お前、察しがいいね！」

　朱雀大路をわたり切る。

　ここから先が……西の京である。

　わごとの足が遅まり、かんばせに灰色の緊張の膜が張り付いた。

　すると、良源、わごとに向かって、
　バチィインッ――――！

　かつてわごとの聞いたことのないくらい大きな音の出る、弾指をした。巨勢豊岡の三倍大きい音だ。

　わごとがきっとなって睨むと良源はくすりと笑っている。

「そんな顔をしてちゃ、剣呑な輩を引き寄せるぞ。川の水をせき止めている石があれば、みんな、見るだろう？」

「…………」

「川を流れる水のような心地をもとう。火花ぁ、消すにも、それが、大切だよ。——さ、行くぞ。わごと」

二人は、西の京に、踏み込んだ。

途端に光景が、変った。

まず、通行人がへり——ある動物の群れがしきりに目につくようになった。

犬である。

飼い犬ではない。凶暴な野犬どもだ。

家は、当然、ある。ただ、古く傷んだ家が多い。突然、内側から竹藪(たけやぶ)に串刺しにされたあばら家があったり、昔、明らかに家であった所が四角く開けていて、水葱(なぎ)の田んぼや胡瓜の畑になったりしている。

と、右方——廃墟の築地の壊れ目から、金色の体毛をもつ獣が、勢いよく飛び出てきた。

狐だ。

狐は……蝿のたかった、人の手らしきものをくわえていた。

良源、わごとをみとめた狐は弾かれたように止ったが、廃墟の中から、

「ワワワワワン！　ワン！　ワン！」

という怒号の嵐が肉迫してくると、猛然と駆け出し——水葱の田の畔に飛び込み、小さくなってゆく。

直後、五、六匹の野犬が廃墟から飛び出てきて、けたたましく吠えながら狐を追跡していった。

が、うち一匹——堂々たる体躯の黒犬が、くるりとこちらに向き、表情もなく駆け寄ってきた。わごとは身構える。体の中で……火花が散っている。

念を野犬に放とうとしたその時、良源がすっとわごとの前に出て、

「濫りに、つかうな」

と告げ、黒く大きい犬に、

「どうしたい？」

足を止めた大犬は牙と桃色の歯茎を剝き、良源を見上げて唸り出した。

良源は片足を前に出し、杖をドンと土に立て——肩を怒らせて犬を見下ろす。

すると黒犬は、胡瓜が喉に詰まったような、高く、苦しく、切なげな叫びを発して、引き下がり……仲間たちを追っていった。

良源は微笑みを浮かべて顧み、

「昔、比良の山奥で——狼の群れにかこまれた。その時は恐ろしかったな。あの狼どもにくらべれば、大抵の人や犬は可愛く思える。こっちが近道だ」

五条大路から斜めに分岐する細道にすっと、入る。

碁盤目状という都市計画は、西の京では……融解しつつあるようだ。

わごとのそだった家より小さい家、掘っ立て小屋が両側に並んでおり、中には人がすんでいるか怪しい家もある。

何を生業にしているのかわからぬ、目付きが鋭い、六、七人の男女が、荒れた小家の前で、焚火をし、鍋を据え……何らかの獣肉を煮込んでいた。

干豆をかじりながら髭面の大男が野良犬の如き眼光をたたえて、二人を睨んでくる。

と——左方で水田が開け、その向うに、他の家と趣の違う、葦で葺いた屋根、葦の壁の小家がいくつか建っていた。

葦屋の向うには瀟洒な葦垣もある。

たおやかな女が二人、井戸端に曲物桶を据え、一人は柄杓で口をすすぎ、いま一人は布にそっと水をつけて鼓の手入れをしている。

庶人の女にしては白粉の白さと紅の赤さが目を引いた。

「おや……坊様、良源はん！」

口をすすいでいた方が慌てて柄杓を置いて立つ。

紺色の雲に水色の水玉、水色の雲に白い水玉、そんな二色の雲が浮かぶ白絹の小袖を着た女で、化野に似たなまめかしさがある。

「おお、お前……こっちにうつったのか」

良源は気さくな様子で答え、

「あの娘、どうなった？」

「朝霧(あさぎり)なら……良源はんから頂戴したお薬ですっかりようなりました。おおきに、ありがとう」

「そうか。よかった、よかった」

「あの……朝霧がまた良源はんにお会いしたいと言うてました」

「朝霧の体が何処か悪いなら、いつでも診(み)て進ぜよう」

「……へえ。何処も悪くないと思います」

良源は、微苦笑を浮かべ、

「朝霧に、いい男を見つけろ、こう言うていたとつたえてくれ」

遊び女と思しき女と会釈をかわし去りかけた良源、ふと足を止め、

「そうだ……。乙麻呂の家、知っているか？」

「乙麻呂ならうちの客や」

もう一人の女が鼓の手入れを止めて言う。

「二町ほどそのまま行った所や。夕顔が柴垣(しばがき)から垂れた家や」

「二町先で……遊んどるのか。盛りがついた、猿だな」

遊女二人は、どっと笑っている。

良源は慌てて都の東北に体をまわし、

「あ……猿は、うちの山の神聖な……あれだった。犬に直そう」


良源は乙麻呂の家を見つけると悠然と入り込み、

「乙麻呂ぉ、いるかぁ？」

「何や！　糞坊主っ、人の家に断りもなくっ」

板敷で妻子と共に瓜を食っていた猿顔の小男が顔を真っ赤にしていきり立った。

土間に侵入した良源は、上がり框に腰を下ろすと、ドンと真っ二つに裂かれた蛇帯を板間に据えた。

「――人が死ぬところだったんだぞ！　乙麻呂！」

わごとは、土間に一歩入ったところで固唾を呑んで見守っていた。

良源は厳しい声で、一気に、

「蠱物と知って五条大路のお屋敷に売りつけたのか！　どうなんだ？　貴様、呪いをかける気だったのか！　ならな、もう、俺の出る話じゃない。検非違使が出る話だぞ！」

乙麻呂の妻が悲鳴のような声で、

「呪い？……検非違使？　如何なることか！　何をしたのじゃっ、一体何を――」

乙麻呂は感情を沸騰させる妻、良源と、母親の様子に怯える童らに、

「落ち着け！　奥へ！　奥へっ」

無理矢理押して家の奥に引っ込ませ魂をもぎ取られたような顔で、

「僕(やつがれ)は何も……知りませぬ。呪いがかけられているなどと知りませなんだ。全て、お話しします」

わごと　四

慶滋保胤は「池亭記」に、こう、しるす。

西京は人家漸く稀にして、殆幽墟に幾し。人は去ること有りて来ることなし、屋は壊るること有りて造ることなし。

(西の京は人家がだんだんまばらになり、ほとんど廃墟に近い。人は去ることはあっても来ることはない。家は壊れることはあっても、あらたにつくられることはない)

西の京こと右京がここまで寂れたのは低湿地だったからだが、保胤の書き方は些か誇張もあろう。

たとえば、都に流入してきた貧しい人は、西の京に家を建てたろうし、ここに住まざるを得ぬ没落貴族も、いた。たとえば紀貫之の娘などである。

良源とわごとは右手に築地が半分ほど崩れた大きな廃墟、左に枯れた荻が所々立った不気味な沼を眺めながら、すすんでいる。

南の方から分厚い雲が広がり京の上をおおいつつある。

目的の屋敷は……左前方、沼の向う側に、あった。

この家の主から乙麻呂は「五条通、右近というお方の屋敷に、この紕帯を売りに行ってほしい」と、たのまれた。

他いくつかの紕帯と一緒にもって行って非常に強く件の紕帯をすすめ、右近に買い取らせたという。

乙麻呂宅から見て西の京のさらに奥……摂関家が右京内にいとなむ庄園・侍従池領の北辺りだった。

沼の畔に鷹を手に止めた男が立っていたので良源は近付き、

「これこれのお方の屋敷はあすこで間違いないか？」

「左様」

近くに住むらしい鷹匠は、訝しむような目で良源、わごとを見、

「……何ぞ、ご不幸でもありましたかな？」

「いえ、そういうわけでは」

わごとはにっこりと笑った。

かなり傷みがひどい板塀にかこまれた、屋敷の門前まで、来る。

大きな木戸は閉じられており、屋敷の左手には樫、竹などの鬱蒼とした密林、右には小家が数軒並んでいて、道で双六している侘し気な男たち、童と一緒に小便をしている女などがいた。

乙麻呂は屋敷の主について、

『大蔵省の下役人じゃったが……商いの才覚があり、出仕せず、材木商い、田畑の経営で一財産なした長者です。ただ、そのお人が亡くなり、家運がかたむき、今は歳の頃、二十七、八の姫君が幾人かの者と暮しとります』

その姫が――乙麻呂に、蛇帯を、わたしている。

（一体、我がお姫様に、どんな恨みが？）

「たのもう、たのもう！」

良源は門前で叫ぶ。が、門は黙然と口を閉ざしつづけていた。

「あれを」

わごとが、板塀の一角を指す。

わごとが見つけたのは板塀の下半分が剝がれ落ちて出来た、大きな口だった。

「いいねえ、お前」

良源はわごとの肩をぽんと叩くと躊躇なくそこから侵入する。盗人の真似をするようで、気が咎めるけれど、わごとも、つづく。

板塀を潜った瞬間——わごとは叩き断られた気がした。

草が茫々(ぼうぼう)に茂っていた。

その草のあまりの密度と、量、所々剝がれ落ちている板屋根と濡(ぬ)れ縁の凄(すさ)まじさが、わごとを斬り付けたのだ。

虫の声が、しきりにする。

生者の家というよりは、死者が眠る塋域(えいいき)に足を踏み入れたような、淀(よど)んだ気配が漂っている。

良源は意に介さず鼻歌など歌いながら先に立って草を踏みわけてゆく。二人は、荒廃した家の前まで来ている。

「たのもう、たのもう！」

良源が叫んで、ややあってから、

「何用でございましょう……」

目が充血した小柄な媼が訝しむように中から現れた。

「こちらの、主の方にお目通りしたい。さるお方の使いで参った次第」

何処から入ったとも言わず、老婆は奥の闇に消える……。

で、いきなり別の方から、崩落しつつある濡れ縁の上に現れ、

「入られよ。こっちじゃ」

わごとと、良源は傷んだ半蔀(はじとみ)の脇を通り、薄暗い屋敷に上がった。

――御簾などはない。

一歩、一歩、歩くごとに板敷がひどく軋(きし)む。蜘蛛の骸などが転がっている。

そんな屋敷の奥――暗がりに、そのうら若き女性は、いた。

一枚だけ置かれた畳の上に座していて右近のように髻(もとどり)は結っていない。長く艶やかな髪をただ下に垂らしていた。

小袖の上に絹の袿(うちき)をまとっている。袿に漂う蘇芳(すおう)色と緑の霞(かすみ)が儚(はかな)げだった。

落託した長者の姫と、数歩はさんで向き合う形で、わごとたちは腰を下ろす。

「誰殿(たれどの)の使いか？」

長者の姫は、言った。

今にもおれそうな細い声だった。

「拙僧は、叡山西塔の良源」

「わたしは、五条大路の右近と呼ばれし方にお仕えしている、わごとと申します」

わごとの一言が――如何なる用件かを姫に悟らせたようだった。

声と同じく細い人だ。

色白で、頬はこけている。重い病が取りついているのではないかと心配になるやつれ方だった。両の目は、とても大きくはっきりした二重。この時代の美人の目ではないけれど……わごとは好きな目で、右近に似ている。唇は小さく可憐であった。

「これは、貴女が乙麻呂にわたし、五条通のお方にとどくよう……はかったものですな？」

真っ二つに裂かれた蛇帯が——良源の手で板敷に置かれた。

蛇帯が置かれた、床板の年輪は、油の池に石を落とした時の歪な波紋のようにも、こちら側をのぞく何者かの目にも、見えた。

こくりと姫はうなずく。

良源とわごとはめくばせする。わごとは、言った。

「如何なる存念で……其を我が主におくられたか、お聞かせ願えませんか？」

長いこと黙っていたが、観念したように、

「そなたの主が、あのお方を、わたしから奪ったから……」

「全て我がしたことにございます！　そちらのお方は、何も関わりない。吾が悪いのですっ」

濡れ縁で聞き耳を立てていたらしい先ほどの老女が、叫んだ。

姫は身をふるわして畳を叩き、

「よいのじゃっ！　もう。その者は……わたしの乳母です。わたしが考えたことです。中将様をわたしから奪った、そなたの主がっ……憎かったのじゃ！　検非違使にでも何でも、突き出すがいい」

たまっていたものを吐き出すように、叫んだ。

右近衛権中将・藤原師輔の心がはなれたことが、事件の発端だった。

（だから、師輔様は……蛇帯を見た時、心当りがあるようなお顔を……）

姫は、語った。

「すぐそこに侍従池領があろう？　摂関家が召し上がる芹、水葱などをそだてておる庄園で、稲田もあってな……豊作の年、稲刈りの手が足りぬので人をかしてほしいと、あのお方の使いが来られた。今思えば、わたしに近付こうとするあのお方の策であったのかもしれぬなあ……」

悲しみの中に小さな誇りがにじむ言い方だった。

潤みをおびた二重の大きな目が、荒廃した庭の方に動いている。

（こういう目を……師輔様はお好きなのかもしれない）

「下人を幾人か率いて侍従池領に行きました」

彼女の方でも、師輔を一目見たいという気持ちがあったのかもしれない。

「そこで見初められ……通われるようになった……。四年ほど前です。父はわたしが十五の時、亡くなり、この家の運はかたむいていたのですが……今ほど荒れておりませんでした。わたしのような身分の卑しい、醜女に、あのようなお方がお通いになるなど初めは信じられなかったが……」

　たしかに、細身で、目が大きくはっきりした二重であることは、この時代の美人の条件には当てはまらない。

　だが、わごとは決してこの人を醜女とは思わぬし、この落託の姫は美しく艶やかな髪をしていた。

　さらに、身分が低いと卑下しているが、

（それなら、わたしは、何なのだろう？）

「あのお方は幾度もここに来て下さったの」

　幸せの残り香を嗅ぐように、長者の姫は儚げに顔を動かす。

「ここに来ると山里に来たような心地になる、この侘し気な趣が格別だね、ここで見る月とここで聞く虫の音ほど……心落ち着くものはないなどと、今をときめく公達であるあのお方がおっしゃったのよ」

　もしかしたら……虫の音は、師輔との記憶にひたるための、扉になっているのかもしれない。だから虫の家になる草が、あれだけのこされているのかもしれない。

　と、気付いたわごとの面は、白く強張っていた。

（この人のお姿が明日のお姫様かも――）

　冷たい矢が、胸に刺さった気がした。

「来なくなった」

——声が、深く沈んだ。

「二年ほど前から、俄かに。この者にしらべさせると……」

乳母のことだ。

「五条大路の右近というお方の許に足しげく通われていることがわかった」

何で、師輔の北の方、それに次ぐ位置にある準正妻のような女性に、怒りの矛先が行かないのか些か面妖ではあるが、考えてみれば、右近も、そうだった。北の方には初めから太刀打ち出来ないと思っているようで、師輔があたらしく通いはじめた若い女などに怒りの矛先が向くのである。

そういうきっかけで目角を立てる右近を……幾度見たか知れない。

眼前の姫のこけた頬が、ぴくぴくとふるえた。怒りをにじませ、

「……どのようなお方かしらべてみた。そなたの主をな」

大きな目が真っ直ぐ、わごとを見据えていた。

「藤原の家の出で、お美しい人で、和歌の才もあるとか。……憎らしかった。わたしにないものばかり。羨ましかった。あのお方をわすれようとも思うた。だが、出来ぬ。虫の声が聞こえてくると……思い出してしまう。思い出すと、悲しくなり、悲しみから……右近殿への憎しみが生れてしまう。ある月が美しい夜、父が、わたしにくれたそこなる紕帯を

見ていたら、蛇のように動き出した。……一年ほど前です」

「一年？」

良源が呟いている。

落託の姫は、裂けた紕帯を見詰めながら、

「まるで、右近という方を絞めに行きたいような……左様な動きをする。わたしは恐ろしゅうて唐櫃の底にしまった」

「踏みとどまったわけか」

良源が、誰に言うでもなく言う。

「どうしても右近という方が憎い時、唐櫃を開けると……やはり蛇の如くのたうっていた。左様なことが、幾度か、あって、とうとう——」

「どうすれば、五条大路のお屋敷にこれをとどけられるか、ご下問があり、乙麻呂に引き合わせました」

憔悴した様子の乳母から萎れた声が出た。

繁栄する花の都の、陰に住まう姫は深く苦し気な息を吐いた。

わごとは少し、姫ににじり寄る。

「あの——。わたしの主は貴女が思っているような人では……ありません。貴女と同じように苦しいのです」

長者の姫の顔が、わごとに、向く。

「師輔様は……いつだって、他に幾人も女子をつくっているので、我らが主はいつも苦しみ藻掻いておいでです」

「………」

わごとは茫然とする長者の姫に、

「この前だって、師輔様は、七夕に当家にお越しになるとか言っておきながら、直前になって……」

「直前になって？」

「来られませんでした」

「……同じじゃ。わたしと」

「その時はもう、嵐に揉まれたようにお嘆きになり、冷たい海に突き落とされたように、打ち沈んでおられました」

姫のやつれた白い頬が、ぴくぴくとふるえ、裂けた紕帯を凝視し、

「その……。初めに聞くべきでした。そなたの主は、その――」

わごと、良源は、口々に、

「ご無事ですよ」「一度は絞め殺されかけたが、今はぴんぴんしておられる！」

「よかった……よかった」

姫の頬をいつの間にか瞳にたまっていた一粒の露が、すべり落ちてゆく。

「藤原の家と言いますが……南家。北家の一部の方からは謀反人の家などと誹られているのです。和歌の才があると仰せになりましたが、ううん、女童がここまで言ってよいのか、わかりませんが、我が主は男運が少ない、いや……ないというか、辛い思いばかりしておいでです。男を恨む和歌ばかりなんですよ。我が主の和歌は！　そういうお方なんです」

「あっ……あ、ああっ――」

落託の姫はいきなり突っ伏して――肩を大きくふるわし、慟哭しはじめた。赤子のような泣き方だった。

乳母も傍らに駆け寄り共に泣いてなぐさめる。袂を顔に当ててしばしわなないた姫は、

「取り返しのつかぬことをするところであった」

霞が描かれた衣をまとった姫は乳母からはなれてふわりと起き上がる。

蘇芳色と緑、二色の霞が、古びた二階棚の方に漂う――。

「償いをしようにも当家には何もなく、これなら……」

棚に置かれた奈良三彩の小壺に向かって姫の手がのびている。

遠雷が、聞こえた。

瞬間――わごとは危険な香りを感じた。青丹が目を引く壺に、よきものでなく、悪しきものが、詰まっている気がする。

良源も同様に感じたらしい。

わごとの脳から脊髄にかけて良源の方から放たれたものが当った気がする。

――冷たくも熱い火花だ。

立ち上がり様、良源は――走るでも、跳ぶでもなく、姫の傍に、いた。

瞬時に、空間を移動した……、こうとしか思えぬ。

「駄目だ！」

良源は激しく吠えながら姫から小壺をふんだくる。

（これが、この人の、二つ目の力）

理解したわごとに、良源は――三色の壺を放った。

蓋（ふた）は床に落ちるも壺本体はわごとの手におさまる。

「返して！　死なせてっ」

悲鳴が迸る。良源は、姫を取り押さえ、青筋をうねらせ、大喝した。

「――死んではならん！」

また、雷が聞こえた。

わごとは蓋も回収し毒が入っていると思しき壺にはめている。

良源は、姫の体を揺すり、

「ろくでもない奴め！」

激しい言葉に姫は稲妻に打たれたようになり、わごとも……言い過ぎだろうと思う。

「──師輔のことだ」

顔を真っ赤にした良源は、板敷をバーンと叩いた。

「あいつはいろんな所で他の女にそういうことをしているんだよ。あいつのせいで、泣いておる女が都のそこかしこにおるんだ」

「……ご面識が……？」

姫の言葉に、良源は、

「面識ぃ？　ある訳なかろう！　あんな奴と。死んでも、御免だ。ただ、いろいろ悪い噂が聞こえてくるから、奴がここに、ひょこっと座っているような気になるだけよ」

「あのお方のことを悪く言わないで下さい」「恐れ多くも……摂政殿下のご令息。何処に聞き耳を立てている者が……」

姫、乳母が口々に言うも、

「──誰も聞いてねえよっ！」

一喝した良源は姫に向き直った。

「何で、あんた……そんなに師輔にこだわるんだよ？　師輔はさ、他でいろいろ女をつくりよろしくやっているわけよ。あいつはいろいろ他のことも、やっていると思うよ。なのに、何であんたは己の時の全てを……あの男にそそいでいるんだよ？」

「…………」

「求不得苦（ぐふとっく）、という言葉がある。手に入らんものをずっと、追いかけつづける苦しみよ。お釈迦（しゃか）さんの言葉だ。そこまで苦しいなら、そんな苦しみ、すてちまえばいい、と、お釈迦さん、言ったわけだが……たぶん、釈迦という男も苦しかったのだ……。だから、そんな言葉を吐き、それが、俺たちの世までのこっているわけだ。

俺は恋なんぞと無縁の道を歩いているが、そんなに……楽しいものかい？　恋って。楽しいんだろうなあ。だけど世の中、他にも楽しいことがあるじゃねえか？

和歌に催馬楽、箏の琴、碁」

（双六とか……？）

「難波（なにわ）の浜に塩湯治に行くのもいいし、琵琶湖に舟浮かべても十分、楽しいぜ。坊さんがこんなこと言っちゃあれだが魚捕りも楽しいし、畑仕事の中にも喜びはある。

やっぱり、人恋しいか？　あんたは……誰かに必要とされたがってんじゃねえのか？　なら、男でなくてもいいはずだ。ここら辺りのお年寄りに何か喜ばれることをする、読み書きの出来ん童どもに読み書きをおしえてやる。あんたは感謝される。……楽しくないかい？

やっぱり、恋人がいいのか？

わかった。なら、もっとあんたに、ちゃんと向き合ってくれる男を探せよ」

良源の言葉を反芻(はんすう)していた姫から、かすかな声がもれる。

「わたしのような醜女に……」

「醜い？　何処が？　俺は、あんたを美しい女と思うぜ。もっとちゃんと食って、血色がよくなれば、俺を煩悩の道に引きずり込む最高の美女と思うぜ」

「わたし……が……？」

驚きが、姫のかんばせにたゆたう。

「ああ。そう思う男はごまんといるはずだ。俺が請け合うよ」

良源は分厚い胸を強く叩いてニカリと笑った。

「……あんたは、もっと自信をもっていい。師輔が一の人の次男坊だから、それとくらべて遜色ない男をなどと思っていないだろうな？」

うつむく姫に、

「俺は近江の者だから知っているけどな、琵琶湖の畔の漁師の男にもいっぱい、いい若者がいるんだぜ。そいつらはよ、朝方、漁に出て、魚を捕る。夏の他は取れたての魚や貝を都まで売りに出て、夕方もどってくる。夏は干し魚や塩引きが多くなるがな。で、都でかった餅などを隣近所の童にくばったり、魚が捕れすぎると近くの爺さん婆(ばあ)さんに笑ってくばっちまう。そういういい男を俺は幾人も知っている。

男の良さは……家柄なんかじゃねえ。家柄だの、蔵の数だので、男をはかっていると、見えるものも見えなくなるぜ」

良源は湯の雨のように、温かくつつみ込む声で、

「――とにかくあんたは、いろいろ閉じすぎている。その目を閉じて、師輔以外の男を見ようとせず、その心を閉じてこの憂き世に転がる楽しいものを見つけようともせぬ」

外を指す。

「門まで、閉じていやがる」

腰を浮かせながら、良源は、

「その目を開き、心を開き、門を開いて、外に出てみろよ。そこまでいろいろやって駄目だったら……」

つるりと頭を撫でて、

「頭を丸め、ここを寄進し、尼になればいい。だがそうなる前に、きっとあんたなら、何か見つかるよ」

朗らかに、言った。

「毒の壺とこいつはあずかっていく」

裂かれた蛇帯が良源の分厚い手でひろわれる。

「検非違使には……？」

老いた乳母の問いに、山気をまとった若き僧は、頭を振った。

「もう二度と蛇帯は出ぬと確信したので」

で、厚い背中を颯爽と見せた。

わごとと良源が外に出たのは板塀の破れ目でなく、乳母によって開かれた門だった。

去りかけた良源に後ろから切実な声がかかっている。

「あの……良源様の、法話をまた、聞く機会はありますでしょうかっ」

精一杯力を込めて叫んだのは、蛇帯の送り主たる姫君だった。

良源は、温かい笑みを浮かべて、振り返り、

「これでも坊さんなんで！　話すのが、仕事ですから」

「……また是非、聞きに参りとうございます」

「ええ。いつでも、来て下され」

わごとは小さくなるまで見送っている門前の二人をちらりと見てから、

「あの姫君、今度は……良源さんに恋しているように見えました」

「え？　そいつは……弱るなあ」

良源のごつい髭面に、赤い照れが、走る。

わごとは鬚さえ剃ればこの良源、なかなかの美男子なのではないかと思う。

事実、良源は後に禁裏に加持祈禱のため、参内した時……宮中の女房達の熱視線、恋の誘惑の雨を浴びせられることになる。

すると、良源は、次に参内する時、恐ろし気な鬼の面をかぶって、一切の甘い視線を遮断した。

——そういうストイックさをもつ男であった。

紕帯と壺を沼にすてると、良源は、

「あの男……浄蔵ならなあ、こういう機をとらえてな、どんどん、自分の女にしていくんだよ」

わごとは良源と歩きながら、

「浄蔵って……呼んでいいんですか?」

「いいんだよ。俺は、浄蔵様に声明と、呪師としてのいろはをおそわった。だが、方々に女をこさえるあ奴については尊敬出来ん。だから、その部分のあ奴については——浄蔵と呼んでいいのだ」

「浄蔵様の行いって……戒律に反しませんか?」

浄蔵に幻滅しかかっているわごとが固く鋭い問いをぶつけると、

「反するよ。ただ、それを言うとあいつ、理趣経とかもち出してくるんだよ。うるさい男だから……」

「……理趣経？」

「子供が知らんでもいい経だ」

わごとは白い首をかしげ、

「ちょっと引っかかったんですが……」

「何だ？」

「戒律は女の人と深く関わってはいけないと言っていて、理趣経は関わっていいと言っているんですね？　おかしくないですか？　全部……お釈迦様が説かれたことなんですか？」

「ははは」

墨衣の下の腹が見せた上下動の大きさが、良源が感じたおかしさをしめしていた。

天が裂かれたような閃光が——南、侍従池領の方でして、雷の吠え声がかなり大きくなっている。

良源は南に太い首をまわし、

「一雨来るな。乙麻呂の所にでも行くか」

「いいですね」

「お前がもう少し鍛錬していれば、縮地をつかうんだが。——さっき見せた法だ。一思いに一町先まで行ける。でぇ今の話だがな……俺は思うんだが、仏の教えは、釈迦という男が一人で考えたにしては、膨大すぎる。たぶん、後世の多くの僧が釈迦に仮託して己の言葉を経にした、それも沢山まじっている。だから——矛盾する」

「……いいんですか？　それで」

わごとが呟くと、良源は真剣に言った。

「いいんだよ。じゃ、お前は、あれか？　一人の男や女が言ったことを何万、何十万もの人が、何百何千年も信じつづけることが、心地いいと思うのかよ？」

「………」

と、

「よう、坊さん、ずいぶんと楽し気に話しているじゃねえか？　わしらも、まぜてくれよ」

人相の悪い男女が——廃屋の陰からずらずらと行く手をふさぐように現れた。

たしかここに来る途中、何らかの獣をぐつぐつと鍋で煮ていた輩だ。

烏帽子をかぶり茶色い水干をまとった髭面の大男——首領であろう——は、毛抜形太刀(けぬきがたたち)をもっていた。

その隣、髪を丸く後ろでたばねた浅黒い女は苧の筒袖をまとい、両手に鎌をもっていた。

この女の埃っぽい髪は、獣の脂を塗っているのだろう、べっとり光っている。

その隣は真新しい桃色の袴に、ぼろぼろの筒袖、という妙ないで立ちの男で、ひょろりと痩せていて、狩人がつかう、小弓に矢をつがえて、構えている。

残りの一人はぼさぼさ髪の目がギラついた若者で半裸、長柄の金槌をもっていた。

この凶相の四人が前におり、後ろにも――片手に梨ほどの石、片手に短刀を構えた痘痕の目立つ娘、頭に白布を巻き、毛抜形太刀をもった、四十がらみの男が、退路を断つように立ちはだかる。

良源はびくともせず、穏やかに、

「何の用だい？」

「うぬに用はねえ。用があるのはその女童よ！　そいつを剝き、絹衣をほしいんじゃ」

「着物がほしいなら……俺の墨衣をやろうか？」

とぼけた声で言う良源だった。

「墨衣、くれるの？　ありがとう。かっはははははぁ！」

脂ぎった髪の女が身をのけ反らせ、重く不穏な曇り空に、きつい哄笑をぶつける。

で、急に笑い止むと――野良猫が嚙みつくような顔で、鎌を振り、

「――いらないよ！　喉、裂かれたくなきゃ、去ねっ」

わごとはこ奴らが、良源が今日の自分たちにとってもっとも危険と言っていた輩と気づく。恐怖が首をもたげている。

近くに雷が落ち——冷たい風がどっと吹いてくる。

雨が、ぱらぱら降りつけてきた。良源は深く落ち着いた声で、

「そうか。なら、俺も、用があるよ。お前らを懲らしめるという用が」

「——面白い坊主だ。殺れぇっ！」

首領の叫びと同時に、閃光、そして、ゴ、バーン！　という大音声が天地を裂き、大粒の雨が横から殴りつけてきた。

夕立だ。

降りはじめた激しい雨の中、まず、矢が、放たれる。

良源は——首めがけて飛んできた殺気を杖ではたき落とし、

「俺が手を出したら、にぎれ、縮地する」

囁いた。

長い金槌を諸手で振り上げた盗賊が——突進してきた。

左手、左足を前にして杖を構えた良源、素早く——若き賊の鳩尾に突きをくり出す。

「うっ——」

ひるんだ相手の股に、あっという間に潜った良源の杖が、鞭のようにしなやかに振り上がり下から股間を打ち据えている。

金槌を落とした若き賊は、土砂降りの飛沫が立ちはじめた路上に——転がった。

わごとの髪は猛然と叩きつけてくる雨風で早くもべっとりと顔に張り付いたが、気にならない。後ろから驀進してくる殺意を感じ、

「後ろっ」

良源に警告する。

良源は、わかっていたらしく、あっという間に杖をもちかえ、右手、右足を前に出す形で、後敵に向いており雨に打たれながら賊の顔面めがけて斜め上から、杖を振り下ろす。

頭に布を巻いた賊は――太刀で発止と止めた。

そのまま太刀で杖を押し下げようとする――。

が、良源は、くるっと杖をまわしながらもちかえ、さっきまで後ろであった方を前に出し、賊の肘を痛打する。

凄い武芸だ。

横殴りの車軸のような雨の中、近くに雷が落ち――大音声と共に白い大粒の雨滴一つ一つが眩ゆく照らされた。良源が振る杖が白布を巻いた頭を打擲。

敵がひるむや良源は、みじかくもった杖で――刺すような素振りを見せている。

相手の脇の下に潜り込んだ杖が、跳ね上がる。

二人目の賊は脇を下から打擲され吐くような仕草を見せて泥がしぶく路面にぶっ倒れた。

梨の実ほどの石が――投げられようとしている。

女賊だ。

良源が手を差し出し、痘痕の女が石を投げた――。

わごとは豪雨に打たれながら良源の手をにぎった。

石が顔に当るかと思われた、その時――わごとを異変が襲う。赤黒、そして青の風が周りじゅうで吹いた気がして、色の風がおさまった時には、わごとはさっきと似たような別の所にいた。

眼前にいた痘痕面の女がいなくなっている。

隣で、良源が、

「初めてでついてこられるとは凄いぞ」

と、

「……痛ぇっ、あんた何するんだ？　味方に！」

後ろで、叫び声がしている。

顧みると――髪に脂を塗った女が痘痕の女を怒鳴っていた。石が、脂を塗った女に、当ったようなのだ。

（わたしたち、礫(つぶて)の女の後ろに……）

瞬間移動したのだ。

中国の仙人として名高い左慈は——この縮地に精通していたと思われる。

ある時、曹操が、左慈を殺そうとして、許褚に馬で追いかけさせた。

左慈は悠然と歩いているだけなのだが、馬を疾走させた許褚はとうとう追いつけなかったとつたわる。

これなどは連続的に縮地を駆使したのであろう。

良源は、わごとに、

「お前はあっちに逃げろ。俺がふせぐっ」

「奴ら、奇妙な技をつかうぞ！　斬れぇっ」

首領が手下どもと突っ込んでくる。

「助けを呼んできますっ」

わごとは激しい雨風に吹かれながら元来た方に——駆けだした。

瞬間、良源は細い殺気を感じ、はっと、一歩、下がる——。

————ッ！

素早い鋭気が良源の首がついさっきあった所に下降、小飛沫を上げる路面に突っ立つ。

矢は、前から殺到してくる追剝連中が放ったのではない。

初めに射てきたひょろっとした男は腰刀を手にして突進中だ。

矢が飛んできたのは右方、小さな板屋の上からで……そこには今、誰も、いなかった。

また、誰もいない所から猛速の矢が飛んできて、良源の眉間を狙っている。

杖ではたき落とす。

「そういう……敵かい」

ずぶ濡れになった良源の髭面に苦々しい歪みが生じていた。

そこに、男二人、女二人、まだ動ける追剝どもが、襲いかかってきた——。


わごとは土砂降りに打たれながら西の京の場末を走り、誰か助けてくれる人がいないか探す。

荒ぶる雨風に揉まれ、濁乱する道から泥飛沫が跳ね上がり、自慢の絹衣は散々な様子だ。

汚臭も漂っているから、この泥はかなり嫌な泥かもしれない。

「誰か！　追剝ですっ！　追剝っ——」

金切り声が、豪雨の音にまじる。人気は、ない。

右手には父の家より少し大きな家がいくつか並んでいる。庭には雨にもだえる雑草どもにまじって、打ちひしがれたようになっている胡瓜などがあったから、たぶん人は住んでいるのだ。

が、夕立を厭うているのか、追剝を恐れているのか、留守なのか――誰も出てきてはくれない。

（このままでは良源さんが死んでしまう）

稲妻が左に落ち轟音（ごうおん）で鼓膜が裂けそうになる――。

左手は、築地が半分ほど崩れた廃墟で、庭木が黒々とした藪になっており、雷はそこに落ちたようだ。

犬のけたたましい声がする。

直進すると、右手の板屋の、剝がれ落ちかかっている縁下に、柴犬と白い犬がいて、鼻面を豪雨に突き出し、雷空に向かって憑（つ）かれたように吠えつづけていた。

べったり張り付いた髪の下、雨だか涙だかわからぬものを流しつづけながら、わごとは、

「助けてぇっ！　追剝ぃっ」

走りながら、叫ぶ。

と、

「追剝とな！」

鋭い声がして、左手――築地の破れ目から、出てきた人たちが、いた……。

一人は壮年の貴族と思しき男で、もう一人はその男に傘を差しかけた雑色の老人。

この二人を屈強な体格の三人の侍（さぶらい）が守っている。

わごとは、何でこの男たちは廃墟から出てきたのだろうと、一瞬疑うも、

「追剝が、あそこで、お坊様を殺そうとしています！　助けて下さい！」

必死に懇願した。

すると、貴族らしき男は顎を動かす。

侍の一人が表情もなく、わごとが指した方に向かうも、二人はそこにのこった……。

貴族らしき男——ととのった顔に天然痘の酷い爪痕がある男は、刃物のような鋭さがある目でじっとわごとを見据え、にこりと笑って、

「難儀であったの。こちらで、雨がしのげる。参れ」

わごとを廃墟につれ込もうとした。

雨傘が、わごとの上にも差しかけられる。だが、わごとのかんばせにも硬い不安が差していた。

「あの、お坊様が——」

「今の者が助けよう」

貴族らしき男は、笑みを崩さぬ。侍二人が——わごとの退路を断つように、まわり込む。

「追剝は、幾人もいるんですっ！」

下級貴族や、不良皇族が群盗の首領になっているという良源の話が……思い出される。

この男はそうした者なのではないか？　さっきの追剝は、こいつの手先ではないか？

瞬間――ある光景が、わごとの眼裏でまざまざと活写されている。

赤い衣の女がわごとの目の前で笑っていた。化野だ。

夜であるが、明るい。

宙を漂ういくつもの赤い火の玉に照らされているからだ。

野中の堂の前であった。

「化野……」

白日夢の中のわごと、そして現実のわごとは、思わず呟く。

堂の前には、顔が陰になって窺い知れぬが、青い衣の女も、いた。

化野と青衣の女、二人を脇侍の菩薩のようにしたがえ……黒衣の魔王のような男が、佇んでいた。

黒く長い髪をしており無精鬚をたくわえている。

端整な顔をしているが、底知れぬ暗さを双眼にたたえていた。

わごとは、この黒衣の男の見えざる手が、自分の心の臓に突き込まれ、首の方まで、じわじわ上がり、体の中を、内臓を――まさぐられているような、言い知れぬ不快感、恐怖と怒り、苦しさを覚えた。抵抗は出来ぬ。わごとの両手首は固くいましめられていた。

黒衣の男はわごとから見えざる手を引き抜くと、ぞっとするほど残虐な笑みを浮かべ、

「――やっと見つけたぞ。宿命の子。片割れは？　知る由もないか」

男の指先から青い電光がバリバリと迸る。

小さい稲妻だ。殺意が、閃光になっているように見える。

男がわごとの顔を指差し——太い稲妻が一気に、わごとの眉間めがけて放たれた。

瞬間、
ドーン！　ゴゴゴゴゴゴ！

廃墟に大音声立てて稲妻が落ちたものだから、わごとは全身をわななかせて悲鳴を上げた。

「雷が、怖いか。ほらあそこならば屋根がある」

痘痕の貴族は唇の片端だけ釣り上げて微笑み、わごとを誘おうとしている。

「そなた、今、化野と申した気がしたが……傀儡女(くぐつめ)の化野と知り合いかね？　実は、余も、知り合いなのだ」

謎の貴族は安心させようというのか多弁になるも、わごとの震えは止らぬ。

「貴方は……？」

「……余か？　末の流れのまた、末。さる末流の王さ……」

皇室の本流から大きくはずれた王と言ったのである。

「何とか官職を得て暮しておる有様で傀儡子の芸を見ることが唯一の慰みでね」

男は袖が濡れるのも厭わず笑みを浮かべて話しているが、わごとの震えは大きくなる。

この男が化野の仲間なら、ついて行けば——あの黒衣の男がまつ堂の前につれて行かれ、自分は……。さる末流の王という話も真なのか？

わごとは彼らが何者か呑み込んだ。

——冥途の使いだ。

瞬間、怒ったように雷が落ちて、そのせいだろうか、弾かれたように跳び退ったわごとの内側で、冷たくも熱い火花が散りはじめた。猛烈な雨音の中、犬のけたたましい吠え声がする。

「さあ、参ろう。あそこなら豪雨からも……」

わごとは暗い廃墟に誘おうとする傘の下を出て、激しい雨風の中で、

「行きませんっ」

「何……」

訝しむように皇族を称する男はわごとを摑もうとした。

わごとは、その手を振り払う。

いきなり——屈強な侍二人が、わごとを押さえにかかった。

「無礼者！」

抵抗するわごとの視界の端——二人の侍の間、茶と白、二つのものがみとめられる。犬二匹だ。道をはさんだ向かいの家の犬二匹は今、地上でおこなわれようとしている人攫い

に、関心はない。

犬たちは咆哮(ほうこう)する天に向かって鼻面だけを雨の中に出し、懸命に吠え返している。

男たちは歯を食いしばって抗うわごとを廃墟に攫おうとする。

《わたしの思い、とどいて！　お前たち、助けて！　わたしをっ》

藁(わら)にもすがる思いで、わごとは、念じた。

吠え声が止んでいる。

二匹の犬は、茶と白、二色の突風と化して——大嫌いなはずの豪雨に突っ込み、泥沼と化した畑を横断、茶色い川となった道に飛沫を上げて飛び出し、侍二人に後ろから飛びかかった。

飛翔(ひしょう)の瞬間、稲妻が近くに落ち、白光に照らされた二匹は、小さくも勇ましい雷獣のように見えた。

「痛(いで)えっ——！　くあ……」

一匹は、侍の尻に、もう一匹は、腿に、かぶりついている。

わごとは犬に奇襲された男たちの間を潜り逃げようとするも、侍どもは刀に手をかけ、末流の王を称する男は——わごとの襟首を後ろから摑んで引きもどそうとした。

刹那、屈強なる僧が、何の前触れもなく、わごとの前に現れた。ずぶ濡れで肩には矢が刺さっている。

（良源さん！）

縮地の法が――瀬戸際に追い詰められた、わごとを救うべく、良源をここにはこんでいた。ずぶ濡れの良源、濁流を潜り抜けてきた船頭のように、荒々しく杖を動かし、わごとの頭の後ろの方を打ち据える――。

後方で、呻きが、散る。

良源が末流の王の頭を冠越しに叩いたのだろう。

わごとは、良源の傍らに飛び込み、足をもつれさせて泥の中に倒れた。

――甲高い犬の悲鳴が聞こえる。

侍の一人が、白犬の頭に刃を叩き込み――頭から血を噴きこぼした白犬は、泥飛沫を立てて斃（たお）れた。

（わたしのせいで……）

わごとの面貌が歪む。白犬を斬った侍は咆哮を上げ――わごと、良源、仲間の腿にかぶりついている柴犬を血走った眼で睨んだ。

良源がこちらに片手をのばしてきた。

察した、わごとは、

「犬もっ」

刹那――心の中軸に良源から放たれた、冷たくも熱い火花が当った気がしている。

熟練の呪師は他の呪師に、火花を悟られぬと良源は言っていた。が、今はそうする暇もないのだろう。

途端に、赤黒、青の突風が、わごとの四囲で、起きる。

気が付くと……別の所にいた。

屋内だ。赤い灯火の明りに照らされた粗末な板屋の中で外から雷鳴と土砂降りの音が聞こえている。おおかた、さっきの道からそう遠くない小家だろう。

すぐ傍らにわごとと左手をつないだ良源がおり、湯気を墨衣から放ち、荒く息をついた、このたのもしき僧は右腕で、柴犬をかかえていた。

良源はわごとの願いを聞き……杖をすてて柴犬を救ったのだ。

小屋の中には裸になって抱き合っていた汗まみれの男女がおり、突然、闖入（ちんにゅう）した、わごと、良源、柴犬を、茫然とした面持ちで眺めていた。

良源は苦笑いして、

「……すまんな。すぐ行くから」

良源が縮地に入ろうとした瞬間、柴犬が良源の腕をがぶりと嚙んだ。

良源が呻き——念が途切れ、縮地が頓挫する。

「何処に逃げたぁ！　どちらじゃ！」

男たちの怒号、荒々しい駆け音が、外で、する。

《噛まないで》

柴犬が良源から口を放す。犬は申し訳なさそうに噛んだ処をペロペロ舐めだした。

「あの坊主、縮地するぞ！　そこなる家々が怪しい！」

若者、いや……少年の声が、蓆を垂らしただけの戸口の向うでした瞬間、わごとは良源の中で散る火花を直覚している。

赤黒と、青の風に巻かれ、また別の所に放り出された——。

わごと　五

西の京を襲った夕立はそこより西北、重畳（ちょうじょう）たる山々にかこまれた土針（つちはり）の原は通らなかったようである。

荒れ堂をかこむ背が高い草どもは乾いた西日に照らされ、赤く立ち尽くしていた。

「桓武の帝の五世王、興世王（おきよおう）」

藤原千方は冷厳な声を、発した。

闇の本尊のようなこの男に向かって左（千方から見て右）に化野こと火鬼、向かって右に嬉野こと水鬼が、まるで脇侍の菩薩の如く、ぴったり寄り添っていた。

ちなみに朝廷では帝から見て左（群臣から見て右）に、上位者・左大臣が控えるのだが、千方一味には、不穏なこだわりでもあるのか……千方から見て右に上位者・火鬼が佇（たたず）んでいる。

千方の前にずぶ濡れの冠と衣をまとい泥だらけになった男がひざまずいていた。

よく見れば——先ほどわごとをつれ去ろうとしたさる末流の王ではないか。

この男、興世王というらしい。

官位は、ようやく六位。

皇族でありながら……下級貴族と同じ扱いである。平安京にはこうした不遇の皇族という者が沢山暮しており、彼ら彼女らの名は朝廷の権柄をにぎっている一握りの者たちに、いちいち把握されていなかった。

たとえば皇族の血を引く姫君が頼みにしていたただ一人の男にすてられ、女乞食になり果てて野垂れ死ぬ……こと切れた悲話が、のこされているほどなのである……。

何故、ここまで皇族が不遇か、原因の一つは、平安京が建てられて百年以上経ち、皇族の数もふえすぎていること。

いま一つには――ある一族が優秀な皇族が官界で台頭しようとすると、すかさず芽をつんでしまうことが、挙げられる。

その一族こそ最強の権力をもつ貴族・藤原氏だった。

皇族の一部には、藤原北家が政権を席巻する今の世に絶望し、良源が言うように――都の裏面を牛耳る闇社会の顔役のようになってしまった者も、いた。

あるいは都自体に見切りをつけて、北九州のボスのようになり絶大な力を振るった中井王、下総、常陸、上総に基盤をつくり、三人の息子――国香、良兼、良正――の嫁に、それぞれ源護の三人の姫を迎え、坂東での利権を追求した高望王（平将門の祖父）など、地方に重心を置いた皇族も、いた。

ただ多くの不遇な皇族がそこまでの積極性はなく、出家して寺に入るか、窮乏の内にこと切れてしまったと思われる……。

興世王は左様な、不遇なる皇族を出自とし、何らかの思惑あって魔王・藤原千方の傍を漂っている。

千方は、興世王に、

「わしは常に出来ることを出来る、出来ぬことを出来ぬと言えと申しておる。そなたらは出来ぬことを出来ると申したことになる。——その罪は、重い」

と、

「まあ……良源の縮地は慮外のことだったからね。あいつは、紙兵術しかつかえないって、風鬼の親父さん、言っていたわけだから」

あっけらかんとした声が、興世王の隣から放たれた。
十三、四歳と思しき、ずぶ濡れの水干をまとった少年が、興世王の隣にいたのである。
その少年の口から出た言葉だった。

長い髪を後ろで一つにたばねた少年で目付きは鋭く肌は青白い。薄灰色の水干の両胸辺りに葦手(葦の形で絵や字を描く)で黒蛇が、描かれていた。

牛飼童のような姿だが、たとえばこの少年が他の牛飼童と共にいた場合、この少年の顔だけ、すとんと思い出せなくなる、そんな奇妙な存在感の乏しさが、あった。

隠形鬼――千方を守る者の中で、火鬼と同じくらい恐れられている闇の呪師、つまり妖術師である。

きっとなって一歩踏み出た女がいる。赤い衣の、火鬼だ。

「お前さあ、しくじったんだよ。なのに何で、そんなに偉そうなの？」

火鬼の言葉尻は――燃えている。口から雀を丸焼きにしそうな火を吐いたのだ。

火鬼を見て隠形鬼はくすりと笑う。

悪く勘繰れば……あんたも偉そうだよね、千方様の女だからそんなに偉そうなの、とでも言いたげな小憎らしい表情だった。

案の定、火鬼はかっとなり眉間に物凄い皺を寄せ、

「何だよ」

火鬼の口から、怒りの灼熱が放たれた。いきなり火炎を放射したのだ――。

その猛烈な火の矛が隠形鬼の顔を突くと思われた直前、隠形鬼の姿は……掻き消えている。

透明になったのだ。

これが隠形鬼の力の一つ――隠形の法だった。

先ほど、西の京で姿を隠して良源を屋上から射たのは、隠形鬼だった。

また隠形鬼は右近邸からのわごと、良源の尾行もになっていた。

「お前は叱られているんだよ！　それが、怖いの？」

火鬼の挑発に隠形鬼は、抑揚のない声で、

「別に」

火鬼から見て右方に不敵な少年は忽然と現れた。そちらに詰め寄ろうとする火鬼に、

「姉さん」

水鬼から、ひんやりした声が、浴びせられる。

さらに千方も、

「隠形鬼も、火鬼も、大概にせよ」

隠形鬼はくすりと笑って元の位置にもどる。

火鬼はどうにか、胸の中の火を鎮めた。

千方は隠形鬼に尖った鼻を向け、

「西の京の生れゆえ、辻の一つ一つまで存じておる、西の京で攫うと、申していたのはそなたぞ」

今日、西の京の隠形鬼は遠くはなれた土針の原にいる千方に……そのように申し、作戦が決っている。千方がもつ——十五重の力の一つが「念話」。はなれた者同士が念力で会話するという力であった。

隠形鬼がわごとたちの行き先は西の京と突き止めるや、作戦が練られ、興世王が金子でごろつきをやとっている。

あの後、六人の無頼はいずれも斬り捨て、冥途の土産として約束の報酬の一部をその手ににぎらせた。

「わごとという童女、取り逃がしたこと、はなはだ悔しいが……」

千方がゆっくり興世王に歩み寄る。

――圧倒的な妖気をまとった黒い影が興世王のすぐ眼前まで迫った。

興世王の、昔は端整だったが、今は痘痕におおわれた顔を、やけに緩慢な汗が静かにこぼれ落ちる。

千方の手が興世王のすぐ目の前に差し出された。

妖術の総帥の、親指と他四つの指の間で電光の糸が複数、チビリチビリ、と瞬いている。威力を知っている興世王には恐ろしい光景であった……。人が繰り出す稲妻、それは今日、西の京に雲が落としていた自然界の雷よりも、よほど恐ろしい気がした。

小電光の束が近づいてくる――。興世王の眼は、魚類のそれのようになり、脂汗に濡れた顔から今にもこぼれ落ちそうだ。

興世王にふれる半寸前でザッと――その手は、はなれ、隠形鬼の方に振られる。

「良源の思わぬ活躍により取り逃がしたという話、宜なるかなと思うた。故に、今日は、赦そう」

「かたじけのうございます」

興世王は言い、隠形鬼は薄く笑んだ。

「いずれ、必ず、つぐなってもらう。隠形鬼――気ままに振る舞うのはそろそろよせ。金鬼に代り、雛を一人前にそだてよ」

気乗りしない声で隠形鬼は応諾した。

「興世王。これだけのことをやられても……そなたの心の内、なかなか読めぬ。よほどの修練をつんだものと見える」

「ありがたき幸せ」

「ほめてはおらぬ。今日はもう下がってよい」

千方は、冷厳に、

「……はっ」

去り際、興世王は、つと立ち止り、

「そう言えば……あのお方からご伝言がございました。急いてはことを仕損じる。念入りに支度するように、と。また、伊賀の庄園の件、承知したとのことです」

「ありがたき幸せと、つたえてくれい」

背を向けて立ち去る興世王――妖術師ではない男を見おくる妖術の総師の目は冷ややか

であった。

興世王と入れ違うように、風鬼が漂うように来ている。

千方の手下の妖術師ではこの風鬼が隠形鬼と並び「二重の術者」であった。

去りゆく興世王に会釈した白衣、白髪の翁は、押し殺した声で、

「摂関家の傍におります我が手の者から気になる話がとどいております」

興世王が足取りをやや重くし聞き耳を立てているような素振りがある。

千方は、興世王の心の内を「他心通」で読もうとするも――透明な膜に弾かれたような心地がした。通力が桓武の帝の五世王の胸底に、潜り込んでくれない。

――侵入口を探すも隙がない。

千方が己の周りで、心の内をたやすく把握出来ぬのは、興世王と隠形鬼だけだった。

隠形鬼の心には簡単に入れるが――がらんと、空虚なことが多い。

火鬼のようにずっとある思念を燃やしつづけているわけではないので、隠形鬼の心に何かが生じる瞬間を、見逃すことが多い。

(興世王……したたかな男よ)

と、千方は思う。味方ながら油断ならぬ男だが――いろいろ使い道があった。

風鬼が足を重くしている興世王を気にする素振りを見せるも、よいと、手振りする。

「師輔が今日、例のわごとのことを屋敷でいろいろ申したそうにございます」

ている。

一方、かつて奈良の寺にいて、教養もある風鬼に、上流階級における諜報網を張らせていた。

軍資金をかせぐためであり、隠形鬼の力は賊働きにもってこいだった。

千方は隠形鬼に命じて都の下層階級を組織させ盗賊団を結成させていた。

風鬼が、報告した。

興世王を見つけ、引き込んだのも、風鬼である。

「これは右近が師輔に申したことのようにござるが……わごとは幼い頃、樹に引っかかっているのを今の父親に見つかったとのこと。つまり、今の父母の実子ではありませぬ」

風鬼の報告を聞いた藤原千方の顔色が変っていた。黒雲のような険悪な妖気をまとった千方は、

「其は——何年前のことだ？」

「わかりませぬ」

目を爛々と光らせながら老妖術師は、頭を振る。

——他心通をつかわずとも、わごとこそ、貴方に仇なす、宿命の子かもしれませぬぞ、という風鬼の思いがつたわった。

千方は、さる予言により、二人の「宿命の子」を、血眼になって探していた。

右近邸に辛うじて生還した、わごとと、良源、良源がかかえてきた西の京の柴犬は……散々な状態であった。

まず、全員、ずぶ濡れで、泥に汚れている。さらに良源にいたっては矢傷を負っていた。

良源は柿本藤麻呂に、鬼気迫る形相で、

「浄蔵様を呼んで下され。で、至急、短冊を幾枚かご用意されたし。手持ちの紙が、全て濡れてしまい、使い物にならん」

わごとが右近に蛇帯の一件は無事解決したことを報告する中、良源は用意された紙に――一心不乱に絵を描きはじめた。

良源は全ての短冊に判を押したように痩せた小鬼の絵を描いてゆく。

良源が描く小鬼の角はイトミミズのように細く、眼は丸く何処か温和で、か細い胴体では、肋骨が浮き出ていた。

今日――比叡山横川の元三大師堂を始めとする天台宗の諸寺院でくばられている元三大師・良源のお札「角大師」は、まさにこの絵と思われる。

ちなみに角大師には寺院ごとに微妙な違いがあり、たとえば調布の深大寺の角大師は角が線状に細いが、近江の西教寺の角大師は、角がもっと太く、反った指の如き形をしている。また西教寺の角大師はつぶらな瞳の可愛らしい童子のような顔をしている。

これは良源が紙兵術のために小鬼の絵を描く時、その日の気分によって……微妙な違いが出たからだろう。

時には、自分の周りにいる人間を思い浮かべながら描いた小鬼もあったかもしれない。

右近家の人々は、解決したという蛇帯一件よりも、攫われかけたという、わごとの身を案じ、良源が無言で描いてゆく小鬼の絵に——意識を引きずり込まれていた。

良源は描き終ると、

「館の方々を守れ」

と——二十枚ほどの小鬼が描かれた短冊は掌に乗るくらいの痩せた小鬼に変化している。

良源が描いた通り肋骨が浮き出た鬼どもで、土色か灰色をしており、丸い眼は山吹色に輝き、キーキー鳴いていた。

「散れ」

良源が命じるや否や小鬼たちはサーッと散開。小動物の如く四足で走って視界から消えてゆき、わごと、右近、松ヶ谷を、驚かせた。

矢傷に晒(さらし)を巻き逞(たくま)しい上半身をあらわにして絵を描いていた良源に、松ヶ谷が、

「良源様、早く横になって下さい。お着替えをお持ちしました。白小袖でよろしいですか?」

「かたじけない」

良源が、横になると、

「わごと！　恐ろしい目に遭ったとか！」

染殿の仕事が終り、友人の家に行っていたという千鳥が、雑仕女に呼ばれてやって来て、わごとと固く抱き合っている。

涙を流した母は他の女童からかりた衣をまとったわごとに、

「これは、着替えよ」

全体が薄い桃色に染まり、裾の方だけ濃い桃色――つまり裾濃になっている――の小袖をわごとにわたす。

「……ありがとう。父様は？」

「まだ、かえっていないのよ。今日は、仲間の家で双六をやると言っていたからおそくなるかも」

自分がこんな時に、双六をしている父がやや恨めしく、また、その……能天気さに救われる気もする。

「弱いくせに……どうしようもないわね」

わごとが鼻をすすり目尻をぬぐって微笑むと千鳥も泣き笑いを見せて、

「ええ」

その時――、

「浄蔵様、お見えになりました！」

右近家を守る、数少ない侍の一人が、叫んだ。

浄蔵はこの日、雨上がりの都大路を白馬で駆けて——右近邸に現れた。

挨拶もそこそこに浄蔵は良源の手当てに取りかかる。

「傷口を見せなさい。だいぶ、深いね」

浄蔵は赤く深い傷が裂けた良源の肩に向かって——手をかざした。

右近邸の、東の対という、ふだんあまりつかわれていない御殿の南廂（みなみひさし）に、良源は寝かされており、わごとと千鳥は良源の傍におり、右近は御簾の向うから心配そうに見守っていた。

また、西の京の柴犬は……わごとにすっかりなつき、わごとの傍らにちょこんとお座りし、長い舌を出して良源を眺めていた。

すでに日は暮れている。

屈強な胸を、灯火に照らされた良源は、

「手当てより、先に報告を」

「報告は後でいい。手当てが先ですよ」

「貴方が俺に、下洛（げらく）しろと言った、そのきっかけの所にいる輩（やから）……。こいつらですよ。こいつらが呪師の雛たちを攫っていて、わごとも狙われた。一味の一人は隠形の法をつかいます。で、わごとが聞いた話が真（まこと）ならですよ、さる末流の王と称する……悪（わる）の皇族が、一味の中にはいる」

　良源、いつもの調子で、

「まあ皇族じゃなくても、藤原崩れの外道でしょう」

　と、御簾の内から……、

「良源殿。麿が屋敷に出た物の怪を封じてくれたこと……深く感謝しております。しかし、今の言葉はどうか？　麿の知己にも当然、多くの王がおられるが、左様な悪事に手を染めるようなお人がおるようには思えぬ。また……我が門葉にも左様な不心得者はおるまい」

　右近の中には皇室への尊崇、藤原氏としての誇りが強く根差している。

　だから、皇族や藤原氏で、悪事に手を染めている者、たとえば良源の言う群盗の頭目のようになっている者がいるということを、極力、意識から遠ざけようとするのであった。

　鯁直なる山僧と、摂関家の御曹司を恋人とする女性貴族の板挟みになった、貴族出身の僧、浄蔵――水もしたたる美男である。

　良源が太いなら、浄蔵は細い。良源が浅黒いなら、浄蔵は色白。良源が眉太く、鬚濃いなら、浄蔵は眉薄く、鬚は一つもない。

　この時、浄蔵、四十四歳。

　だが年齢を感じさせぬ清々しい若々しさがあった。

　大学者、三善清行の子で、七歳で仏道をこころざしたという比叡山の僧、浄蔵が……いつだったか一の川で立小便した後、邪な者の都への接近を探知、良源を下山させた男だったのである。

　良源の呪師としての師であり、声明もおしえたという浄蔵は御簾に向かって、

「この者、苛立ってきたり、危急のことがあったりすると、言葉遣いが途端に悪しゅうなります。どうか、お許しを。ただ――」

　ほっそりした首をかしげた浄蔵、知的な顔に皺を寄せ、

「除目の度に天に舞い上がるような心地になる方々と逆に地の底に突き落とされたような心地になる方がおられます」

「……父も、そうでした」

　除目、つまり人事の発表をあやつる力をもつ、最上級貴族の陰に、除目の根回しに全精力をそそぎ、少しでもよい立場、実入りのよい官職を得ようと血眼になって奔走している数多の中流貴族、下級官人がいた。

　浄蔵は深みがある豊かな声で、

「人は、一度や二度は嫌なこと、辛いことに耐えられるのですが……三度もつづけば、心が乱れはじめます。我ら仏家にも、空々寂々とはいかず、三度辛いことがあれば心乱れる僧は、大勢います」

「大勢？」

浄蔵は微笑みを浮かべて、御簾の方に、良源のような、ごつごつした処のない、流れるような優雅な所作で振り返り、

「ええ。この浄蔵も、そうですよ」

「浄蔵様も……？」

若干、右近の声が上ずった気がするのは、気のせいだろうか？　わごとは御簾の向うにいる女主の心が変な方に向かわぬか心配になる。

右近は、言った。

「たしかに、そうかもしれぬ。三度つづけて除目で悲嘆した方で、首を吊られたという方の話を聞きました……。兄も、今年の除目ではだいぶ、荒れた」

わごとは、右近が兄弟の昇進の件で、相当、苦労しており、度々、このことを師輔にたのんでいて……それがきっかけで、少々鬱陶しがられていることを知っている。

浄蔵は深く首肯して、

「そうですか……。そのような悲嘆の心の中から、怒りは、生れます。この怒りに駆られた貴種の中で群盗の首魁（しゅかい）のようになってしまった者がいるという噂（うわさ）が、山の方にも漂ってきています」

「………」

巧みに話をもっていった浄蔵は、

「というのも――我らに相談をする人がいるのです。本人でも、身内の者でも」

浄蔵は、黙り込む御簾に向かって、

「先ほど、知己に多くの王がおられるとおっしゃった。左様な王の中で、除目のことなどで大きな不満、怒りをため込まれている方、所行が荒々しくなっている方、お心当りはありませぬか？　どんな小さいことでもよいのです」

少し考えてから、

「……いいえ。ありませぬ」

「そうですか」

右近と話す際、良源からはなれてしまった浄蔵の手が、また、良源の傷口にさらされる。良源によれば偉大なる呪師・浄蔵には手をかざしただけで病や傷をよくする「浄瑠璃の力」という異能があるという。――むろん、呪師の特殊な力の一つで、薬師如来の東方浄瑠璃浄土に由来すると思われる。

「何か思い出されたら、すぐ知らせて下さい。それと……少し話をしたいので、わたしと、わごと、わごとの母御、良源、この四人にしていただけませんか？」

浄蔵にうながされて右近と松ヶ谷が部屋を後にした。良源の病室に浄蔵が言う四人と一匹――西の京の柴犬が、のこされた。

「わたしの力をそそぐのはこのくらいにして、あとは薬を塗って治癒するのをまとう。そなたのことだ。明日には傷もふさぎ、比叡山に登って、降りてくるくらい出来よう」

「いや、いや、いや」

謙遜する良源に貝殻に入れてきた膏薬を塗った浄蔵は、

「水は？」

「飲みたいですな」

わごとの手が置かれていた鋺（金属の碗）にのび、さっと差し出す。良源は鋺の水を飲み干し、

「何だよ……その目は？」

わごとの目が涙ぐんでいるのを温かい顔で指摘したのだ。

「ごめんなさい。盗賊って言って……」

「いいんだよっ、その話は！」

良源に晒を巻きつつ、浄蔵が、

「まあ、良源を賊と間違えるのは仕方あるまい。良源も元気になったことだし、大事な話をしよう」

真顔になって千鳥と向き合い、

「この子には呪師としての力があります。……お気付きですか？」

「先のことが見えると……自分で相談してきました」

千鳥が答えると、浄蔵はわごとの力について知る人間が誰かを訊き出した。

良源が横になったまま、

「化野だと思いますよ。東市で、この子の力に目を付けた」

浄蔵は皺を寄せた額に指を当て、

「とは思うのだが……今はあらゆる線を排除してはなるまい。わごとには、二つの力が、ある。一つは——先のことを見通す、千歳眼。いま一つが、禽獣や虫をあやつる、ごとびき」

「どうして……ごとびきって、言うんですか?」

わごとの口から、問いがすべり出た。柴犬がくうんと鳴いて鼻をすり寄せてくる。

漁村に生れ、今日、わごとを荒波のような危難から救い出した若き僧が、言う。

「多邇具久命にかかわってくる」

「神代の物語に出てくる、多邇具久は……地上の万物を統べる知者。その多邇具久にあやかった名だ。ごとびきは多邇具久の異称だ。地上の生きとし生けるもの、土の近く、空の低きにいる鳥、陸の傍にいる魚をお前はあやつれる」

今度は、浄蔵が、

「問題は千歳眼。これは稀有な力、恐ろしい力だ。わたしにも、先を見る力があるが、もっとぼんやりしている」

浄蔵がもつ予知の力は「讖緯（しんい）」と言って、たとえばある書物を読んでいて、「馬」という字と「子」という字が光って見えたりする。これによって子馬が生れることを予知したりする。あるいは二股にわかれた道で一方に余人に見えぬ赤い霞（かすみ）がかかって見えたりする。これによって、片方の道の行く手に――血腥（ちなまぐさ）い危険が漂っているのを察するという。

「讖緯をつかえる呪師は多いが……千歳眼は稀（まれ）だ。わたしには今、遠くで起きていることが見える千里眼がある。だが、先のことははっきりと見えぬ。そなたは先のことが――ぼんやりではなく、しかと見える。

それもいくつかの道が見え、何をえらべば最適か、しめされることもある。かつて、愛宕山（あたごやま）の太郎坊（たろうぼう）なる呪師がその力をもっていたというが、当代ではそれをつかう者は絶えたと思われていた、稀有な力。それが、そなたの、力だ、わごと」

良源の分厚い上半身がぐいっと起き上がっている。

「んなこと、言って、この浄蔵殿……六重（ろくえ）の術者だからな、わごと。俺とお前は、二重。この人、六つの力があるからな」

良源が言うと、浄蔵は穏やかに、

「大したものではないよ。大切なのは……力の数ではなく、力の質。一重の術者でも恐るべき者はいる」

千鳥を見た、六重の術者・浄蔵は、

「さて通力の話をしすぎましたが……わごとは今、危険な状態にあります」

「……ちょっとまって下さい」

千鳥は、手で止めた。

「わごとはわたしが腹を痛めて産んだ子ではありませぬ。ですが……お坊様方、この子のことは誰よりも知っているつもりです。この子に奇妙なことはありませんでした。だから、この子が左様な神通力をもつと言われましても俄(にわ)かに信じることが出来ぬのでございます」

わごとが、囁いた。

「母様(はわ)、この子を立たせるわ」

《立て》

お座りしていた柴犬は、突然、すっくと立った。

「今度は逆」

《伏せ》

柴犬は伏せる。

「これで信じてくれた？」

千鳥は、首をかしげた。

良源が、

「ちんちんちん」

（何でそんなことを……）

《ちんちん》

――柴犬は後ろの二本の足で立ち、ちんちんをしている。

《伏せ》

伏せた柴犬の頭をわごとは撫でる。

「ごめんね、変なことにつかって……」

西の京からつれてきて、わごとになついているこの犬、野良犬か飼い犬か判然とせぬが、その痩せぶり、毛並みの荒さが……野良犬の可能性が高いとしめしていた。

浄蔵が穏やかに、

「犬では、信じられませんか？　今のちんちん、良源から出た、ちんちんの一言で、そうしたとお考えですか？」

千鳥が首肯すると、端整なる顔付きの、六重の術者は、

「……わかりました。では――見ていて下さい。今から、この碗を浮かせます」

浄蔵は床に置かれた鋺の二尺ほど上に手をかざす。

すると、どうだろう……。鋺はすっと浮遊し浄蔵の掌に、吸い付いた。

瞠目する、わごと、千鳥に、浄蔵はさらりと、

「——如意念波、という。これをつかう呪師は多いが、力の、大小差が激しい」

良源が解説する。

「要するにさ、小せえ力の奴は、ドングリは持ち上げられるが、梨が持ち上がらぬ。一寸持ち上げられても一尺は無理だ。ところが……大きな如意念波になると、米俵を何丈も持ち上げちまう。人が乗った牛車を高く浮かせたなんて化け物のような呪師もいたそうだ」

浄蔵は千鳥に向かって、

「今から貴女の所に飛ばします」

すーっと動いた鋺が——千鳥の顔の前まで漂った。柴犬が、動く鋺に向かって吠える。

「止れ」

浄蔵が命じると宙に浮いた鋺はその位置を微動だにしなくなった。

「手を出してみてください、鋺の下の方に。そこに落とします」

千鳥が鋺から、一尺ほど下に、手でお椀をつくると、鋺はゆっくりとそこに降下した。

「糸も何も……」

丹念に鋺を探りながら千鳥が呟いている。

「わごとには、わたしと違う力がある。わたしが保証します。——信じていただけましたか？」

「……信じます」

答えながら……千鳥の目尻から一滴の涙が、こぼれ落ちた。

わごとが遠くに行ってしまうと悟ったことで溢れた、感情の滴であるようだった。

「わごとは……どうすればよいのでしょう？」

袂を顔に当てた千鳥がふるえながら問うと、浄蔵と良源は、顔を見合わせ、浄蔵の方が、

「わごとを、あずかりたく思っています。この子は今……とても危うい状況にある。そして、我らはこの子に、おしえなければならぬことが山ほど、ある」

「わごとのような子を呪師の雛と言うんですが、狙っている邪な奴らがいます。今、都で呪師として目覚めた子供らが、次々、消えている。そ奴らの凶行でしょう」

良源がつけくわえた。

青褪めた千鳥が、良源に、

「その者たちは……何を企んでいるのでしょう？」

「わかりません。そいつらの考えていることなんて。ただ、一つ、わかるのは、連中の手に落ちたら――わごとはろくなことにならんということだけです」

「わごとと貴女、そして貴女の夫が承知してくれるなら、我らはわごとをここより安全な場所にうつしたい」

浄蔵の提案に千鳥は、面をふるわせ、しぼり出すような声で、

「わかりました。どうか……この子をお守り下さいっ。お願いします。わごと」

うながされ、

「お願いします」

――言う他なかった。ただ、大切にしてくれた父母、問題はあるけれどもどこか憎めぬ女主と、しばし離れ離れになると思うと、寂しさが首をもたげる。

良源は千鳥に、

「母御、俺と浄蔵殿を信用して下さい。俺はともかく浄蔵殿は立派な呪師です。方々で女をこさえ……幾人も子を産ませていることをのぞけば、尊敬に足る御仁です」

浄蔵は少し困惑したような顔を見せ、

「……良源？　それは今、言わなくても……」

その時、

「ああ、わごと、わしの子よっ！　賊どもに攫われかけたとか――。よくぞ無事でいてくれた。わしは阿呆じゃ！　こんな日に博奕をしておるとは……」

くたびれた、水色の水干をまとった、小柄な下級官人が、わごとがいる部屋に入って来た。

官界の底をずっと這いずりまわってきた父で民部省、使部、茨田広親だった。

広親もわごとがはなれてしまうと聞くと大変寂しがったが異存はない。

わごとは――良源が宿を置いている乳牛院にうつると決っている。

＊

乳牛院——読んで字の如く牛が飼われている。

平安京にあった、仏教と縁深い官営の牧場、乳製品の工場である。

そこでは「乳師」と呼ばれる者たちが牛を飼っていて牛乳がしぼられ、ここで製した牛乳を帝や貴族、叡山の高僧は薬として飲んでいた。

釈迦が乳粥で飢えをしのいだ話からわかるように、仏僧は牛乳を忌避しない。卵と違って殺生をしないからである。

乳牛院でつくっていたのは牛乳ばかりではない。

酪（ヨーグルト）もつくっていたし、乳脯（インドのチーズ、パニールのようなものか）もつくっていた。また——蘇も製造された。

蘇は巷間、よく、チーズというふうに言われる。

だが……沸かした牛乳から生の蘇が、生の蘇から熟した蘇が生れるという話から考えると、チーズとは少し違うのではないかという気がしてくる。

乳牛院に大きな影響をあたえたであろう天竺、今のインドには——「マライ」というものがある。

八十度で沸かした牛乳を冷やし、脂肪と、タンパク質をあつめたものだ。

このマライを攪拌して「マッカン」が生れる。

マライが生の蘇、マッカンが熟した蘇ではないか、このように思われるのである。

乳牛院は一条西洞院近くにあったという。

恐らくは、平安京の北端を東西に走る一条大路の北——つまり都の北郊にあり、牛の放牧はここからほど近い鴨川の河原などでおこなっていたのではないだろうか。

一条西洞院の辻の北に、柵でかこまれた牛舎、乳師の宿舎や工房があり、東の鴨川まで草地が広がっている……こんな光景が想像できるのだ。

乳牛院の南は——平安京の一等地で、牛乳の届け先の一つ、大貴族の邸宅が立ち並ぶ。

たとえば藤原摂関家の豪邸・小一条第も近い。

西に行けば大内裏があり、東北にゆけば、浄蔵、良源の山……比叡山が都側にもうけた門前町、西坂本（赤山禅院の辺り）に出る。

また鴨川沿いに南に行けば浄蔵の拠点、八坂の庚申堂にいたる。

大内裏、大貴族の豪邸、比叡山、いずれにも出やすい乳牛院は……浄蔵にとって大切な拠点の一つであるらしく、浄蔵の働きかけにより、いざとなれば、内裏の衛士、それより心強いと言われる大貴族の私兵（諸国の庄園からよりすぐられた、兵ども）、延暦寺の僧兵が馳せ参じる段取りがととのえられていた。

　さて——浄蔵はあの後、右近にかけ合い、右近邸の一室で、わごと、広親、千鳥ですごし、別れの時にひたれるようにはからった。そして、わごとをしばしあずかりたいと提案した。

　右近は惜しみつつも微笑みを浮かべて承諾している。

　そして、わごとが今日何があったかを両親に細かく話し終え、わごと一家の寝息がすやすやと聞こえる頃になっても、浄蔵と良源は深刻な顔で今後どうすべきかを語らっていた。

　二人は打ち合わせが終ると交替で横になり、明け告げ鳥が鳴く頃にはきびきび動いて洗顔を終えていた。

　朝日が都に差す中、右近家を訪ねてきた者たちがある。

「浄蔵様のご下命で山の方から参りました！」

　侍が見てみると、岩が胸板になったような、ごつい男たちが十人、右近家の門前にずらりと並んでいた。

　比叡山延暦寺の僧兵たちだ。

　右近家は……訝(いぶか)しむ。

　侍たちは、

「さて、昨夜、浄蔵様から叡山に使いは出なかったぞ」

一応、浄蔵にたしかめると、

「ああ。たしかに、わたしが呼んだ者たちです。すぐ、通して下さい」

にこにこしながら言う。

やってきた僧兵たちの内、八人に、浄蔵と良源は、自分たちと共に、わごとを守り乳牛院に行くように命じ、一人に右近邸および少し南にある茨田家近辺の巡回、誰か怪しい者が窺(うかが)っていないかの偵察を下知、最後の一人に、わごとの家——つまり茨田広親宅の警固を指示した。

後の方の二人にはよく連携するよう浄蔵の指示が出ている。

敵は……わごとが乳牛院にうつったことを、摑めぬかもしれぬ。

その場合、右近家、および、わごとの家に、敵の手がのびてくる恐れもあった。

この時、浄蔵も良源も……わごとが単なる「呪師の雛」ゆえ狙われている……と、思っていた。

わごとを右近邸にのこしたまま広親の案内で、茨田家に行った浄蔵はそこにある通力をかけてからもどってきた。

自分も家に僅(わず)かな間でもよいからもどって、それから乳牛院に行きたいという、わごとの思いを、浄蔵は読み取ったのか、

「呪師としての土台が出来て、敵の脅威が薄まったら、必ずやもどれる。今日はそのまま

乳牛院に行ってくれるね？　我らが、必ず、守る。安心してくれ」

　やわらかくも有無を言わさぬ芯の通った声で、わごとをはげました。

　で、青白い不安を顔に張り付けた広親、千鳥に、非常に丁重な口調で、

「あなた方の家には一種の目に見えぬ壁を張っておきました。ご夫妻とわごとに害意をもつ者が侵入をはかった場合――必ずや、ふせぐでしょう」

「……ありがとうございます」

　広親は小声で言い、千鳥と手を取り合う。

「こいつも軒に貼っておいて下さい」

　鷹（たか）が描かれた短冊を広親にわたす良源だった。

「いざという時、あなた方を守る」

「わたしもこれをわたしておこう」

　浄蔵から、千鳥に、紙包みが、わたされている。

「わたしの爪が入っています。何か、不測の事態が起きた時は……この爪をにぎり、心の中でわたしに語りかけて下さい。遠くにはなれていても貴女の声がわたしにとどく」

　浄蔵がもつ――念話（ねんわ）という力である。

　実は浄蔵、昨夜も念話をつかい、僧兵たちを呼んでいた。

「そうやって、女ぁ口説いたりしているんですよ……」

「良源。いいんですよ。余計な話は」

良源は、茨田夫妻に、強い目で、

「表はこの豪源が守ります」

隣に立つ僧兵を指し、

「俺の水汲みなどを一時やっていた男で、見かけは悪そうですが……いい奴です。豪源、お二人を守れよ！」

「――ええいっ！」

豪源が……近くに蛙がいたら潰れそうな声で吠えた。

恐ろしくごつい、大男だ。無精髭があり頬傷が走っている。

六尺豊かで、分厚い肩、丸太のような腕をした毛むくじゃらの男で、髪は五分刈り、毛抜形太刀を引っさげていた。

「近くには、円念もいます」

円念は白い鉢巻をしめた目がギョロリとした小男で小ぶりな弓をもち、木刀を帯に差していた。円念が小さくうなずく。

支度を終えたわごとは染殿の前に、出た。

ここではたらいたのは僅かな間だけど……、

（毎日楽しかった。大好きな場所）

と、

「わごと。こうやって見ると、すっかり稚児のようねえ」

　僧兵がもってきた白い水干に着替え、男の子に化けたわごとは、みじかい髪を揺らして、声の主を見ている。

　さっき寝殿で別れを告げた右近が悪戯っぽい笑みを扇で隠して佇んでいた。

　右近は松ヶ谷と、藤麻呂をしたがえていた。

「お姫様……わざわざ、勿体のうございます」

「何だか名残り惜しゅうてここまで見送りに来たのよ。禁裏は無理にしても、大臣家などではたらく女房になれるのではないかと思うたけれど……。これもまた、前世からの数奇な宿縁なのでしょう。浄蔵様、良源殿、いずれも知恵深くたのもしきお方。しっかり師事して、いろいろなことをおそわるのですよ」

「ありがとうございます。わからないことばかりで、沢山、ご迷惑をおかけしました」

　わごとが言うと、恋多き女流歌人は、

「とんでもない。荒ぶる波に浮草のように流されて、何処かに漂い出しそうな時、そなたと松ヶ谷はいつも水辺に立って、麿をしかとつかまえてくれた。麿はそなたに……助けられていたの。感謝しているのです。そんなそなたが、いなくなってしまうと思うと……」

声を詰まらせ、袂を顔に当てる。右近の目尻に、水晶のようにきらめくものが、みとめられた。

「――いつでもかえって来なさい、わごと。そなたの居所は、必ず、あけておくから」

右近は、言った。

「そうじゃぞ」

柿本藤麻呂が言う。松ヶ谷は、小さくうなずき、貴女がいなくなると……いろいろ大変だわとでも言いたげに、軽く肩をすくめている。

――泣くまいと思っていたが、こみ上げてくるものがあった。熱い思いが溢れて、白い頰が濡れてゆく。

わごとは深く頭を下げた。

（お姫様……お元気で。師輔様と……いいえ、あんな男ではなく、もっとちゃんとお姫様を幸せにできる立派な殿方が現れます。そのお方を、どうか見つけて下さい）

そしてわごとは――じっと己を見ている二人の人に向き直った。

わごとが向くと、広親は無理に笑みをつくり、千鳥は袂を目元にはこんだ。

千鳥が寄ってきてわごとの頰を撫でる。

千鳥はわごとのやわらかい頰を撫でながら――泣き崩れてしまった。恐ろしい輩がわごとを襲うのでないかと思ったのだろうか。

「母様……父様……そんな顔をしないで」

刹那――わごとの中で唐突に浮かんできた光景が、あった。

これは、過去だろうか、将来だろうか？　いくつもの竪穴住居が燃えている。

『逃げよぉぉ――――！』

という絶叫が聞こえる。

わごとは何ものかに体を摑まれて、浮き上がる。すぐ傍をもう一人の少女が鷲に摑まれて宙に浮いていた。わごとも、鷲に摑まれているのだ――。鷲二羽は見る見る上に上がり焼き討ちされた村全体が視界に飛び込んでくる。

眼下で巨大な咆哮が轟いた。

見下ろせば……恐ろしく大きな口が、猛悪な牙を剝いて呑み込もうとしていた。鹿のそれに似た、何股にもわかれた、二つの大きな角をもつ巨獣であった。神代の昔に跋扈していたような、見たこともないほど大きな獣だ。牙が、だらんと下がったわごとの足ではなく――空を嚙む。

鷲がつれて行った高さは、巨獣の杵のように太く、矛の如く鋭い、実に凄まじき牙がとどく、僅か一尺上だった。

我に返った、わごとは自分を狙う者の内にあの巨獣がいる気がして身震いしている。

それでも、自らをはげまし、

「そんなに遠くに行くわけじゃないのよ。都のすぐ北だわ」

「……そうだな。民部省の帰りに、是非、立ち寄ろう。……寄ってよいですか？」

広親の問いに良源は、強く、

「もちろんですとも！」

その良源に浄蔵の指図がとどいたようだ。宙を仰ぎ、

「ああ……胡乱な奴はおらんと？　わかりました。こっちも、すぐ、出ます」

念話である。白馬の僧、浄蔵は外の斥候のため、僧兵二人をつれ、少し前に門から右近邸を出て様子を窺っていた。

「では――」

良源が合図し、良源と、六人の僧兵に守られた男装のわごとは、柴犬をつれ、いつだったか狐が侵入した築地の破れ目から、都大路に出た。ずっと父と母が自分を心配そうに見ているのがわかった。

わごとが出て行って右近たちが寝殿にもどっても広親と千鳥はその場に立ち尽くしていた。

千鳥は、にこにこしながら立っている強面の大男、豪源に若干、遠慮し、

「……そろそろ参りましょうか？」

夫は今日、休みである。

「そうだな。豪源殿……僕は民部省、使部・茨田広親、これなるは妻の千鳥です。よろしくお願いします」

細い声で広親が言うと、豪源は両足を大きく広げ、重く太い声で、

「存じています！――ええい！　お供します」

いつまで警固してくれるのかと千鳥が問うと、詳しくはわからぬが浄蔵が安全と判断するまで、とのことだった。

大路に出ると、前から来る人々――水を入れた曲物桶を頭に乗せた女、狩衣姿の男、どこかの庁の使部らしき人、上刺袋をはこぶ雑仕女など、道行く人が豪源の巨大な影を見るや、みんな、左右に、よけてゆく。

広親は人の好さそうな顔にぎこちない笑みを浮かべ、歩きながら、豪源に、

「皆様、だいぶ、浄蔵様、良源殿を慕っているように、お見受けしました」

豪源の唇をむすんでいた厳めしさが、ほどける。嬉し気に、

「あのお二人を嫌いな奴なんて、そうはいないですよ。浄蔵さんはいい所の出なのに、俺らによくして下さる。良源さんはとにかく……面白い。今、お山で、ろんん……論義第一？　なんて言われていますが、俺らと一緒に馬鹿騒ぎしてくれたりするんですよ」

「僕は博奕打ちますが、豪源さんはどうですか？」

「博奕……？　大好きですよ」

「え？　やりますか？　今日一緒に」

「いやいや、今日は……。務めがありますから」

豪源の手が、慌て気味に、幾度も振られる。

「ちょっと、何を言っているのよ」

千鳥は広親の尻をつねっている。こんなふうに、すぐ人と打ち解けてしまう、広親が、好ましくもあり、羨ましくもあり、恥ずかしくもある。

その日の昼頃には、広親と豪源はさらに仲良くなり、豪源の過去――、

「近江の山の中の村に生れたんですよ。そこの殿の加地子がきつくて……二十歳の時、村をすてました。寺に行けば、畑仕事などあると言うんで、お山に登って、腕っぷしをかわれたのか、都に降りる高僧方の警固をするようになりました。坊さんだってね、近頃の追剝、容赦しないですから」

などという話まで聞き出している。


乳牛院に入ったわごと一行を――浄蔵が北嶺から下洛させていた別の僧兵四人、乳牛院に元々いた呪師、五人が出迎えている。

「妖術の者が勢力を広げることをわたしは危惧し……少し前から都の呪師をあつめてきた

のだ」

　浄蔵は言った。

　そんな活動に目をつけた朝廷のさる筋から……妖魔の害をふせぐべく呪師を組織するように言われているという。

　自らが医療の拠点としている、都の東南、清水寺の近くにある八坂の庚申堂と、ここ乳牛院に呪師をあつめている、庚申堂には病を癒す力のある呪師を己以外に三人あつめ、乳牛院にはその他の力をもつ呪師五人を置いているのだと話した。

　浄蔵は言った。

「まず、牛を飼う所に呪師がおるとは誰も思うまい？　さらに、ここは宮城に近く、いろいろ好都合だ。叡山や北山に近く、何かあった時、逃げやすい。老若男女、様々な者がはたらいていても不自然ではない。あとは……昔、父の屋敷がこの辺りにあってな、わたし自身もこの界隈をよく知っている」

　浄蔵の父、三善清行は、乳牛院のほど近く、一条戻橋の傍に住んだという。

　浄蔵が紀伊で修行中、父の死を聞き、大急ぎで都にもどった浄蔵はこの橋で父の葬列と出会う。浄蔵が棺に語りかけると清行は冥府から蘇生した、故に戻橋という、こんな言い伝えもあるのだ。

「あとは……この地が都の鬼門ゆえ、妖魔をふせぐべく呪師をあつめるにはちょうどよいということかな」

さらりとつけくわえる浄蔵だった。と、良源が、

「ここに呪師をあつめる許しは、当然、宮城から出ている。まあ……鬼門っつうのが、雲の上人の胸を打ったんでしょうな。俺らは、所詮、上つ方を守る盾ということよ。わごと」

都を守る霊的な門の門番として立たされつつある己をわごとは認識した。

浄蔵、良源らがみちびこうとする運命の流れに逆らうのは、むずかしそうだ。もし、流れに逆らい、一人でももがき出たとしても……極めて邪な輩がわごとを捕らえ、喰い殺そうとするだろう。

「上つ方というより、この都全体を守る盾ですよ」

さらりとさとした浄蔵は、わごとに、

「今ここにそなたの他に呪師は七人いる。そして、山から来てもらった僧兵が十二人おる。この人数で——もし、敵が、そなたを狙って来ても返り討ちにする。わたしが敵ならば今日明日辺りにここに来る気がするのだが……」

浄蔵の力の一つに、「魂壁（たまかべ）」がある。邪心をもつ者を阻む見えざる壁を張る力だ。

乳牛院にはもとより魂壁がほどこされていたが、さらに二重の魂壁をほどこし、呪師をふくむ十九人による鉄壁の陣が、しかれている。

敵襲をまち受けながら浄蔵、良源は、呪師の歴史、さらに呪師にまつわる様々なことに

ついてわごとに話した。

　遠い昔……今よりも強大な魔が跋扈していた頃、呪師は大変崇められていたこと、力をもつ呪師が有力な王や豪族になっていったこと、だが、呪師になるための寝覚めにはきっかけとして、強い悔しさや、深い悲しみ、寂しさなど、感情の激動が必要なことが、語られた。

　浄蔵は言う。

「王や貴族になったすぐれた呪師の子や孫が――やはりすぐれた呪師とはかぎらぬ。どんどん小粒な呪師、あるいは通力のない者も生れる」

　ところが――民間は、常に強力な呪師の供給源であった。

「たとえば……小角。魔の脅威はこれまでの呪師の活躍で薄らいでいた。朝廷や豪族たちには、草深き里にいる呪師が脅威に思えてきた。――弾圧がはじまったのだ」

　浄蔵の声は、暗い陰をおびた。

　わごとは言う。

「愚かな……話ですよね？　もし、魔物が真にいるなら――」

　蛇帯や、ついさっき思い出した熊を一呑みに出来そうな大怪物を心に描く。

「呪師を少なくしてしまったら貴族にも害がありますよね？」

　良源が、わごとに、

「ああ、愚かなことだよ。だがよ、わごと、どれだけ愚かなことでも一度決って、流れ出すと、なかなかそれを止められねぇんだよ。どれだけ正論を投げても、止らねんだよ。とくにお偉いさんが言い出したことは――。それが……人というものだ」

浄蔵が静かな声で、

「役小角がよい例だ。あれほどの呪師でありながら、多くの百姓を通力で救いながら、文(もん)武(む)の帝により伊豆大島に流された。小角ほど高名でない呪師には……殺された者も多い。彼ら彼女らは土蜘蛛(つちぐも)とさげすまれた。呪師の中には、人里はなれた深山に隠れ里をつくって潜む者たちが現れた」

わごとの中で記憶の欠片(かけら)としかのこっていないあの山里の光景がちらつく。

だがそれらの断片はつなぎ合わせようとしても、どうしてもつながってくれない。

……それが、もどかしい。

「また、ある呪師は朝廷の手のとどきにくい、東国や、朝廷の手が全くとどかぬ遥(はる)か北の大地に逃れた」

――蝦夷が暮す陸奥(みちのく)ということである。

「ところが都にのこった呪師も、いた」

浄蔵が囁いた。

乳牛院の一室――わごと、浄蔵、良源の他には、浄蔵が西市で見つけたという「金剛(こんごう)

身」という体を金属のように硬くする通力をもつ、逞しい呪師の兄弟が、いた。三十歳ほどの兄弟で瘤状に発達した筋肉をもつが人柄はよさそうだ。

他に乳牛院には……ごとびきをつかう大女、如意念波の翁、「韋駄天」という力をもつ、常人より遥かに速く走ることの出来る小男、三人の呪師が、いる。

わごとは、小さく驚いて、

「どうして都にのこれたんですか？　だって、朝廷は呪師を弾圧したんですよね」

わごとを真っ直ぐ見詰めていた浄蔵が口を開いている。

「――表面は。だが、わごと、権力には常に、裏面が、ある……。そして、権力の裏側は呪師を欲したのだ」

「……………」

「貴族の中には、呪師を密かに飼い、他の貴族を通力で滅ぼそうとした者もいたのだ」

西の京の姫を思い出す。あの姫は右近への恨みによって、呪師になりかけていたと言えぬだろうか？

落魄のあの姫にもし財力があったらどうだろう？　呪師をやとい、右近に仇なそうとしたろう。

「そうした中から――人を殺めたり、人に仇なすために、俺たちのような力をつかう連中、妖術師が生れたのさ」

今度は良源が闘気を漂わせながら言った。

「また、隠れ里に籠った呪師の中にも……里に降りてきて、己の欲や、楽しみのために、力をつかい、悪事を重ねる奴らが現れた。呪師と妖術師は……紙一重だ。だからこそ呪師は妖術使いになってはならん。そのために掟が生れた」

浄蔵が、深い森の中の渓流のような清らで厳かな面差しで、

「人を魔から守るはずの呪師、その呪師の一部が人に仇なす魔となり果てた。何があろうと——闇の側に落ちてはならない。また、呪師を古い術の使い手と言う人がいるが……」

(豊岡さんもそう言っていた)

「誤りです」

きっぱり言う浄蔵だった。

「呪師は——人の心の中に眠る真の力を引き出す者、古いもあたらしいもない。弾圧する側が、古く怪しい術をつかう者ゆえ、処罰する、斯様な物語をつくった。

その中から出てきた、俗説にすぎません」

わごとは怒濤のようにいろいろな出来事に揉まれていたので、話せなかったこと、気にかかっていることを全て、二人の僧に話す。

山里の記憶、その里を襲った巨大な魔物らしきもの、古い鏡の欠片、鏡の中にうつった少女と彼女に迫っていた危険について、話した。

話を聞いた浄蔵は、

「……その鏡の欠片を見せてごらん」

わごとがそれをわたすと深く考え込みながらじっくり観察している。

やがて、

「興味深い。実に興味深いものです。

裏に描かれているのは……白虎の胴体のようです……。めずらかな力がいろいろ込められている鏡のようだが、一つの力しか、わからぬ……」

「何です？」

わごとの問いに、

「そなたに害意をいだく妖魔が近付いた時、これは何らかの術(すべ)でそなたに警鐘を発する」

「人間で、わごとに敵意をいだいている奴は、どうなんです？」

良源が言うと、浄蔵は、

「その場合、警鐘は、ない。だがわごとにとって貴重なものであるのは間違いない。鏡の中の少女が何者であるのか今の話だけでは……速断は出来ません。どう思います？」

良源に、鏡の欠片が、わたされる。良源はさっと見て、わごとに返し、

「一年後の、わごとがうつったか……、わごとのご先祖なのか、あとはわごとの、姉か妹？　お前、鷲につれ去られて、空に飛び去った子はもう一人いたって言ったろ？　その

子のこと、何か覚えてねえのかよ?」

首をゆっくり振るわごとだった。

「昔のことをもう少し思い出してくれればな……。ただ、はっきり言えることがある。お前の故郷は――呪師の隠れ里だった。そこは、呪師を憎む化け物どもに襲われたのだ」

良源は太い腕をくみ、険しい面持ちで言った。沈思黙考していた浄蔵が鋭い目付きで、

「わごとの故郷を襲った者と、今、都で呪師の雛たちを攫っている者ども……何か関わりがあるのでないか?……何が、連中の目的なのだ。とにかく奴らがここを襲い、一人でも捕らえればいろいろはっきりするだろう」

ひとり言のように言った浄蔵は腰を浮かせ、

「掟については良源に聞いて下さい。わたしは、古い魂壁のほころびをつくろい、もう一度、守りに漏れがないかあらためてくる」

呪師は、通力で人を殺めてはならない。

呪師は、通力で人を傷つけてはならない。ただし、自分の命、自分にとって極めて大切なものを不当な侵害から守るためなら、この限りではない。

呪師は、己の力で己の欲を満たしてはならない。

呪師が、通力で命を奪ってよいのは、人に仇なす魔性だけである。ただし第一の掟を破った呪師、第二第三の掟をしきりに破り、人々を苦しめている呪師は――人に仇なす魔と

見なされる。

　この四つの掟が、良源から、わごとにつたえられた。

「四つ目の掟が……一番むずかしい。たとえばここに、一人の妖術使いがいる。そいつが通力で人を殺したとする。少なくとも、俺とお前は、そう思った。この妖術師を通力で殺めてよいと掟は言っている。

　俺とお前が——通力でそ奴を討つ。その後で……人違いだったとわかったらどうなる？　今度は俺とお前が人に仇なす魔と見なされ、他の呪師から命狙われることになるのだ」

「………」

　その後、良源から掟になっていない細やかな心得、たとえば必要のない時に通力を放つのはつつしめ、といった教えが、伝授された。

　魂壁の補修を終えた浄蔵がもどってきたのは夕刻であった。

「良源から掟については聞いたね？　では——力の使い方の鍛錬をはじめよう」

　例の火花が飛び散りすぎるという話だ。浄蔵が、

「これは、呑み込みの早い者なら一月、おそい者だと一年半から二年かかる」

「……そんなにかかるんですかっ？」

　西の京の柴犬——雷の瞬間、わごとを助けたため雷太と名付けられた——が、ワンと高く吠える。

「次に、たまたま火花が散った時は、術はつかえるが、肝心の時に火花が散らず、何も出来ぬ、これでは呪師と言えません」

——いつでも、何処でも、火花を散らし、力を引き出せねばならぬ。

「この鍛錬の方が時がかかる」

今度は、良源が、

「妖気の見切りも肝要だ」

重い課題が次々のしかかり、わごとのがんばせは曇る。

良源が、わごとの頭に手を置いて揺すり、

「まあ、お前、呑み込みが早そうな面ぁしているよ」

「……そうですかね？」

わごとと雷太は特別な絆が出来つつあるというので、浄蔵は、

「ごとびきの鍛錬には不向きでしょう。牛舎に行きましょう」


青き黄昏の中、広親は庭で小さな火を熾している。赤い火に向かってしゃがんだ広親は、

「好物だったんですよ。若狭の干し魚」

垣根の外、道に立って辺りを警戒していた豪源が、

「え？」

「娘がです。若狭の魚売りが来るとね……こうてくれ、こうてくれ、イワシが食いたいとうるさかったんです。一日、早ければなあ」

先ほど、若狭の魚売りからかった、イワシの丸干しに、串を刺したものが何本か、小さな火の中に立っていた。

「魚はこっそり食うているとおっしゃった。どうです、豪源さん、何本か」

「いやいや、今日は屯食（とんじき）で十分！　お気遣いなく」

豪源の太い答（いらえ）が、返ってくる。

直後――豪源ははっと息を呑み鋭く一喝した。

「何じゃ！　お主ら……」


この時、豪源は……板屋と板屋にはさまれた細道に不気味な者たちを見出したのである。

それは黒覆面をかぶり、黒装束を着て、物の具を手にした、十数人の者たちだった。

――何処からどう見ても夜盗というべき者どもだ。

ただ、並みの群盗と違うのは、覆面もせず、堂々と素顔をさらした男女が幾人か、いたことだ。

一人は長い髪を垂らした、若く美しい男で、ゆったりした黒衣に立涌紋（たてわくもん）らしき模様が浮かび上がっていた。もう一人は赤い衣をまとい、唐輪（からわ）に結った肉置（ししお）き豊かな女で、何か禍々しい香りがする赤い首飾りをつけている。

「茨田殿！　家の中にっ。何者じゃ、お主ら――」

怒号を発しながら豪源は刀を抜く。

黒覆面の妖賊どもが――白刃を閃かせ、殺到してきた。

刹那、賊どもは、

「ひっ」「う！」

見えざる壁に弾かれたように――立ち止る。ある者は、刀をすてて、頭をかかえ、ある者は腹をおさえて苦しみ出す。

（――魂壁……？）

浄蔵が口にした言葉が、豪源の中でこだました。浄蔵は右近邸を去る前、豪源に、

『魂壁という力でこの屋敷やわごとの家の四囲に、見えざる壁を張ってある。この壁を越えようとして苦しみ出す者こそ、わごとや茨田殿に害意をもつ者』

と、囁いていた。

（――こいつらなのだ！）

直覚した豪源は、

「盗賊じゃあ！　円念っ」

と、吠えながら、右手にもった太刀を賊に構え、左手は懐を探って――紙包みを出した。

千鳥の手にわたっていた浄蔵の爪が豪源にもわたされている。

半信半疑で念を飛ばそうとした時、忽然と吹き寄せた突風が、爪が入った紙包みを引っさらい――吹っ飛ばしている。

赤衣の女の後ろに立っていた長い白髪、長い白鬚、白衣という出で立ちの、仙人を思わせる老翁が……手をかざした。この掌から、もし風を目視出来るなら、竹一本分くらいの直径の突風が発生。

豪源がもつ浄蔵との交信手段を――吹っ飛ばしたのだ。風は「苦しみを感じる生き物」ではない。だから、魂壁を越えてしまった……。

髪が長い、ゆったりした黒衣の男が、一歩、前に出る。男は、言った。

「浄蔵の魂壁か。なら、魂壁をぶつけてやろう」

男は見えざる壁に向かって手をかざす。

豪源は、男がこっちに来たら、斬りかかる構えだ。

呪師ではない豪源にも、男が放つ気と浄蔵がここにのこしていった気が、激しく斬りむすび、目に見えない火花が散っているのがわかった。

男が酷薄な笑みを浮かべ、

「――破れたり」

黒衣、長髪の男は、さっき手下が倒れてしまった一線を悠然とまたぐ。配下もぞろぞろつづいた……。

浄蔵がもうけた魂壁が板壁なら、妖しい男の魂壁は斜面の上に立つ石壁だった。石壁が土砂崩れと一緒に板壁に襲いかかったら、どうだろう。板壁は押し倒され、潰されてしまう。

——今まさに左様な現象が起きたのだ。

「それより、近づいたら斬る！」

豪源は叫んでいる。

まだ、助けは、来ぬ。と、黒衣、長身の男の後ろから、さらに巨大な男がぬっと現れ、前に、出た。

（で……でけえっ）

豪源の眉が、うねる。その男は六尺豊かの豪源が見上げるほど大きい。身の丈六尺七寸あまり（約二メートル）……。肩幅も豪源より広く、虎を叩き殺しそうな、分厚い存在感が、ある。

巨人というべき大男だ——。

筋骨隆々、獣の王の如き眼光を滾（たぎ）らせた大男は山伏の装束をまとい、何の武器ももっていなかったが、

「俺がやりますよ。千方様」

「――金鬼、やってみい」

　のそりと妖賊の先頭に出た金鬼は、豪源に、

「来いよ」

「来い？　この刀が見えぬかっ」

「見えておる、つまらぬ、なまくらがな。いいからそいつで俺にかかって来いよ」

　かっとなった豪源、さすがに殺生は思いとどまり無防備に突っ立つ巨人の胴を思い切り峰打ちした――。

　ゴン！　という鐘を打ったような音がして、きつい痺（しび）れが豪源の腕、脳天を襲った。

　驚くべきことが起きる。刀が……真っ二つにおれたのだ。一方、金鬼は血の一滴も垂らさず平然と立っていた。

「何か、したか？」

　金鬼は嘲笑（あざわら）う。

（馬鹿な）

　歯噛みした豪源は金鬼のこめかみをおれた刀で襲う。

　――キーンという高い音がして、金鬼は虫でも刺したかというふうにくすりと笑い、豪源の刀は粉々に砕けている。

「では、俺が行く」

金鬼の声がしたかと思うと豪源は——恐ろしく硬い突風が顔面に衝突した気がした。

それが、豪源がこの世で感じた、最後の感覚だった——。

金鬼は豪源の首より上を——軽くくり出した掌底で吹っ飛ばし、血煙を上に噴射したまま立ち尽くす胴に右拳を入れ、心臓を突き破りながら、背まで貫き、軽々とそれをもち上げ、垣根の向う、広親と千鳥が丹精込めて手入れしてきた菜園に放り投げた。

首より上がなく胸に大穴が開いた豪源の骸が胡瓜や茄子、千鳥がそだてていた藍をぐしゃぐしゃに潰した。

「ああっ、人殺しぃ——！」

少し先でこれを見ていた近隣の女が悲鳴を上げる。

家の中に入るように言われた広親だが……物置から鍬を取って来て、豪源を助けようとした処、豪源が金鬼に屠られる衝撃的な光景を目にしてしまった。

広親は家に向かって必死に、叫んでいる。

「千鳥ぃ！　裏から逃げろぉ。浄蔵様にっ、早く——」

だが、夕餉の支度をしていた千鳥は表に出てきてしまう。

後退りする夫、庭に入ってくる者どもを見た千鳥は、懐から浄蔵の紙包みを取り出すも、黒衣の男——千方が手をかざすと浄蔵の爪が入った紙包みは、あっという間に妻の手から吹っ飛んだ。

見えない力がたのもしき紙包みをかっさらい、宙を飛んだそれは刹那で、千方の手におさまった……。

——如意念波である。

千方は茨田夫妻を睨み、

「広親、千鳥」

《——動くな。話すな》

不気味な振動をともなう声が広親の脳から脊髄にかけて駆け抜けた。次の瞬間、鍬を振り上げた広親の体は石仏同然の有様になってしまう……。全く、動かぬのだ。どんなに力を入れても、退くことも、すすむことも、出来ない。腕も鍬を振り上げたまま痙攣（けいれん）するばかりで大きな動作が出来ない——。

盗賊、人殺し、と叫ぼうにも喉に強靭（きょうじん）な蓋（ふた）が出来、助けをもとめる声をふさぎ止めてしまう。唇をふるわすばかりで——言の葉になってくれない。

（何という恐ろしい男じゃっ……。こんな奴が、わごとを、娘を狙っておるのか——）

恐怖がせり上がり冷汗がどっと出てくる。粘りつくような抵抗を押しのけて何とか首を少しまわして千鳥を見ると、妻も同じ術をかけられているらしく、戸口の所に棒立ちになっている。青筋をうねらせ汗だくになった広親は、

（ああ、千鳥！　糞（くそ）っ、何で体が動かぬ——。糞ぉっ。そなたを、守りたい。死なせたく

ない)

千方が、一歩、寄ってくる。

と、軒に貼ってあった鷹が描かれた護符が俄かに鷹に変化し一直線に千方の目に襲いかかった。

広親を金縛りする千方の通力が一瞬、弱まる。

「おわぁっ」

広親は勇気を振りしぼり——鍬で千方に襲いかかろうとした。

が、敵の方が一枚上手で、まず良源の護符が変じた鷹は火の玉に焼き払われ黒焦げの紙になってしまった。千方の傍らにいた赤衣の女が口から火を吐いたのだ。

さらに、千方に指されると——広親の鍬は猛烈な力で宙にもぎ取られ、天高く飛び、家の向うの方に消えた。

また、手も足も、声も、出なくなる。凄まじい金縛りだ。

千方は脂汗を浮かべて立ち尽くす広親に悠然と寄って来た。

「千方様、表は俺と風鬼で見ています」

金鬼が、言う。

広親に息がとどくほど近づいた千方は美しくも残忍な笑みを浮かべ、

「物語しようと思うて来たのに、ずいぶん手荒な歓迎ではないか、広親」

広親は全身を小刻みにふるわし涙を流しながら千方を睨んだ。

宿命の子がそろそろ寝覚めの時を迎えようとしている、その気の発散を頼りに捕獲し、殺してしまおうと企んでいる千方一党——藤原千方、火鬼、風鬼、金鬼、さらに黒覆面の手下どもが遂にわごとをそだてた人たちにまでたどりついたのだ。


三人は乳牛が並んだ夕刻の牛舎に来た。

酸っぱさと気怠（けだる）い苦みがまじった、牛舎特有の臭いが、生温かく漂っている。

そんな中、浄蔵は、

「今からわたしがこの桶（おけ）を浮かしま す」

桶の中の丸い水面（みなも）が乱れる。いきなり、ある乳牛の前に置かれた水桶が、宙に浮いたのだ。浄蔵がゆっくり手を下ろすと水桶は飛沫（しぶき）を散らしながら下降し元の位置に置かれた。

「火花を感じましたか？」

「……いいえ」

僧二人に左右をはさまれ若干緊張しているわごとは、答えた。

「では、わごと、こちらの牛の顔を飼葉桶からはなしてみて下さい」

と、言ったところで、浄蔵の面貌が曇る。

「どうしました？」

良源が問うと、浄蔵、稲妻に打たれたような顔を見せ、

「今——千鳥殿から助けをもとめる思念がとどいた気が、した。しかし一瞬で途絶えた」

わごとの血の気が一気に引いていく。血の代りに、冷たい液体が体じゅうをめぐりはじめた気がする——。

直後、良源が、

「俺の、紙兵も……やられたっ」

わごとの心臓は激しく動きすぎて、もう、内から破れそうだ。冷えた体の内が、もう煮えくり返っている。

「父様と母様をあいつらが——?」

わごとの家と乳牛院は一大里ほどはなれている。

「俺が縮地をつかって——わごとの家まで行きます!」

良源が厳しい面差しで言うと浄蔵は、

「たのむ。金剛身の二人もつれてゆけ」

「わたしも行きますっ!」

わごとが言うも良源はわごとの肩に手を置いて、顔を真っ赤にして怒鳴った。

「——駄目だ! お前は、ここにいろ! 連中は、お前を狙っているのだ」

涙をこぼし頭を振るも、

「今のお前が戦える相手じゃないんだよっ！　俺を、信じてくれ。浄蔵様、わごとをたのみます」

　金剛身の兄弟の所まで行く。

　良源は早口で兄弟に事情をつたえ、二人の手を取る。

　わごとに向き、

「行ってくる」

　瞬間――良源と金剛身の兄弟は掻き消えた。一町先まで縮地したのだ――。縮地をくり返せば僅かな時間で六条辺りの茨田家に行きつくだろう。浄蔵はこの間、千鳥、豪源、円念との念話をこころみるも、誰にも通じない。

　ここの僧兵を多くはさけない。何故なら、こっちも襲われる恐れがあるからだ。

　浄蔵は自身の白馬に僧兵を一人、乗せ――右近家に向かわす。

　右近家の侍を茨田家に差し向けようというのだ。

　指図を終えた浄蔵は、気が気ではない、わごとに、苦し気な顔で、

「今は……良源を信じよう。わたしの考えが甘かった。敵の狙いは、わごとの力と思うていた。わごとの姿がなければ、まさかそなたの家の者に、手荒な真似はすまいと思うたのだ。……許してくれ。わごと」

「許すなど……。浄蔵様は何も悪くありません」

わごとは泣き腫らした目で言う。

雷太は、くーんくーんと寂し気な声をもらす。

わごとは自分が恨めしかった。

(わたしに妙な力があるから……父様と母様まで危ない目に遭うんだわ)

自分の力が――憎かった。


茨田広親と妻、千鳥は、得体の知れぬ力にしばられていた。

土壁が剝がれ落ちて大きくのぞいた竹小舞が広親の背に当っている。

壁を背にして、腰を落とした形で凝固する広親、千鳥に対し、賊は一本の縄ももちいていない。ただ――恐るべき神通力が二人を搦め捕らえ、身じろぎ一つ出来ず、叫び声も立てられずにいた。

広親の前には冷ややかな笑みを浮かべた黒衣の妖術師・千方がしゃがんでいて、千方の後ろに火鬼が立ち、千鳥は広親の横にいる。

千鳥の目は恐怖に見開かれていた。

千方が、言った。

「広親。我が力はわかったであろう? 無駄な抗いはせぬことだ。訊かれたことに答えれば、助けてやらぬでもない」

すっと表に端整な顔を向けた千方は、

「表が騒がしいが……」

「見てきます」

　一旦、表に出た火鬼はすぐもどってきて、

「浄蔵がのこしていった僧兵の片割れが右近の侍どもをつれて押し寄せてきたそうです。風鬼が、一蹴しました」

　何か異変を感じ、浄蔵に念話する暇もなく侍たちをつれて馳せ参じた円念だったが、風鬼が突風を起し、その風で右近家側の矢が悉く吹き返され、追い風に乗った賊どもの矢は恐ろしい勢いで襲いかかり——円念以下幾名かが討ち死に。残りは大怪我を負って退いた。

　風鬼の力の一つは「風神通」であった。

　千方はこれだけのことをしでかしながら冷静で、気味悪いほど鷹揚な表情で広親を見、

「塵が、塵らしく、下らぬ死に方をしたようだ。お前らも同じ末路をたどりたくなければ、我が言葉に大人しくしたがうがいい。では、訊こう。わごとをひろったのは幾年前のことだ?」

《——言え——》

　恐ろしく刺々しい声が脳から脊髄にかけて深く刺した。

千鳥の視線を、感じる。

頭に物凄い力をくわえて妻の方を見る。汗だくになった千鳥は懸命に口を動かし何かをつたえんとしている。広親とは違って妻にはしゃべるなという念の網がかけられていて、その網の目をどうにか潜ろうとしている——。

「……だっ……」

汗をぼたぼた垂らした千鳥からかすかな声がしぼり出された。

駄目、言っては駄目と、叫ぼうとしているのだと、わかった。

（言うものかっ！）

広親は、決意する。

眼前にいる男の方から目に見えない触手が幾本も頭の中に入って来てもぞもぞと蠢き、言葉を——引きずり出そうとしているのを感じた。

（誰が言うか、五年前などと——）

吐き出されようとする言葉を強い意志で呑み込む。一気に出ようとする反吐を呑み込むより、辛い、作業だった。

と、

「そうか。五年前か」

妖しい笑みを浮かべる千方だった。

　虚脱したような目で妖術使いを見た広親は、こいつは、心をあやつるだけでなく、心の中を読んでしまうのだと、知った。

「お前が見つけた子はわごと一人か？」

　思わず口がすべり、

「……そうだ」

「では、次の問いだ。わごとを見つけた時の、わごとの身なりは？」

　思い出すまいとする。

　しかし……ちらっと樹に引っかかっていた時のわごとの姿が心の中で瞬いてしまう。

　すると、長き髪を垂らした魔人の口元にぞっとするほど残酷な笑みが浮かんでいる。

「やはり。わごとが――件（くだん）の子だ、火鬼。片割れだ。ようやくようやく……見つけたわ」

　歪（ゆが）んだ嬉しさをのぞかせる千方だったが火鬼の方は面長の顔を硬直させていた。

　細い目の下を、ぴくぴくと痙攣させ、険悪な声で、

「東市で、仕留めておけばよかった」

「そういうわけにもいくまい」

　火鬼に告げた千方は、冷ややかな顔様で、

「では、あと、二つ、問う。広親……千鳥、お前たちは呪師ではなく、近親に呪師もいないということでよいな？　もう一つ――わごとの力で知っているものを全ておしえよ」

「言わなければこの家ごと灰にしてやるよ」

火鬼が真っ赤な唇を開き、口の中から小さな火を出した。

千方が、冷酷に、

「お前ら二人を殺し合わせることも出来るのだぞ」

《言え！　言ってしまえ》

目に見えぬ触手が、頭の中をまさぐり、記憶を、言葉を、引きずり出そうとする——。

その触手を懸命に引っ張って広親は、頭の中に入ってくる妖術師の念と戦った。

言わないで、という千鳥の思いを、感じる。

妻の手をにぎり子がほしいと清水寺に詣でた時の記憶、樹に引っかかっていた時のわごと、気をうしなっていたわごとが目を開いてくれた瞬間、この家まで背負ってかえった、わごとが千鳥の粥を頬張って顔を輝かせてくれたこと、ずっと、父とも母とも言ってくれなかったわごとが、自分たちのことを初めて、父様、母様、と呼んだ日にイワシをねだった思い出……そういうものが一気に思い出された。

広親は塊のような汗と涙と、叫びを、同時に迸らせた。

「僕は——茨田広親っ！　民部省の使部っ！　茨田の家は奈良に都があった頃から、代々、民部省の下部じゃ。僕には……茨田家にはたった一つの誇りがある！　それは、民の司の仕事を一度も裏切らなかったこと、一度も不正しなかったことじゃっ。何で、その広親が娘を売るという不正をはたらけよう——。……あの子は、我らの、大切な子！　観音様の申し子じゃっ。その大切な子の一大事を何故、お主ら外道に話さねばならぬ！

狸でも、我が子を守って、犬の群れと戦う。山犬の母親も我が子を守って己よりずっと大きな熊と戦う！　広親は……人の子ぞっ。何で、畜生にも出来ることを広親が出来ぬと思う？　誰が言うか。痴れ者！」

「見事だ、広親。——死せ」

千方の手から、電光が迸る。

その手が広親の面を鷲摑みにした。

広親の体が——激しくわななきながら、焦げてゆく。

千鳥が、

「ああっあぁ——っ！」

絶望の叫びを上げている。

念力で凝固した千鳥の瞳から次々涙がこぼれる。

茨田広親は——逝った。無惨に殺められた夫の体は、崩れ落ちた。

「さて、この女に問うか」

平和な家に土足で上がり込み、踏み壊した魔王は、ゆっくり千鳥に歩み寄った。夫の骸から視線を動かし決然と千方を睨んだ千鳥の目に、怒りの火が燃えていた。

瞬間――それまで誰もいなかった土間に人が三人現れている。

良源と、千鳥が見たこともない、二人の逞しい男だ。

千鳥は知る由もないが縮地をしてきたのであった。

「小癪」

呟いた千方は――いきなり、良源に手を向け、指先から稲妻を放った――。

（神雷かっ）

指先から雷を放つという実に恐ろしい通力の名を思い浮かべながら、良源は歯嚙みし、また、縮地をおこなう――。

乳牛院から縮地に縮地を重ね、わずかな時でたどりついた良源、今度は、千鳥の真ん前に黒衣の妖術師に背を向ける形で縮地した。

同時に小家の外で断末魔の悲鳴が転がった――。

標的をうしない、金剛身の兄弟の間を駆け抜けた稲妻が、外に待機していた黒覆面一人を直撃したようだ。

良源は千鳥を守る形で素早く敵に向き直り、手は一枚の大きな短冊を取り出していた。

「む」

次なる術を放とうとした黒衣、垂髪の妖術師は――良源がもつ短冊を見て固まっている。

と、

「千方様！　右近家の者どもが、大路を巡邏していた検非違使どもをつれ、こちらに向かっております！」

「右近邸とは逆、南方からも、近隣に住まう侍などが矢を射かけてきております」

手下どもの報告が戸外でひびいた。

（千方というのか……。もう一人は、化野か。わごとの親父さん、気の毒に……）

広親の遺骸をみとめた良源は乾いた上唇をゆっくり舐めながら敵を窺う。良源が手をつないでつれてきた、金剛身の兄弟は、今、その身を鉄の如く硬くして、両拳を構え、千方の隙を窺っていた。

この兄弟の体は今、鉄の鎧と同じなので……一切の刃物は通用しない。

また、二人の鉄拳で殴られれば、並みの人間であれば即死する。

赤衣の女、化野は千方とぴったり背中を寄り添わせ鉄の兄弟と対峙していた。

「千方ぁ、分が悪いんじゃねえのか？」

覚えた名を、言ってみる。

「良源か？　手にもつそれは護法童子か？」

千方が指摘したのは良源が手にもつ短冊である。

そこには――首から垂らした幾本もの剣を鎧代りにして、片手に剣をもった童子と、輪宝が描かれていた。

護法童子——良源がつかう紙兵の中で最強の存在である。

護法童子が転がす輪宝は天竺の武器、チャクラムが仏教に取り入れられたもので、何処へでも飛んでゆき——邪なる者を駆除する働きがある。

紙兵・護法童子は描く時も、つかう時も、多大な念力を良源から奪う。身を切る覚悟でくり出さねばならぬ取って置きの一枚だった。

(昨日、こいつぅ描く時……だいぶ疲れていたからな。本当に、動いてくれるかな……?)

良源の中で不安が燻ぶる。

と、千方、面白そうに、

「昨日、描く時、だいぶ疲れていたのか? 真に動き出すか、おぼつかぬ護法童子か?」

(こいつ人様の心ん中が……)

「死せ!」「護法童子っ!」

千方、良源が、同時に、叫んでいる。魔王は指から稲妻を飛ばし、良源は護法童子に動けと念じた。

さらに金剛身の兄弟が呼吸を合わせて殴りかかり、化野は二人を威嚇するため火を吐いた。

体が鉄と同じに硬いが元々百姓なので戦い慣れしていない兄弟は火に慄いて後退する。

千方の稲妻は――どうなったか？

激しく炸裂するも……ある者に止められていた。

剣の衣をまとい剣をもった童子が良源と千方の間に現れ火花を散らしながら体で稲妻を食い止めたのだ。

良源の念が練り上げた――護法童子である。

叡山西塔の良源と、魔王・千方、二者の通力が正面から斬りむすんだこの瞬間、千鳥の心にかかった呪縛はほどけている。

千方は全通力を良源との戦いに傾注したからだ。

護法童子の武器は剣だけではない。

もう一つの武器――八つの刃をもつ輪宝が金色の風となって、目にも留まらぬ速さで千方に吹き寄せ――横腹を深く斬る。

苦し気な呻きが千方からもれた。

「千方様！」

金切り声を上げた化野に、鉄の兄弟が突進した。

「退くぞ」

千方は化野にふれる。二人の姿は――さっと掻き消えた。

縮地だ。

外から——検非違使らしき男どもの怒号が聞こえる。追おうとする兄弟に、良源は、

「追うな！　守りを固めろ！　千鳥殿、お怪我は……」

「夫が——。広親がっ」

千鳥は悲痛な形相で叫び、良源は胸を深く抉られた。

護法童子は焼け焦げた紙となって床に落ちている。

泣き崩れた千鳥は千方の魔の電流によって息絶えた夫にすがりつき肩をふるわしている。

瞬間——殺意が戸口から飛んできた。

面を強張らせた良源、千鳥に向かって飛んできたそれを、体を張って止めようとし、手ではさみ取ろうとした。

が、飛んできた短剣は、良源の手を巧みにかわし、まるで飛び魚の如く——重力に抗って上へ飛翔。良源の坊主頭の上を飛んで急降下し——千鳥の肩に深く刺さった。

良源は歯を食いしばり短剣を抜こうとする。

すると、意志をもっているかのような短剣は、自分で勝手に抜けて、千鳥の脾腹を突く。

良源は執拗な短剣を千鳥から引き抜き、

「こいつを砕いてくれっ」

金剛身の兄にわたした。兄はまだ執拗く動こうとするそれを床板に押し付け、弟が踏み

つけ——粉砕した。

「晒はあるか？　この家に。千鳥殿、横になるんだ」

言いながら良源は、

（如意念波……？　違う。……物魂かっ——）


夜の細道を走りながら物魂という力をつかった千方は、

「仕留めたか。女の方を」

「女？　良源ではなく……？」

南に駆けながら火鬼が、訝しむ。

「わしの行く手をはばむ者をそだてた、その罪は重い」

——火鬼すら戦慄するほどの暗い妖気をまといながら、藤原千方は、言った。

だが千方の真意は……別のところにある。

と、火雷の火鬼、金剛身の大男・金鬼、風神通と縮地をつかう風鬼、そして何ら通力をもたぬ黒覆面、黒装束の手下どもをつれた千方の行く手に、侍らしき人影が数名、ばらばらと散開している。

京の都は……盗賊に対する一種の自衛力をもっている。

たとえば、一人か二人の強盗が、庶人の家に入ったとする。すると隣近所の庶人たちがみんなで戦いこの強盗を取り押さえようとした。

また、百人以上の重武装した群盗が、貴族か、大商人の家を、襲ったとする。すると近隣の権門の私兵が馳せ参じ、包囲、撃退しようとする。

もっとも……「近隣の権門の私兵」の一部は、実は群盗という裏の顔をもっていて、別の盗賊事案の犯人だったりするのが、平安京の複雑怪奇なところであった。

今、千方たちを群盗と見なした都の守りの力が、発揮されんとしている。

後ろから、検非違使、さらに息を吹き返した右近家の兵が殺到する中、千方は行く手に手をかざすも、

「お手をわずらわすまでもない」

鋼の肉体をもつ巨人が、ぬっと、前に出た——。

「金鬼、まかせた」

金鬼の金剛身が炸裂——大男の体が、金属化する。鉄化した金鬼が最も前を猛進すると、

「それ以上、寄るな！　射るぞっ」

行く手に立ちふさがる何処かの家の侍どもが叫んだ。

大人しく聞く——金鬼ではない。

殺意の風が次々、金鬼に射られるも、コンッ、コンッ、コンッという小気味よい音を立てて鋼の体が弾いた——。

金剛身により文字通り鉄人と化した金鬼が驚く侍どもに襲いかかる。

金鬼は、殴り、蹴り、掌底で、吹っ飛ばす――。その度に、血煙が散り、内臓がぶち破れながら躍り、頭蓋が粉々に砕かれた。刀で金鬼を斬ろうとした侍もいたが火花が散っただけで金鬼は傷一つ負わず、その男は首を根こそぎ吹っ飛ばされて、息絶えた。

少し行くと、左の小径から、

「逃がすかぁ、賊めぇ」

鍬、草刈り鎌、鉈などをもった、六、七人が押し寄せてきた――。粗末な衣から考えるに小商人や馬借、官界の底を漂う者たちだろう。果敢に石を投げてくる女もいる。

それを見た火鬼は、

「――あは」

と、笑い、掌をかざしている。

火鬼の手から丸太くらい太い火柱が放射された――。

先頭近くにいた三人が、火だるまになり、悲鳴と火の粉を散らして転がる。

「火をっ……火を消してっ！」「水を……助けて」「あの女、火を放ったぞっ」

夜の京に火鬼の哄笑がひびいた。

千方一党は阿鼻叫喚というべき血の嵐を掻き起し――都の南へ逃げ去った。

わごと　六

眠りに落ちた千鳥の掌の温もりが、わごとにはかけがえのないものに思われた。

父の死が、わごとを泣き崩れさせ、その両の目は真っ赤になっている。

この上……母までもうしないたくなかった。

千鳥がここ、乳牛院にはこび込まれたのは昨夜である。

六条辺り、わごとの家で応急手当てをほどこした良源、千鳥を背負うや、縮地に縮地を重ね、夜の京を北上した。

良源は都一の「薬師（くすし）」としての知識をもつ一方、病や傷を治す通力「浄瑠璃の力」をもつ男に千鳥を看（み）てもらおうと考えた。

浄蔵である。

ところが——良源の縮地、すなわち瞬間移動は西洞院大路の途中、かつて菅原道真が住んだ梅のある家の辺りでつかえなくなった。

来る時も縮地を重ね、千方との死闘で護法童子までくり出した良源は……どの呪師にもある力の枯渇に陥った。――十分な休息を取らねば力をつかえなくなっている。

その時、ちょうど、乳牛院から南下してきた僧兵たちが、良源に鉢合わせし、千鳥を乳牛院にかつぎ込んだ。良源は茨田家から浄蔵に念話していたのだ。

浄蔵は早速、薬師としてしかるべき手当てをした後、千鳥の傷に晒越しに両手をかざし玉の汗を額に浮かべながら――浄瑠璃の力をそそぎ込んだ。

――一方で、東山の、庚申堂と、念話。

浄瑠璃の力をもつ二人の呪師を乳牛院に走らせている。

かつぎ込まれた時点で千鳥の意識は、朦朧（もうろう）としていた。汗だくになりながら、広親と、わごとの名をしきりに叫んでいた。その叫びを聞く度にわごとの胸は千切れそうになった。

夜通し力をそそぎ込みつづけた浄蔵は朝餉も取らずに千鳥を助けようとした。

未（ひつじ）の刻に、遂に渇（かっ）えを起し、庚申堂から来た、二人の呪師と交替（かわ）り、今は仮眠を取っていた。

歯がかけた灰色の髪をした嫗（おうな）と、わごとと同い年くらいの盲目の少女が、今、千鳥の傷に手をかざしている。母の傷はかなり深く、むずかしい状況であることは、わごとにもわかった。

おかっぱ頭で、可憐（かれん）な顔をした盲目の少女は、時折、傷口から手がはなれてしまう。すると嫗の方がすかさずそれを直していた。

（父様だけでなく、母様までいなくなってしまったら……わたしは、自分の力を、恨む。この力があいつらをまねき寄せて二人をこんなことにっ――。わたしが来なければ……よかったの？　わたしが来たから、父様と母様はこんなことになってしまったの？……わたしなんかひろってこない方が、二人は幸せに暮せたの？）

止めどもなく涙が溢れてくる。

父の死と、母の怪我が、わごとを深く傷つけ、その傷が膿(う)みはじめていた。

と、

「わごと……水を……」

うなだれていたわごとに弱々しい声がかかった。

はっとして、千鳥の方を見る。左と右で大きさが違う目が温かい感情をたたえて、わごとを眺めていた。

――千鳥の意識がもどったのだ。

わごとの面は、輝く。慌てて水の入った碗を千鳥の顔にもっていった。

千鳥は歯を食いしばって首を少し起こし水を半分ほど飲んでいる。

「ああ……美味(おい)しい。水ってこんなに美味しいものなのね」

同じ部屋でうとうとしていた良源が浄蔵を呼びに行く。

「もっと飲んで」

格子窓から入る西日に照らされた千鳥は少し時間をかけて、碗いっぱいの水を全部飲み干した。わごとは厳かな光を投げかけてくる西ではなくて渺遠（びょうえん）なる東におわすあるお方の力をかりて千鳥を治したい。

東方浄瑠璃浄土の主、薬師如来である。

千鳥はじっとわごとを見詰め、安心したように、

「……無事だったのね？」

その瞬間、わごとは胸を刺されたような気になって面貌を赤く歪めて叫んでいた。

「……ごめんなさいっ……ごめんなさい！」

（わたしが貴女たちを巻き込んだ！　わたしが来なければ……貴女たちはこんな目に遭わなかった）

煮汁のような涙が頬を流れる。

千鳥は不思議そうな顔をしてわごとを見ていた。

と、浄蔵が来て、

「お目覚めになりましたか？」

良源も来る。

「手厚く看病していただいて……かたじけのうございます。もったいないことです」

千鳥は浄蔵、良源、今手をかざしている呪師二人に、手を合わせた。

「おかげで、少しよいようです。浄蔵様、少しわごとと、二人で話してもよいでしょうか？」

浄蔵の問いに、赤い西日に目を細めた千鳥は、

「ご気分は如何(いかが)ですか？」

「何を言っているの？　母様、駄目よ」

わごとが言うも千鳥は、微笑みを浮かべて、

「もう十分手を尽くされて、あとは、わたしの力にたよる他ないところまで……来ているのではありませぬか？」

「………」

浄蔵の黙(もだ)はそうだと言っているようであった。

「なら、お願いですから、どうか、二人で、少しだけ話させて下さい」

「母様――」

「わかりました……。少しだけですぞ」

浄蔵は苦し気に言うと、庚申堂の呪師たちにうなずき、良源と彼女らをつれて、外に出ている。

牛の臭いが漂ってくる乳牛院の板間に、わごとと千鳥は二人だけになった。

千鳥は言った。

「鴨川から清水寺に登る途中の坂には、病の人が沢山座っているでしょう？」

たとえば足が何倍もの太さになってしまう象皮病の人々、白癩(しらはたけ)と呼ばれる体じゅうに斑紋が生ずる病にかかり覆面をした人々、その他の様々な重い病にかかった人々が、そこには座っていた。

この花の都、平らかさ、安らかさを願って名がつけられた都では……よほど貴い身分か、よほど愛してくれる家族がおらねば、重い病になった途端、家から、出されてしまう。

「浄蔵様は病で家を出された人たち、食べる物もなく都に上って来て病になり倒れてしまった人たちの命を……沢山、救ってこられた。立派なことだわ。……なかなか真似できることじゃない。貴女はあの人たちのお姿をしかと目にきざみつけておきなさい」

「はい」

「お産もまた家を出されるきっかけになるのは知っている？　血の穢(けが)れを、忌まれて」

「…………」

格子窓からもれ入る赤い西日の方に千鳥は面を動かす。

「……夫がいない女が、身籠ると……それまでいた家を出されることがあるの」

不思議に澄んだ目でわごとを真っ直ぐ見て、

「わたしがそうだった」

……初めて聞く話であった。

そう言えばわごとは、広親とあう前の千鳥が何処でどうしていたか、ほとんど聞いたことがない。

「わたしの曽祖父は少納言までつとめたらしい。けれど、父の代にはすっかり落ちぶれていて、その父もわたしが子供の頃に亡くなってしまったの。右近様と同じね……。けれど、わたしには兄弟もおらず、何とか乳母の伝手(つて)であるお屋敷で女房としてはたらくようになったの。十五の時だった。染物を覚えたのはそこよ」

辛さが、千鳥のかんばせを走る。ふるえる目で、わごとを見て、

「八年はたらいたそのお屋敷で……わたしはある人の子を身籠ったの。その人は、わたしの夫となることは出来なかった。わたしは誰にも言い出せなくて身籠っていることを隠して、とうとう臨月までむかえてしまい、皆に知られることになった。北の方様のお怒りは激しかった……。『ゆくゆくはしかるべき所に嫁がせようと思っていたのに』と、恐ろしい剣幕でおっしゃって……わたしはそのお屋敷を出されることになった。

……途方に暮れた。生れた家も人手にわたっていて、乳母も、もう、いない。頼るべき人は、誰(たれ)もいない。

この都に幾人の人が住んでいるか知っている？　十万人が住んでいるのよ……。戸籍に載っていない人を入れればもっと多いかもしれない。それだけ人がいて、誰も、助けてくれない。苦い海を漂っているような心地になった」

自分を襲っている運命の荒波はこの世でもっとも恐ろしい部類のものと思っていた。だが、母も、また、若き日に運命の濁流に呑まれかかっていたのだ。

「わたしはとにかく屋根のある所で子供を産みたくて羅城門まで歩いた。羅城門には沢山の物乞いがいて、縄張りというものがあって、親切にしてくれた人もいたけれど……わたしが着ているものをじっと睨んでいる恐ろし気な男たちも、いた。その男たちからはなれたところで雨が降りはじめ、その時、急にお腹が痛くなって、わたしは蹲った。そこに声をかけてくれた人がいたの。

……広親だった。

あの人は……」

そこでふっと微笑み、

「羅城門の南の方で博奕をした帰りだったのよ」

わごとも泣き笑いのような面差しになっている。博奕帰りの若き広親がどんな顔をしていたかおおよそ想像がついたのだ。

「ほろ酔いだった？」

「ええ——ほろ酔いだった。家で飲む時のように、ぐでんぐでんじゃないわ。自分が弱いのを知っているし、羅城門の南はあの人にとって遠くだから。ちょっと飲んだ後の、ほろ酔いの広親よ」

わごとと千鳥は泣きながら笑い合った。

「広親は、わたしにいたわるように声をかけてくれて、例の一張羅の水干を……昨日まで着ていた水干ね、脱いで、わたしの頭にかけてくれて、家までつれて行ってくれたの。悪い人ではなさそうだし、わたしには誰かの助けが必要だった。

広親の家で……子供を産んだ。だけど、その子は一度も声を……」

千鳥の声が、大きくふるえて、詰まった。

「声を上げてくれず、動いてくれず……」

生れ落ちた時には命をうしなっていたのだ。

「わたしと広親でその子を洛南の野に埋めた」

千鳥は月のある日に決って洛南の野に行く習慣があった。わごとは母が何処に行っていたか、初めて知った。

「産後の肥立ちが悪くて病になったわたしを、広親は甲斐甲斐(かいがい)しく看病してくれたの。わたしは病が治っても広親の家にいて、厨(くりや)などに立つようになったの。……自然に夫婦(めおと)になっていた。わたしは広親の子をほしいと思った。強く思った」

わごとはうな垂れる。

目元の露を二度、手の甲で取って、千鳥は、

「だけど……さずからなかった。観音様に幾度お願いしても……。そんな時、広親が貴女

をおぶってかえってきたの。……奇特な人よ。わたしも、貴女も、あの人は何処かでひろってきたのだから……。貴女が来た日の晩、すやすやと寝ている貴女の横で、わたしたちは話し合った。貴女を自分の子にしようとあの人が言った時……わたしには迷いがあった。ちゃんと大切に出来るのかという迷いが。こっちへ、来なさい、わごと」

わごとがにじり寄ると、千鳥はわごとの頰に手をのばし、そっとふれている。微笑みを浮かべて、

「だけど今は貴女という子をそだてられてよかったと思っている。

貴女はわたしたち夫婦に……本当に沢山の、幸せと、喜びをあたえてくれた……。貴女はわたしたちの真の子。観音様があたえてくれた、わたしたちの宝なの」

「母様っ――」

わごとは身をふるわして叫び、泣きじゃくった。

千鳥はわごとの頰に当てる掌に力を込めて、

「貴女はさっき、ごめんなさいと言ったでしょう？　あれは……自分のせいで、わたしたちを巻き込んでしまったと思って、言ったの？」

わごとは――固まっていた。首がふるえ、滴が、膝や、板敷にこぼれる。

千鳥は、ゆっくり、頭を振った。

「そんなことは少しも思わなくていい。広親も、わたしも、今日まで貴女を恙(つつが)なくそだて

られたことに満足しているの。貴女に……感謝しているの。わたしたちの、子になってくれたことに」

わごとは、魂をもぎ取られそうな気がして、歯をきつく食いしばる。青筋を立てた拳をぎゅっと板敷に押し付ける。そうでもしなければ悲しみの獣が背中を突き破って飛び上がり——何もかももって行かれそうだった。

強い声の塊が喉からこみ上げる。

吐き出すように、

「——嫌なのっ。自分の力が！　先が見える力なのに、父様や、母様があぁいう目に遭うなんて見えなかった！　一番大切な人を守れない力なんて要らないっ。わたしの力のせいでみんな襲われている……。それが、嫌なの！」

思いのたけをぶちまけた娘に、母は、歯を食いしばって半身を起こし、

「目や耳に、意味があるように、貴女の力にも……きっと、意味があるのよ」

「…………」

「神様や仏様がくれた意味が、きっとあるの。だから要らないなんて言っては駄目」

「……どんな意味が?」

(母様や父様を守ってくれない力にどんな意味が……?)

赤い西日に顔を向けて遠い目をして考え込んだ千鳥は、

「わからない……」

わごとに、顔を向け、

「――だけど、貴女なら、きっと見つかる。その意味をおしえてもらうために、良源さんや、浄蔵さんに出会ったのではないかしら？　きっと、そうよ。話し疲れたわ」

千鳥は横になった。

わごとは、浄蔵を呼びに行った。

千鳥が亡くなったのは――その日の深更である。

朝方まで泣き崩れたわごとはふと意識が遠くなって、夢を見ている。

……恐ろしい夢であった。

牙を剥いた、大きく、凶暴なものが、手を振って、自分にとって大切な人を殺めている。

だが、自分は小さな童女の手をにぎって空に浮き――危機を逃れた。

その後、自分は大きな山の樹に引っかかった。

で、黒装束の恐ろし気な男たちに取りかこまれる。

ここで、運命が――分岐する。

一つ目が、黒装束の男たちから、別の樹に飛び移って逃れ、山の上に這い上る。すると自分は山犬の群れにかこまれ、襲われる……。

二つ目が、黒装束から逃れて山の下に逃げる道。すると今度は別の恐ろしい者どもに捕らわれ、自分は殺されてしまう。

三つ目が、黒装束の男たちに助けてもらう道で、そうすると自分はしたしい人たちと再会出来、安全な所に行くことが出来た。

朝日に射られて、はっと目が覚めたわごとは、

（……わたしに起ることのように思えたけど、あの子に起ることでは？　鏡の中の、あの子に）

落ち着いたら浄蔵や良源に相談しようと思うも、浄蔵、良源共にその日はかなり忙しそうであった。

まず二人は良源が話した千方の強大さを重く見、乳牛院の、つまり、わごとの守りを見直さねばならぬと考えている。

浄蔵はさらに魂壁を強化し、良源も要所要所の紙兵をふやすと共に、畿内各所から、信用に足る呪師を呼ばねばならぬと判断。

浄蔵、良源が知る幾人かの呪師に使いを飛ばした――。

その一方、二人は千鳥の弔いについてもすすめた。

――すでに広親は昨日、右近家の手で鳥辺野（とりべの）に弔われたという。

東の鳥辺野、西の化野、北の蓮台野は――命尽きた都の庶人が野晒しにされるか、埋められる野である。

これら死者の野に放置された骸はカラスか犬、狸などが片付けてくれる……。

「乳牛院から近いのは蓮台野だが……千鳥殿は、広親殿の隣に、鳥辺野に弔おう」

浄蔵は、言ってくれた。

鳥辺野は二人が盛んに詣でたという清水寺の傍であった。

わごとも……そこに弔いに行きたかったが、行けない。乳牛院にいなければならない。

良源が用意してくれた白い喪服を着たわごとは、白木の棺に入れられた千鳥と、乳牛院でわかれた。――人でごった返す一条大路に面した、垣根の所に行くことも、許されなかった。

良源、浄蔵に左右を守られたわごとは、広い乳牛院の草地に立ち、浄蔵が千鳥のために呼んでくれた僧、僧兵、寺男たちにはこばれてゆく棺を、じっと見おくっている。

完全に見えなくなってもまだ、わごとは固く手を合わせていた。

いずれ、鳥辺野にも手を合わせに行かねばいけないと思った。

その日、わごとの呪師としての鍛錬は、昨日につづき中断されていた。

千鳥を牧草地で見送ったわごとは乳牛院の一室に閉じ籠り微動だにしなかった。

良源も、浄蔵も、そっとしておいてくれた。

夜になり、わごとは例の鏡の欠片を取り出し——じっとのぞき込んでいる。

西を守る聖獣、白虎が描かれた裏面を、指でなぞる。この鏡が自分の手にわたった里、故郷と思しき山里に千方が自分を狙う理由があるのでないか？

良源に惨劇の家で手当てされながら、千鳥は千方が何を話したかを、つたえていた。その話から考えるに千方は樹に引っかかる前のわごとを知っている、つまりあの山里と因縁がある、ということになる。

（あの里を……わたしの故郷を壊したのは——千方）

そう考えると千方は……わごとの何重もの仇になる。

わごとは千方の顔を知っている。

千方の顔を思い浮かべるわごとの眉間に険しい皺が寄り、双眸は爛々と光っていた。

さる末流の王に土砂降りの中、攫われそうになった時、幻視した光景、あの光景の中にいた、髪が長い、黒衣の男こそ千方でないか？

（……許さない）

ほとんどうしなわれてしまった山里の記憶を取りもどしたい。前は広親や、千鳥の傍で暮らしていけるなら、昔のことは思い出さなくともよいとすら思っていた……。だが二人がいなくなってしまった今、うしなわれた過去を取り返したい。何故なら、

（あの里に……あるはず。千方につながる、手がかりが。そしてあの男を倒す手がかり

も）

わごとは、こう、考えた。

……その時であった。

鏡の欠片の表側が――青く、輝きはじめた。

この日は承平四年七月十五日。

そう。

満月の夜だった。

切灯台（きりとうだい）を傍らに置いて白小袖を赤く照らされた、わごとは固唾（かたず）を呑んで光る側を己に向ける。

わごとの顔は――青く照らされている。

次第に青光がぼんやりしていき、人影らしきものが鏡の欠片の中に、見えた。

さらにのぞくと人の顔がはっきりしてくる。

――あの少女だ。

いつだったか右近家の濡れ縁で夢の中と鏡の中に見え、今朝方見た悪夢で空を飛び、樹に引っかかっていた子。

その子も、こちらを見ているのか……瞠目していた。

（やっぱり……わたしに似ている）

鏡の中の子は垢や土埃、さらに血で汚れ、さらに髪には木の葉などがくっついていた。着ているものも粗末だし、わごとより日焼けしている。

しかし——二重の大きな目、小さく形のよい鼻、顔の形などがそっくりで、髪の長さまで同じくらいだった。

「あんたは……誰？」

鏡の欠片から——かすれた声がとどいている。まさか声がすると思わなかったわごとは目を丸げ、

「……わたしは、わごと」

相手はしばらく考えて、

「あんたは、あたし？」

わごとは、首をかしげる。

「あんた、鏡の中に住んでんの？」

謎の少女のぶっきらぼうな問いに深い悲しみの淵に沈んでいたわごとは思わず微笑んだ。

「いいえ。わたしは……乳牛院にいるわ」

相手はじっとわごとを見詰め、

「あたしは、あらごと。……何か悲しいことがあった？」

わごとは一気に苦しくなって、

「……ええ。大切な人が、いなくなってしまったの」

あらごとは——胸を突き刺されたようなかんばせになる。

わごとは、気付いた。——この子は木の中にいる。ということは……、

「貴女も、じゃない？」

もし昨夜の悪夢が現実にあらごとに起きていることなら、あらごとは、凶暴な魔物に
……誰か大切な人を殺められた直後ということになる。

果たして——血だらけ、埃だらけの、あらごとはこくりとうなずいた。

「おおい、そっちに落ちたようだぞ！」

鏡の欠片が、あらごとの世界でひびいた、男の声をとどける。

わごとの中を昨夜の悪夢の続きが——稲光のように駆け抜けた。はっとして、かんばせ
を強張らせたわごとは、

「あらごと、わたし——先を見る力があるようなの。だから、聞いて」

わごとはこれから、あらごとが恐ろし気な男たちにかこまれること、その男たちについ
て行った方がよいこと、その男たちから逃げると逆に恐ろしい目に遭って、命を落として
しまうことをつたえた。

樹の中の少女は、

「ねえ、あたし今、筑波山に、いるんだ。あんたのいる乳牛院って、こっから遠い？」

「筑波山って……当今の院の和歌に詠まれている筑波山？――東国（あずま）の筑波山？」

（今、筑波にいるこの子が、わたしには見えているの？）

「当……うん？　だと思うよ。常陸国の筑波」

「乳牛院は――」

つふと、青光が消えて鏡の欠片は真っ暗になっている。

（あらごとはわたしの――）

と、良源が入って来て、

「……誰と話していたのだ？」

わごとはもう寝ていた。良源と浄蔵は壮大なる天の川の下に出て、わごとがやすむ小屋を守りながら話していた。

小屋の別の側面には――金剛身の兄、韋駄天の小男、如意念波の翁が張り付き、固く守っていた。

金剛身の弟、四十がらみの、ごとびきの大女は、仮眠を取っていた。

浄蔵が庚申堂からつれてきた浄瑠璃の力をもつ二人は怪我人が出た時のために備えている。

呪師が張る内陣の外に、僧兵たちの外陣が張られている。

そのさらに外に浄蔵の魂壁が張ってあり、良源の紙兵もそこかしこに貼られていた。

まさに——鉄壁の備えで、浄蔵、良源は、千方の夜襲をまち構えていた。

「そのあらごとという子……わごとの、双子の姉妹なのであろうな」

浄蔵が、言った。

「都と常陸——遠くはなれた二人は鏡の欠片によってつながっている。二人は、助け合うことが出来る」

流れ星が落ちる。夜風に吹かれながら、良源は腕をくみ、

「でぇ——あらごとも呪師。空を飛んだというんじゃ、天翔（あまがけ）が出来る……。何なんですか？　この二人。千歳眼に天翔、近頃つかう者のいねえ、古（いにしえ）の呪師の力をもっている」

「恐らく隠れ里で連綿とつづいた強い通力の家系に生れた子ら。……千方が狙う理由も、その辺りにあるのかもしれない」

良源は、浄蔵に、

「あらごとも狙われていると、わごとは言っていました」

「千方の手の者か、千方と関わりなく雛（ひな）を喰らわんとする妖なのか、どちらもあり得る」

「浄蔵様、何とか、あらごとを守る手はありませんかね？　黒装束の男たちに安全な所につれて行ってもらえると、わごとは言うんですが、そいつら、どれだけ信用出来る輩なのか、わからんじゃないですか」

少し考えた浄蔵は、

「ちょうど常総の辺りをうろついている力の強い呪師がいます」

「何て奴です？」

「――乱菊」

「初耳ですな」

「ほら……前に話したでしょう？　東国の方の呪師のまとめをある女性にたのもうと思っていると」

「……ああ……」

「この乱菊にあらごとのことをたのめるとよいが」

「念話出来んのですか？」

良源が投げた問いに、浄蔵は、

「……乱菊はわたしの髪や爪をもっていないので念話出来ません」

浄蔵はしたしき人で近場なら、髪、爪なしで念話出来る。そこまで深い関わりのない人、遠くにいる人とは髪、爪があれば念話出来、全くあったことのない人とは念話出来ない。

「向うにいる天台の僧に使いを出し、乱菊をさがしてもらう他ない」

良源は浄蔵に、

「その早馬、すぐ出しましょう。俺が、縮地で行くのや、韋駄天、走らすのもな」

「いや、二人はここにいてほしい。ところで——来ると思いますか？」

——千方が、である。

良源は首をかしげる。

「さあ……どうでしょう。奴は、許し難き極悪人ですが、頭はまわる。相当悪賢い……」

浄蔵は星々がつくる遥か高みを流れる川を見上げ、

「千鳥殿を殺めたのも、わごとが単なる呪師の雛でなく、何か千方と因縁あることを、隠すためか」

（呪師の雛が消えている一件、黒幕は千方だ。俺たちは呪師の雛をあつめることが目的と思っていた。それもあるんだろうが……わごとを、正しくは、わごと、あらごとを、探すことの方が大きかったんだ。そこを俺たちが、見落としてしまったから、わごとの親御さんたちは——）

良源の面貌を猛烈な苦しみが走っている。

千方の生国も、苗字も、目的も、手下の数も、根城も、明らかではない。

何ゆえわごとたちを狙うのかも謎につつまれている。

だが、一つ、はっきりしていることがあった。

（あの男が——俺と浄蔵様の、生涯最大の敵だ）

千方はわかっているだけで……五指に余る通力をつかう。

（浄蔵様に比肩、いや……浄蔵様以上の術者かもしれん）

死ぬかもしれんなという思いが、良源に湧いた。

「一つ訊いていいですか？　こんな時でもなきゃ、なかなか訊けなかった」

良源が問う。浄蔵は星を仰ぎながら、

「何です？」

「……何ゆえ、坊さんに、なったんです？」

浄蔵は学者の家・三善に生れ、書物にしたしみ端整な顔立ちをしている。学問の世界に焦点をしぼればそれなりに上手く官界を立ちまわれたはずである。

さらに、「拾遺往生伝」によれば、浄蔵には奇才というべき各方面の才が、あった。顕密、悉曇、管弦、天文、易道、卜筮、教化、医道、修験、陀羅尼、音曲、文章、芸能に秀でていたという。

叡山において習得したものも当然多かったろうが、この中には都の貴族屋敷で吸い込んだものもあったはずである。

何故そこまでめぐまれているのに……京での栄達に背を向けたか良源はずっと訊きたかった。

浄蔵は露が置かれた草地に腰を下ろした。虫たちの呟きが、二人を取り巻いていて、見上げれば、星々と目が合った。

浄蔵は牧草に手でふれている。

「三善の家に、厩番の若者がいた。わたしは幼い時から馬が大好きでね、その若者の話を聞くのが楽しかった。歳を超えた、友と思うていたのだ。

ある時、その若者が重い病になってね、いよいよ助からぬという時――父は道に棄てよと言うた」

「……………」

悲しみと悔しさが――浄蔵のととのった顔に陰を落としている。牧草にふれていた手は止っていた。

「家があれば家にかえされたろうが身寄りのない人だったのだ。七つのわたしはどうにか、この家に置いてやってくれと、父に泣きながらたのんだ。だが、父は死の穢れが家で起るわけにはゆかぬと言う。

……どの貴族もやっていること。だが、わたしにはひどく残忍なことに思えた。家から出されて二日後にその者は亡くなった。止められたが、外に出て、その者の骸に手を合わせた。涙で濡れた目で見渡せば――沢山の道に棄てられた病人、家もなく、道で生きざるを得ず、病になった人々がいた。カラスの群れや野良犬に齧られた、多くの野晒しの骸があった」

浄蔵の相貌が険しくなっていた。

「家にかえり、仏に手を合わせている父に仏の道のもっとも大切な教えは何かと問うた。父は『命を大切にすること』と、答えた。『なら何故、厩番の若者を外で死なせたのか』と問うと……父は黙っていた。『朝廷の務めとは、民を守り治めることではないか』と問うと、父は『左様』と言う。『今の朝廷は守っているとは言い切れぬではないですか』と、わたしは言うた」

早熟の浄蔵は、父に、

『わたしは父上のような、いいえ……父上よりもっと立派な高官になり、道に棄てられるような人々、家もなく都の大路小路で生きざるを得ぬ人々を救いとうございます！』

と、叫んだ。

すると父で大学者、三善清行は面長の顔を灰色に強張らせ、沈痛な声で、

『麿も……それには心を痛めており主上に言上したこともある。だが——無理なのじゃ。孤立する。潰される。この世を牛耳る権門によって。三善の家の生れでは、その権門のおる所まで這い上れぬ。どうあっても』

浄蔵は過去の深みに潜る面差しで、

「何の意味が……あるのだろうと思うた。この都でおこなわれている仏法にだ。父も、摂関家をはじめ他多くの貴族も、立派な仏堂を建て、金銀で荘厳した仏像を崇(あが)めたてまつり、口では仏法を重んじているという。

真だろうか？　仏の教えの根幹は——命を大切にすること。都の公卿(くぎょう)たちは、己の雑色(ぞうしき)や雑仕女の命、己の庄園ではたらく百姓たちの命を大切にしているか？……していない。では大切な根がうしなわれた仏法、見てくれだけかざった、空っぽの仏法ではないか？」

悲しみをたたえる時、よけい麗しさをます顔を、釈尊の頃から人の営みを見下ろしているだろう星々に向けて、

「朝廷は民を守り治める府という。……真か？　今日も数知れぬ者が路上で命を落とし、暮しに嫌気が差した百姓が追剝になり、かつての同胞(はらから)というべき百姓を傷つけておる。

つまり、守っても、治めても、おらぬ。

この都で信じられている仏法らしきものも多くの官人が昇進に汲々(きゅうきゅう)としている朝廷も……空っぽに思えた。真の仏法を学び、道でうしなわれている命を一つでも救いたいと思うた。そんな時、山中でつんだ薬草で薬湯をつくり、病人を癒しておる葛川(かつらがわ)の老行人(ぎょうにん)を見て、この道こそ生きる道と思うたのだ。……その時であった、初めて冷たくも熱い火花が散ったのは」

——ものをふれずに浮かすことが出来、落馬した従兄(いとこ)の傷に手をかざしただけで治すことが出来たという。

如意念波と、浄瑠璃の法が、寝覚めたのだ……。

「山に登れば、この不思議な通力についてみちびいてくれる師にも出会えるはずと父に申

した」

浄蔵は、良源を見、

「父は反対だったが……わたしがはなれた所にある梅の枝を念力で折ると、ようやく我が言い分をみとめた」

良源は「葛川の老行人」と「通力についてみちびいてくれる師」が同じ人——相応(そうおう)を指すと知っていた。

巨大な呪師であり浄蔵に呪師としての心得をさずけた山僧、相応を、良源は、直接は知らぬ。だが、相応と浄蔵の間には……深刻な亀裂、対立もあったと聞いている。

その対立の原因を訊くことを今日の良源はさけた。

あらごと　五

「何度言ったら、わかるの？……あらごと」

乱菊の所々息が抜けたようなやや小さくて聞き取りにくい声がする。

妙に心地よい声で……自分の尖った、かすれ声を気にしているあらごとは、この人の声が時折羨ましい。

不思議な魅力をもつ声なのだ。

妖魔と戦った時ほど乱菊の話し方は刺々しくなく、表情もやわらかい。

「わたし、貴女に同じことを一ヶ月、ずーっと、言っている。わ、た、し、こ、の、こ、と、し、か、言、っ、て、い、な、い」

急に強い声を出す乱菊だった。

「そのことしか言っていなくはないよ」

あらごとのうんざりしたような発言に、一字一句強調するように、

「いいの。つまらない口答えをしなくて。一月経って少しも進歩しない雛に、下らぬ囀（さえず）

りなどする暇はない」

乱菊という人は、かなり鋭いことを平気で言う。それも、理詰めに、突き立ててくる。

だが、あらごとは何故だろう、蛭野に感じた嫌らしさを、この人には感じなかった。

「あらごとはそういう言い方をすると、すねちゃったりするんだよ」

陰暦八月、今の暦では九月くらい。

涼しさをおびてきた日差しの中、座っていた蕨が、ふんわりした声で言う。

日差しを嫌って栗の木の陰——あらごとが念で毬栗（いがぐり）を追い払った木陰——に座っていた乱菊が腰を浮かせた。初めて見た時と違う、ゆったりとした巫女（みこ）のような白装束を着た、乱菊は蕨の傍にゆき、

「めずらしいわよねぇ、呪師の鍛錬を、呪師でもないのに、ずーっと見物している子って」

痘痕がのこる顔にやや寂しさを漂わせてうつむいた蕨は、

「……だって、面白いんだもの」

「本当は見ちゃいけないのよ。呪師の鍛錬を」

蕨の後ろにまわり込んだ乱菊は両手で童女の目をふさぐ。

「深い山の中とか、誰もいない沼地の奥とかでやるもんなのよ。今は、この塀の内じゃなきゃ出来ないから、ここでやっているけどね」

あらごと、乱菊、蕨の近くに、護邸をかこんでいたよりは低い塀があった。

「……見ていちゃいけないの？」

目をふさがれた蕨から実に悲し気な声がした。

「あ……いや……」

やや左右にはなれて、若干、上に吊った、丸く小さな目を広げ、かすかな痘痕がのこる白い小顔に、狼狽え（うろた）を走らせた乱菊は、蕨から手をはなし、

「何がそんなに面白いのよ？」

「いろんな術を見ていると面白いの。近くで見ていたら、わたしも出来るかなと……」

蕨はさっき、あらごとが軽々と浮かせて見せた木の椀に向かって手をかざす。眉間に力を入れ、必死になって椀を浮かそうとしている。

だが、椀は地面からはなれてくれなかった。

気落ちする蕨の肩が、乱菊の手で揺すられる。

「生れつき呪師ではなくても修行によって呪師になった人もいるのよ」

「本当？」

蕨の顔が――ぱっと、輝いた。

「ええ。たとえば――弘法大師（こうぼう）」

「……知っている。名高い人だよね？」

乱菊は、蕨に、

「弘法大師は生れついての呪師ではなかったけれども……相当な修行の末、十重の術者にまでなったの」

驚きが、蕨の目を丸げる。

「わたしやあらごとは二重。二つずつしか力がない。弘法大師には、十の力があったのよ」

秋風にみじかい髪を揺すられたあらごと、白い歯をニッと剝き、

「なら、蕨もなれるかもよ。弘法様のように！　あたしと一緒に、修行していれば」

うん、うん、と素早く、蕨はうなずく。

「まあ……弘法様を目指すなら……毎日毎日、朝から晩まで鍛錬してそのことだけ考えなきゃ駄目よ。これを何年、何十年も、やるのよ」

乱菊は、言った。

「さて――あらごと。お前は、無防備な雛の癖にだらける機があればすぐそれを捉えるのね。粟散辺土の片隅で呪師の雛としてうろつきながら……」

「ああ、それ、止めて。言わないで！　やるからっ」

一月ほど前――。

あらごと、蕨は、筑波山において下総の豪族で筑波山から見て西方を治める、平将門、良門親子に庇護された。

「将門記」によれば将門という男は……、

侘人を済けて気を述ぶ。便りなき者を顧みて力を託く。(貧窮者を助けて、意気をしめし、寄る辺なき者を温かく匿って力づける)

という風格があった。

また、後年、将門は国司と対立した武蔵の武芝なる男を助けるために損得をかえりみずに動くが……武芝は百姓の暮しに常に気をくばり、大切にはぐくみ、多くの民から信頼されている、そんな豪族であったという。

武芝への共感は将門も同じ姿勢で百姓に向き合ったことをしめしている。

将門の父・平良将は鎮守府将軍——陸奥、出羽、二国の守りをになない、蝦夷に対峙する——をつとめていた。

将門は父の任地、奥羽で、少年時代をすごした可能性が高い。

かつて朝廷の東北経営は武力による弾圧、苛政を基本とした。

しかし、これに抗う蝦夷の反乱が相次いだ結果、方針を大転換した人が、二人、いる。

出羽権守・藤原保則と、良将の前に鎮守府将軍をつとめていた知将、小野春風である。

この二人は、飢えに苦しむ蝦夷の村に米をおくるなどの寛政につとめ、降伏してくる蝦夷を追い詰めず、温かく、もてなした。

蝦夷の言葉を話せた小野春風にいたっては武器をもたず、鎧もつけず――単騎、蝦夷の村に乗り込み、首領たちと膝をつき合わせて話し、帰順をうながしたという。

保則と春風は守りは固くする一方、無用、無理の戦はさけ、大規模侵攻をもとめる平安京の政府に対し、宥和政策、寛政、蝦夷との対話の大切さを説き、遂には京を説得した……。

武力ではなく言葉の力で北の反乱を鎮めた。

将門の父、良将も、むずかしい東北経営に当って、この藤原保則、小野春風がしいた道を歩んだと思われる。

子供の頃の将門は、己とは違う言葉を話す人々が暮す、北の大地で、父を見ながら――多くを吸い込んだはずだ。

裸一貫で敵地に乗り込み夷語（恐らくアイヌ語）で相手と信頼をきずき、帰順をうながした春風の話も、父から聞いたろう。

そんな将門の少年時代は、ある思考を血肉化させている。

それは……温かい血の通った絆の方が、冷ややかな関係より、ずっと強く、実り豊かで、いざという時、頼りになるということだ。

また、人と人との絆は……身分や、貧富、生業とか、言葉の違いを乗り越えて成り立つということを、将門は体験を通して、知っていた。

だから将門はどれほど身分が低い下人でも、どれだけ貧しい百姓でも、異なる言葉を話す者でも、同じ「人」として向き合う。横暴に奪ったり、不当に虐げたりしない。

これは……蝦夷はもちろん、坂東の者まで蔑んでいる都の公卿や、下人の命など毛ほども重んじていない大豪族が、到底、もち得ぬ発想であった。

将門は、護一家と違い、下人下女に対して温かく、夫婦になることなども許し、自立した百姓になれるようはからっていた。

貢租や労役の負担をやわらげ、他の豪族の如くそれらの負担によって、百姓の暮しを潰したりしない。

こうなると……護の如き男の許ではたらいている奴、悪辣な豪族、国司に苦しめられている一般農民で、元の居所から走り、将門の所に逃げ込もうという者が、出てくる。

将門はそうした侘人たち、便りなき者たちを——どんどん受け入れた。前の主から抗議されても、

『そなたの人使いが悪いのであろう』

一蹴してしまう。

逃げてきた人々を広大な原野の開拓につかって、着実に領内を豊かにしていた。

将門という男は——まさに巨大な磁石であった。

途方に暮れた者、かえるべき里から逃げてきた者、孤立した者がどんどんこの男に吸い寄せられている。

一方で将門は引力だけではなくて逆方向の力ももつ男であった。

将門からはなれてゆく人々の最たる例が、考え方を異にする豪族たちだ。これらの人々は——源護の許に結集しつつある。

それが、この頃の、下総、常陸の情勢だった。

将門が京都に生れていたら、都の裏面を蠢く群盗の頭か、浄蔵、良源のような男になっていたと思われる。

だが将門が生れたのは京の朝廷から遠くはなれた坂東で……この男には自分の自由に出来る領分、兵士、百姓が、いた。だから独自の路線を歩みはじめていたのである。

そんな男であったから、あらごと、蕨の話を聞いた平将門は、

『護の所が……そんなことになっていたとは——。繁殿が元気だった頃は、まだましだった。我が友が病になってから、どんどんおかしくなったのだ……。あらごと、蕨——真に辛く恐ろしい目に遭ったな？　そなたらはこの将門が、匿う』

良門も勇ましい面持ちで、二人の少女に、

『父上が匿うと言った以上、途中でみはなすことはない！　大船に乗った気でいろ』

源繁が……犬神と化して多くの死傷者が出たという話について、家人から、

『どうにも……信じられませぬ。混乱した、この者どもが、護殿の唐犬(からいぬ)を化け物と見間違えたのでは？』

との意見が出されるも沈思黙考した将門は、強く頭を振るあらごとを見、

『わしも……信じたくない。だが、この者たちの表情は実に切迫しており、とても大きな犬の見間違えであったように思えぬ。先ほど、お主らも、鷲などより遥かに大きい怪鳥(けちょう)を見たではないか？　わしが一羽、良門が一羽、落とした奴らだ。

筑波山には天狗(てんぐ)が棲むという言い伝えもある。

……そのような人智を超えしものが、この世にはおるのでないかな？』

良門は将門に、

『そのことはたしかめるとして、父上、あらごとたちの話が真なら、他にもこちらに逃げてくる者がおる様子。――下働きの者たちや、飯母呂衆、なる賊です』

『飯母呂衆……面白そうな者どもよなあ』

莞爾(かんじ)となった将門の大きな体から飯母呂衆への興味がにじむ。

鬚もじゃの家人、多治経明(たじのつねあきら)が、ガラガラ声で、

『飯母呂衆というのは群盗、逃亡下人とは話が違いますぞ！』

だが、将門は実に面白そうに角張った顎をさすり、

『飯母呂の頭とやらの話――聞いてみたい気がする。それに――』

何か言いかけた将門の大きな眼から鋭い光芒が放たれた。……得体の知れぬ光である。

あらごとは、様々な企みを内に秘めた武人の目を見た気がしている。

良門は、父の意を察したように、

『飯母呂なる者ども……いろいろ、使い道もある気がします』

経明は深く息を吐き、

『どうせ……貴方がたは、飯母呂に肩入れするんでしょう？　わかっています。ええい、もう、どうにでもなれ。何処までもお供しますわっ』


あらごと、蕨に簡単な手当てをほどこした将門たちは二人を庇護したまま筑波山麓を北上した。

すると――北から逃げてくる飯母呂衆、護邸の下人下女、乱菊たち、合わせて数十人と合流している。

逃げてきた人々は黒ずくめの一団に驚くも、中にいるあらごと、蕨を音羽が目ざとく見つけたことで、安堵が広がった。将門は血だらけになった下人の肩に手を置き、埃だらけの下女にいたわるような笑みを見せ、言った。

『よう逃げてきたな！　立派であるぞ』

まだ怯えをにじませる人々を、はげますように、

『不当な出挙で田畑を奪い、奴をふやしている者が、常陸のさる地におると聞いた。将門はその男……大きな強盗のように思う』

『………』

『そなたらはその大強盗から……』

将門はあらごと、蕨を見、

『大切な命、友……』

固く手を取り合った苧衣の若い男女に笑いかけ、

『よりよき明日など、かけがえのないものを守るために——今日という日は命を賭け……ここまで走って参った。その心意気、立派！　ならば将門も武人として——その心意気に応えん。そなたらを、守る！　そなたらを受け入れる』

『おおおぉぉぉっ——！』

喜びのどよめきが、起っていた。

と、飯母呂石念、音もなくすすみ出て、

『飯母呂石念と申します。我らはこの人々とは違います。坂東数ヶ国から追われるお尋ね者。匿われると御身にご面倒がおよぶと思います』

ところが石念の言葉に将門は非常に深くうなずき、

『実はあらごとから飯母呂衆の話を聞く前から左様な賊がおる旨、耳にしていた。飯母呂をたばねるは如何なる男か……たしかめたい、そなたにあいたいと思うておった』

『………』

『石念、将門は、只今の口上、奥ゆかしく思うたぞ。——そなたの話を聞きたい。今宵はともかく、庇護せん』

おおらかに約束した。

この時、源家の追っ手——十人ほどが馬に打ち乗り、やってくるも、追っ手の矢面に立った将門は雷の如き大声で、

『源家の方々！　この者ども、よんどころなき事情があると見たゆえ、豊田の住人、平将門、匿うと決めた。今宵はともかく退かれい！』

『何を申すか豊田のお人！　その中には、許し難き、群盗もおるのじゃぞっ！』
二、三騎が、憤激の突風となってすすみ出るも、将門は、
『——黙れ！』

天も、地も、ふるえるほどの大声で怒鳴った。

『——働きの悪い者を犬に食わせておるとな！　そんな所に、どうして、かえせよう！』

声の雷を落とされた、敵騎が、人馬一体、狼狽えている——。まず、馬が将門の声に立

ち竦み、それがうつって人までわなないてしまった。

だが、敵は馬をはげまし、

『そ奴らは、当家の下衆じゃ！　煮ようが焼こうが当家の勝手じゃ』

『盗人を匿うとは……お主が盗人の張本であったかよ平将門！』

と、

『……盗人、盗人、うるさいのう』

ふふんと笑った将門は、

『そなたら、己を省みて己が一度も盗人に似ていると思うた例はないのか？　他人を、盗賊呼ばわり出来るのか！』

将門は五人張りの恐るべき強弓を構え、

『それ以上、近づくと射る』

将門の射芸を聞いている護の追っ手十人は蜘蛛の子を散らすように逃げ去った……。

少し北上した所でこの十人、追っ手を率いる源扶の一隊数十人と鉢合わせした。

事情を聞いた馬上の扶、怒りのあまり移鞍を置いた替え馬の方によろめきかかるも、

『腑抜けがぁ！』

十人をたばねていた者を一喝――その者の額を鞭で打ち据え、

『将門め。俺の女を奪っただけではあき足らず、今度は当家の下衆までも掠めるかっ！』

将門の妻、平真樹の娘、君の前に惚れていた扶、君の前はこの男を毛嫌いし……一度も扶の女になったことなどないのだが、扶の中では俺の女ということになっているのである……。そして、扶の恋慕、いや恋欲の執着はまだじとじととつづいており、この大男の気持ちを乱しつづけていた。

深い笑みを浮かべた扶は、

『許せぬ。しかし汝も、もう終りじゃ。——飯母呂を匿うようではなあ。ふふふ』

西南に木の蔓でつくった練鞭をビュンと振り、

『石田に走れ。で……国香殿に。わかったか？』


追っ手をまくため、一度、筑波山の森の中に入った将門、そこを潜行して、広大な山の西麓に出ると、別の家来数名が馬数頭と、まっていた。また音羽ら飯母呂衆は……扶が追って来そうな所に鉄菱を仕掛けていた。

『狩りに来る時に乗って来た馬だ』

良門は、あらごとに囁いている。

将門たちは馬上の人となったが、ほとんどの者は徒歩だった。

深い萱原を西に行く百人ほどのあらごとたち、松明はつけぬ。

行く手には——現代はもう無くなってしまった大きな湖——鳥羽の淡海が広がっているはずだ。

万葉の歌人、高橋虫麻呂が「新治の鳥羽の淡海も」と詠んだ湖だ。

鳥羽の淡海を舟で南下すると毛野川（鬼怒川）に、出る。毛野川を南にわたれば、将門の本拠地、鎌輪はすぐそこである。


将門は夜の萱原を動きながら、家来を一騎、先発させ、漁村の舟を掻きあつめるよう下知した。行きに来た舟では足らぬからだった。

多治経明が将門に、

『気を付けなされよ。ここは、二人の、おじ御のご領地の、境』

と、言った瞬間——北と南から、炬火の群れが、将門の一隊に押し寄せている。

北から来たのが……将門の伯父で、源護の長女を娶り、妻——つまり扶たちの姉の尻にしかれている優柔不断な男、平国香。

南から現れたのが……やはり将門の叔父で、将門と歳近く、護の末娘を娶り、この妻にぞっこんで、完全に操縦されている平良正と思われた。

つまり北、南から、将門をはさみ込んだのは、将門のおじ達ではあったが、味方にあらず。護に取り込まれている男どもだった。

北から、

『将門！　大変なことをしてくれたな……。お主はまたそうやって、一門の結束を乱すか？』

南からは、

『将門ぉっ！　お主はわしの甥ゆえ、てっきり六道の内の……人間道の住人かと思うておったが、違うようじゃなっ！　畜生道をさすらう獣であったようじゃな。何故、人倫の道をわきまえぬ？　人殺しの盗賊を庇うとは何事じゃ！　早くそ奴らをわしらにわたせっ。もし、わたさねば、甥といえども許容出来ぬぞ！』

あらごとには……前にいる将門がこのおじ達の言葉に心底、落胆しているように見えた。

将門は北に向かって、叫んだ。

『国香伯父！　一門の結束を乱しているのは、どちらじゃ？　わしが上洛し小一条の左府様に仕えておる時、国香伯父と上総の良兼伯父、良正叔父、三人で結託し、我が父の遺領を——掠め取った！』

『…………』

『相続すべき多くの地を奪われたため、わしは原野を開墾せねばならぬ。わしは——この一件の背後に真壁の護殿がおると思うております！　何故なら、御三方共に、護殿のご息女をご内室にむかえておられる』

北から、か細い声が、

『妻は……関わりない。お主の父とわしの、その話し合いで……』

『そんな話し合いがあったと父からも母からも聞いておりませぬ。当家の重臣も、誰も知らぬ話し合いにござる！　他家の者の入れ知恵で、甥の土地を盗む。これ、一門の結束を乱す所行ではありませぬか？』

『………』

『人倫に反しませぬか？　盗人と同じではありませぬか？』

北は黙り込むも、南から、

『ええい！　実の叔父を盗人呼ばわりするかっ。許せぬ！』

物の具もった兵どもを引きつれた良正は殺気立っている。

『――やりますか？　ここで。矢戦でも』

将門が言うと石念から錆びた声が、出た。

『ようやく……火花が散りはじめた』

通力を起す炉に、また火が灯ったのだ。

『――風は、こちらの味方にござる！』

石念が野の上の夜空に手を上げ、北と南、二方にかざしている。

すると、どうだろう。

地上の理を無視した突風が将門たちのいる所から北と南に吹きだした——。

荒波となって動く萱が、北と南、双方で、どよめきを掻き立てる。

将門は南に弓をきりきり引きしぼり、良門、経明は、北に弓を構えた。どちらも追い風だ。

この頃の戦いは弓が主力武器であるため、戦うなら、もう勝負は決っている。

と、北から慌て気味の国香の声が、

『ま、まてっ。我らは別に……お主と戦しようと思うて出張ったわけではないのじゃ。ただな、舅殿から度々使いが参り、賊に入られた旨、さらにその賊をそなたが匿っていると言うて参ったゆえ、ことの実否を明らかにしようとしたまで……』

『左様にござったか。ならば、当方も伯父上達と戦おうとは思いませぬ！　源家から逃げて参った者たちにはそれなりの言い分があるように思いました。故に、わしの方で聞き取りをし、何があったか明らかにしようと思います。その上で源家と話をつけますので、国香伯父にも、良正叔父にも、御迷惑はかけませぬ。——よろしいですか？』

こう啖呵を切って将門は護邸から逃げてきた者たちをごっそり舟に乗せ——鎌輪の方に立ち去った。

扶とその郎党は筑波山麓で……飯母呂衆の鉄菱を多くの馬が踏んでしまい、走行不能となり、徒歩の者も足に大怪我したため、追跡を断念した。

乱菊については繁がまだ生きている……という噂が鎌輪にとどいたため、犬神に憑かれし男、源繁を討つまでは、この地をはなれられぬと決断。

鎌輪にのこっている。そもそも乱菊が護邸にいたのは、犬神の存在を嗅ぎつけ——退治しようと思ったからなのだ。

その乱菊が、あらごとに、

『わたしがここにいる間——呪師として必要なことをおしえてやろう』

と、もちかけ、あらゆる仕事を免除されたあらごとは、特訓に明け暮れていた。

蕨ら、元々、護邸にいた人々は将門から、おのおのの得意な仕事をあてがわれ、鎌輪の地で生き生きとはたらいていた。

ここに美豆や青丸をつれてこられなかったことが、あらごとは悔しかった。

また——飯母呂衆は石念と将門が初見で意気投合したこともあり、丸ごと、将門に召し抱えられている。

飯母呂衆にはあの日、護邸討ち入りにくわわらなかった別働隊もおり、そうした者も全て、将門の傘下に入っている。

将門は石念たちに盗賊を止めさせ、護、国香、良正、さらに遠方の豪族や常陸国府の動きを探らせていた。

栗の木の傍で椀を浮かしたあらごとに乱菊が駄目というふうに手を振る。

「また、火花が、もれている。沢山ね」

あらごとは——通力の糸を切った。目に見えない糸で吊るされていた椀は、勢いよく地面に落っこちた。

あらごとは、心底嫌そうに、

「ああ、もう駄目。手本を見せて、乱菊」

「何度見せたら……わかるのよ」

乱菊は遠く、将門の家の厨の方に手をのばし、

「今から塩が入った青磁の壺をここに寄せる。わたしの中の火花を、火矢のようにする。長くない。みじかい火矢。火花がぎゅーっと詰まった火矢。これを——さっと、射る」

乱菊の中の火花を——あらごとは察せぬ。

が、乱菊はたしかに、念を放ったようだ。

刹那——青磁の小壺が乱菊の目の前に、いきなり置かれていた。厨から瞬間移動してきたのだ。

蕨が歓声を上げ、物寄せと幻術、二重の術者である乱菊はゆったりした白衣をひらりとさせて、あらごとに向き、

「——どう?」

「何も……わからなかった」

と、

「乱菊、そうやってどんどん厨のものをもち出してしまうから、厨の女たちから苦情が上がっておるぞ」

明るく大きな声をかけてきた者がある。

こちらに歩み寄ってきたその人は、将門の庶子で、十四歳の良門だった。

将門が十代の時にもうけたという良門――将門ほど大きくはない。中背で、腕の太い若者だった。

濃い太眉と意志の強そうな鼻が父に似ている。爽やかな凜々しさと、気の強さ、快活さをあわせもつ良門を見ると……何故だろう、あらごとは胸がどきどきする。だが、そのどきどきの意味を、あらごとはわかっていない。

良門の大きな目が、あらごとを見、

「少しは上達したか？」

あらごとは若干照れて、

「全く……。ねえ、良門、乱菊が言うにはこういう修行って山の中とか、深い沼地の奥とかでやるんだって。だからさ――」

平の家をかこむ、源の家より低い板塀に駆け寄り、ドンと、押して、

「この塀の外に行っちゃいけない？」

「駄目だよ。父上のお許しが、出ない。あれから……護の手の者、良正殿の手の者が、しきりにこちらを探っているようなのだ。あらごとはあちらから参った者の中で、とくに強く狙われているようだ」

逃亡した下人、下女および、盗賊、とくに——あらごと、音羽、飯母呂の頭を引きわたすように、との護の使いが、しきりにこちらに来ていたが、将門は固く突っぱねていた。

『貴家の問題は多くあるが……第一に、魔性の犬に喰らわれるのが嫌だから逃げたという、あの者どもの言い分、もっともである。左様な事柄全てが改善されぬ限り、将門が逃げてきた者たちを、そちらに返すことはない』

将門の答である。

「それらのことが落ち着かない限り、無理だよ」

良門はあらごとをさとした。

乱菊が、あらごと、蕨に接する時と違う、あらたまった様子で、

「良門様。先ほどのお話ですが……どうにも、厨のものが、一番寄せやすくて……。今後は術をつかう前に必ず厨の方に話しておくことにします」

「……そういうことなら、わたしの方から話しておくよ。それはそうと、乱菊、あらごと、父上がそなたらをお呼びなのだ。あと、蕨、そなたはそろそろ縫殿にもどった方がよくな

いか?」

蕨は手先が器用であることを将門の北の方――君の前に見出され、縫殿ではたらいていた。

「北の方様はここだけの話、そなたは縫殿を背負って立つだろうと、大きな期待を寄せているよ」

良門は朗らかに言う。

良門の母は、身分が低い人で、既に亡い。三十代前半と思しき将門には二人の妻、北の方と南の方がいるが、将門の跡を継ぐのは、この二人の妻が産んだ子供たちのどちらか――良門の幼い弟――であり、良門はいずれ蕨より幼い弟の家人になるか、ここを出て……新天地を開拓するか、いずれかの運命を背負わされると決っていた。

「はい……」

頬を赤らめ嬉しげに立ち上がった蕨がよろめいた。

蕨は――護邸から逃げる時、矢で射られて、足を怪我している。その怪我により片足が不自由になっていた。

将門を継げない、将門の長男は、素早く動き小さな蕨をささえる。

「大丈夫か?」

と、いたわる。

その様子を見ていたあらごとは温かいものにひたされてゆく気がする。じっと、良門を見てしまう。

「何、ぼおーっとしているの？」

声が、降って来た。

見上げると——板壁の上に人が一人、悠然と、立っていた。

その娘はくるっと宙返りして、あらごとの傍に音もなく降り立つ——。

「音羽ぁっ！」

あらごとはじゃれる犬のような顔をして嬉し気に音羽に飛びかかる。

音羽は、勢いよく、あらごとに体を向けて、両拳を構え、左手を軽く突き出してくる。

あらごとはそれを掌で受けて、

「今のをおしえて！」

斥候(うかみ)に行ってきたらしい音羽は、

「どっち？　軽業？　武芸？」

「両方！」

「お前は……いろいろな方に、関心を、もちすぎ！　全部薄まって何も出来ないわよ」

乱菊の手がぬっと突き出され、あらごとの襟首を捕まえている。

「よし！　では父上の許に参ろう。石念もおるぞ。音羽も、参るか？」

後ろで髪を一つにたばねた音羽は、さっとひざまずき、うつむいて、

「――いえ。そのお話が終り次第、お頭に報告します」

良門、塩壺をかかえた乱菊、あらごとはつれ立って将門がいる主屋の方に行く。途中まで方向が一緒な蕨は、あらごとに手をつながれたまま、ふんわりした声で、

「やっぱり、わたしはまだ……乱菊に慣れないな。苦菊の方がしっくりくる」

「……この顔がお待ちかねかい？」

いきなり、乱菊が張物所の姥、苦菊に入れ替わったので、蕨とあらごとは大はしゃぎする。

乱菊によれば幻術による幻聴の類というのだが、声まで、苦菊の嗄れ声に変っていた。

ちなみに乱菊、護邸で――夜、明り一つない下女小屋で突っ伏しながら、乱菊にもどり、翌日、苦菊に化けるための火花をためていたという。

あらごとはふと音羽の眼差しを感じて振り返る。

音羽は、良門の背中を何故だろう、酸味の効いた甘さをたたえた目で、じっと見詰めていた。だがあらごとの視線に気づくとその表情を掻き消し、足早に別の方に歩いて行った。

将門は、春の陽に照らされた、巨大な岩山のように、温かく、非常に堅固な風格を漂わし、そこにいた。

身の丈六尺一寸強。

真に大きな男であった。

横に広く、胸板は水干の上からわかるほどに隆起し、体全体に硬質な厚みがある。

だが……先月、護の追っ手と、おじ達に見せた強い威圧感は影も形もない。

将門の角張り、野性的な無精髭をたくわえた、端整な顔は温和な笑みを浮かべている。

太眉の下の双眼は――澄んでいた。

あらごとは何か言葉に出来ぬ威厳のようなものに打たれた気がして、思わず口をぽかんと開けた。

もし、王気（おうけ）という言葉を知っていたなら、迷わずこれをつかったろう。――王者の風格ということである。

将門の傍には一人の女性がいた。

将門の北の方で、常陸の豪族・平真樹の娘、君の前だった。

乙女であった頃、常陸一の美女と言われた君の前、長く艶やかな黒髪は上に結っていない。さらりと下に、自然に流している。

ややふくよかな人だった。目尻は下がり、白絹のようにやわらかく、きめ細かい肌をしていた。

温かくふんわりした雰囲気がこの人にはあって、あらごとの知る人だと、蕨の雰囲気に似ている。蕨とは波長が合うようである。

護の北の方や、扶、隆の妻は、奥御殿に閉じ籠っていたが、この人は違う。

縫物と染物が得意で、縫殿、染殿を自ら差配していた。蕨の隣に座って縫物し、そこではたらく女たちと気さくに語らったりするのだ。

将門は広縁に座ろうとする、あらごとたちに、

「何をしておる？　ここまで参れ。大事な話だ」

板敷を手で叩く。

乱菊と、あらごと、そして良門は板間に入り、広縁近くに座ろうとするも、またまねかれて将門の傍に座った。

あらごとは入るまで気付かなかったが……まるで陰と同化するかのように、飯母呂石念も控えていた。

将門は言った。

「よい話と、悪い話がある。どっちから聞きたい」

乱菊はあらごとと顔を見合わせ、

「では、悪い話から」

将門は君の前に話すようにうながした。

心配そうな表情を浮かべた君の前は、口を開いている。

「新治の父上から使いが、あったのです……。南の方から夜な夜な怪しい者どもが、里に入ってくると」

君の前の父、平真樹の所領の南は、源護の領分だった。

「その者たち……人のようであるが、犬の如く吠えたり、四つ足で風のように走ったりする。目を赤く光らせ、人を襲い、喉笛を嚙み千切って、喰らう。人を攫ったりする」

「繁ではないのですか？」

乱菊は切るように問うた。

「幾人かおり、その中に……繁はおらん」

石念から、固い声が、こぼれた。石念の耳にもこの話は入っているようだ。

「一人は翁、いま一人は童子、最後の一人は女。いずれも護の屋敷ではたらいていた者どもによう似ていると」

「この話、如何思う？」

将門は、乱菊に、尋ねた。

乱菊は石念と目で会話した後、将門に、

「——犬神です。犬神は普通、人を喰い殺します。が、喰い殺されず、嚙み傷だけ負う者も、いる。犬神に嚙まれた者は必ず恐ろしい熱病にかかります」

　繁がそうだった。山で黒い犬のようなものに襲われた後、重い病に伏した。

「この熱病で、ほとんどの者は死んでしまいます。ただ……稀に、息を吹き返す者が、いる。繁のように」

　石念が、表情もなく、

「考えられるのは惨劇の夜――」

　護邸に飯母呂衆が入った満月の夜だ。

「繁に嚙まれただけという者が幾人か、いた。この者たちの一部が熱病から息を吹き返し――犬神憑きになった」

　石念の話を受けた将門は、

「犬神はどんどん、仲間をふやすことが出来るのか？」

　君の前は恐ろし気にたおやかな体を強張らせている。

　乱菊は、静かなる殺気を身にまといながら、

「どんどん、というわけではありません。熱病で死ぬ者の方が、多いので。ただ……着実にふえてゆきます。嚙んだ犬神が健在な場合、嚙まれた方は、嚙んだ方の……手下となることが多い。わたしの兄を死に追いやった犬神もそうやって手下をふやしていました」

　乱菊の兄が犬神のせいで亡くなっていたという話を、あらごとは初めて、聞いた。

「――大元を、繁を、退治せねば駄目です」

乱菊の殺気が尖(とが)り、あらごとの心は傷つく。

「それは、わかるのだが……」

繁と個人的な友誼(ゆうぎ)があったという将門の面持ちは曇っている。

「何とか繁を立ち直らせる術はないか?」

あらごとは大きくうなずく。将門が――自分の気持ちを代弁してくれた気がした。

「他心通という、人の心をあやつる通力があり……これをつかえば、あるいは繁をもとにもどせるかもしれませんが、このめずらしい力をもつ呪師をわたしは一人も知りません」

「そうではないのだ、乱菊……何というか、わしや、あらごとのように、繁をよく知る者が繁に語りかける、これにより繁をもとにもどし……」

「そうだよ、乱菊、あたし、もう一度繁様に語りかけてみたいんだ! そうしたら繁様はきっと……」

前のめりになっていたあらごとから言葉が迸るも、

「――甘い」

石念の固い語気に、弾かれる。

「ご無礼ながら……甘いお考えと、愚考いたします」

乱菊は将門に、

「石念が言う通りで犬神はそのような生やさしい考えが通用する相手ではありません。……もっと恐るべき存在。犬神に憑かれると、人を喰いたくて、喰いたくて、たまらなくなり、それをおさえられなくなる。一夜で幾人か喰らえば、翌朝まで、その喰ろうた分だけ、強くなる。朝日を浴びると……元にもどりますが、これを幾月も幾年もくり返すことで、地の力も強くなってゆく。また、仲間をふやすことも出来る。

将門様、これを捨て置けば何が起こるか、おわかりですか？　次々犬神に殺められる人が出て、犬神もふえてゆく。常陸、下総二国は遠からず……皆が犬神に怯えて暮らす、この世の地獄になりましょう。故に、滅ぼさねばなりません。容赦はいけません」

眉根を寄せて辛そうに聞いていた将門は、

「……わかった。ただ、繁は、護の子。繁は……あの館に守られておる。強引に繁を退治しようとすれば護との戦になる恐れがある。これは……さけねばならぬ」

あらごとたちを守って鎌輪に来た時は、まだ、「向うから先に射かけられました」という言い訳が成り立った。

だが、此度は違う。将門の、護領への侵略戦の形になる。

そのような戦を自分から起せば将門は朝廷から謀反人とされかねない。

「護とて……魔性と化した倅をもてあましているのではないか？　だから、まず、護自らに始末をつけさせる、あるいは、繁を我らに引きわたしてもらう」

将門は険しい面差しで、

「その一方で所管たる常陸国府に犬神一件を訴え、国府から、護に、犬神を何とかするようにはたらきかけてもらう。この両面で行く」

——そのように決した。

「石念、いっそう護領への内偵を強めよ。また、舅殿に、見張りの助太刀(すけだち)などいつでも出すと、つたえてくれ」

将門は石念と妻に告げて、

「よい方の話というのはな、乱菊……そなたにあいたいという人がおる」

「誰でしょう?」

「天台の僧だ。筑波山麓の承和寺(じょうわじ)からやってこられた。高名な浄蔵貴所から——そなた宛ての手紙をもって来られた」

「浄蔵貴所からわたしへ?」

君の前が、穏やかに、

「わたしはもちろん、浄蔵貴所を存じませぬが……尊いお方ですね。乱菊殿は浄蔵貴所と昵懇(じっこん)であられるのですね?」

「いや……昵懇というわけでは……。一、二度、お目にかかっただけです」

若干のはにかみが、乱菊から、漂う。あらごとはそんな乱菊を目を細めて眺めている。

と、

「殿！　何故、そのような者たちを主屋に上げておいでなのです？」

高らかな声がして――香りよく、きらびやかな女人が、入って来た。

将門のもう一人の妻、南の方だった。

（……この人、苦手なんだよね）

髪を高く結い上げ、翡翠(ひすい)の櫛(くし)でかざり、艶やかな錦の衣をまとった南の方はきつい眼差しで、

「良門。そちはこの家の家人。何故、殿の近くに侍(さぶろ)うておるのか。もそっと、はなれよ。石念と、旅の巫女よ。今日は一芸を披露するわけではないのだろう？　ならば、広縁まで下がれ」

あらごとを冷ややかに見下ろし、

「そなたの二親は何処の何者か？」

「…………」

「おおかた、言う甲斐なき下郎であろう？――庭へ、下がれ。そなたの居場所はそこぞ」

「南の方、わたしと殿が許したのよ、落ち着いて」

北の方、君の前が立ち上がり、たしなめた。

この二人に……後の時代のような序列は、ない。妻と妾(めかけ)には差があるが、二人は同格の

妻である。

ただ、北の方・君の前の方が先にここにいたから、南の方は君の前を義姉上と呼んでいた。

「義姉上、この世には、分限、序列というものがあり、それらが無うなれば、崩れ去ってしまいます」

将門は、南の方に、

「わしが許したと、北の方は言うたろう？　そなたは心にまかせぬことがあると周りにあたり散らす。よくないぞ。……昔からの悪い癖だ」

南の方の透き通るほど色白で北の方よりほっそりした顔に、険が走っている。

「苛立ちを覚えたゆえ、あたっているわけではありません。当り前の、決まり事について話しております。良門は俘囚の……」

あらごとは横にいる良門の歯が――熱く噛み合わされた気がした。

俘囚とは……蝦夷討伐で捕らえられた蝦夷の人々で朝廷により無理矢理、西国をふくむ日本の各地に住まわされた男女である。

朝廷は、武力にすぐれた俘囚を国司にあずけ、警察のようにつかって、一般の百姓を見張らせようとしたのである。

だが、この試みは失敗し……言語も風習も違う異郷に住まわされ、国司にこきつかわれていた俘囚は、国司の許を逃げ出して盗賊となり、諸国の治安を低下させていたのである。

（良門の母様は俘囚の娘だって音羽は言っていた。音羽の二親も、俘囚の盗賊で官兵に討たれたって……）

自分と、良門のことを悪く言われ、あらごとは腹が立ってきた。

（何で、この人……将門様に嫁いできたんだよ！　南の方って言うけどさ、この人が来ると、強い北風が吹いた心地がするんだよ）

石念、あらごとを引っ張った乱菊が下がろうとするも、将門は、

「そこでよい」

強く止め、厳しい顔様で、

「南の方！　今のような言い方、将門は好まぬ。何用か？」

ぽんと、一通の書状が、将門の前に投げ出された。

「上総の父がわたくしに文をおくってきました。どうせ痴がましき文だろうと思いましたが案の定そうでした。至急、真壁から逃げてきた者ども、全ておくりかえし、群盗は――」

飯母呂石念を冷ややかに見下ろし、

「皆、斬首、その首を塩漬けにして、駿馬、金銀、米穀と共に、護の所におくり、許しを請うべしという文でした。我が殿がするはずもないと使者をきつく叱り、二度と斯様な文

はよこすなと告げ、追い返しました。……間違いだったでしょうか？　では――」

よい匂いだけのこして去って行った。

北の方は、将門に一揖し、

「南の方……」

さっと、追いかけている。

将門の南の方は、南、上総国から嫁いできたという。

すぐ事情通になる音羽は、

『押しかけて来たってよ』

と、言っていた。

南の方の父は――平良兼。将門の伯父で上総国最大最強の豪族だった。

良兼の先妻の娘である南の方は、良兼の歳のはなれた後妻……源護の娘と、折り合い悪く、若き後妻の言いなりになる父にも不満をもっていた。

そんな時、良兼に所領を横取りされた将門が、上総の良兼館に乗り込み、長くしぶとい交渉に入ったのである。

その時に――今、南の方と呼ばれている姫は従兄である将門に惚れてしまった。

猛烈な求愛を仕掛けている。

将門、武芸の道では強いが、女に弱い。

将門には君の前という人がいたのだが……二人はそういう間柄になってしまった。

これに激怒したのはいっこくな処のある南の方の父、良兼、その妻で南の方の義母、護の、娘だ……。

良兼夫妻は若い二人の恋に手を突っ込み――何とか引き裂こうとした。

しかし、南の方は、その手を振り払い、あくまでも恋を貫こうとする。

悪賢い良兼夫妻は――奸計を練り上げた。

良兼は、将門に、穏やかな笑みを浮かべて、

『将門……わしもおれることにするよ。元より、お主はわしの可愛い甥じゃ。二人の縁組をみとめよう。――そこでな、条件が、ある。当家は今は東国に住するとはいえ、元々は桓武の帝の後裔。東国風の嫁入りではなく……京都風の婿取りの形で、この縁組をすすめたい……。どうじゃ？　異存はあるまい？』

将門を――花婿として上総の館に閉じ込め、その隙に下総の将門領を奪ってしまおうという汚らしい計略だった。

下総に君の前という人をのこしてきている将門、瞬時にこの計を見抜き、

『伯父御。この将門、下総にのこしてきておる妻もおり、治めねばならぬ所領もあり申す。婿取りというのは、貴種が狭い所に集結しておる都ならではの話では……？　下総より遠くはなれた上総にいて……下総の所領を治めるというのが、どうにもむずかしい話に思わ

れるのでござる。将門は東人である己に誇りをもっており申す。なので、ここは、東国風の嫁入りの形でご息女を頂戴したい。必ず、幸せにします』

『何ぃ？　貴様ぁ……わしの娘に手を出しておきながら、つべこべ申すのか！　婿取りじゃ！　婿取りでなければお主如きに娘はわたせぬっ――』

『それならこの縁談――なかったことにしていただきたい。交渉も一時、打ち切る！　将門は下総にかえります！』

将門と良兼は喧嘩（けんか）別れしている。当然、良兼は、娘を別の男に嫁がせようとする。

ここで――南の方は驚くべき行動に出た。

馬に跳び乗り、父の館を飛び出し、将門を追って――下総に走った。

こうしてこの勝気な従妹は将門の押しかけ女房になったのだった。

南の方と入れ違いに天台宗の僧が、入って来た。

手紙の送り主、浄蔵のたっての願いということで、別室で一人、文を読んだ、乱菊は、もどって来て、あらごとを――手招きする。

「あんたにも関わりがあるの。来なさい」

庭に面した一室で乱菊と向き合う。

きめ細かい字で書かれた手紙を、あらごとに見せた乱菊は、

「字は？」

「読めない」

「わごとは――知っているよね？　鏡の欠片にうつった、不思議な子の名前だものね？」

「……うん」

乱菊には過去の欠片らしい夢のこと、鏡の中の少女の話をしていた。

「浄蔵様はわごとと一緒にいるんだって。平安京の、乳牛院に」

「え――？」

あらごとの心で荒波が立つ。

「あんたとわごとは双子の姉妹だろうと、浄蔵様は書いている」

「………………」

山里の記憶の中、共に月草をつんでいて、強大な魔が襲ってきた時、一緒に手をつないでいた子が、わごとなのか……？

胸が、いや、記憶が、激しく、波打っている。忘れられたものが一挙にせり上がって来てもう少しで思い出せそうな気がする。だが、透明な膜のせいで止められて、そこまでしか上がって来られず、もう少しで思い出せるものが、思い出せない気がした。

乱菊は、あらごとに、

「貴女たちは古の念力がかけられた鏡の欠片によって、遠くはなれていてもつながることが出来るのよ。これは、わたしの考えだけど……どちらかが強く必要とした時、あるいは互いに必要とした時、貴女たちはつながり合えるのかも……。魔を探知する力の他に、遠くの者とつながる力、貴女にはもったいない……」

話の途中で、あらごとは、

「ねえ、わごとは——あの山里を、故郷を覚えているの？」

「ほとんど覚えていないって」

頭を振る乱菊だった。

「貴女たちは、共に呪師の雛。そして、ここからが大切なんだけど……貴女たちを狙っている者がいる」

「雛を喰おうとする妖怪でしょう？」

「それもあるけど、もっと、危険な者たちよ。千方という男。心当りは？」

「……ないよ……」

乱菊は、非常に険しい表情で、囁く。

「髪が長くて、若い男。黒い衣をまとっている」

あらごとは記憶の断片を手探りする顔で、

「そういう男……それっぽい男が、村が焼かれる時に立っている夢を……見たことがある」

「間違いない。そいつだわ……。千方は貴女の故郷を滅ぼし、貴女とわごとの命を狙っている」

「何でっ――？　あたし、そいつに何もしていないよ……」

「……わからないわ。もしかしたら、貴女の生れた山里、あるいはその鏡の欠片に答があるのかもしれない。わごとはね、育ての親というべき人たちを千方に殺された、そう書いてある」

（……そんな――）

実の二親、あらごとがどうしても思い出したいのに、思い出せぬ父と母は、恐らく千方に――。わごとはそれにくわえて育ての親というべき人たちまで千方に殺められたのだ。

その苦しみは、如何ばかりだろう？

あらごとは、気付いた。一月ほど前に話した時、わごとは大切な人をなくしたと話している。

（――その人たちだったんだっ。そんな大変な時なのに、あの子、あたしを助けるため、いろいろ助言を……）

あらごとは血が出るほど強く唇を嚙みしめる。あらごとの小さな肩は、ふるえている。

あらごとは硬い面差しで、

「そいつは……何者なの？」

「——稀代の妖術師。それしか……わからない。年齢、生国、目的、氏姓、全て、謎。わたしも初めて聞いた」

あらごとは固唾を呑む。

「まず、通力が、わかっているだけで……六つ。魂壁、如意念波、他心通、神雷、縮地、物魂」

「物魂？」

「如意念波と似ているのだけど、違う。物魂は——あるものに意志をあたえる力。たとえば、ある刀に貴女を斬れという心をあたえるの。するとその刀は……宙に浮いたりして、貴女を執拗に追いかけつづける。刀は、貴女を斬るか、術者が念を解くまで、止らない」

「……ずっと？　ずっと、追いかけてくるの？」

「いや、術者の火花が渇えれば刀は止るけど……半日とか一日、刀に追われる羽目になるわね」

考えただけで血の気がうせそうな話であった……。乱菊は、あらごとに、

「浄蔵様曰く、千方は……他にもいくつか力をもっているかもしれないって」

また、火鬼など非常に強力な幾人かの手下がいるらしい旨も、つたえられる。

顔を土気色にして、意気消沈したあらごとは、

「あのさ……あたし……どうすればいい？」

長いこと考えた、さすらいの女呪師は、

「とにかく……火花よ。火花を、もらさないの。そこをまず覚えましょうよ」

「…………」

「……そんなにしょんぼりしないでよ。あらごと」

「するってて！」

「浄蔵様の通力でね、あらごととわごとで話してみないかと言うんだけど……」

乱菊は文に同封されていたと思しき紙包みを取り出した。紙包みから、爪らしきものが出てくる――。

「……どう、わごとと、話したい？」

（何を……話せばいいんだろう？　育ての親まで亡くした……わごとと）

だが、口は勝手に、

「うん」

わごと　七

あらごとという少女を大急ぎで探して庇護してほしいと、乱菊という人に文をおくった浄蔵は、乱菊が念話で開口一番、

《手紙をもらいました。今……あらごとと一緒にいるんですよ》

と、言ったものだから、大喜びで念話に入っている。

浄蔵と乱菊は簡単な情報交換をした後、わごとと、あらごとをつないだ。

こちらは乳牛院の一室である。

わごとが言ったことを、浄蔵が念話で――乱菊におくり、乱菊があらごとに話す。あらごとの言葉は逆の回路をたどって、わごとにつたえる。

こういうやり方で都にいる、わごとと、下総にいる、あらごとは会話している。

ちなみに念話は浄蔵の力ゆえ……浄蔵の爪があれば、第三者同士で話せるというものではない。浄蔵を介する必要がある。

わごととあらごとは、初めは恥ずかしさでぎこちなく、やがてなめらかに……二人の大

人を介して話をした。

最初に互いがどう生きてきたかを話した。わごとは、あらごとが……自分には想像できないほどの苦労をしてきたことを知った。

あらごとも――わごとの育ての親の一件を非常に気の毒に思っているようだった。

だが、その話をわごとは、あまりしたくない。

広親、千鳥の死は、わごとの心に深手をあたえた。その傷には一月をへて、ようやく薄い瘡蓋（かさぶた）が出来つつある。今話すのは、その瘡蓋を自分で掻き取って、血を流す行為に思える。

やがて二人は故郷の村について覚えていることを語らっている。

次に、呪師としての修行の話になり、わごとは、

「わたしは火花が無闇に外にもれるのをふせげるようになったわ」

一ヶ月の成果をつたえる。

浄蔵が、

「わたしは火花が無闇に外にもれるのをふせげるようになったわ」

良源が、ぷっと吹き出す。

答が返ってくるのにしばし間があった。乱菊が、あらごとに今の言葉をつたえ、あらごとの答が浄蔵につたわるまで若干、時がかかるのだった。

やがて、浄蔵が、

「え？　もう、それが出来るの？　あたし……全然、それが出来ないんだよねっ。乱菊に叱られてばっかりいるんだ」

同室していた良源は膝を大きく打って顔を真っ赤にして大笑いしている。

「浄蔵様！　そのまんまつたえてくれなくていいですからっ。かいつまんで、言ってくれりゃあいいんですよっ！」

自分の爪をにぎった浄蔵は、

「一回、中断します」

良源に向き直って鋭く弾指し、大真面目に、

「あのね、そのまんまつたえないと……二人の精密な気持ちなど、わからないでしょう？だからわたしは、そのままつたえているのだ。……乱菊？　再開します。……何？　ああ……あたしたち、姉妹って言うけれど、あたしが姉様であんたが、妹の気がするよ。こっちにね蕨という妹分がいるんだ。その子と仲良くなった時ね、あたし……また、妹が出来たって思ったんだ。昔、妹がいた気がしたの。だからきっと、あたしが姉であんたが妹なんだ」

「うん。わかった」

良源が掌で笑いの噴出をおさえるのを横目にわごとは言った。

あらごと、わごとの交信が終ると、浄蔵は乱菊に、

「乱菊」

念話は心でするものなので声は出さなくてよいのだが、浄蔵は皆が話の中身を知れるようあえて発声していた。

「文にも書いたのですが――二つ、たのみたい。……うむ。そう、一つはね、あらごとのこと」

念という細糸をたどって遠く坂東へ、下総へ、語りかける。

「あらごとの師となってほしい。何？……気が乗らないが、引き受ける？　気が乗らないという枕詞は無用でしょう？　たのみますよ。呪師としてそなたが知る全てを――あらごとにそそいで下さい。そして、あらごとを千方の魔手から、守って下さい。もう一つ貴女にたのみたいのは摂関家から来ている用向きでわたしも気乗りしないのだが、諸国の呪師をたばねよと言われまして……貴女に、東……あれ――？」

眉宇を曇らせた浄蔵は、

「乱菊め……。勝手に念話を打ち切りおった」

「わはは！　いや、今の一挙で俺は……乱菊という女に好感をもちましたよ」

さもおかし気な良源の語調だった。

翌々日――わごとは極秘裏に乳牛院を発ち、さる地へ向かった。というのもここ一月の間に天狗と思しき怪鳥が深更、空から乳牛院を襲おうとし浄蔵の魂壁に弾かれて退散するという事案が、二度、起きている。

また盗賊と思しき集団が夜、侵入をはかり僧兵に撃退される事件も起きた。

一刻も早く、わごとをもっと安全な所にうつさねばならぬというのが、浄蔵、良源の考えだった。

浄蔵は三段構えの策を考えた。

まず、男装させたわごとを比叡山に上げ、浄蔵が固く魂壁をほどこした庵に入れるという偽情報を乳牛院に漂わせている。

次に、本物のわごとが出発する日の未明、全く別の方向――北に、わごとと良源に瓜二つの者、僧兵六人を、人目を忍んで出発させた。

そのわずか後、物乞いの親子に身をやつした本物の、わごと、良源は、朝まだき鴨川の方に縮地。そこから数度、鴨川沿いを南に縮地し、後は歩いて、京の南へ抜けた。

雷太は乳牛院にのこした。鳥辺野に墓参りするという望みは、叶えられなかった。墓に千方の手先がいるかもしれぬからだ。

さて都の南に一里歩いた所で良源は北に向かった八人が全滅したことを感取した。

「千方だな……。連中、紙切れと知って、さぞ怒っているであろうな」

北に向かった、わごと一行と思しき者たちは、良源が一ヶ月間、八部衆を思い描きながら念をそそいだ、渾身（こんしん）の紙兵だったのだ。

良源に守られたわごとはひたすら南下する。

二人は荒々しい波を立てる宇治川（うじがわ）にかかる橋をわたり、さらに南へ行く。

浄蔵、良源が考えた、わごとの修行の地は、高き山が八重（やえ）立つ、奥吉野（おくよしの）である。

修験道の開祖で日本最大級の呪師——役行者こと役小角が修行した、この、標高五百丈（約千五百メートル）を超す、岩石が切り立つ、霧深き、高峰群、すなわち紀伊山地の深みには……まだ小角の魂壁が生きている霊山があるというのだ。

これらの霊的な壁の中にわごとを隠してしまえば妖魔の強襲をふせげると共に、敵に千里眼の術者がいたとしても、その者の邪眼から、修行中の雛を隠す。

これが、浄蔵たちの考えだった。

わごとはかつて壬申の乱の頃に大海人（おおあまの）皇子が潜んだ吉野よりもさらに奥へ——物乞いに身をやつして旅立っている。

あらごと　六

――あらごとはどうなったか。

将門は護の申し出――逃亡者や飯母呂衆の引き渡しを、この人々の命を守る観点から、突っぱねる一方、この地の全ての人に仇なしている犬神の始末を、護一家に、もとめた。

だが嵯峨源氏からの答は、ない。

飯母呂衆に探索させた石念は、

「どうも……七月の惨劇以降、護一家の中で、繁が実に頼りになる者、その武勇は我らとの争いにかくことの出来ぬもの、斯様(かよう)な認識が……醸成されておるようにござる」

以前、隠居所に幽閉されていた繁だが……今や、同じ所に、「唐犬御殿」なる堅牢(けんろう)な御殿が建造され、そこに鎮座しているという。

完全に「犬神」となった繁はそこで手下というべき半人半獣の犬神憑きどもに守られ、それをさらに護の精鋭が守っているという……。

扶たちは山に狩りに出て繁たちのために猪(いのしし)、鹿などを得てくる。

ただ、犬神の血への渇えは獣肉では足りぬ。

……人の血を、欲する。

なので、繁の走狗（そうく）たる犬神憑きどもはしきりに真樹の所領を襲い、人家に押し入り、寝ていた人を攫ったり、夜這い帰りの若者などをつれ去ったりしている。

大幅に下人下女をへらした護だが——補充もしていた。

富力にまかせて、あたらしくかったし、国香、良正ら婿たちが融通した下人もいた。

元の数にふえた下働きで脱走をはかった者、働きが悪い者は……唐犬御殿におくられる。

禍々（まがまが）しい遠吠えがしきりに聞こえる御殿に、消えてゆく。

恐怖が護館をおおい、その恐怖の根源たる繁の支配力が——日に日にましているというのだ。

乱菊は、護邸が一種の小魔界になっている、放置すれば魔界が常陸、下総を呑む、ご決断を、と将門に迫った。

というのも繁や犬神憑きだけなら……乱菊、石念、あらごとで行けば、何とかなるかもしれぬ。

しかし、繁は——人間の兵士に守られていた。

呪師には力をつかって人を殺してはいけないという掟（おきて）が、ある。

掟破りの石念は気にせぬかもしれぬが、乱菊と、新米の弟子、あらごとには……行動の制約が出来てしまう。

　現実問題として犬神を討ちに行くなら護の兵との戦闘はさけられない。

　だが、将門は、首を縦に振らぬ。戦はさけたいという思い、さらにかつて親友であった繁への思いもあるのではないかと、あらごとは考える。将門は常陸の国府に一縷の望みをつないでいた。

　で……国府はどうしていたか？

　当時、常陸は親王任国であったため、国府には国の守（一等官）がおらず……都から来た常陸介（二等官）・菅原兼茂、常陸大掾（三等官）・平国香など幾人かの国司がいた。

　国香は言うまでもなく将門の伯父で護の娘婿の国香だった……。

　国府内には——前大掾・源護の影響力が根強くのこっている。

　当然、国香を筆頭とする護派は、将門が訴える犬神一件をにぎり潰そうとしている。

　この事態に、かの大学者・菅原道真の息子で、無欲にして厳正な常陸介・菅原兼茂は、

「犬神の噂が真なら——捨て置くことは出来ぬ。これを捨て置けば、数多の者が犠牲になろう。国府の方で手に余るようなら都の方に早馬を飛ばし、しかるべき人をおくってもらおう」

　左様な見解をしめすも国香ら護派は、

「犬神など——おりもうさぬ！　将門が考えた下らぬ虚言にござる。あの者、下総の者な

のにどうして常陸のことに口出しするのでしょう？　この地に野心があるように思います……。某（それがし）の愚かな甥が考えた下らぬ噂を、あたかも真実の如く京に報じられたら、貴方様の経歴に傷がつくのではないでしょうか？」

国府全体を巻き込み、激しく圧迫してきた。

この圧迫に、側近や、頼みにしていた豪族も、

「菅原殿！　やはり早馬は止めましょう！　犬神などおらぬっ。貴殿もお父君の一件で――ここにおられるお人」

菅原道真が藤原氏によって、大宰府（だざいふ）に追放されたあおりを受け、菅原兼茂も東国に飛ばされていた。

「あまり目立つこと、出過ぎた真似をせぬ方が……御身のためと思いますがのう」

こうなると、立場の弱い兼茂、早馬を断念せざるを得ない。

常陸介・菅原兼茂から下総鎌輪の平将門に密書がとどき、

「困ったことになり申した……。わたしは、貴殿の言い分が正しいように思います。何かことを起されましても、わたしは極力、貴方にお力添えしたい」

と、言ってきた。

将門は、乱菊に、

「石念と共に我が舅の所領に入り、夜を騒がす犬神憑きを退治してくれぬか？」

そうしたいのは山々だが……乱菊にはそれが出来なかった。

――あらごとをそだてねばならないからだ。

妖術師・千方を筆頭に、妖魔などに狙われている、あらごと、激しい気の漏れを何とかせぬ限り、危なっかしすぎる。

わごとが一月で会得した気の漏出をふせぐ法を双子の姉であるあらごとは十月になっても我がものにできない。

結局、乱菊はつきっきりで指導せねばならなかった。なので、石念が配下をつれて、真樹の所領に潜り――獣人の襲撃にそなえるも、犬神憑きの嗅覚は、鋭い。

そういう時にかぎって襲撃はなかった。

左様な緊迫したやり取りが幾月かつづいた十一月、遂に獣人の跳梁が将門の所領でも見られるようになり、下総の村でも犠牲者が出、将門の堪忍袋の緒が切れた。

将門と舅、平真樹の間で飯母呂衆が動き、計画が練られる。

その年はかなり雪が降っている。

将門は――雪解けをまって動こうと考えた。

まず、雪が解けたら将門自ら精鋭を率いて――舅で獣人に苦しめられている平真樹の所領に入る。

犬神憑きを撃退した上で護の許から来ているという証を確保。

乱菊、石念、飯母呂衆十五名、多治経明率いる猛者十名という精鋭で護邸を奇襲し、犬神つまり繁、その手下の犬神憑きを討ち果たし——疾風の如く引き上げる。

将門は良門と百余名の兵を率い、真樹と護の境目まで出張り、もし、乱菊たちが危ない目に遭ったら、すかさず助太刀に入る。

犬神の害をいつまでも護が捨て置くため、常陸、下総の人々を救うべく致し方なくやった、野心の行動ではないと——常陸介・菅原兼茂を通じて国府に申し開きする、という計画だった。

年が明ける。

承平五年（九三五）、二月に、なる。

陰暦二月は当代の暦の三月くらい。

雪が解け、梅が、馥郁たる香りを放ちはじめても……真壁から漂ってくるのは血腥い噂ばかりだった。

多治経明は、将門に、

「真樹殿から知らせがありました。今年に入って、領内を襲う犬神憑きがふえたようです」

良門も報告している。

「昨夜、当方の里を襲い、赤子を喰い殺そうとして某が射殺した犬神憑きの娘ですが……

元は真樹殿の所領にいた、百姓娘と知れました」

夜の板敷、将門の家人たちがどよめく。

将門の眉間には怒りの皺が寄っていた。

「奴ら……喰うために攫うだけでなく、攫って仲間もふやしているというのか……」

村々の夜回りを担当している良門は言う。

「はい」

「――もはや、一刻の猶予もない。繁と、犬神に憑かれし者どもを討たねばならぬ」

将門は遂に腰を上げた。

将門には三種の精鋭が、ある。

――その全てを動員する計画だ。

一つ目が、飯母呂石念率いる飯母呂衆。新参であるが、偵察、火付け、ゲリラ戦では並ぶ者のない存在だ。

二つ目が、この地の牧がはぐくんだ、坂東屈指の精強さ、機動力をもつ騎兵。

三つ目が、水軍。

将門の領分というのは今の下妻(しもつま)市、常総市、八千代(やちよ)町、坂東市、境(さかい)町の辺りだが、この地には今はもうなくなってしまった飯沼(いいぬま)などの大きな湖や、池沼、湿地が数多展開、さらに……北坂東屈指の川、毛野川や常陸でもっとも広い、常陸川まで流れている。

――大水郷地帯だ。

この水郷がはぐくんだ水軍が、騎兵、飯母呂衆、さらに呪師まで乗せ、毛野川を北にわたり――鳥羽の淡海に入ったのが承平五年二月四日未明と思われる。

夜が溢れたような黒い湖水が舟にぶつかる音がする。

犬神の魔窟と化した、護館から逃げた夜、南へ下った湖を、今度は北に上る舟に――あらごとは、いた。

近くには乱菊、蕨手刀（わらびでとう）を腰に佩（は）いた音羽も、いる。

将門と良門はすぐ前を行く舟に乗っていた。

夜の湖を行くこの船団――明り一つ灯していない。熟練の船頭と、星明りだけが、頼りだ。

右手の漁村の目を警戒している。

良正や、国香が治める漁村が、そちらにあった。

まだ、呪師の雛……半年、修行してもいまだに、気の漏出が克服できず、藻掻（もが）いているあらごとは、真樹領では後ろの守りをになう予定だ。

つまり、安全な真樹館にいて、万一、そこが犬神に襲われるようなら、如意念波で味方を守る、というものだ。

あらごとには巨大な悔いがある。

それは護館で、もう少しで繁を討てるはずだったのに、乱菊の術を我が念波で壊してしまったこと。

命の恩人で、何かと温かくしてくれた、繁、やさしかった頃の繁がどうしても思い出され、倒すべき魔物と思い切れなかった。本能的に助けていた。

だが、そのことで、

（あの時……犬神が斃れていれば、死ななかった人が沢山、死んでしまった。美豆もそうだ。犬神憑きにならなくていいはずだった人たちが、犬神憑きになっている。……あたしのせいだ）

この思いが、あらごとの心に重くのしかかり、苦しめている。

気のだだ洩れについては小言を言う乱菊だったがこれについては、

『わたしだって、逃がしてしまった妖魔は幾匹もいる。……そのせいで、犠牲になってしまった人たちもいるでしょう。初めのうちは、みんな、失敗する。力が足りなかったり、判断を誤ったりしてね。——どの呪師も通ってきた道なのよ』

と、言っただけで、あらごとを責めようとしなかった。

だが、あらごとにとっては、気のだだ洩れなどよりもずっと、この判断の誤りの方が、苦しい。美豆をふくめ多くの人々を殺めた犬神——すなわち魔と化した源繁を、今のあらごとは許せぬ。

「ねえ、乱菊、やっぱり、あたしも行かせて」

（あたしが――決着をつけたい。あの人と。あの人に悪いものが憑いているなら、そいつをあたしがぶっ壊し……それで……）

たった一人の弟子の申し出を聞いた乱菊は軽く飛ぶような溜息をつくと、

「何度言ったらわかるの？　あんたが来ても、足手まとい。真樹殿の館で大人しくしていなさい」

乱菊と共に源家潜入を命じられている音羽が、横から、

「まかせてよ、ここは。蕨は、あんたを見送る時、涙をこぼしていたよ。あんたに何かあったら、吾や乱菊が蕨に叱られるんだよ」

鎌輪にのこしてきた蕨の名が出ると乱菊がくすくす笑い、

「あの子ったら……もっとも危ない所に行く、わたしたちの心配はあんまりしてくれなくて、やたらと、あらごとの心配をしていたわ。それはしてくれたよ、わたしたちの心配も。だけど……付け足しのような様子だった」

「そうそう」

「――仕方ないだろっ。あんたらと、蕨。あたしと、蕨。あたしとの絆の方が長くて強いんだよ」

「大きな声を出すなよ、あらごと」

音羽が、言った。

と、船頭の嗄れ声が、

「野本じゃ」

野本は今の……筑西市赤浜辺りでないかと思われる。

鳥羽の淡海の北東の岸だった。天台宗、承和寺があったことから、恐らくは漁村や船着き場も存在したろう。

ちょうどその時――あらごとは東、筑波嶺の稜線が瑠璃色に縁どられはじめたのに気付いた。

やがて瑠璃色は鳥羽の淡海全てにゆきわたり、広い湖面を深い蒼が染め上げた。

筑波山近くの空は下の方が翡翠が溶けたような薄緑に光っていた。

――朝が、来はじめている。

前方の漁村や、その後背の承和寺、赤浜神社の森、右方の枯葦原、林におおわれた微高地が、暗闇から浮かんできた。

正面の杜から数羽の白鷺が飛び出し、あらごとの真上を飛び――鳥羽の淡海の上を南に飛んでゆく。だが、右手の林から湖の上に行く鳥はいなかった。

もう早くも先頭の舟は野本について動き出そうとする漁師たちを落ち着かせ、舟に乗らず大人しくしているようにつたえていた。

ここは国香がいる石田からほど近いので、足早に北に動きたい。

あらごとが乗る舟が野本につき、あらごとや、乱菊が陸に上がる。

すでに上陸して将門と話していた飯母呂石念に音羽がさっと駆け寄り、

「お頭。おかしくないですか？……あっちの林から、湖に飛ぶ鳥が……いない」

石念が鋭い目を音羽が差す微高地に向けた時である。

けたたましい鉦の音が、野本の東、小川をはさんだ雑木林、さらに、あらごとが舟の中から見た、東南の微高地から起ったではないか。

良門は雷に打たれたようにはっとしたが、将門は、

「――来たようだな」

落ち着いている。

この武人はこういうこともあるだろうと思っていたようだった。

川向うの林から甲冑に身を固め白い旗をなびかせた兵士二百人以上が鬨の声を上げながら出てきた――。さらに、東南の微高地の下にある葦原から、赤い旗を立て兵を乗せた舟が、次々、現れ、退路を断とうとでもするように鳥羽の淡海上に展開した。

白旗が護の兵、赤旗が国香の兵と、思われた。

将門方は、陸に八十人が上がり、水の上に六十人いる。敵は……陸上に嵯峨源氏の二百五十がおり、水上に平氏の百余りの兵が、いる。明らかに不利だ。

良門がさっとあらごとに駆け寄り、赤浜神社の森を指し、

「そなたらはあすこに隠れていろ」

呪師は――人間同士の戦にかかわってはいけない。

乱菊は、あらごとの手を引き、

「掟を破るなよ」

と、石念に言い、神社の森を目指して走る。

さすらいの呪師とその小さな弟子はあまり遠くにはなれても危ないため森の手前に隠れ、様子を窺った。

将門は石念に低い声で、

「水上をまかせたい。舟の上に行き、湖上で北風を吹かせよ。恐らく敵は火矢を射て参る。それをはね返せ」

「――承知」

石念が湖上に向かうと、将門は白旗の軍勢に向かって、

「平将門である！　舅の里を騒がす、人喰い犬どもを退治にゆく途次である！　ここを通らせてもらおう」

護の軍勢から、

「何を言うかと思うたら片腹痛し！　犬退治にそこまでの人数がいるかよ！」

黒い甲冑に身を固め、大きな毛抜形太刀を引っさげ、強弓を手にした、大柄な武者が、青鹿毛(あおかげ)の馬に跨(また)がってすすみ出ている。

人外の化生(けしょう)を別とすれば護家一の武勇をもつ男、源扶であった。

「そのものしき軍勢——当家の所領を根こそぎ奪おうという汚き魂胆と見た！　我が館を逃げた者どもを匿い、盗賊まで手元に置く、悪行の数々……懲らしめねばと思うておったが、今日がその時なのであろう！」

将門は、倍以上の敵に一歩も退かず、

「何が……悪行、何が懲らしめるだ？　笑わせてくれるな扶！」

今にも爆発しそうな怒気が——将門から放出された。

「姻戚を利用し……平の家に汚い手を突っ込み、我が父の遺領を掠め取ろうという、小賢(こざか)しい奸策！　百姓が要りもせぬ出挙を脅してかしつけ、家、田畑を奪う強欲。そうやってあつめた下人、下女への人を人とも思わぬ非道！　新任の国司に必ず媚(こ)び、媚が通じぬと他の豪族に手をまわして皆で脅す……その醜悪さ」

「くっ……おのれぇ——」

「極め付きに——人喰いの化け物を匿い、自家ではたらく者のみならず、近隣のほとんどの者を恐怖に陥れている。

我が父、鎮守府将軍・平良将は、この将門に三つの遺言をのこした。我が郎党も、源家の兵も、伯父御の兵も——皆、聞くがいいっ！

……武人たる者、上にあれば、下を潰すべからず。下にあれば、上に媚びるべからず。民百姓を守るために兵の道を磨き、一旦、ことあれば——勇気をしめす。これが、武人という者ぞ。……父上はそうおっしゃった」

「…………」

「扶……汝ら一党、この三つ全てに——反しておる！　ちょうど、よい。この将門の方も、お主らを懲らしめねばと思うておった」

　怒気で沸騰した扶の声が、

「おのれ……言わせておけばっ。殺せぇ——！　皆殺しじゃ！　射よぉおっ」

　陸上、そして水上の敵から次々、矢が放たれ、将門の兵や、船頭が、目から後頭部までを突き破られたり、喉を貫かれたりして、斃れてゆく。

　将門方も射返し——激しい戦がはじまった。

　戦いの寸前まで無風であった水上では将門方が有利だ。

　呪師であり盗賊の頭でもあった小柄な男、飯母呂石念が吹かす北風が——国香の水軍が射てくる火矢を悉くはばんでいた。

　逆に将門の水軍が射た矢は恐ろしい追い風に乗って国香の水軍を次々射落としてゆく。

　絶え間ない飛沫が鳥羽の淡海を騒がし、乱れに乱れた波紋同士がぶつかった。

むろん――国香の兵が水に落ちる時の飛沫、波紋である。

「これは……一の掟に……反することだよね……？」

あらごとは思わずひとりごつ。

乱菊の反応は……ない。

はっとして同じく杉の木陰に隠れている乱菊を見ると、白き小顔に、相当な苦悶がにじんでいた。

「まさか、乱菊――。掟に反した妖術師として石念を……？」

乱菊が……石念を殺す図など見たくない。

石念は、呪師の稽古にはげむあらごとをよく温かい目で見ていて、「お前は、すばしこく、身軽な子じゃな。呪師よりも……飯母呂衆の方が向いておるかもな」などと言って、戦い方、身の守り方などをおしえてくれたりする。あらごとは実は乱菊から小言を言われながら呪師の鍛錬をしている時より、石念や音羽から身の守り方を習っている時の方が好きだったりする。

石念は、あらごとにこうも言った。

『呪師をあきらめ、飯母呂衆になるなら、わしに申せ』

乱菊は、あらごとに囁いた。

「わたし……鳥羽の淡海で何が起きているかについては見ないことにする」

あらごとは少し考えて、

「あたしらは犬神を退治しようとしているんだよね。それを、護や国香の兵は、妨げようとしている。その矢の雨を——呪師が風でふせぐのは、掟に反しないでしょう？　で、石念に殺そうというつもりはない……んだけど、下総の兵が、勝手に石念の風に矢を乗せて、その矢が当って国香の兵が湖に落ちたりしている。これは……石念が殺しているとは、言い切れない。だから、一の掟に反するかどうか、乱菊の一存じゃ決められない、浄蔵様とか他の呪師の考えと突き合わせないと、答が出ない、なんて、思ったんだけど、どう？」

乱菊は爽やかな風にくるまれたような顔をしている。

「あらごと……わたし、初めて、貴女から耳に心地よい言の葉を聞いた気がする……。貴女の言葉って、いつもわたしの耳の中を傷つけるのよね。だけど、今、初めて、心地よい言葉を聞いた。……そう。それで行きましょう！」

くるりと陸上の戦いに顔を向け、

「こっちに注意しましょう。——化け犬が来るとしたら、こっちよ」

水上では石念の風がものを言い将門方が押している一方、陸上では数にまかせて敵が押していた。

敵の矢に追われた将門たちが森の中に逃げ込んできたため、あらごと、乱菊は森の奥、神社の方に後退する。

将門が、傍らにいた良門に、

「かかったな――たわけどもめ」

将門の目は殺気の光芒をたたえ口元は笑んでいる。良門は、深くうなずいた。

（罠だったんだ……）

あらごとは――直覚した。同時に武人とは何と恐ろしいものよと思った。

将門の兵は鎮守府将軍・平良将の下で実戦を経験した精兵が多い。これに対し、嵯峨源氏の方は、盗賊の追捕をのぞけば、実戦の経験者が少ない。かなり前、護の父が奥羽での軍役について以降、合戦に出た者が、いないのだ。

陸で戦っていた将門の兵は主が戦いながらくみ立てた策を何の指図も受けずに理解し、全員が森に入っていた。

一方、扶たちは勝ち戦に得意になって漁村の空閑地に引きずり出されている。

樹に隠れた将門は、

「射よぉぉっ――！」

将門方は樹を盾にして空き地に出た敵を次々射る。

中でも、将門の弓勢が――凄まじい。男五人が張った、五人張りの強弓から放たれる矢は地獄の稲妻のように恐ろしく――直線で飛んで厳重な鎧を着た武者の、胸を突き破り、軽々と背中に出、後ろにいたその男の郎党の腹巻鎧を着た腹を、貫き破る強さであった。

将門はそうした矢を射た直後にまた射て、必ず一本で敵を二人射殺す。

そうやって――次々、仕留めてゆく。

良門も将門の隣から三人張りの弓で射て、素早い矢で敵武者の体を貫く。

良門と同じくらいの強弓の精兵が他に幾人もいる。それほど強い矢が放てぬ者の矢は、護方を傷つけるに終ったが、それでも十分、脅威だった。

何故なら護方の矢は樹という盾にはばまれ――ほとんど無用の長物と化していた。

今まで優勢であった源家の勢は思わぬ痛撃に立ち竦む。

だが、後続はすすもうとするため、まさに、前後不覚、前と後ろで思いが違うという有様に陥っている。

「頃合いよな！　突っ込めぇ」

敵が混乱していると見たか将門が命じる。

立ち竦む常陸の敵に――森から迸る怒濤となった下総勢が雪崩込み、火花を散らしてぶつかり、押しまくる。

得物を毛抜形太刀にもちかえた将門の武者ぶりは凄まじい――。この男が行く所、血の嵐が起きて、護の兵は次々に倒れた。ただ、あらごとの目は……磁石に引かれたように乱戦の只中に飛び込んだ良門を追っていた。

良門の戦いぶりも、勇敢だった。

やはり太刀を振るい――己より体が大きい敵にぶつかり、数合打ち合い、斬り伏せる。と、矛をもった敵兵が良門に鋒端を向け――襲いかかる。良門は、薙ぎ払い、真向幹竹割りにした。

その良門の頭に猛速の矢が迫るも、あらごとは、

《落ちろ》

念を飛ばすや――良門の一尺ほど近くまで迫った矢は不自然なほど垂直な下降線をたどって地面に落ちた。良門は気付かなかったようだが……あらごとはほっとしている。

音羽も蕨手刀を振るって良門の傍で勇戦している。

その音羽を狙って、大きな礫が飛んできたが、あらごとは、

《もどれ。投げた奴へっ》

石は――忘れ物をした小僧のように音羽の近くで急回転してもどってゆく。

あらごとの中では戦がはじまってからずっと冷たくも熱い火花が散りつづけている。

と、乱戦の向うで、

「犬をぉ！　早く、犬を――」

隆の叫びが聞こえた気がした。

その声を聞いたあらごとの面貌が歪む。

と、世にも不気味な遠吠えが聞こえ、敵も、味方も、一瞬、気を、取られる。

「来たわね……」

しゃがんでいた乱菊が言い、すっくと立った。それまで少し怯えたような面差しで武者同士の戦いを見ていた乱菊だが、今は、別人のように険しく、決然とした顔様をしていた。巫女を思わせるゆったりした白装束をまとった乱菊が一気に鋭くなった声で、

「――ここにいる？　来る？　どっち？」

足手まといなんでしょ、という言葉を呑み込み、話し方まで変った師匠に、

「……行くよ。もちろん」

乱菊はやや意外そうな顔をして、

「皮肉の一つでも言うと思ったけど……。さっきは、きつい言い方をした。貴女が心配だった」

「いいよ、そんなの。あたしは何をすればいい？」

「ただ洩れの火花が散りつづけているから力はつかえるわね？　わたしの後ろに……」

乱菊が言いかけた時、敵勢の後方に、その者たちが、現れた……。

九人、いる。

男も、女も。

七人が腹巻をまとい、二人が兜（かぶと）もついた立派な鎧をまとっている。ただならぬ妖気をまとい、うつむき加減に歩いてくる。手にもつ武器がばらばらだった。刀、矛、木槍（きやり）、斧（おの）、

鶴嘴（つるはし）、こん棒、あるいは諸手（もろて）に鉈（なた）、という具合だ。そ奴らが歩いてくると源家の兵は左右に大きくわかれて通り道をつくった。

乱菊は森を足早に歩き――あらごともつづく。

「わたしの後ろにいて。一番、厄介な奴の時、手をかして。あたしが寄せたものを、そ奴の喉か、心臓に飛ばす。目でもいい。――一撃で仕留める」

あらごとの歯が、唇にめり込んだ。乱菊はそんな弟子に、

「駄目よ、今日は、妙なことしちゃ」

ばらばらの得物を手にして歩いてくる九人から凄まじい咆哮が迸った。犬の遠吠えのように甲高くなく、低い。ずっと太い声だ。あらごとの体に思わず震えが走る。

（犬神憑き。あの人は……いない）

九人の犬神憑きは――いずれも両眼が赤光りしていた。猛悪な牙を剝き涎（よだれ）を垂らしている。

乱菊は獣人どもに術をかけようとしているようだが……獣の邪神に憑かれた男女の方が、疾（と）く、動いた。

桁外（けたはず）れの走力で味方に突進してくる。

「矛で、突け！」

将門がそのように下知、幾人かの兵が言われたように対処せんとするが――凄まじい牙

を剥いた犬神憑きどもは、矛を突き出した兵の頭上何尺にも跳び上がり、ずっと上から兵士の脳天めがけて刀や斧を振り下ろしたり、逆にこん棒や鉈を前に投げてひるませ、自らは四足獣の形で矛の下を素早く潜り――将門の兵の股、腿にかぶりつこうとする。脳と悲鳴が撒き散らされ、生温い飛沫が散る音がして、屍や矛が、転がる。――犬神憑きどもは血を浴びると歓喜の雄叫びを上げている。で、ますます、速く、強く、人間離れした荒々しい身体能力を発揮し、将門方を圧倒した。

人の兵士ははたらけばはたらくほど疲れて弱くなるが、こ奴らは殺せば殺すほど力強くなるため、もう手に負えない。

将門は犬神憑き二人を即座に斬殺するも――他の者はそうもいかない。

次々、朱に染まり、それがますます犬神憑きを喜ばせ強靭化させた……。

「もう少し、もう少しで幻術がかけられそうだから……」

乱菊は呟きながら後退しつつある将門の兵の中を前に歩く。あらごとは、土埃に顔をしかめて乱菊の後ろにつづく。

小さな幻は別として、規模が大きな幻は、あらごとの、如意念波のように瞬間的な火花で放てぬらしい。己の中に散った、冷たくも熱い火花を幻の原型になる蜃気楼のような形にしてから、放つらしい。

その形が――まだ仕上がらぬのだ。

扶の、

「敵はひるんでおる！　今じゃ、もっと、射よぉっ！」

将門の、

「ひるむな！　押し返せ！」

二人の声が飛び交う。

集中する乱菊の面めがけて――弧を描いた矢が飛んできた――。

《上へっ！》

あらごとが火花を散らしながら念じると、その矢はありえない軌道、つまり二つ目の山を描いて、あらぬ方に飛んでいく。

「あらごと！　わたしを、矢から守って」

「言われなくてもっ」

「まあ？　呪師らしくなってきたわよ。さて、ととのったわ」

前にいる乱菊の笑みが……見えるようであった。

白くゆったりした衣をまとった乱菊は片手を上へ上げ天を指す。

俄かに天の一角が黒く掻き曇り、分厚く低い黒雲が垂れ込めだした――。

その妖しい黒雲は漁村の上をおおい、いくつもの稲妻を――犬神憑きに集中的に落とした。

豪雨も降りだしている。

七人の犬神憑きどもはいきなり立ち竦んだり、蹲ったりする。

激しい雷雨に向かって顔を上げ犬の如く吠えはじめた。

犬は、ゆらい、雷に弱い。犬神憑きにはこの習性がこびりついているのだ。

良門と多治経明が土砂降りをものともせず突っ込んで雷に心を貫かれている犬神憑き二人を斬りすてる。

さらに、他の郎党どもも太刀を振るい、矛で突き、犬神憑き二名が討たれた。

「どうも怪しい雨ぞ！　あの苦菊という老女の、幻かもしれぬぞ！」

そんな声が……敵の後方から、ひびく。——三兄弟の次男、あらごとが毒蛇と名付けている隆の声だ。と、前線近くで戦い、突然の雷雨に呆気に取られていた長兄、扶も、

「……朝の雷雨などめずらしいぞっ。しかも、突然曇った！　こりゃ、急度、まやかしじゃて。見ておけっ方々！　弓、かせ」

家来から弓矢をふんだくった扶が黒雲に向かって射る。

矢が、黒雲に吸い込まれた。

黒雲が……薄まったように見える。稲妻も、止る。

「ほら！　散ってゆくぞっ。元々雨など降っておらんのじゃ！　まやかしじゃ」

扶が喚いた途端――乱菊の幻術が見せていた黒雲、豪雨は、嘘のように消えて、人々は濡れたと思っていた髪や衣が乾いているのに気づき驚きの声を上げた。多くの人がまやかしとわかれば幻は消えてしまうのだ……。

と、護方の老兵が、

「若殿！　あの巫女が怪しゅうございますぞ。あ奴、苦菊の弟子か何かでは？」

「――急度、そうじゃ。あの巫女を、屠れいっ！　行けい犬ども！」

扶が興奮した様子で吠え、さらに恐ろしい吠え声が迫ってきた――。

三人の犬神憑きどもだ。

三人になった、犬神憑きは、将門の兵たちの頭上に跳び乗っている。で、兜や、烏帽子を踏んづけながら――凄まじい勢いで、乱菊、あらごとに、突進している。

敵の矢も飛んで来る。

乱菊は言う。

「――やるわよ。その瞬間だけ横に出て」

意味がわかったあらごとの面貌に戦慄、逡巡が走った。あらごとは当然、人を殺めたことなどない。呪師の道を歩みはじめた以上、あらごとは妖魔を退治せねばならなかった。だが、犬神憑きは妖魔に憑かれていると言っても、元々、人であった者たちで、牙などをのぞけば、姿も、人に近い。相当な躊躇いが――あった。

先頭を走っているのは大柄な犬神憑きの女だ。

二人の兵の兜を足場にした、獰猛(どうもう)な女は咆哮を上げながら、驚異的跳躍を見せている。

高く跳んで遥か上から——斧でもって乱菊の脳天を襲おうとした。

「それ」

乱菊が言い、あらごとは横に出る。

瞬間、乱菊が、物寄せ。

死んだ兵がもっていたのだろう、矛が突如、乱菊と獣女の間、宙に現れる。

朝日に燃える矛先は——獣女に向いていた。

意を決した、あらごと、面貌を歪めて、

《飛べ——！》

鋭い勢いで矛が飛行、鎧を破り、血煙上げて、獣女の胸に突き立った。

乱菊に飛びかかろうとしていた女犬神憑きから絶叫が迸る。大柄な獣女は大地に転がる。

あらごとは……気付いた。かつて、大炊殿(おおいどの)で音羽とはたらいていた、大柄な女でないか。

朝日に照らされたその女の眼から赤い眼光が消えている。

「あらごと……」

女は、苦し気に言った。

あらごとの頬が苦しみで強く痙攣(けいれん)する。

瞬間――犬神憑きの殺意が、牙剝いた。また、赤い眼光を灯した女は鋭い爪がのびた手を一気にあらごとにのばす。

――――！

ビュンと、剣風が吹き、魔犬(いぬ)に憑かれた女の首が、血飛沫と共に吹っ飛ばされた。

「ぼさっとするなっ！」

音羽であった。あらごとを助けた飯母呂の娘は、鋭い声を飛ばした。

「――次」

兵たちの頭の上を走った二人の犬神憑きが乱菊、あらごとに飛びかかっている。

飛んできた矢を念波で払おうという考えが浮かばず、あらごとは横にかわして乱菊との距離がはなれる。

乱菊を襲おうとした犬神憑きの男の顔を、乱菊の手から放たれた嵐の如き雀蜂(すずめばち)の群れが襲う。

――幻術である。

牙を剝いた男は思わず、手にもつこん棒を落とし、顔を襲う毒蜂の群れを振り払おうとした。乱菊は手元に物寄せした斧――先ほどの獣女がもっていたもの――をにぎり、顔にまとわりつく幻の蜂に翻弄されている男の首めがけて、振り――赤い血の花を咲かせ、命を、止めた。

将門の兵の兜から兜へ小器用に走りながら小柄な犬神憑きの男が、あらごとに驀進してくる。

敵が射た矢も飛んで来る。

男の目の赤光、荒々しく剝かれた牙のあわいから、こぼれる涎が、人格が魔に壊されてしまったことをしめしていた。

——知っている男であった。

あの館の初老の下人だ。

名は知らぬが、あらごとたちが稲刈りを手伝った時、田の脇で扶に、働きが悪いと散々なじられていた人だった。

あの日はたしか……血で染めたように赤く筑波嶺が燃えていて、数知れぬ赤蜻蛉が澄み切った大気の中を泳いでいて、黄熟した稲田に風が吹く度、一抱えもある大きな蛇が、金色の海を泳いで、波が立ったように見えた。

そんな赤い空と金色の田の狭間の畦で自分よりずっと若い男に罵られてうな垂れていた、この男の顔に浮かんだ悔しさが、あらごとの記憶にこびりついている。

あらごとは——泣いていた。

(ごめん……。あたし、何の恨みも、ない。だけど生きるために、あんたと戦わなきゃならない——)

両手に鉈をもった魔犬に憑かれし男が雄叫びを上げて飛びかかろうとする――。

あらごとが念を飛ばし、こちらに向かって飛んできた矢を、男に集中させる。

突然――背中から数本の矢に襲われた獣人は鉈を片方落として、あらごとよりだいぶ手前に着地した。

あらごとの中では冷たくも熱い火花が盛んに散っていた。

《来いっ》

落ちた鉈に、命じている。

鉈は勢いよく宙に浮き地面すれすれを高速で滑空――。あらごとのすぐ傍まできた。

あらごとがその鉈をひろったのと、右手に鉈を振り上げた犬神憑きが、突進してきたのは同時である。

秋の田の光景、蒸し暑い小屋での苧績み、蛭野に怒られている己、など、苦をともなう護邸の記憶が胸に押し寄せてきた。

一瞬の躊躇いの後、

《……飛べ！》

鉈に――男の顔に飛ぶように命じた。

あらごとの手をはなれた鉈が金属の突風となって犬神憑きの顔面に飛ぶ。

されど、一瞬の躊躇がよくなかったか、素早い相手はそれを見切り、逆に手の鉈を、あらごとに投げつけた。

《落ちろっ――》

あらごとの近くまで来たその鉈が急降下している。

ほっとしている暇は、ない。あらごとが念で飛ばした鉈を身を低めてかわした、獣人が、四つ足で走って来る――。

《――翔べ、あたし》

あらごとは如意念波でなく天翔をつかって危機を脱そうとした。

しかし、ちょっと後ろ跳びしただけで、重力を突き破るあの惨劇の夜に見せた飛翔に入れない……。

鎌輪営所で鍛錬する時も如意念波はほぼ成功したが、天翔はしくじることが多かった。

『気の、だだ洩れが原因。あの通力は――上に飛ぶ、その一念にあなたの思いをもっていかぬと出来ないのよ。何せ、大技だからね』

乱菊は、話していた。

《上がれ！　鉈っ》

男が己に投げ、自分が念波で落とした鉈が――浮遊。四足で走って来た犬神憑きの顎を痛打する。

牙と血が――口から、散る。

が、犬神憑きは、ひるまぬ。

乱菊が叫びながら駆けてきて斧を犬神憑きに振るうも、猛獣が乗りうつった荒ぶる男は、斧をもった乱菊の手を素早く摑み、乱菊を押し飛ばした。

犬神憑きの耳から血が噴射する。音羽が、吠えながら短刀を投げたのだ。

しかし獣人はまだ倒れず――二足で立つ格好になり、あらごとに迫った。

あらごとの頭の中は真っ白になっている。どうしたらいいか、わからない。

猛悪な牙が近づいてくる。

刹那――犬神憑きの喉が炸裂し、血煙があらごとの顔面にもかかって悲鳴が口から出た。

「あらごと、無事か！　嚙まれていないな？」

凜々しい声があらごとにかかる。

犬神憑きの男は目から赤光をうしない、どうっと、斃れた――。

あらごとを助けたのは前線近くで戦っていた良門だった……。あらごとの危機を知り、ここまで駆け付け後ろから首を太刀で突いたのだ。

凜々しい顔に返り血を浴びた良門は、肩を大きくわななかせ涙をこぼし、唇をふるわす
あらごとに、微笑みを浮かべ、

「さっきは、我が命、助けてくれたな？　今のは、その礼だ」

良門は……気付いていたのだ。

乱菊が、胸をおさえながら苦し気にやって来て、

「今ので……肋がおれてなきゃいいけど。……よくやったわ、あらごと」

「まだ、のこっているでしょう?」

飯母呂の女戦士、音羽の冷静な声がかかる。

「ええ。もっとも、厄介な——犬の殿が」

乱菊が言った瞬間、

「ヴォォォォォッ……!」

亡者を餌とし溶岩を呑み水とする地獄の巨犬が吠えたような禍々しい遠吠えがひびいている。

東の杉木立からそのおぞましい声が轟いた時、将門は手鉾をもった敵を一人、討ち取った処だった。

ちょうど味方の兵を一人斬り倒した扶を将門は睨む。

と、敵の後方から、

「兄者! そろそろ退けっ。あとは、繁にまかせようぞ!」

隆らしき者の声がした。

この弟は兄を前線で戦わせ……自分は後ろに引っ込んで、あれこれ指図しているのだ。

「それもそうよな」

血刀をビュンと振って弟の言うように後ろに退こうとした扶に将門は、

「おや、扶！　この将門に背を見せるのか？　まあ、いい。お前は……そういう奴だ」

将門の挑発は扶の神経に深く鋭く刺さったようである。

大柄な扶から放たれた――荒々しい殺意の電光が、見えた気がした。

「何――？」

ぐわっと嚙み付くような顔で顧みた扶は青筋をうねらせ、

「誰が誰に背を向けるというのじゃぁっ！」

「兄者、止めい」

遠くから隆の声が、かかる。が、三兄弟の長男は、

「黙れ！」

毛抜形太刀を手に十歩の距離で将門と向き合う。この軍勢の中にどうも護はいなそうだ、率いているのは扶であろうと見ている将門は、

「大将同士、手合わせといかぬか！」

「よかろうっ！」

唾を散らしながら応じた扶は、破裂するのではないかというくらい青筋をふくらませ、物凄い目付きで、

「貴様に奪われしもの全てを取り返してみせる！」

「ご加勢いたします」

と、囁く多治経明に、

「手出し無用」

そう告げた将門は扶に、

「わしがお主の何を奪ったというのか！」

「とぼけるな！　片腹痛いっ。わかっておろうが――」

火のように滾る源扶に、静かなる面差しを崩さぬ平将門は、

「汝の邪心が、勝手に燻ぶっているだけの気がするが。――打ち物か、弓か？」

「打ち物を、所望！」

ガッと太刀を構え、

「我こそは嵯峨天皇、四代の後裔、三世、前常陸国大掾・源護が嫡男、源扶っ！　年来の遺恨により、お主の首をもらう！」

「目のある者は見、耳のある者は聞け！　我こそは柏原帝の五代の苗裔、三世の高望王の孫。鎮守府将軍・平良将が嫡子、平将門也！――参る」

無言の将門、咆哮を上げる扶、双方、全力で駆け出し――怒りの閃光を振るいながらすれ違った。

少し駆けて二人とも立ち止る。

扶は……そのまま石造りの武人像の如く突っ立っていたが、将門は太刀を大きく振った。

瞬間、扶は、血を吐きながら、

「い……痛(いて)えなぁ、おう？」

そのまま——白目を剝いてぶっ倒れている。

「——源扶、平将門が討ち取った！」

将門が剣を天にかかげるや、下総勢は大きな歓声を上げ、常陸勢に狼狽えが走った。

と、

「おのれ将門！　兄上の仇(かたき)……我らが討って見せよう。さ、ゆけい、繁」

鎧兜に身を固めた隆が言うや杉林から巨大な獣人が現れた……。

黒毛におおわれた、それは……二足で立って歩いたが、人よりずっと大きい。そして、
異常に逞しい。

（あらごとの話より、大きい。大きくなったということか——？）

父について陸奥にいたことのある将門は蝦夷の古老が話していたさる巨獣を思い出す。

蝦夷ヶ千島(えぞがちしま)にいるという日の本の熊より、もっと、大きい熊だ。

その熊くらい、いや、その熊より、今、隆の横を歩いてくる獣人は大きいのでないか？

身の丈一丈（約三メートル）。

狼そのものの顔をしており口には鋸を思わせる物凄い牙が並んでいた。

体の幅、厚みも……屈強な男のゆうに倍以上、ある。

(あれが繁となー―?)

かつての友の眼は熱鉄の如き色に輝き、打撃部分が臼くらいはある長柄の大金槌を右手にもっていた。

衣類は何もつけておらず、歩いてくるだけで――将門が感じたことのないほどの圧迫感がある。

今度は、護の兵がまた活気づき、将門の兵を深刻な戦慄がおおっている。

面差しを硬くして太刀を構えた将門の左右に、ある者たちが、来た。

乱菊とあらごと、将門自ら武芸を叩き込んできた良門と、飯母呂衆・音羽、さらに、

「国香の水軍、あらかた片付けました……」

風を起す男、石念だった。


あらごとの鼓膜はつんざけそうだ。

こちらに歩いてくる繁、いや犬神が天を仰ぎ――大音声で遠吠えしたからだ。

(あの時より……ずっと、体が大きい)

隆は前線に出た繁に後ろから、

「ゆけい！」

護の次男はほっそりした体を揺らして嬉し気に叫んだ。

さっきは、兄の仇を討つ、などと豪語していた隆だが……その面差しはやや上気し、嬉し気である。口から出た言葉と違う真意がこの男にはあるのかもしれぬと、あらごとは思う。

（もしかしたら扶がいなくなって……自分が全て継げるとか思っているのかもね）

隆は傍らにいる弓矢をたずさえた強面の男どもに何か耳打ちした。

繁が将門を屠ったら、繁ごと毒矢を射かけよなどと言っていそうだ……。

青丸を殺めた隆は許し難き男だが、あらごとたちにとってまず戦わねばならぬ敵は眼前まで迫った強大な犬神だった。

石念に何か耳打ちした乱菊があらごとの脇に来て、

「わたしが寄せるものを――両の目に。合図する」

十歩の距離にまで迫った禍々しい巨獣の圧迫感が、あらごとの痩せた体をかたかたふるわせていた。

乱菊はそんなあらごとに、強く、

「今日で――仕留める。終らせる。いいわね？」

（あれが本当に……繁様なの？　どうして、こんな痩せっぽちのあたしが、あんな大きく、強そうな者と戦おうとしているの？）

だがそれは、あらごとが己でえらんだことだった。

山里を襲った大怪物を思い出す。

（あいつほど……じゃない。あいつの方が――遥かに大きかった。そうでしょ？　わごと）

わごとは良源という呪師と共に吉野という山の奥に潜ったことが、浄蔵、乱菊を経由し、あらごとに知らされている。

隆が合図し繁の巨大さに気圧されている将門方を崩そうとすすませた兵どもがいる。そ奴らに――予期せぬ大鉄塊が襲いかかり、血で粘る赤餅に変えてしまった――。

繁の大金槌だ。

何の前触れもなく、横を通っていた味方の兵にそれは振られ、三人を叩き潰した。

後続の兵は隆の方に悲鳴を上げながら逃げもどる――。

「な、何故じゃ！　繁……其は味方ぞ！」

隆の叫び声には、相当な狼狽えが、にじんでいた。

乱菊が低く、

「……愚かな。犬神を、魔を、人の理で統べようなんて、無理なの……」

繁の黒く分厚い手、鎌状の爪が発達した大きな手が、今、潰された三人の骸に動き、ぐ

ずり、という音を立てながら突っ込まれ、腐った粥を掻きまぜるような、なかなか耳から
はなれてくれない音を立てつつ、まさぐり、中から、赤く粘つく糸のようなものを沢山垂
らした腸と思しき臓器、肝臓と思しき塊を取り出し——口にはこぶ。
巨体を蹲らせた繋はそれを頬張った。旨そうな表情であった。
気味の悪い咀嚼音がひびき、噛む度に赤い汁が、黒い毛に散った。
あらごとは繋がしていることだと思うと真に辛く、小さな体をふるわしてしまう。
面を歪めたあらごとは泣きそうになったが歯を食いしばってこらえている。
雪がぱらつく中、百姓たちに打擲されていた自分を助けてくれた若武者、お屋敷に入
ったばかりで右も左もわからず困惑する自分に何かと温かい言葉をかけてくれた恩人を思
い出す。
（繋様がいてくれなきゃ……あたしはあそこで、死んでいたかもしれない……。
ありがとうって何度言っても足りない。あの時の繋様が、今、ここにいたとして——何
て、言うの？
あたし、わかるんだ。あたしたちの三の若殿なら必ず、こう、言うって……。
皆の命を守るため、あの化け物をやっつけろ。……あの時の貴方ならきっとこう言う。
だから、あたし——貴方と戦うよ）
悲しくも強い決意が、あらごとの面を引きしめた。

足元には兵の屍が転がり血の腥臭（せいしゅう）が漂ってくる。

隆が、上ずった声で、

「そうか！　繁……その者どもを喰らい、より強くなって将門にいどむということか」

この兄弟について行って大丈夫なのか、という恐怖、不安が、護の兵たちに広がっている気がする。

繁は——食事に没入しているようであった。

それをじっと窺っていた乱菊が、

「石念」

「承知」

豪族を狙う盗賊集団の頭から将門の隠密頭になった風の呪師が錆びた声で応じ、両の手を黒き犬神に向かって押し出す。

手から通力を出す「掌決（しょうけつ）」法だ。あらごとは目から念を飛ばす「営目」法が得意だが、石念、乱菊は、掌決をよくする。

風が、吹きだした——。

疾風が砂埃を巻き上げ、こちらに向いた繁の横面を直撃する。

と……目ざとい隆が、

「あの小男を射殺せ！」

源家の郎党どもが弓を空に向けて引きしぼり、大きな放物線——巨大な獣人の頭上をまたぐ線——を描かせながら何本もの矢を射てくる。

微笑みを浮かべて矢をあおいだ乱菊は、

「ちょうど、よし」

手を飛来する矢にかざし、

「それ」

合図と知ったあらごとは目に力を入れた。

乱菊は敵の矢を、鏃（やじり）を、犬神に向けて、犬神の横面近くに……瞬間移動させている。

目に力が入る。

《行けぇっ》

あらごとは如意念波で何本もの矢を繁の顔面に飛ばす。

繁としたら、突如、顔の近くに矢が現れ、それが飛んできた感じだ。

だが犬神の反射能力は、凄まじい。

太く黒い腕（かいな）は黒風（かぜ）となって——乱菊、あらごと、二人の通力で迫った、予測不能の矢を、一気にかっさらい、はね飛ばしている。

「我らも射よぉ！」

将門が吠え、将門親子、さらに前線にいた若党が石念の風に乗せて繁を射る。

とくに将門の矢は魔獣の頭に向かって恐ろしい勢いで飛んだが、下から吹き上げた、固く大きな一振りがそれら平氏の兵が射た矢を一斉に叩き払った。

――大金槌だ。

恐らく護が、繁のために、領内の鋳物師を総動員してつくらせたと思しき大金槌、臼のように大きな打撃部をもつ厳つい金槌が、黒く太い右腕一つで――いともたやすくもち上がり、矢を悉く弾き飛ばしたのだ。

「何たる膂力……」

石念から冷えた呟きがもれ、将門が、

「一度、退けぇっ」

石念、音羽は素早く後ろ跳びするも、あらごと、乱菊、良門の反応が間に合わぬうちに
――それは、来た。

強大な魔の一撃が突風を起して、あらごとたちの命をかっさらうべく、左上から打ち下ろされる――。

あらごとは自分に迫る巨大な金槌に向かって、

《来るんじゃないっ！》

体の中の火花を全てそそぐ勢いで――死の肉迫を止めんとする。

すると、どうだろう。

如意念波が目に見えぬ透明な強壁になって犬神が振る大金槌を止めようとした。

大金槌の動きが一気に鈍化する。

その隙に——あらごと、乱菊、良門は、後ろ跳びし、命をつないだ……。

しかし三年も人の血肉を喰らい、今も人三人分の力を補充した犬神の膂力は凄い。

咆哮を上げながら黒く大きな魔獣は大金槌に力を込め、念波の壁を押し破り、ついさっきまであらごとたちがいた所を思い切り打ち据えた。

濛々たる砂煙が立つ中、犬神の赤色眼光があらごとに向いている。

「うぬ相手には——こいつは、邪魔のようじゃな！」

おぞましい声が轟いた。

いきなり、犬神は横にあった漁民の竪穴住居を大金槌で殴った——。

竪穴住居が、一撃で崩れ去り、中から幾人もの悲鳴がした。

平と源、人と魔の戦いを、息を潜めて窺っていた漁民の家族が叫んだのだ。

あらごとは蛮行に明け暮れる犬神を見ていてとても苦しくなり、

「繁様っ！」

面貌を歪めて、叫んだ。

その叫びに狼そのものの片耳をピクリと動かした犬神は黒毛がびっしり生え刃のように爪が尖った指であらごとを差し、

「――うぬから、喰らう！　うぬがもっとも旨そうじゃ」

砂煙の向うでそう宣言した犬神はもはや、あらごとをかつて自分が助けた子、と認識していないように見えた。

それが、悲しかった。

だが、おかげで、よけい、決意が強まっている。

（貴方を、あたしが、倒す！）

そんなあらごとに師匠であるさすらいの女呪師は、

「おかげで助かったけど、ああいう大技は……渇えを早くする。小さく、軽いもので、止めを刺す。これを覚えた方がいい」

乱菊はあらごとの燃料切れを案じていた。火花が渇えれば呪師はただの人。そうならぬよう、一度の消耗が少ない、軽く小さなもので鋭い一撃をくらわし、勝負を決めるべきだと考えているようだ。そうすれば、万一失敗しても、波状的に次の通力をくり出せる。

身を低め四つの足を地に置いた犬神が――黒い風に、なった。

突風と化した、犬神、こちらではなく、あらごとから見て、左に目にも留まらぬ速さで走った。

息を潜めていたさっきと別の竪穴住居が悲鳴を上げる。

――犬神が突っ込んだのだ。

あらごとたちに止めようもない一瞬の出来事だった。

脇に網が置いてあるその竪穴住居の、横腹が、ぶち破られる――。

屋根の材たる萱や、灰、砂、木片などが、勢いよく舞い上がり、四つ足で駆ける巨狼（きょろう）は
また別の竪穴住居に側面から突っ込んだ。

先に突っ込んだ家が倒壊、後に突っ込んだ家の中から血も凍るような女の叫びがして
――ぱたりと、静かになった……。

あらごとたちはその家の方に体を向けて身構えている。歯ぎしりしたあらごとは、

（また、殺されてしまった……。そして、よけい強く……）

「あの家に向かって弓を構えよ！」

将門が下知し隆が、

「繁を助けよ！　あの者どもに矢をっ」

乱菊が鋭く、

「石念、矢が来ぬように。あらごと、わたしが寄せたものを――」

広げる仕草をする乱菊だった。

隆の兵が射てくる矢を飯母呂石念の風が吹き返す。将門の兵は、静まり返った竪穴住居
に向かって弓を構える。

刹那――その家から、突出する妖気を、あらごとは感じた。

「それっ」

乱菊が身をくねらせあるものを寄せる。

竪穴住居の入り口、土の上に寄せられたそれは――漁でつかう網、隣の家の傍にあったものだ。突進する繋を直覚しながらあらごとは、

《広がれ！》

網に、念を、おくった。

念の波が網を空に漂わせ、もだえるような動きをさせながら一気に広げている。

そこに猛烈な勢いで、犬神は頭から突っ込んだ。

網など力で押し切らんとした。

（させるかっ）

あらごとは念を網の隅々まで込める。その念の網が犬神に絡み――突出をおさえようとする。

が、魔物は、顔を押しもどそうとする強い力に抗い、凶暴な吠え声を轟かせ網を嚙みながら、顔を左右に振り、二、三歩出てきた。

そこに矢の雨が降りそそぐ――。

ほとんどの矢は、犬神の体に弾かれ、かすり傷一つあたえられなかったが、将門が射た猛速の矢は――魔獣の右目に深く刺さった。

将門の恐るべき射芸は激しく動く巨狼の目という一点を正しくとらえ、射貫いたのだ。

今度は、良門の鋭い矢が、魔狼の太首を狙うも、敵は首を振って、かわす。

音羽が飛刀を放つもそれは固い首の皮膚に弾かれる。乱菊が何か術をくり出さんとした瞬間、犬神はあらごとの念力がかかった網に抗って、立ち上がり、両手で網を裂きながら空に向かって咆哮した。

(乱菊は怒るだろうけど、あれしかない)

あらごとはある重い物体を念波で動かそうとした——。

あらごとの念に引きずられたそれが、砂煙を立てて近づいてくる。

浮かせたかったが、浮かない。

火花をだいぶ消耗しており引き寄せるのが限界のようだ。あらごとの念力が引っ張るその物体に驚いて、将門の兵が跳び退く。

巨獣が咆哮を止め攻撃にうつらんとした刹那、

《打てっ》

あらごとが念で引きずった大金槌が何とか浮遊、躍動せんとした犬神の黒い後ろ足を思い切り叩いている。

犬の叫び声が上から降って来た。

犬神は、体勢を大きく崩して、また四つ足で立つ形になる。

「あらごと！」

言いながら乱菊が物寄せ——足元に斃れていた兵の手から太刀が消え、その剣は犬神のすぐ横の空(くう)に突然、現れた。

胸の中にのこった最後の火花を、念を、叩きつける。

刀は素早く動いて——犬神の横首に刺さった。

まだ、浅い。

良門が雄叫びを上げて走り出す。自分が手にもつ毛抜形太刀を——犬神の顔面に向かって、投げる。

犬神はそれを手で払った。

直後、跳躍した良門は乱菊が物寄せし、あらごとの念波が浅く首に突き立てた太刀に飛び付き、深く押し込む仕草をしてから吠えながら斬り下げた。

——凄まじい絶叫がひびき大量の黒煙が犬神の体から噴出、巨狼と良門をおおい隠している。

「良門ぉっ」

将門が叫び——黒煙に向かって駆け出した。

あらごとも、良門が死んでしまったのではないかと、気が気ではない。

薄らぐ黒煙に向かって走る。

圧倒的な体軀(たいく)を有した犬神は……消えており、今まで犬神がいた所に素裸の男が一人、うつぶしていた。その男の右目にはおれた矢が刺さり血を噴きこぼす首の傍に太刀が一振り落ちていた。

良門は、その裸形の男の傍に蹲っている。

良門が起き上がり、裸形の男を睨む。あらごとも裸の男に目をやる。

美濃であらごとを助け、東国までつれてきた人であった……。

繁が首からこぼれ落ちる赤い濁流を手で押さえながら起き上がろうとする。

繁の口には牙が生えていて、左目では赤い眼光が点滅していた。

「繁様っ！」

あらごとは思わず声をかけた。

「気をつけて」

傍らに来た乱菊が、耳打ちする。

右手で首をおさえ、ふるえる左手で体をささえ、何とか起き上がろうとしている繁は、赤い眼火が消えた弱い目で、あらごとをみとめ、穏やかな声で、

「あらごと……」

途端に赤く獰猛(どうもう)な火が左目で燃え、一気に荒々しい形相で、

「おのれっ」

と面を醜く歪めるも、またすぐに赤い眼光は消えて、悲しく苦し気な表情で、

「そなたがわしを……助けてくれたのだな？　礼を……申す」

源繁は、あらごとに、告げた。

犬の牙が人の歯になってゆく。

あらごとは、言葉にならぬ悲鳴を上げ、涙をこぼしてくずおれた。

将門が深い思いが籠った声で、

「繁殿」

「平殿……いろいろ――」

――そこまでであった。繁は鮮血を散らしながら倒れ、動かなくなっている。

苦し気に瞑目した将門は、天に向かって叫んだ。

「源繁殿を苦しめし山犬の憑物を、旅の呪師たちと、我が倅、良門が、退治した！」

「うおぉぉぉぉっ！」

将門の兵が歓喜の叫びを上げた。だが、あらごとは深く項垂れたままだった――。

と、

「何を……ひるんでおる！　総がかりじゃっ」

あの男の声が……ひびいた。

そう。まだ、青丸を射殺したあの男……源家の次男坊、隆が健在だったのだ。

隆は父の兵の陰に巧みに隠れながら、

「一気に攻め滅ぼせー！」

だが、護の兵たちは、

「あんな化け物倒すあ奴らも、人じゃねえ」「……鬼神じゃ」「勝ち目は、ねえ」「逃げろぉ！」

こちらに背を向け潰走をはじめている——。

慌てた隆は、

「あ！　こらっ、まてい……逃げるな！　ええい……我らも退くぞぉ。馬もていっ」

逃げる兵にまじって自らも逃げだす。

将門、厳しい面差しで、

「良門！　隆は生かしても、我が一党と、この地の禍根になるだけじゃ。——首を取って来い。馬をつかえ」

「ははあ！　経明、ついて参れっ」

「おう！」

舟に乗せてきた馬に打ち乗り、良門、経明が率いる精鋭が、隆を追う——。

次々に将門から、指示が飛ぶ。

「石念、南風を吹かせてくれ。早舟を一艘(そう)出す」

初老の郎党に、

「そなた、その舟に乗って急ぎ鎌輪へもどれ。――弟たちに守りを固めるようつたえよ。良正叔父が攻めてくるかもしれぬ。あと、こちらの後詰に五十人出すようにつたえよ。音羽、おるか！」

「ここに」

「わしはこれより石田を攻め、その後、真壁に攻め込む。そなたには一走りしてもらいたい」

「舅様の所ですな？」

将門は首肯し、

「察しが早い。真壁を――護の館を北から突いてほしいのじゃ」

「承知」

将門が何事があったのでしょうとやって来た承和寺の僧――前に浄蔵の文をもってきた人――に、事情を話し、怪我人および、あらごと、乱菊を匿ってくれぬかと話していると、馬に乗った良門たちがもどってきた。

若虎のような気をまとった、良門は勢いよく馬から飛び降りるや――父の前にすすみ出る。

良門の手には生首が一つ、にぎられていた。

良門は、首をがっと——据える。

「取って参りました」

武人の習いなのか、その首は将門に正面を向けるようには置かない。

首の視線が大将からずれるように斜めに向けて置く。首の視線の先には、あらごと、乱菊がいた。

隆の首であった。

あらごとは無念そうな隆から怨念が這い出てきそうな気がして身震いする。

乱菊が、あらごとの前に出て、九字(くじ)を切っている。

「隆にございます」

良門が言うと、将門は、

「重畳(ちょうじょう)」

厳しかった将門の相貌がやわらぎ、

「良門。そなた、先ほど、犬神の鎚に潰されそうになった時、あらごとに助けられたな？」

良門はやや照れ臭そうに、

「実は……あらごとには、二度、助けられました。矢に当りそうになった時も助けてもらいました」

兵はきびきび動き敵にそなえており、周りには二人の呪師の他に将門の側近と承和寺の僧しかいなかった。この人々はあらごとの力について知っているが他言無用と乱菊から釘を刺されていた。

将門の太い眉がやや険しく寄せられ、

「何……二度も助けられたと？　良門、その恩はしかと、あらごとに返さねばならぬぞ」

「はい」

あらごとに向き直った若き虎は、凜々しい表情で、

「あらごと。今日はそなたのおかげで危ないところを助かった。今日受けた恩、良門、終生わすれぬ。そなたが危難の折、平良門は、必ずやそなたを助ける。——約束する」

いきなりそう言われたあらごとのかんばせを熱い照れくささが襲う。

真っ赤になったあらごと、粗衣におおわれた肩をすくめ、かすれ声で、

「そんな……あたし、筑波山であんたに助けられたし……。大したこと、してないよ。ちょっとものをこう動かしただけで……」

「——とのことです」

と、良門に言った乱菊は日焼けしたあらごとの耳に唇を近づけ、

「前半は駄目だったけど、後半は上首尾だった。そう……。貴女の火花、まるでわからなかった。

だいぶ時がかかったけど、第一の関門は潜り抜けたようね」

その時、飯母呂の者が一人駆けてきて、

「殿！　国香殿が石田の兵を率いて、こちらに向かっておるようです。どうやら……今は亡き三兄弟の後詰に出て参ったようですな」

「自ら出てきてくれたか伯父御。――迎え撃つ！　乱菊、あらごと、手負いの兵と共に承和寺に入ってくれ」

あらごとは乱菊と承和寺に入った。

だから、その後の戦いの顚末(てんまつ)を見ていない。

あらましをしるすと……勢いに乗る将門は、国香の兵を瞬く間に蹴散らした。

将門に国香を討つつもりはなかったが、乱戦の中、将門方は敵将・平国香を討ち取っている。

国香の石田営所、さらに国香が大串(おおくし)に置いた拠点を焼き払った将門は――三人の息子と娘婿を討たれ、大打撃をこうむった源護の拠点、真壁に、平真樹と同時に攻め込んだ。

真壁を守る兵は……少なかった。

かなりの人数がすでに討ち死にしており、残存する兵から、将門の鬼神の如き勢いを恐れ、雲隠れする者が続出していた……。

護は将門への深い憎しみをいだきながら将門の矛先が真壁にとどく一瞬前に、脱走。

——姿を消した。

将門は、あらごとがはたらいていた護の大邸宅、さらに護の家来が住むと思われる大きな家に、悉く火をかけさせた。

火ははからずも貧しい百姓などが住む小家にも飛び火し……多くの人が暮していた真壁の里は一日で焼け野原になっている。

「将門記」によれば——、

屋に蟄れて焼かるる者は烟に迷ひて去らず。火を遁れて出づる者は矢に驚きて還り、火中に入りて叫喚す。……千年の貯へ、一時の炎に伴ふ。

という火と煙が渦巻き、矢と悲鳴が飛び交う、大混乱が、真壁を襲った。

蛭野はこの混乱の中にいたはずだが、どうなったかは知れない。

護と国香の広大な所領は将門と真樹に折半された。

護のもう一人の婿で将門と仲悪しき叔父、水守の良正は何をしていたか？

良正は、護から、

『我が三人の倅と石田の婿殿の水軍で——のこのこ出て参った将門めを野本で成敗する。将門を討ったら、貴殿は混乱する鎌輪を強襲し、将門の弟どもを悉く斬り、家々に火をかけてほしい。そうじゃ……君の前だけは殺さずに、生け捕りにしてくれ。何、扶の奴め、ふふ……いまだあの女にご執心のようなのじゃ』

と、言われ、ぬかりなく支度していた。

ところが――この日の良正は濁流で孤立した、離れ小島に、ぽつんと置き去りにされた男のようになっていた……。

というのも、将門が討たれたという知らせの代りに、三兄弟が討たれたとの知らせがとどき、ことの真偽をたしかめているうちに、兄の国香が討たれてしまい、水守を固めねばと、血眼(ちまなこ)になって動いているうちに……真壁が襲われ、全て焼き払われ、護も行方不明というとんでもない報告がもたらされたのである。

良正の領土に一度の攻撃もなかったが、何も出来ないまま一日を終えた良正の武名は、地に落ちている。

数日後、夜――。

あの戦いの翌日に鎌輪にもどった、あらごと、乱菊の部屋を――蕨が片足を引きずりながらおとずれている。

呪師の師弟にあてがわれた部屋をおとずれた蕨、灯火に照らされた顔に、寂しさがにじんでいた。

「とうとう……明日なんだね」

蕨はふんわりした声で言う。

明日、二月十二日、あらごとは乱菊と旅発つのだ。

乱菊は香取から来た商人から、今、香取大明神に白鳥ノ姥なる呪師が滞在していると聞き、目の色を変えた。

乱菊は浄蔵と念話し、あの戦い以降、気の漏出をはばめるようになったあらごと——つまり妖魔どもから見つかりにくくなったあらごとをつれ、香取に旅する許しを得た。

乱菊によれば白鳥ノ姥は、

『——三重の術者。

過去を見ることが出来る古ノ眼、今の、遠くや近くを見る千里眼、先のことを知る讖緯、三つの力があるの。貴女の妹？　わごとも先のことがはっきり見えるようだけど、何か、このことが知りたいと心に決めたことを即座に見られるわけではないでしょう？　いわば見えてくるのを、またなきゃいけない。白鳥ノ姥の讖緯は……先が見えるわけではなくて、先のことにかかわる字とかが、浮き上がって見えたりするらしいんだけど……この字の数が、他の呪師の讖緯と段違い。

浄蔵様の讖緯よりも凄いの。

このことの将来を知りたいと念じれば、それにまつわる字を沢山、識ることが出来る。

つまり――この人にあえば、貴女の故郷は何処で、何があったかを、つまびらかにおしえてくれるかもしれない。貴女のすすむべき道をしめしてくれるかもしれない』

ということだった。

また、乱菊は、

『白鳥ノ姥に鎌輪に来てもらうことは出来ない。だいぶ、お歳を召した方だから……。わたしたちの方から香取に行くほかない』

下総を騒がせた犬神の退治に大いにはたらいたあらごとは――過去を知るために、すすむべき道をしめしてもらうために、香取に行こうと決断していた。

あらごとは寂し気な蕨に手をのばす。

くるくると回転する癖のある毛を、撫でる。

「香取海を……わたるんだね」

小さき友の言葉に、あらごとはうなずいている。

香取大明神に行くには、六十余州屈指の大内海、香取海をわたらねばならない。

「行きたいな……わたしも」

蕨の故郷も香取海を南にわたった所だった。かすれ声で、あらごとは、

「故郷に、かえりたい？」

「違うよ。……あらごとと一緒に行きたいんだよ」

消えてしまいそうな声をもらす蕨だった。蕨は、矢傷によって不自由になってしまった足を寂しげな目で見ている。

あらごとは蕨を真っ直ぐ見詰め、
君の前に気に入られ縫物の腕をめきめきと上達させている蕨は、

「ここの人たちはみんな、いい人たちだよ」

「……わかっているよ。わたしが一緒に行けないことも、ここが前にいた所よりずっといい所だということも。北の方様は織物も覚えてみたら、って」

「いいじゃないか。覚えなよ」

力強く言ったあらごとに、手の甲で目元をぬぐった蕨は、

「あとね……わたしの父様、母様になりたいと言ってくれている人たちがいるの」

「へえ」

「縫殿の春野（はるの）という女の人と、その夫で近くでお百姓をしている人。子を幾年か前に亡くしているんだって。わたしを引き取りたいって」

「……蕨はどうしたいの？」

「とてもいい人たちだと思う。北の方様も、春野なら間違いないって言ってくれている」

と、馬の乳に、どぶろくをまぜたのを飲み、寝ていたと思われた乱菊が、いきなり、

「良縁と思うわよ。蕨と春野……名が縁深いでしょう？」

名と聞いて、春野に近い、ある名を思い出したあらごとは、斬るように、

「名はいいよ。関わりない。乱菊、蕨にとって大事なことなの。変なこと言うくらいなら、寝ていて。明日、早いんだから」

「師に向かって――」

蕨はふんわりと笑って、

「あらごとと乱菊は……本当に仲がいいね」

「ふん」

と、乱菊。

何処がという声を呑み込み、あらごとは、蕨の顔を手ではさんで、真剣に、

「あんたがいいと思った道は、きっと素敵な明日につながる道だよ。どちらであっても」

言いながら、あらごとは良縁であってほしいと切に願った。

同時にそのような人に出会えた蕨が、少し羨ましい気もした。


その夜は、あらごと、蕨、乱菊の三人で寝た。

あらごとは名残惜しくなかなか寝付けなかったが夢を見た。

夢の中、あらごとは、木登りをしている。

「そんなに登って大丈夫?」

下からかけられた声に心細さがにじむ。

「大丈夫だって！　あんたも、登ってきなよ、わごと」

あらごとは樹下に視線を落とす。

椋の樹の根元に立って、風に揺れる梢の影に顔を撫でられながら、一人の童女がこちらを見上げている。その顔がこの夢でははっきり見える。幼い頃のわごとの顔が。

樹上で囀りがした。

登って来たあらごとから逃げてゆく鳥たちだ。

鳥たちを仰いだあらごとは木の葉と木の葉のあわい、無数の光の欠片となって見える空に、上ることが出来ればどれだけ心地よかろうと思った。

その時、眩い風があらごとに吹き付けて——胸の中で真に小さな火花が散った気がした。

引用文献とおもな参考文献

『新編　日本古典文学全集　将門記』柳瀬喜代志　矢代和夫　松林靖明校注・訳　小学館
『新編　日本古典文学全集　栄花物語1』山中裕　秋山虔　池田尚隆　福長進校注・訳　小学館
『新日本古典文学大系　本朝文粋』大曾根章介　金原理　後藤昭雄校注　岩波書店
『列仙伝・神仙伝』劉向　葛洪著　沢田瑞穂訳　平凡社
『戦争の日本史4　平将門の乱』川尻秋生著　吉川弘文館
『平将門の乱』福田豊彦著　岩波書店
『平将門と天慶の乱』乃至政彦著　講談社
『週刊　ビジュアル日本の合戦№37　平将門・藤原純友の乱』講談社
『再現日本史　平安④「新皇」を宣言！　平将門、坂東で自立』講談社
『日本の歴史　4　平安京』北山茂夫著　中央公論新社
『日本の歴史　5　王朝の貴族』土田直鎮著　中央公論新社
『古代の東国③　覚醒する〈関東〉』荒井秀規著　吉川弘文館
『人物叢書　新装版　良源』平林盛得著　吉川弘文館
『怨霊と修験の説話』南里みち子著　ぺりかん社
『疫神病除の護符に描かれた元三大師良源』疫病退散！角大師ムック編集部編　サンライイ

ズ出版
『庶民たちの平安京』　繁田信一著　角川学芸出版
『平安京の下級官人』　倉本一宏著　講談社
『都市平安京』　西山良平著　京都大学学術出版会
『日本史リブレット10　平安京の暮らしと行政』　中村修也著　山川出版社
『平安時代の信仰と生活』　山中裕　鈴木一雄編　至文堂
『【ビジュアルワイド】平安大事典　図解でわかる「源氏物語」の世界』　倉田実編　朝日新聞出版
『衣食住にみる日本人の歴史2　飛鳥時代～平安時代　王朝貴族の暮らしと国風文化』　西ヶ谷恭弘監修　あすなろ書房
『苧麻・絹・木綿の社会史』　永原慶二著　吉川弘文館
『陰陽道の本　日本史の闇を貫く秘儀・占術の系譜』　学習研究社
『修験道の本　神と仏が融合する山界曼荼羅』　学習研究社
『道教の本　不老不死をめざす仙道呪術の世界』　学習研究社
『歴史群像シリーズ65　安倍晴明　謎の陰陽師と平安京の光と影』　学習研究社
『京都時代ＭＡＰ　平安京編』　新創社編　光村推古書院

ほかにも沢山の文献を参考にさせていただきました。

本書は、読楽（小社発行）２０２２年5月号・7月号～23年7月号の連載をもとに、新たに書下されました。

徳間文庫

あらごと、わごと

呪師開眼

2024年3月15日 初刷

著者 武内涼

発行者 小宮英行

発行所 株式会社徳間書店

東京都品川区上大崎三-一-一 〒141-8202
目黒セントラルスクエア

電話 編集〇三(五四〇三)四三四九
販売〇四九(二九三)五五二一

振替 〇〇一四〇-〇-四四三九二

印刷
製本 大日本印刷株式会社

ISBN978-4-19-894922-8 (乱丁、落丁本はお取りかえいたします)